SPACE THRILLER

Grüße vom Sternenbiest

von

Robert Feldhoff

Robert Feldhoff,
Jahrgang 1962, ist langjähriger PERRY RHODAN-Autor und gestaltet durch seine Exposés die Hintergründe der Serie. Zudem arbeitete er an einer CD-ROM mit Animationen aus dem aktuellen PERRY RHODAN-Zyklus mit. Das zweite Standbein des in Oldenburg lebenden Schriftstellers ist die Comic-Produktion.

SPACE THRILLER

Grüße vom Sternenbiest

von
Robert Feldhoff

VPM Verlagsunion
Pabel Moewig KG, Rastatt

Pabel Moewig KG, Rastatt
Redaktion: Klaus N. Frick
Titelillustration: Alexander Vlcek
Druck und Bindung: Ebner Ulm
Printed in Germany 1997
ISBN 3-8118-2090-7

1. Kapitel
Das Ekel

„Irgendwann ist es nicht mehr genug, nur zuzusehen. Irgendwann willst du mitspielen. Du kennst ja jetzt die Regeln, kleiner Schelm.“
„Ja, Mama.“
„Du willst doch gewinnen, nicht wahr? Was wirst du dafür tun?“
„Ich tue alles.“

Das Schreien des Kindes kam vermutlich von oben. Auch wenn Cencenza im Augenblick blind war, so funktionierte sein Gehör doch mit großer Präzision. An diesem Tag blies in Terrania ein heftiger Wind. Das Kind weinte gerade laut genug, um die Hintergrundgeräusche der Stadt zu durchdringen.

Cencenza war kein Mensch, sondern er gehörte zum Volk der Antis. Es fiel ihm nicht leicht, die Stimmfarbe eines Menschenkindes zu deuten. Seiner Ansicht nach empfand das Kind Todesangst.

Nach dreißig Sekunden schrie das Kind immer noch. Cencenza neigte lauschend den Kopf. Die Parkbank, so hatte man ihm erklärt, befand sich wenige Meter entfernt von einem Glasturm, einem Wohngebäude für einige hundert Menschen. Wenn das Geräusch von oben kam, so hieß das also, es drang aus einem der Fenster. Cencenza überlegte, ob er etwas unternehmen mußte. In dieser Stadt war er ein Fremder. Was sich im achten oder im zehnten Stockwerk eines Wohnturms abspielte, ging ihn nichts an. Von ihm wurden Zurückhaltung und Achtung der lokalen Sitten erwartet. Er hielt das für legitim, gerade in Anbetracht seiner hilflosen Lage, in der er auf die Terraner angewiesen war. Vielleicht, so dachte er, ängstigte sich das Kind wirklich vor einer Gefahr. Vielleicht schätzte es auch nur eine an sich harmlose Situation falsch ein. Ohne Augen konnte er das nicht beurteilen.

Das Kind schrie jetzt eine Minute lang. Von der Straße erreichte der Lärm vorbeihuschender Gleiter seine Ohren. Die gegenüberliegende Straßenseite war fünfzig Meter entfernt. Von dort hörte er keine Details, lediglich Fetzen eines Gespräches, das sich mit den Sprechern entfernte. Menschen besaßen keine sonderlich sensiblen Hörorgane. Er hielt es für ausgeschlossen, daß jemand außer ihm das Schreien wahrnahm.

Nur noch das Kind, das Rauschen des Windes – und dann war plötzlich Stille. Es dauerte zwei Atemzüge lang. Er hörte den Aufprall eines Objektes, zehn Meter von der Parkbank entfernt.

„Ist dort etwas?" fragte er laut.

Der Anti erhielt keine Antwort.

Cencenza stand von seiner Bank auf, ging in die Knie und tastete sich mit großer Vorsicht nach vorn. Mit den Fingerspitzen glitt er über die ebene, trotz der Jahreszeit feuchte Rasenfläche. Als er ungefähr zehn Meter zurückgelegt hatte, stieß er auf das Objekt. Cencenza ertastete eine Hand, einen offenbar gebrochenen, sehr dünnen Arm und einen Schädel. Die Körpermitte war aufgeplatzt, soviel spürte er durch das getränkte Hemd. Die Genitalien waren noch sehr klein und nicht beschädigt. Ohne innere Beteiligung schätzte er, daß der Körper zu einem drei- bis fünfjährigen männlichen Kind gehörte. Rings um die zerschmetterten Glieder sickerte Flüssigkeit in den Boden, durch das Hemd hindurch. Daß in diesem Körper noch Leben steckte, konnte er sich nicht vorstellen. Jede Möglichkeit der Wiederbelebung schied aus, weil der Schädel gespalten war.

Der Anti erhob sich und fing an, tonlos zu schreien.

Sholter Roog konnte sich tagelang in Arbeit vergraben. Speziell dann, wenn es sich um interessante Arbeit handelte. War die Arbeit nicht hinreichend interessant wie jetzt, starrte er eben tagelang Löcher in die Wand. Dann wanderte sein Blick überallhin, nur nicht auf das Datenmaterial vor seiner Nase. ... GIBT DER ZEUGE AN, DAS VERSCHWUNDENE SCHWEBEFAHRZEUG GEGEN MITTERNACHT DES 1. APRIL 1282 NGZ ZUM LETZTEN MAL BEMERKT ZU HABEN. DER EIGENTÜMER HINGEGEN BEHAUPTET, ER HABE NOCH AM 3. APRIL DES JAHRES EINEN AUSTAUSCH DER ZERFALLSBATTERIE VORGENOMMEN UND DABEI ...

„Pff!"

99 Prozent aller Verwaltungsarbeit wurden von Automaten erledigt. Aber für das restliche Prozent, für die verzwickten Fälle, brauchte es immer noch die Arbeit von Menschen. Roog knüllte die Datenfolie zusammen, mit der er sich herumärgerte, schnippte das Knäuel in Richtung Müllvernichter und sandte einen Fluch hinterher.

„Scheiße. Daneben."

Die kleine Dunkelhaarige namens Ammanda, am Schreibtisch gegenüber, zog die Brauen hoch; das höchste Zeichen von Mißbilligung, das eine Schlaftablette dieser Art von sich geben konnte.

„Was soll das, Roog?"

„Nichts."

„Denkst du, ich räume das auf? Denkst du das?"
„Halt einfach den Mund, okay?"
„Arrogantes Arschloch", sagte sie leise.
„Bitte? Ich hör' doch wohl nicht recht?"
„Absolut! Du bist ein zutiefst arroganter und ungehobelter Mensch!"
„Oha."

Roog nahm sich vor, sie bei Gelegenheit zum Essen einzuladen und dann sitzenzulassen. Er schaute aus dem Fenster. Die Straße war fünfzig Meter breit. Vor dem Glasturm auf der anderen Seite lag ein Rasengürtel. Neben der Gartenbank, die er in den letzten Tagen tausendmal angestarrt hatte, versammelten sich zehn oder fünfzehn Menschen, und es wurden noch mehr. Durch das Fenster klang kein Laut, aber er sah aufgeregte Gesten und Gesichter. In ihrer Mitte schien sich etwas zu befinden, was er nicht erkennen konnte.

„Was ist denn, Roog?"
„Irgendwas ist passiert", antwortete er unwillig.
„Was denn?"
„Weiß ich auch noch nicht."

„Du willst es bloß nicht sagen!" giftete sie. „Vergiß nicht, daß du hier auf deinem Hosenboden zu sitzen und zu arbeiten hast! Dreiundzwanzig Entscheidungen werden fällig. Morgen ist Stichtag! Eine Menge Leute warten darauf, daß ihre Fälle verhandelt werden. – Also, was ist es? Sag!"

Ganz sicher keine Kleinigkeit. Roog stellte sich ans Fenster und drückte sich die Nase platt; bis er es nicht mehr ertragen konnte.

„Stopp! Wo willst du hin?"

Er sagte: „Du hast immer noch Redeverbot", dann verließ er den Raum, ohne Ammandas Erwiderung abzuwarten.

Hinter ihm wurde die Tür aufgerissen, trippelnde Schritte hallten im Korridor. „Warte, ich komme mit!" rief die Dunkelhaarige durch den Flur.

„Du hast da unten nichts verloren, Ammanda."
„Roog! Bitte ..."

„Nein. Denk lieber dran, daß morgen Stichtag ist." Er drehte sich nicht um. Diesmal meinte er es ernst. Die Dunkelhaarige blieb oben zurück, als er in den Schacht sprang und schwerelos nach unten sank.

Das Haus stand in einer langen Reihe, eingequetscht zwischen einem High-Tech-Markt und einer Schwimmbad-Anlage, in der keiner schwimmen wollte. Terrania galt als Stadt der Gegensätze. Drangvolle Enge existierte neben weitschweifigen Turmgefügen. Mittendrin das Bürohaus, zweihundert Jahre alt, aus der Zeit der Dunklen Jahrhunderte. Nicht, daß man Zeichen von Baufälligkeit sah, doch er empfand den antiquierten Baustil als persönliche Beleidigung. Dort, wo er hingehörte, war alles neu und in bestem Zustand. Hier dagegen wies ihn jedes Details darauf hin, daß er *unwichtig* geworden war. Draußen wehte ein heftiger Wind. Zwanzig Meter über der Straße zogen die Schwebegleiter ihre Bahn. Sie wurden von Terrania Traffic Control, dem Verkehrsverbund der Stadt, unfallfrei durch die Engen geschleust. Und TTC wiederum gehörte zu NATHAN, dem größten und wichtigsten Computer im Sonnensystem. Fußgänger gab es nur wenige.

Als Roog die Straße überquerte, sah er in einem Hologramm seine Gestalt auftauchen. Aber sein kurzgeschorenes blondes Haar erschien nun dunkel. Das kantige grobe Gesicht war zu einer lächelnden Grimasse entstellt. Die Verwandlungsspielerei gehörte zum High-Tech-Markt; wer immer vorbeikam, er wurde gefilmt und verfremdet wiedergegeben. Wenn es nach Roog gegangen wäre, hätte man diese Sorte Unfug verboten. „Scheiße. Ich hasse Werbung." Roog streckte die Zunge heraus und machte eine obszöne Geste. Im Holo lächelte er um so breiter, und die obszöne Geste wurde in ein freundliches Winken umgewandelt. Er ärgerte sich darüber. Gelächelt hatte er seit Wochen nicht, weil es nichts zum Lächeln gab. Das Feld verfolgte ihn ein paar Sekunden lang, bis zur Straßenmitte.

Die Leute an der Parkbank machten keinen guten Eindruck. Er zog es vor, sich zu beeilen.

„Was ist denn los?"

Keiner gab Antwort. Er hob die Stimme, fragte ein zweites Mal, was aber niemanden zu stören schien. Die Leute standen bis zur Häuserwand. Roog drängelte sich durch. Er war sehr viel kräftiger als die meisten. „Was zum Henker passiert hier? He!" Ein Kerl von zwei Metern Größe starrte ihn finster an, als Roog ihn zur Seite schubste. Aber Roog war die empörte Miene völlig egal. Denn im selben Moment sah er, was die Leute so magisch angezogen hatte. Es war ein Kind. Vor der kleinen Gestalt, die reglos am Boden lag, knieten ein paar Leute. Sie hatten alle bleiche Gesichter.

„... bleibt denn bloß der Krankenschweber ..."

„Das wird hier auch nichts mehr ..."

„Ich kann das nicht ansehen, ich halte das wirklich nicht aus ..."

„Dann verschwinde endlich!"

„... nichts gesehen, wenn man nur wüßte, was passiert ist ..."

Roog zog eine der knienden Personen hoch. Die Frau wog soviel wie eine Feder. Sie protestierte nicht, wahrscheinlich wäre sie ohne Hilfe sowieso nicht mehr hochgekommen. Ihre Arme zitterten. Sie hatte ein langes Gesicht, dunkle Augen und dünne, ungepflegte Haare. Roog war sie auf Anhieb unsympathisch. Die ganze Zeit sah sie aus, als ob sie irgendwas sagen wollte, aber ihr Mund öffnete und schloß sich, ohne daß ein Ton herauskam.

Er fragte: „Bist du die Mutter?"
Sie gab keine Antwort.
„Ich rede mit dir!" herrschte er sie an.
Er wußte genau, daß er grob und brutal wirkte. Die Frau hatte Angst. Das lenkte sie einen Moment lang ab.
„Ja", sagte sie.
„Was ja?"
„Ja, ich bin die Mutter. Ich bin Lucia."
„Bleib in der Nähe!"
Sie nickte mit großen Augen. Wahrscheinlich hatte sie nicht verstanden, was er von ihr wollte.
Das Bündel war ein kleiner blonder Junge. Roog schätzte sein Alter auf vier Jahre. Der Junge mußte aus großer Höhe zu Boden gestürzt sein. Sein Kopf war zerschmettert, die Gliedmaßen lagen allesamt falsch und waren gebrochen. Durch den geplatzten Rumpf und durch mehrere offene Frakturen trat Blut aus. Roog wurde nur deshalb nicht übel, weil er schon Leichen genug gesehen hatte. Es war jedoch eine andere Sache, ob man einen toten Mann, eine tote Frau, ein totes Fremdlebewesen zu sehen bekam – oder ein totes vierjähriges Kind.
„Sind die Ärzte alarmiert?" fragte Roog den Mann neben ihm.
„Natürlich."
„Wie lange ist das hier her?"
„Ich!" ... Wie soll ich das wissen." Der Mann weinte, aber er merkte nichts, weil er auf den Jungen starrte. „Zehn Minuten vielleicht. Das ist nur geschätzt. Gesehen hat's ja keiner. Vielleicht auch eine Stunde. Ach, dann würde er ja nicht bluten. Stimmt's? So lange blutet man nicht, wenn man tot ist ... Man hat ja keinen Blutdruck mehr. Man läuft praktisch bloß noch aus."
„Halt deinen Mund. Bist du der Vater?"
„Ich? Nein. Dann wär' ich nicht so ruhig."
„Wahrscheinlich nicht", erwiderte Roog sarkastisch. „Schon gut, wir sprechen später noch."
„Wann?"
„Laß dich überraschen."
„Ich bin verabredet."
„Du bleibst hier."
„Ich wollte doch ... Ach. Klar."
Roog legte den Kopf in den Nacken. Über dem Platz, an dem der kleine Junge gestorben war, erhob sich die Sonnenseite eines hundert Meter hohen Wohnturms. Er ging davon aus, daß die Verletzungen von einem Sturz aus großer Höhe herrührten. Das Haus besaß ein Alter von schätzungsweise achtzig Jahren. Jedes einzelne der zwanzig Fenster, die in Frage kamen, war gegen Stürze gesichert.

Er preßte seinen Daumen auf das Funkgerät, das er am linken Handgelenk trug. „Hier Agent Sholter Roog“, sprach er ins Mikrofon. „Terranischer Liga-Dienst. Kennziffer 766554-A. Ich habe einen mutmaßlichen Mordfall zu melden.“

Es dauerte keine drei Sekunden, dann fragte eine künstliche Stimme: „Agent Roog identifiziert. Status: bedingt beurlaubt. Ort des Verbrechens?“

„Atlan Village, Guzmangrund. Gegenüber dem Bürogebäude der LFT.“

„Wie viele Einsatzfahrzeuge werden benötigt?“

„Drei Space-Jets. Der Ort wird weiträumig abgesichert. Sämtliche Überwachungsgeräte in drei Kilometern Umkreis werden unverzüglich aktiviert.“

„Verstanden. Das Einsatzkommando ist in Marsch gesetzt.“

Roog schaltete sein Funkgerät aus. Er registrierte die Blicke der Leute. Sie hatten das Gespräch mitbekommen. „Alles mal herhören!“ sagte er laut. „Keiner entfernt sich vom Tatort. Die Sicherheitskräfte sind alarmiert. Das ist eine verbindliche TLD-Order, klar? Ich will nicht, daß irgendwer aus der Reihe tanzt.“

Für einen Augenblick vergaßen sie das tote Kind. Sie starrten ihn mit zornigen Blicken an. Die Bürger der Stadt konnten es nicht leiden, wenn sie gegängelt wurden. Auf der Erde galt das Prinzip maximale Freiheit. Wenn es Einschränkungen gab, so reagierten die Leute ungehalten, mit Trotz und mit äußerstem Mißtrauen.

Roog hatte ein böses Gefühl. In den vergangenen hundert Jahren war auf der Erde niemand mehr in den Tod gestürzt. Vor seinen Augen hörte das Kind allmählich zu bluten auf.

Von oben kam ein heulendes Geräusch. Eineinhalb Minuten nach der Meldung näherten sich drei Diskusraumer von Terrania Space-Port. Zwei verhielten in fünfzig Metern Höhe, die dritte Jet stieg auf hundert Meter, auf Warteposition. In ihrem Gefolge schossen zwei Gleiter heran. Nummer eins war mit einem roten Kreuz als Mediker-Fahrzeug gekennzeichnet, der zweite gehörte zur Polizei der Liga Freier Terraner.

Roog scheuchte die Leute zur Seite, damit die Gleiter landen konnten.

Neben der Leiche kletterten vier Polizisten und zwei Ärzte ins Freie. Die Ärzte, es waren ein Mann und eine Frau in Begleitung eines Medoroboters, wurden blaß und zuckten mit den Achseln.

Er zeigte den Polizisten seinen Ausweis. „Als TLD-Agent übernehme ich am Tatort das Kommando. Wir benötigen einen energetischen Zaun, der das Gebäude, die Straße und den umliegenden Gartenpark absperrt.“ Er deutete auf zwei der vier Polizisten. „Das übernehmt bitte ihr zwei. Ihr anderen bleibt bei mir.“

„Moment mal“, sagte einer der Polizisten, der Einsatzleiter. „Das hier ist Sache der Polizei. Euer Liga-Dienst hat mit einem Unglücksfall überhaupt nichts zu tun.“

Roog fixierte ihn mit einem kalten Blick. Der andere war einssechzig groß, ein Zwerg gegen ihn; er trug graue Freizeitkleidung und ein paar technische Geräte. Seine Augen standen eng beieinander.

„Ich bin Sholter Roog. Wer bist du?“

„Polizist Toldur.“

„Also, Polizist Toldur, ich habe nicht die Zeit, über Kompetenzen zu streiten. Die Gründe für meine Maßnahmen werden dir zu einem späteren Zeitpunkt erläutert.“

„Ich möchte es jetzt hören.“

„Abgelehnt.“ Er zog noch einmal seinen Ausweis und hielt ihn den Polizisten unter die Nase. „Ich bestehe auf der Rangordnung. Der vorliegende Fall wird per Kompetenz des Liga-Dienstes als ‚staatsgefährdend‘ definiert.“

Toldur riß die Augen auf. Er starrte zuerst die Leiche des Kindes, dann Sholter Roog an. „Staatsgefährdend? Spinnst du? Da ist ein Kind aus dem Fenster gefallen. Das ist kein Angriff auf die Erde oder so.“

„Ich bewerte diese Dinge, wie ich es für richtig halte. Überleg dir mal, wann so etwas in Terrania das letztemal passiert ist. Und dann schalte das Hirn ein, bevor du redest!“

Toldur tat das, was Roog ihm befohlen hatte. Er hielt den Mund.

Zwei Polizeiroboter errichteten den energetischen Zaun. Das Material holten sie aus dem Gleiter. Sie funktionierten selbständig, wurden in ihren Aktionen jedoch routinemäßig von NATHAN überwacht. Letzten Endes war es also NATHAN, der die Lage des Zauns bestimmte.

Derselbe Automatismus funktionierte im gesamten Sonnensystem. Wo es keinen Menschen gab, der eine Entscheidung traf, wo die Maschinenwelt des Jahres 1282 NGZ einfach nur in Gang gehalten wurde, da kam NATHAN ins Spiel. Der größte Computer, den die Menschheit je erbaut hatte, befand sich auf dem Mond. Von dort reichte ein unsichtbares Netz an die entlegensten Orte – von der Erde bis Jupiter, auf alle bewohnten und unbewohnten Welten. Unter anderem bis in den Guzmangrund, Atlan Village, Terrania: NATHAN war im buchstäblichen Sinne allgegenwärtig. Die Großsyntronik vom Mond unterlag strengsten Regeln zum Datenschutz. Es konnte gut sein, daß es maschinelle Wahrnehmungen zum Tod des Jungen gegeben hatte. Da sie in jedem Fall persönlicher Natur waren, hatte NATHAN sie nicht in Beziehung zu anderen Daten gesetzt. Mit anderen Worten, NATHAN hatte die Daten erstens nicht verstanden und zweitens sofort wieder gelöscht.

Polizeiroboter Nummer drei fertigte von der Szenerie ein detailgetreues Hologramm an. Er wurde im Zehnsekundentakt von NATHAN abgefragt. Zuerst kam der Leichnam an die Reihe, dann das Umfeld.

Toldur schickte den Protokoll-Rob auf eine Tour um den gesamten Gebäudekomplex. Es handelte sich um eine faustgroße Maschine, schwebefähig und mit diversen Aufzeichnungsgeräten ausgestattet. Gab es hinterher Fragen, ließ sich jede Einzelheit rekonstruieren. Und zwar nicht nur das sichtbare Licht, sondern alles von Infrarot bis radioaktiver Strahlung. Selbst Fingerabdrücke ließen sich dem Protokoll im nachhinein entnehmen.

Die Ärzte knieten neben dem kleinen Jungen. Keiner von beiden dachte daran, irgend etwas zu tun.

Die Frau blickte auf. „Tot", sagte sie zu Roog. „Kann man nichts mehr machen."

„Ihr habt ihn ja nicht mal untersucht."

Sie verzog das Gesicht zu etwas, das ein schräges Lächeln sein sollte. „Wozu? Sieht doch jeder, was los ist."

„Ich will, daß ihr ordnungsgemäß den Tod feststellt."

„Du kannst mich am Arsch lecken", sagte die Frau. „Bin ich einer von deinen Polizisten?"

Roog antwortete mit erzwungener Geduld: „Ich erklär' es dir. Wir müssen präzise wissen, zu welchem Zeitpunkt das Kind gestorben ist. Sonst sind die Ermittlungen sinnlos. Überhaupt, ist das Kind mit hundertprozentiger Gewißheit tot oder nicht?"

„Was willst du? Soll ich Hirnströme messen?"

„Es wäre äußerst freundlich."

„Das ist kein Hirn mehr. Das ist Pudding."

„Meßt es trotzdem."

Die Ärzte packten aus einer Tasche Instrumente aus. Mit Hilfe des Medoroboters plazierten sie am ganzen Körper des Jungen Sonden. Sie brauchten zwei Minuten und erledigten das Ganze professionell. Abgesehen davon, daß sie sich ein bißchen störrisch verhielten, war Roog zufrieden mit ihrer Arbeit. Den Anblick mußte man erst einmal verkraften.

„Hirnströme null", sagte der Mann. „Todesursache: äußere Schockeinwirkung. Das Kind ist mit hoher Wahrscheinlichkeit vor zwölf bis vierzehn Minuten seinen Verletzungen erlegen."

„Wie lange dauert es, bis man an solchen Verletzungen stirbt?"

„In solchen Fällen tritt der Tod sofort ein."

„Kann es sein, daß der Junge schon tot war, bevor er herunterfiel?"

„Du meinst, hier wirft jemand mit Leichen herum?" fragte die Frau angeekelt. „Deine Phantasie ist ja krank."

„Kann man es feststellen oder nicht?"

„Nein, kann man nicht. Höchstens im Labor."

Roog dachte eine Weile nach. „Könnt ihr mit Sicherheit sagen, daß der Junge ein Mensch ist?"

Die Frage überraschte die Ärzte.

„Ein Mensch? Was denn sonst?"

„Vielleicht ein Android. Oder eine lebensechte Puppe."

Die Frau starrte auf das Kind, und Roog registrierte, wie ihre vorgeschützte Kälte langsam zu bröckeln anfing. Sie wollte es nicht, aber sie begann die blonden Haare und die Reste der großen Augen zu sehen. Ihre Finger zitterten.

„Soweit ich feststellen kann", sagte sie leise, „handelt es sich um ein menschliches Kind."

„Danke."

„Na, dann ... dann wäre es wohl Zeit für den Leichentransport."

Roog wehrte ab: „Nein, das wird von uns erledigt."

„Von euch? Was soll das denn heißen?"

„Vom Terranischen Liga-Dienst. Das heißt, wir schaffen den Leichnam ins Labor."

„Wie du meinst. Wir können gehen?"

„Ja."

Sie und ihr Kollege holten aus dem Medogleiter eine Plane. Damit bedeckten sie die Leiche. Roog sah den Ärzten hinterher, bis sie *verschwunden* waren. Ihr Gleiter hob vom Boden ab und raste in Richtung Stadtzentrum davon. Es war das vorerst letzte Fahrzeug, das sich vom Tatort entfernte. Die ersten Maßnahmen der Polizei griffen nun, zwanzig Minuten nach dem Tod des Kindes. Der Gleiterverkehr durch die Straße wurde von Terrania Traffic Control umgeleitet. Die ersten Maschen eines energetischen Zauns riegelten das Gebäude nach hinten und zur Seite ab. Niemand konnte mehr das Gelände betreten, ohne daß es Roog oder einer der Polizisten merkten. Außerdem waren da die Space-Jets, hoch oben am Himmel. Keine Fliege konnte herein oder hinaus.

„He, Sholter!"

Er wandte sich um, sah den Polizisten Toldur und fragte: „Ja? Was denn?"

„Wir sollten uns um die Eltern kümmern."

„Das sehe ich auch so. Komm."

Roog ordnete an, die Personen am Tatort nach ihren Personalien und ihren Beobachtungen zu befragen. Toldurs drei Begleiter übernahmen das.

Ein paar Meter weg von der Leiche kniete immer noch die schmale Dunkelhaarige, die er vor ein paar Minuten als die Mutter des Kindes erkannt hatte. Roog ging zu ihr und faßte sie am Arm.

„Lucia! Du mußt mich jetzt begleiten."

„Wie?"

Sie schaute auf, und er sah an ihren Augen, daß sie vollständig verwirrt war. Einen solchen Schock zu verkraften, das war keine einfache Sache. Ihre Finger zitterten so heftig, daß sie sich permanent an der eigenen Kleidung festhielt. Vielleicht hatte sie gar nicht begriffen, was passiert war. Roogs Hoffnungen, von ihr den Hergang der Sache zu erfahren, sanken auf einen Punkt, der bei nahezu null lag.

„Du bist doch Lucia."

„Ja. Lucia Schirmer."

„Wie viele Kinder hast du?"

„Eines."

„Und wie ist sein Name?"

Roog verkniff sich absichtlich die Formulierung „Wie war sein Name?"

„Jomie. Jomie ist vier."

„Und wie kommt es, daß Jomie aus dem Fenster gefallen ist?"

Die Dunkelhaarige machte wieder große Augen. Roog überlegte, ob Toldur ihr ein Psychopharmakum verabreichen sollte. „Versuchen wir es anders, Lucia", sagte er sanft. „Weißt du, ob jemand gesehen hat, was passiert ist?"

„Nicolos."

„Wer ist Nicolos?"

„Mein Freund."

„Ist er Jomies Vater?"

„Ja. Wir wohnen zusammen."

„Wo können wir Nicolos finden?"

Sie zeigte am Glasturm hinauf, in den Bereich zwischen Stockwerk acht und vierzehn. Insgesamt waren es einundzwanzig Etagen. Roog registrierte, daß sie auf eine jener Wohnungen deutete, die in Frage kamen. In diesem Bereich standen mehrere Fenster offen.

„Bitte führ uns zu Nicolos, Lucia. Kannst du laufen?"

Die Dunkelhaarige starrte auf die Plane, die über dem Leichnam ihres Kindes lag. Sie öffnete einige Male den Mund, aber sie sagte nichts. Dann schaute sie auf, erhob sich und ging wortlos voran. Roog fielen ihre steifen Schritte auf. Er hielt es für denkbar, daß sie einen Nervenzusammenbruch bekam. Polizist Toldur schaute hoch und klopfte auf seine Tasche; er hatte Medikamente und alles Notwendige in einer umgehängten Tasche.

Der Wohnturm besaß drei Ausgänge. Jeder führte in eine andere Richtung. In der Mitte des Gebäudes befanden sich zwei Antigravschächte. Roog hielt den Kopf in den aufwärts gepolten Sog, schaute nach unten in den Keller und nach oben bis zum Dach. Beide Schächte verliefen ohne Unterbrechung.

Lucia nahm den linken Schacht. Sie schwebten nebeneinanderher bis in den zehnten Stock. „Hier“, sagte sie. Die Dunkelhaarige führte sie bis vor eine Wohnungstür. Auf einem Schild standen die Namen Lucia Schirmer, Nicolos Gmokett und Jomie.

Die Tür stand offen. Dahinter schloß sich eine großzügig geschnittene Wohnung an. Von der Diele zweigten sechs Türen ab. Man konnte ein Kinderzimmer, ein Schlafzimmer und einen Aufenthaltsraum erkennen. Die Einrichtung wirkte wenig abgestimmt. Kantige und runde Möbel standen nebeneinander. Braune und pinkfarbene Töne dominierten. Unter der Decke schwebten Leuchtkörper, die ein dumpfes grünes Licht verbreiteten. Roog empfand die Möblierung als häßlich.

„Hast du die Wohnung eingerichtet, Lucia?“ fragte er.

„Ja“, antwortete sie.

Tür Nummer vier verschloß eine Naßzelle oder ein Bad, Nummer fünf war abgesperrt. Das sechste Zimmer erwies sich als spärlich eingerichteter Wohnraum. Unaufgeräumte Regale bedeckten die eine Wand, in der Mitte stand ein Glassit-Tisch. Auf der Platte türmten sich Datenträger, abgepackte Süßigkeiten, Kinderspielzeuge. An den Wänden standen Sitzmöbel und eine Couch für zwei Personen. Ein Trivideo-Gerät spulte Nachrichten ab, doch der Ton war heruntergeregelt.

Das mittlere von drei sehr breiten Fenstern stand offen. Davor saß in einem der Sessel ein Mann, der nicht einmal den Kopf drehte, als sie kamen.

„Lucia? Bist du das?“

Die Dunkelhaarige gab keine Antwort.

Statt dessen sagte Roog: „Sie ist bei uns.“

Der Mann erschrak und sprang auf. Obwohl er so grobschlächtig aussah, war es eine fließende Bewegung. Er trug ein weißes Hemd ohne Ärmel. Roog fand das bemerkenswert, weil die Temperatur am Fenster niedrig sein mußte. Eine Glatze, ein breites Gesicht, starker Bartwuchs, kräftige Arme; er sah aus wie ein Siedler von einem Agrarplaneten.

„Bist du Nicolos Gmokett?“

„Na und?“

„Mein Name ist Sholter Roog. Ich bin ein Agent des TLD.“

„Liga-Dienst? Dieser Geheimverein?“

„Korrekt.“ Roog hielt den Ausweis hoch, dann zeigte er auf seinen Begleiter. „Das ist Polizist Toldur. Toldur wird in dieser Wohnung die Spuren sichern.“

„Spuren?“ wiederholte der Mann. „Was für Spuren denn?“

„Noch einmal: Bist du Nicolos Gmokett?“

„Ja, bin ich.“

„Dann weißt du doch, was passiert ist.“

„Jomie ist aus dem Fenster gefallen“, sagte Gmokett tonlos.

Polizist Toldur nahm aus seiner Tasche zwei schimmernde Kugeln. Die Robs blieben schwerelos hängen, knapp in Kopfhöhe, dann setzten sie sich lautlos in Bewegung. Einer nahm sich den Raum und speziell die Fensterfront vor, der andere verschwand im hinteren Teil der Wohnung. Verschlossene Türen stellten für einen Protokoll-Rob kein Hindernis dar.

„Fangen wir einfach mal mit ein paar persönlichen Daten an. Erzähle etwas über dich.“

„Was denn? – Ich weiß schon. Nicolos Gmokett, 46 Jahre alt. Beschäftigt im Reaktor No. 13 Terrania/West. Wir sind zwanzig Leute, ich steuere den Wartungsbereich.“

„Und deine Freundin?“

„Lucia und ich, wir sind derselbe Jahrgang. Sie arbeitet nicht. Ist nichts für sie.“

Roog ließ ein paar Sekunden vergehen.

„Warum warst du nicht unten, Nicolos?“ fragte er plötzlich.

„Unten?“

Gmokett ließ sich schwer in seinen Sessel fallen. Der Kerl betrachtete sie als Gegner. Er war kaum zu überrumpeln. Die Art und Weise, wie er sich zurückhielt, weckte Roogs Mißtrauen.

„Bei deinem Sohn. So wie Lucia.“

„Hätte auch nichts genützt“, erwiderte Gmokett böse. „Mindestens dreißig Meter Höhe. Wir hätten vorher aufpassen müssen, dann wäre nichts passiert. Aber wer kommt auf so was?“

„Wie ist es denn passiert?“

Roog überzeugte sich, daß ein Protokollant alles mitschnitt. Gmoketts Aussage durfte nicht verlorengehen.

„Der Kleine spielte am Fenster. Es war offen. Dann muß er wohl aufs Fensterbrett geklettert sein. Ich hab' noch gesehen, wie Jomie nach draußen fiel.“

„Konntest du nichts dagegen unternehmen?“

„Nein. Was denn wohl? Ich stand in der Tür. Das ist zehn Meter weg.“

„Ich nehme an, Nicolos, du kannst das beweisen.“

Roog sah sich einem plötzlich haßerfüllten Blick ausgesetzt. Gmokett sprang aus seinem Sessel hoch, näherte sich drohend und baute sich vor ihm auf, so daß es wie eine Drohung aussah.

„Jetzt hör mal zu, Agent. Du kannst mit deinen blöden Fragen bleiben, wo du willst. Mein Sohn ist gerade gestorben. Ich kann gut auf ein Arschloch verzichten, das hier oben stöbert und bösartige Fragen stellt.“

Roog blieb stehen, wo er war. Gmokett war genauso groß, um die einsneunzig, auf den ersten Blick sehr viel bulliger. Für Leute von der Sorte brauchte er drei Sekunden. Das Problem war nur, er durfte sich mit Gmokett nicht anlegen. Schwierigkeiten mit dem Liga-Dienst konnte er nicht brauchen. Wenn es zu machen war, mußte die Sache ohne Aufhebens über die Bühne.

Ohne Gewalt, ohne Tote und Verletzte.

„Geh mal zur Seite!" befahl er.

Gmokett verharrte kurz, dann rückte er ärgerlich nach links.

Roog ging ans Fenster und schaute nach unten. Dreißig Meter, eine schöne Höhe. Der Ausblick in die Umgebung war atemberaubend. Man konnte viele Kilometer weit sehen, durch das Atlan Village, bis in den angrenzenden Stadtteil. Dahinter stiegen drei kugelförmige Raumschiffe auf, 800 Meter durchmessende Raumriesen der PAPERMOON-Klasse. Sie boten einen majestätischen Anblick. Terrania war die schönste Stadt, die Roog je erlebt hatte; eingeschlossen seine Reisen nach Arkon, Sphinx und Olymp. Und doch war in dieser Stadt ein vierjähriges Kind aus dem Fenster gefallen.

Roog blickte eine Weile auf seine Fingerspitzen. Die Oberflächen der Nägel waren mit einer optisch variablen Folie überklebt. Die Hornsubstanz enthielt ein miniaturisiertes, in mehrere Bestandteile zerlegtes Ortergerät. Für den, der Bescheid wußte, ergab sich eine Art Bildschirm. Gewisse Daten ließen sich mit bemerkenswerter Präzision ablesen; ohne daß man eine klobige Gerätschaft mitführen mußte.

„Was ist mit deinen Fingern? Sind sie schmutzig, Roog?"

Er gab keine Antwort. Seine Nagelorter lieferten einen schwachen Ausschlag, der sich dem Fensterrahmen zuordnen ließ.

Roog drehte sich plötzlich um. „Toldur! Wirf mal eine von diesen Bonbonschalen rüber."

Der Polizist nahm eine aufgerissene Packung vom Tisch.

Roog tat, als wolle er die Schachtel fangen – und machte statt dessen einen Schritt zur Seite.

Die Packung flog durch das geöffnete Fenster.

Einen halben Meter vom Fensterbrett entfernt blieb sie mitten in der Luft hängen.

„Siehst du, Gmokett?" fragte er. „Das ist der Grund, warum ich Fragen stelle. Das Fenster besitzt eine automatische Rückhaltevorrichtung. Jomie konnte gar nicht aus dem Fenster fallen."

Gmoketts Bericht fiel kurz und präzise aus. Er wiederholte die erste Fassung, nur detaillierter. Auf den ersten Blick schien es keine Lücke zu geben. Lucia stellte sich schon dümmer an, sie erzählte alle fünf

Minuten eine neue Version, weil sie sich nicht konzentrieren konnte. Allen Versionen war eines gemein: Sie hatte überhaupt nicht gesehen, was passiert war.

Roog witterte eine böse Sache. Aus eigener Kraft konnte der kleine Jomie nicht aus dem Fenster gefallen sein. Also Mord? Jedes Fenster der Stadt wurde mit einer Rückhaltevorrichtung ausgestattet, wenn es höher als zehn Meter lag. Die Vorrichtung bestand aus einem Antigrav, einem Sensor und einem Mikrocomputer, der entschied, wann der Antigrav zu aktivieren sei. Roog fielen auf Anhieb zwei Dutzend Möglichkeiten ein, wie man sein Kind leichter und vor allem weniger auffällig tötete. Vorausgesetzt, man hatte die Absicht dazu. Und wenn es ein Unfall war? Eine technische Einrichtung, die hundertprozentig zuverlässig arbeitete, existierte nicht. Er nahm sich vor, die Rückhaltevorrichtung auf Mängel untersuchen zu lassen. Wenn etwas passierte, das eigentlich nicht sein konnte, wenn zum ersten Mal seit undenklicher Zeit ein kleiner Junge ermordet wurde, dann steckte etwas dahinter. Roog war natürlich nicht sicher. Aber das Quentchen Unsicherheit reichte aus.

Er hob das Armband an die Lippen. „Agent Sholter Roog“, formulierte er. „Terranischer Liga-Dienst. Kennziffer 766554-A. Die Ermittlungen im vorliegenden Fall erfordern Unterstützung aus dem Tower.“

Die künstliche Stimme antwortete: „Agent Roog identifiziert. Status: bedingt beurlaubt. Welche Form von Unterstützung wird gewünscht?“

„Ich benötige einen TARA-V-UH.“

„Die Maschine trifft in zehn Minuten ein. Ende.“

Nicolos Gmokett und Polizist Toldur starrten ihn an. Beide hatten eine mißtrauische Miene aufgesetzt.

Toldur wollte wissen: „Was bedeutet eigentlich dieses ‚bedingt beurlaubt‘? Bist du nun im Dienst oder nicht?“

„Für diesen Fall bin ich es“, behauptete Roog.

„Und sonst?“

„Bin ich beurlaubt. Aber sei gewiß, daß ich über die vollen Kompetenzen verfüge.“

„Ich erkundige mich morgen früh, Roog. Und zwar direkt im Tower.“

„Meinetwegen.“

Daß der Polizist in Anwesenheit eines Verdächtigen solche Gespräche führte, verärgerte Roog.

Gmokett schickte noch eine Frage hinterher: „Was bedeutet eigentlich TARA-V-UH? Diese Maschine, die kommen soll?“

„Das merkst du noch, Nicolos.“

Roog schaute sich in der Wohnung um. Natürliches Licht kam von der Außenseite, von den Fenstern zur Straße. An den restlichen Wänden hingen Kunstlicht-Holoramen. Sie waren von echten Fenstern kaum zu unterscheiden. Der Betrachter erblickte Gatas, eine wenig heimelige Blues-Welt. Winzig kleine Gestalten gingen abwechselnd voreinander in die Knie. Teure Holoramen spielten Filme ab, die bis zu einigen Tagen reichten; man konnte die vermeintlichen Fenster öffnen, den Kopf hinausstrecken, fremde Gerüche atmen. Aber nicht in diesem Fall, die Bewegungen der Tellerköpfe wiederholten sich in einer Endlosschleife von zehn Sekunden Dauer.

Im Kinderzimmer herrschte Unordnung. Zerbrochene Gegenstände lagen in großer Menge herum, unter dem Bett, auf den niedrigen Schränken oder auf dem Boden. Der kleine Jomie mußte ein aggressives Kind gewesen sein. Was wiederum Schlüsse auf die Eltern zuließ, überlegte Roog.

Im Schlafzimmer dominierten die Farben Schwarz und Weiß. Roog öffnete die Schränke und fand schwarze Wäsche, eine Peitsche mit Blutspuren daran und diverse Sexspielzeuge. In einer Schublade lag ein durchsichtiger Würfel aus Plastik. An der Seite befand sich eine Sensortaste; der Würfel spulte auf Berührung eine Szene ab, in der eine daumengroße Lucia Schirmer von einem ebenfalls verkleinerten Nicolos Gmokett geprügelt wurde. Er schlug so oft und so fest zu, bis Lucia zu bluten anfing. Den Szenen ließ sich nicht entnehmen, ob Lucia Schirmer aus freiem Willen bei der Sache war. Gewalt und Sexualität gehörten oft zusammen.

„Warum zeichnen die so was auf?“ fragte Toldur neben ihm. Seine Stimme klang angewidert.

„Ich bin froh, daß sie es getan haben.“

„Wieso?“

„Die Aufzeichnung ist eine Spur. Sie erlaubt uns Schlüsse.“

Am interessantesten schien ihm das verschlossene Zimmer. Roog ließ den Kode von einem Protokoll-Rob knacken. Im Inneren fand sich eine Werkstatt. Neunzig Prozent aller Kleinstgeräte, die auf engstem Raum verstaut standen, hatte Roog niemals vorher gesehen. Die restlichen zehn Prozent erkannte er als Kameras oder syntronisch gesteuerte Aufnahmegeräte. Im TLD-Tower gab es Kammern, die enthielten ähnliches Gerät. Allerdings waren die Sachen im Tower für Agententätigkeit vorgesehen, nicht für den Freizeitgebrauch.

„Mein Hobby“, erklärte Gmokett von hinten. „Videografie in allen modernen und altertümlichen Formen. Ich schließe die Kammer ab wegen der Chemikalien. Jomie soll nicht damit spielen.“

„Ah.“

„Ist doch nichts verboten dran.“

„Natürlich nicht. – Du besitzt eine Menge Mikrofilme, Nicolos. Ich will, daß du keinen mehr anrührst. Wir werden sie alle ansehen.“

Gmokett lachte. Roog fragte sich, wie man zwanzig Minuten nach dem Tod seines Sohnes lachen konnte. „Viel Spaß“, wünschte der Mann sarkastisch. „Lucia hat sich immer geweigert.“

„Sind auch Filme über Lucia dabei?“

Gmokett hatte wieder diesen wachsamen Blick. „Ein paar“, sagte er. „Interessantes Zeug. Für Spezialisten.“

„Spielst du auch mit?“

„Natürlich. Ich bin Laie, aber ich bin gut.“

„Und ...was ist mit Jomie?“

Damit gelang es ihm zum ersten Mal, Gmokett auf dem falschen Fuß zu erwischen.

„Du bist ein Schwein, Roog. Jomie ist mein Sohn.“

„Schon gut. Wir prüfen es.“

Draußen klingelte es. Polizist Toldur öffnete die Tür. Hereingeschwebt kam eine zylindrische Maschine von eineinhalb Metern Höhe. Die Hülle war mit einer Unzahl winziger Aufbauten ausgestattet, Arme oder Tentakel gab es nicht, weder Augen noch sichtbare akustische Öffnungen.

„Agent Roog?“

„Kennziffer 766554-A. Ich nehme an, du hast mich anhand der Individualschwingung identifiziert, TARA.“

„Das ist korrekt.“

„Ich erteile folgenden Auftrag: Du wirst diese Wohnung überwachen und sämtliche Aktivitäten aufzeichnen. Du wirst verhindern, daß im kriminalistischen Sinne verwertbare Spuren beseitigt oder verfälscht werden. Du wirst im Bereich dieser Wohnung jede Straftat verhindern. Du wirst jede Aktivität, deren Zweck du nicht bewerten kannst, an den Tower melden. Wir lassen zwei Protokoll-Roboter in dieser Wohnung zurück. Für deine Beobachtungen kannst du dich ihrer Sensoren bedienen.“

„Ich habe verstanden“, sagte der TARA.

Roog wandte sich an Lucia Schirmer und an Nicolos Gmokett: „Wir sprechen morgen wieder. Bis dahin steht ihr beiden unter Arrest.“

„Soll das so was wie eine Anklage sein?“

„Nein, vorläufig nicht. Kann aber noch kommen.“

Der TARA schwebte mitten im Raum und machte keine Anstalten, sich zur Seite zu bewegen. Sie verließen die Wohnung und schlossen hinter sich die Tür. Der Polizist schaffte es bis zum Schacht, dann platzte es aus ihm heraus: „Du willst dich verdammt noch mal wichtig machen, Roog!“ warf der Polizist ihm vor, als sie nach unten schwebten. „Einen TARA-V-UH! Du kannst nicht ganz dicht sein! Wieso sie dich auch immer beurlaubt haben, es wird nicht ganz ohne Grund sein.“

„Halt doch den Mund, Toldur“, versetzte Roog müde. „Ich hab’ nicht mal richtig gefrühstückt.“

„Nein! Halte ich nicht! Ein TARA-V-UH ist ein Mordinstrument! Denke nicht, daß ich nicht Bescheid wüßte. So ein Ding ist mit Transformkanonen ausgerüstet, nicht wahr? Für militärischen Einsatz. Wenn der loslegt, vernichtet er ein ganzes Raumschiff."

„Um genau zu sein, ein ganzes Stadtviertel."

„Und so was stellst du denen in die Wohnung? Die haben gerade ihr Kind verloren. Das ist keine Kampfgruppe oder so was."

„Du kannst dich ja beschweren."

„Werde ich. Langsam kommt was zusammen."

Draußen fuhr kalter Wind in ihre Kleidung, und Roog konnte nicht anders, als trotz des Sonnenscheins zu frösteln. Es war ein lausiger Sommer. Mittlerweile war die Leiche fortgeschafft. Toldurs Leute vernahmen immer noch Zeugen. Roog setzte sich auf die Parkbank vor dem Turm und schaute zu, gut eine Stunde lang. Die Zeugen wurden der Reihe nach entlassen, bis auf einen Mann mit auffällig hoher Stirn, der das Geschehen überhaupt nicht zu beachten schien. Er hatte am Polizeigleiter Platz genommen. Roog sah ihn nicht ein einziges Mal mit den Wimpern zucken.

Dann war der letzte durch. Roog erhob sich von der Bank. „Hat sich was ergeben?" fragte er.

Toldurs Leute zuckten mit den Achseln. „Niemand will gesehen haben, was passiert ist", faßte einer zusammen. „Keine Augenzeugen. Alle kamen später dazu."

„Scheiße."

„Na ja, nicht ganz ..." Einer der Polizisten zeigte auf den Mann mit der hohen Stirn, der immer noch am Schweber saß, und zwar als einziger. „Der dahinten. Gesehen hat er nichts. Aber gehört, behauptet er."

„Wer etwas hört, sieht auch etwas."

„Der nicht. Er ist nämlich blind. Übrigens ein Anti."

„Mmmh."

Wenn man in der Sonne genauer hinsah, ließ sich der olivfarbene Schimmer in der Haut nicht verkennen. Die hohe vorgewölbte Stirn, fein gezeichnete Züge, albinotisch rote Augen, geringe Körperkraft; ein typischer Vertreter seines Volkes. Roog näherte sich dem Anti, ohne ein Geräusch zu verursachen. Seine Schritte waren auf dem feuchten Gras und gegen den Wind praktisch nicht hörbar. Er blieb eine Weile stehen. Dann sagte er: „Du weißt genau, daß ich da bin, nicht wahr?"

„Ja." Der Anti zuckte nicht. „Du bist Roog."

„Woher hast du das?"

„Ich konnte euch reden hören."

„Was hast du mitgekriegt?"

„Deine Dispute mit einem Polizisten namens Toldur und deinen Funkverkehr. Zumindest nehme ich an, daß der unterbrochene Monolog mit einem sogenannten Tower ein Gespräch per Funk war."

„Ja", gab Roog mit einer gewissen Hochachtung zu, „du besitzt ein feines Gehör. Ein Mensch könnte das nicht, auf zwanzig Meter, bei dem Wind."

„Das ist zweifellos richtig."

„Wie ist dein Name?"

„Ich heiße Cencenza. Mit vollem Namen Cuul Basten Cencenza."

„Du bist einer aus dem Volk der Báalols?"

„Du kannst mich ruhig einen Anti nennen, so redet ihr Menschen doch alle. Ich habe kein Problem damit."

„Gut. – Erzähl mir, was du gesehen hast."

„Du wurdest zweifellos informiert, daß ich nichts gesehen habe."

„Dann was du gehört hast", verbesserte sich Roog ungerührt.

„So ist es. Ich saß auf der Parkbank unterhalb des Wohnturms. Ich hörte, daß ein Kind schrie. Das Geräusch kam von oben. Das Kind schrie mehrere Male. Ich nehme an, daß es Angst hatte."

„Wie kommst du darauf?" fragte Roog schnell. „Ein Anti-Kind schreit nicht wie ein Menschenkind."

„Ich gebe zu, daß darin ein Unsicherheitsfaktor liegt. Es kann sein, daß das Kind Schmerzen hatte. Aber es handelte sich eindeutig um ein Schreien aus negativem Anlaß. So unterschiedlich sind unsere Völker nicht, entwicklungsgeschichtlich liegen zwischen Báalols und Menschen nur 50.000 Jahre."

„Okay, Cuul Basten ... Wie war der dritte Name?"

„Cencenza", ergänzte der Anti. „Soll ich weitermachen?" Er bewegte weder den Kopf, noch zeigte er das geringste Mienenspiel.

„Bitte."

„Das Schreien des Kindes hörte auf. Ein schweres Objekt prallte kurz danach auf den Boden."

„Das war alles?"

„Ja."

„Du bist sicher, daß das Kind mehrmals schrie?"

„Natürlich. Ich besitze ein sehr viel besseres Gedächtnis als die meisten Terraner."

„Das will ich nicht bestreiten, Cencenza", sagte Roog.

„Aber etwas weckt dein Mißtrauen?"

„Richtig. Deine Geschichte klingt, als hättest du sie auswendig gelernt."

„Ich habe sie deinen Leuten dreimal erzählt. Mittlerweile weiß ich, was ihr hören wollt."

„Gibt es etwas, das du noch hinzufügen möchtest? Irgendwas, das dir anfangs unwichtig schien?"

„Nichts. Ich verfüge über eine äußerst präzise Auffassungsgabe und über ein exakt funktionierendes Gedächtnis. Das erwähnte ich bereits."

Roog lachte leise. „Erinnerst du dich an meine Identifizierungsnummer?"

„Kennziffer 766554-A", antwortete der Anti prompt. Er mußte nicht einmal überlegen. „Du nanntest sie in deinem Funkgespräch."

„Danke. Ich bin überzeugt. Mich interessiert noch, was du auf der Parkbank zu suchen hattest."

„Ich habe gewartet."

„Worauf?"

„Daß die Zeit vergeht."

„Eine ziemlich öde Beschäftigung, stimmt's?"

„Manchmal hat man nicht die Wahl. Ich gehöre zur Anti-Botschaft von Terrania. Vor drei Tagen erlitt ich einen Unfall. Meine Augen wurden irreparabel geschädigt. Du kannst es ohne Instrumente nicht erkennen, aber ich besitze keinerlei Sehfähigkeit mehr. Deine Leute haben das von einem Medoroboter prüfen lassen. Außerdem liegt ein Bericht aus dem Medikum des HQ-Hanse vor. Das bedeutet, ich kann derzeit keine Tätigkeiten ausführen, die mit Bewegung oder mit Sehfähigkeit zu tun haben."

„Deshalb sitzt du auf einer Bank mitten in Terrania?"

„So ist es. Ich warte auf den Termin meiner Operation. Im Medikum wurden mir Körperzellen entnommen. Es dauert zwei Tage, dann stehen Ersatzaugen zur Verfügung. Sie werden derzeit aus meinem Körpergewebe geklont. Ich bat heute morgen darum, an einer beliebigen Stelle der Stadt auf die Nacht zu warten. Meine Betreuer setzten mich an dieser Parkbank aus."

Roog fand das ungewöhnlich, aber nicht ausgeschlossen. Es paßte zur Mentalität des Anti-Volkes.

„Was wirst du nun tun, Cencenza?"

„Ich lasse mich von einem Betreuer abholen. Übermorgen ist der Termin meiner Operation."

„Ich muß dich bitten, auch danach Terrania nicht zu verlassen. Die Untersuchung kann eine Weile dauern."

„Damit habe ich gerechnet. Ich gehe davon aus, daß die Liga Freier Terraner meine Unkosten ersetzt."

Roog antwortete: „Sofern dir welche entstehen, ist das selbstverständlich. Schön, Cencenza, das wäre es für heute."

Der Anti sagte: „Ich wünsche dir einen angenehmen Tag."

Roog ging zum Polizeigleiter. Am rechten Sitz befand sich ein Terminal mit holographischer Projektionsfläche. Er holte sich einen Straßenplan von Atlan Village herein, mit dem Wohnturm und dem Guzmangrund in der Mitte. Jedes einzelne Gebäude ließ sich zuordnen. Das technische Kaufhaus gegenüber, das Bürogebäude des TLD – und der Glasturm, vor dem der Junge gestorben war. Schrittweise vergrößerte er den Ausschnitt. In zehn Kilometern Entfernung vom Guzmangrund befand sich die Anti-Botschaft. Roog zog eine imaginäre Linie zwischen der Botschaft und dem HQ-Hanse; dem Ort, an dem Diplomaten gewöhnlich zu arbeiten hatten. Der Guzmangrund lag präzise auf dieser Linie. Das stützte Cencenzas Aussage. Seine Anwesenheit auf der Parkbank war ein glaubwürdiger Zufall.

„Na?" fragte Polizist Toldur mit einer gewissen Häme. „Was Neues herausgekriegt?"

„Er ist unser wichtigster Zeuge. Wenn er wieder gesund ist, sprechen wir noch einmal mit ihm."

„Gut. Und was jetzt, Roog? Ich nehme an, wir sind hier fertig."

„Keineswegs. Oder wart ihr bereits auf der anderen Straßenseite?"

„Die Anwohner in den Wohnungen und Büros werden bereits befragt, falls du das meinst. Aber da würde ich mir nichts ausrechnen. Wenn jemand was gemerkt hätte, wüßten wir es schon."

„Das sehe ich genauso. Ich denke auch nicht an einen lebendigen Zeugen."

„Sondern?"

„Komm mit. Gleich passiert was."

Roog und der Polizist überquerten die Straße. Über ihnen wälzte sich mittlerweile wieder Gleiterverkehr durch den Guzmangrund; es gab keinen Grund, die Sperre aufrechtzuerhalten. Als sie die Mitte erreichten, gesellten sich zwei freundliche Begleiter zu ihnen. Die Gestalten sahen für einen oberflächlichen Betrachter echt aus.

Toldur erschrak im ersten Augenblick. „Was ist das?" fragte er verblüfft. Dann mußte er lachen, als er das manipulierte Zerrbild seiner selbst erkannte.

„Ein Werbegag vom High-Tech-Markt. Passanten kommen mit bösen Gesichtern vorbei. Ein optisches System erfaßt die Leute und trimmt ihre Gesichter auf fröhlich."

„Schlau."

„Für uns möglicherweise ein Vorteil."

„Wieso?"

„Ich will wissen, was das optische System aufgezeichnet hat. Ob sie einen permanent selbstlöschenden Speicher verwenden oder einen normalen Syntron, der seine Daten am Ende des Tages vernichtet."

Polizist Toldur klappte den Mund zu. „Du meinst, ob der Unfall darauf ist?"

„Zum Beispiel. Könnte sein, daß sie einen engen Kamerafokus verwenden. Oder sie erfassen den gesamten Hintergrund und filtern dann erst die Personen heraus. Ich kann mir noch eine Menge interessantes Zeug vorstellen."

„Woher wußtest du das mit der Kamera?"

„Sag' ich dir nicht."

Roog verspürte keine Lust, die Geschichte von seiner Suspendierung, von einer Schlaftablette namens Ammanda und von dreiundzwanzig Akten auf seinem Schreibtisch zu erzählen. Statt dessen betraten sie den Markt. In der untersten Etage waren sie die einzigen Besucher. Technische Geräte wurden auf Stellflächen präsentiert, holographische Filme führten auf Knopfdruck die Funktion vor. Das Erdgeschoß bot Geräte aus dem Kommunikationsbereich: Armbandfunkgeräte, die ein halbes Lichtjahr reichten, Großanlagen für den Einsatz in Raumschiffen, Translatorgeräte für die Übersetzung fremder Sprachen. Von einem gesonderten Podest drohte eine schwarze Gestalt, den Rachen aufgerissen, die Hände zu Fäusten geballt. Sie war einsfünfzig groß und stellte einen Haluter dar, ein alptraumhaftes Wesen mit vier Armen, kuppelförmigem Kopf und Reißzähnen. Die Puppe funktionierte ferngesteuert. Haluter gehörten zu den Freunden der Menschheit; als Kinderschreck gab die Puppe jedoch eine passable Figur ab. Mit der ausgestreckten Hand des linken Handlungsarms präsentierte sie einen Sender für Normalfunk.

An unsichtbaren Fäden hing eine Spielzeugkamera von derselben Sorte, wie sie im Schaufenster ausgestellt war. Sie kostete 28 Galax. Ein Sonderangebot.

Roog sagte laut: „Ich will mit der Leitung des Hauses sprechen."

Eine Stimme aus dem Nichts antwortete: „Wünschst du eine technische Beratung?"

„Nein. Es handelt sich um eine offizielle Angelegenheit."

„Bitte folg dem Lichtsignal."

Mitten in der Luft entstand ein blinkender Punkt. Das Licht führte zu einer Tür, die sich vor ihnen öffnete. Dahinter tat sich ein nüchterner Raum fast ohne jede Möblierung auf. Nur ein pultförmiges Terminal mit Sprachausgabe und optischen Elementen ragte aus dem Boden. Der Manager war ein Computer.

„Mein Name ist Sholter Roog. Agent des Terranischen Liga-Dienstes. Kennziffer 766554-A. Bitte überprüfe meine Identifikation."

„Das ist hiermit geschehen."

„Gut. Verwaltest du das Kaufhaus für eine Privatperson oder für die LFT?"

„Für die LFT. Meine Funktionen werden direkt von NATHAN überwacht."

„Wir haben Interesse an der Spielzeugkamera, die im Schaufenster zur Straße Guzmangrund angebracht ist. Die Kamera mitsamt ihren

Speicherelementen muß an mich übergeben werden. Die Speicher dürfen nicht gelöscht werden."

„Ich habe verstanden, Sholter Roog. Der Zugang zum Schaufenster wurde soeben von mir geöffnet."

„Danke."

Roog und Toldur begaben sich zurück in die Verkaufsräume. An der Wand, die der Straße zugekehrt war, stand eine Tür offen.

„Toldur, sieh mal in deiner Tasche nach. Hast du noch einen Protokoll-Rob da?"

„Sicher."

„Gib her!"

Roog setzte die Kugel ins Schaufenster, ließ sie schwerelos eine Runde drehen, holte den Rob wieder ein und setzte ihn sich auf die Schulter. Die Kamera stellte ein Beweismittel dar. Solange er manuell damit umging, mußte jeder Griff festgehalten werden. Er kletterte in die Dekoration und kam mit der Kamera zurück. Sie wog nur wenige Kilogramm. Wie der Speicher und der Erfassungsbereich des Objektivs konstruiert waren, ließ sich von außen nicht sagen.

„Was machen wir jetzt?" fragte Toldur nachdenklich. „Am besten, wir spielen das Ding einfach ab. Dann sehen wir ja, was wir haben und was nicht."

„Stimmt", bestätigte Roog. „Allerdings mit einer kleinen Berichtigung. Wir sehen uns das nicht gemeinsam an. Das mache ich allein. Du kannst dich ab jetzt wieder um deine Arbeit kümmern. Offizieller Kram und so weiter."

Roog behielt den Polizisten im Auge.

Der wurde rot. „Irrtum, Roog!" preßte er so gedämpft wie möglich heraus. „Dieses tote Kind ist auch mein Fall. Ich will nicht, daß du mich da rausdrängst."

„Es tut mir leid", log er.

„Verfluchter Wichtigtuer!" In die Beleidigung legte Toldur allen Abscheu, den er empfand.

„Was war los?" wollte Ammanda wissen.

Roog antwortete: „Schlimme Sache. Im Glasturm gegenüber gab's einen Unfall."

Sie schmorte, bis sie fast geplatzt wäre. „Ja! Weiter!"

„Eine Frau hatte mit ihrem Lieblingskochgerät irgendwas gebrutzelt. Ich glaube, Pudding. Sie kriegte dann das Übergewicht, und das Kochgerät fiel ihr irgendwie aus dem Fenster."

„Ehrlich?"

„Es war ihr Lieblingsgerät. Und dann ist es aus dem zehnten Stock gefallen. Die arme Frau rannte natürlich nach unten. Als sie sah, daß ihr Lieblingsstück zerschellt war, erlitt sie einen Nervenzusammenbruch. Wir haben versucht, ihr zu helfen."

Ammanda schaute ein bißchen mißtrauisch. Sie war unsicher, ob sie ihm glauben sollte oder nicht. „Aus dem Fenster kann doch gar nichts fallen, Roog."

Er lachte böse. „Und da, meine liebe Ammanda, hast du gar nicht mal unrecht."

„Außerdem habe ich die Schweber gesehen. Polizei und Ärzte."

„Ich sag' ja, daß es eine schlimme Sache war."

Alles, was auf seinem Tisch lag, räumte er mit dem ganzen Arm zur Seite. 23 Aktenfolien flatterten zu Boden. Mit der Erledigung bis zum Stichtag, also bis morgen, sah er ernstlich schwarz; sollte NATHAN das besorgen. Roog baute statt dessen die Kamera auf. Der Protokoll-Rob auf seiner Schulter registrierte jeden kleinen Handgriff. Zunächst klärte er die Sache mit dem Speicher. Er fand eine kleine Syntronik vor, die hundert Stunden Holofilm ablegen konnte. Von diesen hundert Stunden Kapazität waren vierzig ausgeschöpft. Mit anderen Worten, der fragliche Zeitraum ließ sich über die Kamera lückenlos dokumentieren.

„So, meine Kleine ...", murmelte er. „Und wie funktionierst du jetzt?"

Das Objektiv zerlegte jede Sekunde in 1016 holographische Bilder. Bewegten sich im Schaufensterbereich des Kaufhauses menschliche Gestalten, wurden sie aus dem Datenmaterial herausgefiltert. Der Syntron nahm eine Bearbeitung vor, ein Mikroprojektor ließ neben den Passanten deren holographische Karikatur entstehen. Roog verfügte demnach über die kompletten Hintergrundbilder. Der Syntron hatte sie aufgezeichnet, jedoch für die Wiedergabe nicht verwendet.

Probeweise spulte er die ersten Szenen ab. Zwei Frauen flanierten über die Straße: mit plötzlich erschreckten, dann amüsierten Gesichtern, als sie ihre Doppelgänger identifizierten. Im Hintergrund erkannte man gestochen scharf den Glasturm und die Parkbank.

„Ammanda!"

„Was denn?"

Sie linste herüber. Wahrscheinlich überlegte sie, was Roog mit den Holos wollte.

„Ich hab' Hunger, Ammanda."

„Geh über den Flur. Da steht ein Nahrungsautomat."

„Gehst du bitte?"

„Da kannst du lange warten."

Er zog ein böses Gesicht. Nach ein paar Minuten stand sie auf, verließ den Raum, knallte ihm eine Schale Erdbeeren auf den Tisch. Er mochte keine Erdbeeren.

Roog ließ den Film im Raffertempo laufen. In der Rangliste der langweiligen Straßen von Terrania stand der Guzmangrund ganz oben. Interessant wurde es am frühen Morgen des 1. Juni. Ein Gleiter mit dem Emblem der Báalolschen Botschaft trieb in geringer Höhe heran und sank auf den Rasenplatz vor dem Turm nieder. Eine Báalol-Frau kam zum Vorschein. Sie half einer zweiten, etwas größeren Gestalt, aus dem Luk zu klettern; es war Cuul Basten Cencenza, und er war eindeutig blind. Cencenza wurde zurückgelassen, der Gleiter verschwand.

Roog stopfte sich Erdbeeren in den Mund. Er kaute, ohne es zu merken.

Um diese Zeit kamen nicht viele Passanten vorbei. Hin und wieder zog am oberen Ende des Erfassungsbereichs ein Gleiter durch das Bild. Der Strom bewegte sich in zwanzig Metern Höhe. Wenn sporadisch die Sonne zum Vorschein kam, konnte man zahlreiche Schatten sehen, wie sie über die Straße zogen.

Um acht Uhr morgens wurde der Verkehr intensiver. Cencenza saß immer noch auf der Bank. Wie er das durchhielt, ohne sich zu erheben oder Spuren von Langeweile zu zeigen, war Roog ein Rätsel.

Die nächste Stunde lief wieder im Schnelldurchgang. Cencenza zeigte die erste Regung. Der Anti richtete sich auf und neigte lauschend den Kopf. Mit reduzierter Geschwindigkeit betrachtete Roog die Szene ein zweites Mal. Da! Eine Minute verstrich. Cencenza lauschte immer noch. Gleitfahrzeuge flogen vorbei, um diese Zeit waren es erstaunlich viele. Es gab keine Passanten. Von oben huschte ein Objekt durchs Bild und prallte auf den Boden. Roog stoppte noch einmal. Er zoomte an die Szene heran, vergrößerte jedes Detail, wiederholte die entscheidenden Sekunden. Cencenza, reglos horchend, ohne die Fähigkeit zur optischen Wahrnehmung. Der Anti zuckte kurz. In diesem Augenblick mußte das Schreien aufgehört haben, wenn seine Aussage den Tatsachen entsprach. Dann der fallende Körper. Es war ein kleiner blonder Junge. Das vierjährige Kind kam eindeutig von oben und zappelte nicht. Roog nahm an, daß es bewußtlos war, aber das konnte nur eine syntronische Analyse gültig beantworten. Jomie prallte keine zehn Meter von der Bank entfernt auf den Grasboden. Cencenza erhob sich mit der Vorsicht eines Blinden, ging auf die Knie und fing an, den Rasen abzutasten. Roog sah ihn den Leichnam entdecken und untersuchen. Es erstaunte ihn zu sehen, wie vorsichtig und methodisch der Anti vorging, obwohl er die zerschmetterten Glieder als solche längst erkannt haben mußte.

„Da drüben ist ein Kind gestorben?"

Roog zuckte zusammen. Vor ihm stand Ammanda, blaß wie eine Leiche; aber Roog fand, daß das im Augenblick kein sonderlich passender Vergleich war. Sie hatte alles mit angesehen.

„Ja."

„Das ist furchtbar.“

„Mmmh.“

Weitere zwei Stunden verbrachte er damit, sich den Tod in allen möglichen Geschwindigkeiten und Vergrößerungsstufen anzusehen. Er suchte nach Anhaltspunkten. Die Zahl der Gleiter, die fünf Minuten davor und fünf Minuten danach vorüberzogen, betrug etwa fünfzig. Roog glaubte nicht, daß jemand etwas gesehen hatte. Aber es war nicht auszuschließen. Vielleicht war unter den fünfzig Maschinen sogar eine, die mit dem Kindstod zu tun hatte.

Roog schaltete die Kamera aus. Er fühlte sich sehr müde.

„Alles klar, Ammanda?“ fragte er scheinheilig. „Ich verschwinde nach Haus.“

Keine Antwort.

„Wo wir gerade dabei sind, was machst du heute abend? Ich dachte, wir zwei gehen essen, ein lauschiges Restaurant am Raumhafen, du und ich und der Sternenhimmel ...“

„Mit dir? Im Leben nicht.“

„Schade.“

2. Kapitel
Die Zwangsjacke

Priit Dükak hatte vier Augen, zwei vorn, zwei hinten. Die kamen ihm nun zugute, weil er ohne 360-Grad-Rundumsicht keine Überlebenschance mehr besessen hätte.

Woher er die Erkenntnis nahm, daß ausgerechnet er jetzt an der Reihe war, wußte Priit nicht genau. Aber er wußte es; als habe jemand in seinem Brustkorb eine Sirene angeschaltet, so massiv war das Gefühl. Gestern hatte man wieder eine Leiche gefunden. Wieder ein Angehöriger der Gatasischen Botschaft, zum dritten Mal in zerfleischtem Zustand. Die Todesart deutete darauf hin, daß immer wieder derselbe Killer zuschlug. Irgendwer frikassierte Tellerköpfe.

Auf dem fernen Gatas wußten die Tiere vorher, wenn ihre Zeit gekommen war. Sie mußten sich nicht mehr wehren, sie nahmen den Tod als programmiertes Ende, dem sie nicht entgehen konnten. Priit war kein Tier. Er spürte das Verhängnis, doch er nahm sich vor, daß er kämpfen wollte. Wenn er nur gewußt hätte, gegen wen.

Priit gehörte zum Volk der Blues. Er besaß einen tellerförmigen, flaumbedeckten Schädel. Der lange dünne Hals führte auf einen ebenso langen Oberkörper, darunter saß ein kräftiges kurzes Paar Beine. Mit diesen Beinen war er nicht sehr schnell. Zu welchem Volk sein potentieller Mörder gehörte, wußte er nicht. Wenn es sich um einen Terraner handelte oder um ein ähnliches Wesen mit langen Beinen, konnte er nicht davonlaufen. Dann mußte er mit seiner Intelligenz einen anderen Ausweg finden.

Priit hockte in der Mitte einer überfüllten Rohrbahn. Das konnte ein Vorteil sein. Von allen Seiten hörte er Gespräche. Einige waren nahe genug, um etwas zu verstehen. Ob sich eines mit ihm beschäftigte oder nicht, ließ sich schwer beurteilen, weil er den terranischen Kulturkreis zuwenig kannte.

„... haben wir gewürfelt, immer wieder, und plötzlich hatte ich nur noch diesen kleinen roten Fetzen an, du weißt doch, welchen ...“

„Das hat gewirkt?“

„... Tomot? Das ist so fern, du wirst niemals hinkommen. Und wenn, dann überlebst du keine Stunde lang.“

„Ich würde so gern ...“

„Was denn ...“

„... ich will’s dir nicht sagen. Jedenfalls nicht hier.“

Priit überlegte, ob er einen Vorteil davon hätte, Alarm zu schlagen. Als Botschafter seines Volkes hatte er jedoch einen gewissen Stil zu wahren, und als Mitarbeiter einer verdeckten Abteilung zog er es vor, seine Probleme diskret zu regeln. Eine Frage des Prinzips.

Terrania bot eine Palette von Beförderungsmöglichkeiten. Da waren die Regional-Transmitter; Bogen aus reiner Energie, die einen Körper ohne Zeitverlust von einem Ende der Stadt zum nächsten versetzten. Das Transmitternetz von Terrania galt als chronisch überlastet. Dann die Personenbänder, nebeneinander laufende Spuren im Freien, die einen Menschen oder ein Alien rasend schnell beförderten. Ob man ein Laufband benutzte oder nicht, hing von der Jahreszeit und der Temperatur ab. Priit benutzte die Bänder grundsätzlich nicht, weil er den Luftzug nicht vertrug.

Als Alternative kamen Taxigleiter, Personenschweber, Antigravbusse in Frage. Zu guter Letzt gab es Rohrbahnen wie diese hier. Priit benutzte die Rohrbahn jeden Tag. Wer immer ihn töten wollte, kannte wohl einen Teil seiner Gewohnheiten. Wollte er den unbekannten Killer in die Irre führen, so schien es ihm günstig, wenn er vom geregelten Ablauf abwich. Jede Änderung erhöhte seine Überlebenschance.

Er betrachtete die Reisenden mit unauffälliger Präzision. Priit brauchte nur die vier Augen so auszurichten, daß er jeden Winkelausschnitt im Blick hatte. Im Waggon saßen zweiunddreißig Personen. Der Mörder befand sich darunter. Zwei Drittel der Leute waren Terraner, gleich viele Männer und Frauen. Die Kinder ganz vorne, es waren sechs am Aussichtsfenster, strich er von seiner Liste der Verdächtigen. Terranische Kinder waren zur Ermordung von drei ausgebildeten Blues-Diplomaten nicht in der Lage. Das verbliebene Drittel der Passagiere gehörte zu Fremdvölkern. An der hohen Stirn erkannte er einen Anti, im Prinzip menschenähnlich; dann zwei plappernde Ertruser, lebendige Kampfmaschinen von bis zu 800 Kilogramm Gewicht; ein Unither, ganz hinten zwei weißhaarige Arkonidinnen.

Terrania bot vielen Völkern Platz. Hinter der Fassade gärte es jedoch. Die Milchstraße hatte sich in drei Blöcke gespalten: Der erste war das Forum Raglund – dazu gehörten die Blues als tausendfach geteilte Nation, die Antis, verschiedene exotische Rassen, die man kaum jemals zu Gesicht bekam. Als zweiter großer Block konstituierte sich Arkon, das sogenannte Kristallimperium. Zehntausend Planeten gehorchten einem faschistischen Imperator, dessen Namen Priit erfolgreich verdrängt hatte. Ganz zum Schluß kamen die 711 Systeme der Liga Freier Terraner. Die LFT regierte von Terrania aus. Das bedeutete, daß alle wichtigen Planeten und Sternenreiche in dieser Stadt eine Botschaft unterhielten. Mit den Botschaften kamen auch die Agenten, das war ein Naturgesetz. Priit Dükak hatte gewußt, worauf er sich einließ. Daß der

Untergrund von Terrania zu den heißen Pflastern der Milchstraße zählte, galt informierten Kreisen als Tatsache.

Es fing zu regnen an. Tropfen prasselten gegen die Scheiben. Priit überraschte das nicht. NATHAN als oberste Wetterkontrolle hatte Schauer angekündigt.

Eine der Arkonidinnen stand plötzlich auf. Sie war zwei Meter groß und sehr viel kräftiger als Priit. Er legte eine Hand an den Projektor seines Schutzschirms. Aber es passierte nichts, die Arkonidin stieg an der nächsten Haltestelle aus.

Der nächste Halt lag am Rand eines Parks. Von dort bis zur Gatasischen Botschaft waren es drei Kilometer.

Priit benutzte diese Haltestelle nie.

An den Schotten sammelten sich zehn Passagiere. Sie stiegen aus, nachdem die Bahn gehalten hatte – und Priit sprang von seinem Sitz hoch, kurz bevor die Türen sich wieder schließen konnten. Er hüpfte im letzten möglichen Augenblick hinaus. Für einen Menschen sah der Bewegungsablauf seltsam aus, die kurzen Beine und der schaukelnde Oberkörper, der sich für explosive Aktionen wenig eignete. Er verpaßte die letzte Stufe und knallte schmerzhaft auf den Boden. Die Leute schauten sich zu ihm um, sechs Terraner, ein kleiner Mann in schwarzem Mantel, Herkunft unbekannt, zwei Ertruser, ein Unither. Priit Dükak stieß ein schmerzerfülltes Quieken im Ultraschallbereich aus. Bevor ihm jemand nahe kam, war er wieder auf den Beinen. Er rannte in Richtung Büsche, so schnell er konnte.

Die Furcht verlieh ihm „Flügel", wie man auf Terra sagte. Priit fand, daß das für humanoide Wesen ohne Federn ein seltsames Sprichwort war.

Wann er zum letzten Mal eine solche körperliche Leistung gebracht hatte, daran erinnerte er sich nicht. Lange Zweige peitschten ihm gegen den Hals, seine Füße blieben an Wurzeln hängen. Nach ein paar hundert Metern hielt er inne. Er hörte keine Geräusche mehr, aus keiner Richtung. Jedenfalls keine, die das unentwegte Rauschen einer Großstadt übertönten.

Priit Dükak tastete sich vorsichtig zu einer einsamen Lichtung. Von hier konnte er die höchsten Wohntürme der Umgebung sehen, in einiger Entfernung das HQ-Hanse. Anhand der Gebäudemarken stellte er seine Position fest. Wenn er die Gatasische Botschaft erreichen wollte, mußte er sich nach rechts wenden, eine gute Strecke geradeaus, quer durch den Park. Exakt in dieser Richtung befand sich ein Ausgang. Er hatte es von dort zwei Minuten bis zur Botschaft. Der Weg führte über eine belebte Straße. Alle anderen Diplomaten waren in einsamer Umgebung umgekommen, deshalb setzte Priit voraus, daß Gesellschaft gleichbedeutend war mit Sicherheit.

Stille.

Und dann fragte eine Stimme: „Was suchst du denn?“

Hinter ihm stand plötzlich ein kleiner Terraner; jedenfalls war er mit einssiebzig für einen männlichen Menschen nicht sehr groß. Trotz seiner vier Augen hatte er den Fremden nicht kommen sehen.

Der Blue drehte sich langsam um, damit er zu dem anderen sprechen konnte. Sein einziger Mund befand sich vorne am Kopf. „Das geht dich wenig an“, gab er zurück.

Seine Sinne waren gespannt, er äugte furchtsam in alle Richtungen. Dieser kleine Mann, sollte er der Mörder sein? Priit berührte den Auslöser seines Defensivschirms.

„Mein Name ist Felsenheimer.“

Priit überlegte, ob es die Aufgabe des Fremden war, ihn hinzuhalten. Er erkannte ihn nun wieder. Es war dieselbe Gestalt wie gerade eben an der Haltestelle, der kleine Mann hatte mit ihm in der Rohrbahn gesessen. Die innere Alarmsirene meldete sich lauter als zuvor. Im Gegensatz zu seinen weniger glücklichen Kollegen besaß Priit Dükak jedoch einen Vorteil: Er war gewarnt, er würde sich nicht überrumpeln lassen. Nun, da es zur Gegenüberstellung gekommen war, wurde er völlig ruhig. Der Fremde namens Felsenheimer trug einen langen schwarzen Mantel aus Leder. Was er unter diesem Mantel transportierte, das ließ sich nicht erkennen. Das Kleidungsstück hatte keine Futterale für die Arme. Sie mußten sich ebenfalls unter dem Mantel befinden. Seine Stiefel bestanden ebenfalls aus schwarzem Leder. Aber Priit fiel auf, daß sie keine Sohlen hatten. Der Mann ging barfuß. Er hatte lange, sehr bewegliche Zehen, wie sie ein Terraner nicht besitzen konnte. Folglich hatte er es mit einem genetisch angepaßten Kolonialterraner zu tun. Das Gesicht des Fremden zeigte keinen Ausdruck. Es war lang und schmal und erinnerte an einen Raubvogel, weil die Nase eine schnabelartige Krümmung aufwies. Seine schwarzen Haare hingen bis auf die Schultern. Darunter, an den Ohren, schimmerten zwei Ringe von matter Farbe, die der Fremde direkt durch die Läppchen gezogen hatte. Priit nahm an, daß das ein schmerzhafter Vorgang war. Er kannte sich in menschlicher Mentalität nicht genügend aus, um die Motive für einen so unsinnigen Akt zu verstehen.

„Sagst du mir deinen Namen nicht?“ fragte der Fremde lauernd.

Seine dunklen Augen lagen tief in den Höhlen. Der Blue fühlte sich gemustert wie von einem Raubtier.

„Ich heiße Priit Dükak. Ich nehme an, das hast du gewußt.“

„Natürlich. Für mich ist es lediglich eine Frage der Höflichkeit.“

Ist es jetzt soweit?

Der Fremde näherte sich mit schlurfenden Schritten. Was er ausstrahlte, erinnerte an einen hypnotischen Einfluß.

Priit gab sich keine Mühe mehr zu fliehen.

Der Fremde blieb einen Meter vor ihm stehen. Sein Mantel glitt ihm von den Schultern und ins feuchte Gras. Im selben Augenblick aktivierte Priit seinen Defensivschirm. Er war im Bruchteil einer Sekunde von einer lichtdurchlässigen Sphäre aus Energie umgeben. Nichts, was materiell war oder aus Energie bestand, konnte ihm etwas anhaben. Der Fremde hätte schon ein Geschütz gebraucht, um Priit jetzt noch zu gefährden.

Verschwinde doch! Merke dir das Gesicht und berichte in der Botschaft!

Priit Dükak schaffte es, die innere Stimme zu ignorieren. Für den Fall der Fälle, wenn er noch in Schwierigkeiten geriet, hatte er seinen Thermostrahler.

„Was willst du eigentlich von mir?" fragte der Blue in der zirpenden Tonlage seines Volkes. „Ich habe dich nie zuvor gesehen. Ich habe dir nie etwas getan."

Der Fremde namens Felsenheimer antwortete nicht.

Felsenheimer stand plötzlich nur noch auf dem linken Bein. Das rechte lupfte er gemächlich, hob es im 90-Grad-Winkel an, dann bewegte es sich nach oben, als ob es keine festen Knochen und Gelenke besäße.

Unter seinem Mantel war ein seltsames Kleidungsstück zum Vorschein gekommen. Das Ding ähnelte einer Zwangsjacke. Es hatte eine cremefarbene Tönung und bestand anscheinend aus sehr festem Leinen. Die Arme des Mannes waren in das Kleidungsstück eingewickelt; somit erklärte sich die Tatsache, daß der Mantel keine Ärmel besaß. Um den Rumpf des Fremden zogen sich über Kreuz weiße Bänder. Die Jacke wurde von seitlichen Knoten zusammengehalten.

Was für ein Wesen ihm da gegenüberstand, wußte Priit Dükak nicht; aber ganz sicher war es kein Terraner. Kein Mensch besaß eine solche Bewegungsfähigkeit. Geschweige denn ein solches Gefühl für Gleichgewicht. Der Fremde hätte in jedem Terraner-Zirkus als Mann aus Gummi auftreten können.

Priits Füße schienen wie an den Boden genagelt. „Was soll das?" zirpte der Blue beunruhigt. „Was machst du?"

Die Zwangsjacke und die Beweglichkeit paßten nicht ins Schema. Es gab keine Waffen, keine technischen Tricks. Und vor allem keine Gegenstände, die zum Zerfleischen eines Blues geeignet waren.

Felsenheimer verdrehte das Bein, bis er zwischen den Zehen zwei Fäden hielt. Mit einem Zupfen öffnete er den Verschluß der Zwangsjacke. Das cremefarbene Kleidungsstück glitt zu Boden, so wie der Mantel zuvor.

Priit Dükak reagierte mit voller Geistesgegenwart. Die Jahre des Trainings machten sich bezahlt. Unter der Jacke kam etwas Undefinierbares, etwas Schreckliches zum Vorschein. In den dunklen Augen erwachte etwas, ein fremdes Wesen, das Felsenheimers wahre Persönlichkeit mit einem einzigen Schlag auslöschte. Der Blue hatte so etwas niemals vorher gesehen. Er richtete seinen Thermostrahler auf den Fremden, und obwohl er unter Schock stand, drückte er ab. In diesem Augenblick dachte er nicht mehr daran, daß er sich eines Mordes schuldig machte.

Schelmenstreiche:

„Was treibst du da, mein Kleiner?"

„Ich bastle etwas, Mama."

„Aber was soll es werden?"

Mama kam und schaute, aber Mama erkannte nicht, wie sich die vielen kleinen Teile zu einem Ganzen fügten. Der Kleine wußte es ganz genau. Das machte Mama stolz.

„Ich bin fertig!"

„Also, was ist es?"

Er ließ das kleine Fluggerät in die Luft steigen. Weil er nur sowenig Platz zum Basteln hatte, bloß den Tisch in seiner kleinen Kammer, war der Gleiter auch sehr klein. Aber das Ding flog. Es war schwerelos, und es ließ sich über eine Fernsteuerung lenken. Der Kleine zwang den Gleiter in eine Kurve, einmal unter der Decke entlang, über den Boden ins Badezimmer. Im Bad war es dunkel. Mama hatte ihn gerade noch gewaschen, und wenn sie da war, dann löschte sie immer das Licht. Er mochte es nicht, wenn es dunkel war, weil die Linien ihn dann töten konnten.

„Wo ist es hin, Kleiner?"

„Hmmm?"

„Dein Flugdings!"

„Ich hol's schon."

Das Modell war zehn Zentimeter lang und besaß eine spitze Schnauze. Der Kleine steuerte es in die Kammer zurück. Er brachte es auf Geschwindigkeit, soweit das in der Enge ging, und hätte fast Mamas Kopf getroffen. Statt dessen knallte es gegen die Wand und ging kaputt.

„Mein kleiner Schelm ist nicht sehr vorsichtig", tadelte sie.

Er dachte vielmehr, daß er nicht sehr *geschickt* war. Sonst hätte er getroffen, und sie konnte ihm nicht wieder das Licht ausmachen.

Eine sanfte künstliche Stimme weckte ihn: „Sholter! Es ist sechs Uhr morgens."

„Laß mich schlafen."

„Ein Anruf für dich liegt vor."

„Mmmh ...?" Er öffnete die Augen zuerst, dann verdrehte er sie ärgerlich. Die Lider waren noch verklebt, sein Mund war voller Schleim. „Wer denn?"

Roog hatte von Sterea Blues geträumt, von glücklichen Tagen und von feuchten Nächten sowieso. Nächte mit einer Traumfrau, einer Göttin. Aber das war lange her, er konnte sich fast schon nicht mehr erinnern. Die Frauen, mit denen er heute ins Bett ging, waren bloß noch Menschen.

„Es ist Gia de Moleon", antwortete sein Heimsyntron. „Sie besteht darauf, dich zu sprechen."

„Scheiße. Sag ihr, ich onaniere gerade. Nein, warte! Erzähl ihr, ich rufe gegen Mittag zurück."

Eine Weile verging, dann sprach der Syntron erneut: „Ich habe es ausgerichtet. Sie sagt, sie erwartet dich in einer halben Stunde im TLD-Tower."

„Analysiere ihre Stimmung."

„Sie schien sehr wütend zu sein."

„Blöde Kuh."

De Moleon war seine Vorgesetzte, Chefin des Liga-Dienstes. Was hatte der Syntron gesagt? Stimmungsbarometer wütend. Es hatte wohl Klagen über seine Handlungsweise gegeben. Roog schob die Decke weg, wankte in die Naßzelle und ließ sich von einem Wasserstrahl massieren. Er spuckte aus, bis er den Schleim los war, pißte nicht ins Klo, sondern in den Wasserabfluß und reinigte seinen Mund mit einer Lotion.

„Wie geht es dir heute morgen, Sholter?" fragte der Syntron höflich.

„Mir geht's scheiße."

„Ich habe Auftrag, dich auf die gehäufte Verwendung des Wortes ‚Scheiße' hinzuweisen. Es ist innerhalb von zehn Minuten das zweite Mal."

„Wenn du mich noch mal beim Fluchen störst, erhältst du Auftrag, dich in die Luft zu sprengen."

Der Syntron antwortete prompt: „Ich habe Order, dich auf die sinnlose morgendliche Verschwendung von Finanzmitteln aufmerksam zu machen. Meine Vernichtung würde einen Schaden von etwa 3400 Galax ausmachen."

„So eine teure Maschine bist du?"

„Nein. Meine Explosion zieht allerdings die Beschädigung der Einbauküche nach sich."

„Wenn ich's mir recht überlege, wäre die Verschwendung nicht sinnlos. Ich könnte immerhin in Ruhe zu mir kommen."

„Dein Gespräch im Tower beginnt in neunzehn Minuten."

Roog hätte gern mit einem Fluch geantwortet. Aber er diskutierte nicht mit einer Maschine, die er selbst programmiert hatte. Im Streit mit sich selbst konnte man nicht gewinnen. Auf ein Frühstück verzichtete er; de Moleons Schuld, er würde es nicht vergessen. Er zog sich im Schacht nach oben die Jacke an, dann stürmte er durch den Regen zu seinem Gleiter. Vom Dach hatte man einen bemerkenswerten Blick. Dieser Wohnturm war der einzige im Umkreis, ansonsten dominierten Häuser für drei oder vier Familien das Viertel. Sholter Roog zog es vor, in der Anonymität zu wohnen, ohne direkte Nachbarn, die ihm auf die Nerven fielen. Über Terrania hingen dunkle Wolken. Die Skyline, die bei Sonnenschein so verführerisch glitzern konnte, versank in einem grauen Dunstschleier. Statt dessen dampfte es über den Parks, weil der Boden heißer war als die kühlen Regentropfen.

Roog fädelte seinen Gleiter in die unsichtbare Verkehrsader ein. Der grobe Flugweg wurde von Terrania Traffic Control, also von NATHAN, vorgegeben, obwohl sich praktisch keine Maschine sonst in der Nähe befand. Mit fünfhundert Stundenkilometern passierte er den Raumhafen. Er überquerte zwei durch Teiche voneinander getrennte Wohnviertel und erreichte ein wenig heimeliges, brachliegendes Feld am Rand der Stadt. Spaziergänger gab es nicht. Das nächste Wohnhaus stand in zehn Kilometern Entfernung. Und wenn ein Personengleiter zufällig diese Richtung einschlug, so wurde er von TTC automatisch umgeleitet.

Roog steuerte in die Mitte des Feldes. Vor seinen Augen tat sich ein bodenloser Schacht von vierzig Metern Durchmesser auf. Er flog einen TLD-Gleiter, den ein Unbefugter nicht hätte besteigen können. Die Identifikation wurde abgefragt. Der Gleiter wurde in automatische Steuerung genommen. In der Öffnung war es gleißend hell. Zurückgelehnt ließ er die unterirdischen Stockwerke passieren. Alle zwanzig Meter gab es einen Verteilerknoten und Stellplätze für die Maschinen, die hereinkamen. Der Tower maß viele Kilometer, zu den Seiten und nach unten dehnte sich die Anlage wie ein überdimensionaler Krake aus. Durch den Schacht trieben nicht nur Gleiter, sondern Menschentrauben und Einzelgänger, Roboter und regelrechte Warentransporte. Eines der Stockwerke war mit roter Leuchtfarbe als versiegelt gekennzeichnet. Dort wurde eine technische Neuentwicklung hergestellt; deren Name, wie gemunkelt wurde, *Ides Rache* lautete. Endlose Flächen enthielten nichts als Labors, über viele Stockwerke verteilt, darunter noch die Trainingscenter für Frischlinge, die Unterkünfte, die Waffenkammern.

Stockwerk Nummer 98 – der Gleiter drehte sich aus dem gebremsten Sturzflug in horizontale Lage und steuerte einen Parkplatz an.

„Agent Sholter Roog“, sprach er routinemäßig. „Kennziffer 766554-A.“

Ein TARA-V-UH-Kampfroboter führte ihn ins Innere. An einer schmucklosen Tür stand in ebenso schmucklosen Buchstaben der Name Gia de Moleon. Roog blieb vor der Tür stehen, der TARA schwebte davon. Er brauchte nicht zu klopfen.

„Herein!“

Hinter einem altmodischen Schreibtisch blickte eine grauhaarige alte Dame auf. Die betont konservative, blasse Erscheinung half ihr, eventuelle Gegner einzuschläfern, ebenso das lächelnde Muttergesicht. Braune Augen kaschierten menschliche Kälte. Roog hielt sie für eine talentierte Lügnerin. Es wäre töricht gewesen, auf die Maske hereinzufallen. Gia de Moleon gebot ohne nennenswerte Beschränkung über ein Heer von Agenten. Alles, was sich im Tower befand, unterstand ihrem Befehl. Roog hatte keine blasse Ahnung, was vielleicht noch alles. De Moleon gehörte zu den mächtigsten Personen im Umkreis von tausend Lichtjahren.

Sie sagte freundlich: „Guten Morgen, Sholter.“

„Morgen. Ich hatte noch nicht mal Zeit zum Frühstücken. Also, was gibt's?“

De Moleon änderte schlagartig ihre Taktik. Das Lächeln verschwand, statt dessen paßte sich das Gesicht den ausdrucksarmen Augen an.

„Du bist beurlaubt, Roog.“

„Weiß ich längst. Meine Berufung läuft. Und sonst noch?“

„Was wolltest du gestern bei dem verunglückten Kind?“

„Das Kind ist ermordet worden.“

„Danach habe ich nicht gefragt. Was wolltest du?“

„Ich war zufällig in der Nähe. Du bist zweifellos informiert worden, Gia, daß ich bloß über die Straße ging. Ein Zufall, wenn man so will.“

„Du hättest die Sache der Polizei überlassen müssen.“

„Der Meinung bin ich nicht.“

„Ich habe die Beschwerde eines Polizisten vorliegen. Er sagt, ein TLD-Agent namens Sholter Roog habe sich mit unzureichender Sachkenntnis in einen Unglücksfall eingemischt und daraus grundlos eine riesige Affäre gemacht.“

„Sind dir die Fakten bekannt, Gia?“

„Ja.“

„Dann weißt du, daß gewisse Ungereimtheiten existieren. Erstens: Das Kind konnte nicht aus dem Fenster fallen, weil es eine funktionierende Rückhaltevorrichtung gab. Rausgefallen ist es aber, wir haben ja die Leiche. Und es gibt da noch etwas. Ein Zeuge sagt, er habe das Kind eine ganze Weile schreien hören, bevor es aus dem Fenster fiel. Das Kind hatte also vorher Angst. Es muß gewußt haben, daß es in Gefahr schwebte. Das Kind wurde demnach vorher bedroht. Die Eltern lügen. Punkt und Schluß.“

„Nun gut ..." De Moleon musterte Roog wie einen Angeklagten; wie jemanden, den sie soeben einer Straftat überführte. „Vielleicht war's ein Fall von Kindesmord. Was hat der TLD damit zu tun? Wir jagen keine Mörder. Wir schützen die Erde vor den Übergriffen fremder Mächte."

„Die Details stimmen nicht, Gia. Die Geschichte stinkt."

„Mehr als eine Vermutung existiert folglich nicht?"

„Nein", räumte er ein.

„Nichts, womit ich den TLD-Einsatz im juristischen Sinn rechtfertigen kann?"

„Nein."

De Moleon kostete ihre Überlegenheit weidlich aus. Zurückgelehnt im Sessel, die beinahe weißen Augenbrauen hochgezogen, so hielt sie über ihn Gericht. Er fragte sich, warum sie so etwas nötig hatte. Ob er weiterhin tätig war, hing von ihrem Wohlwollen ab. Aber Roog war keiner, der sich geschlagen gab, ohne zu kämpfen. Im Agentenbetrieb gab es einen wichtigen Grundsatz: Man zog einen Mitarbeiter, der mit einer Sache vertraut war, niemals ohne schwerwiegende Gründe ab. Neulinge bekamen nicht die Zeit, sich einzuarbeiten. Jedes vertraute Detail mehr oder weniger machte den Unterschied zwischen Erfolg und Mißerfolg. Manchmal auch zwischen Tod und Leben.

„Die juristische Seite ist mir bestens vertraut", sprach er gezwungen sachlich. Es fiel ihm schwer, ihr nicht böse über den Mund zu fahren. „Du brauchst *überhaupt nichts* zu rechtfertigen, wenn du nicht willst. Solange ein Verdachtsmoment vorliegt, ist der TLD nach eigenem Ermessen tätig."

„Gibt es denn eins?"

„Was ein Verdachtsmoment ist und was nicht, das bestimmt der Liga-Dienst."

„Wir sind einem demokratischen Gremium verantwortlich. Dem Solaren Parlament."

„Hör auf, mich zu verarschen!" fluchte er. „Dieses Kind ist nicht aus Zufall gestürzt. Wir haben schon für weniger die halbe Stadt umgekrempelt. Das hier ist eine dicke Sache."

„So dick, daß du den Eltern einen Kampfroboter ins Wohnzimmer stellen mußt", stellte sie sarkastisch fest.

„Ja."

„Der Polizist hat speziell in diesem Punkt Beschwerde eingereicht. Menschliche Willkür und Grausamkeit."

Roog sagte verächtlich: „Toldur soll seinen Mund halten. Und dann das Hirn einschalten, genau in der Reihenfolge. Der würde den Eltern sein Beileid aussprechen und die Sache auf sich beruhen lassen. Toldur ist ein Hohlkopf."

„Vielleicht, Roog ... Es gib ein Sprichwort. Du schießt mit Kanonen auf Spatzen. Man könnte meinen, du versuchst dein angeschlagenes Selbstwertgefühl aufzupolieren."

„Was weißt du über mein Selbstwertgefühl, Gia?" fragte er wütend.

„Genug."

Gia de Moleon erhob sich aus ihrem Sitz. Die taxierenden Blicke, die sie ihm zuwarf, konnten einem trainierten Beobachter nicht entgehen.

„Ich bin gezwungen, dich von dem Fall abzuziehen", behauptete sie kalt.

Er antwortete: „Dagegen protestiere ich."

„Mit welchen Argumenten?"

„Die Summe der Details. Wir können nicht ausschließen, daß der kleine Junge einem sehr unwahrscheinlichen Unglück zum Opfer fiel. Wenn es aber ein Mord war, dann wurde er mit großer Geschicklichkeit ausgeführt. Solche Möglichkeiten besitzt nur jemand, der sich auskennt."

„Wer soll das sein?" fragte de Moleon.

„Jemand aus dem organisierten Verbrechen. Oder jemand aus dem politischen Untergrund."

„Solche Leute werfen Kinder nicht aus dem Fenster. Sie interessieren sich nicht für Kinder. Und wenn doch, dann verschwinden die Opfer spurlos."

„Das weiß ich."

De Moleon meinte: „Das alles paßt nicht zusammen."

„Ja. Du mußt jemanden mit Erfahrung dransetzen."

Sie wanderte ein paar Schritte durch das Zimmer.

„Ich erkläre dir meine Lage, Sholter. Der Liga-Dienst bricht derzeit beinahe zusammen. Das Kristallimperium verhält sich nervöser denn je. Das Forum Raglund macht täglich Schwierigkeiten. In Terrania herrscht ein explosiver Geist. Wir halten noch den Deckel darauf, lassen es nicht an die Öffentlichkeit. Aber es gibt jeden einzelnen Tag Tote. Unfälle, so wie immer. Du kennst das."

„Du hast Personalmangel?"

„So könnte man sagen."

„Nimm meine Beurlaubung zurück."

„Das geht nicht. Ich will dir nur erklären, wieso mir die Hände gebunden sind. Ich kann diesen Kindstod nicht von jemandem mit Erfahrung aufklären lassen. Ganz einfach deshalb, weil ich niemanden mit Erfahrung mehr habe."

Roog witterte plötzlich etwas. De Moleon erzählte dieses ganze Zeug nicht ohne Grund. Sie bereitete irgend etwas vor. Er konnte sich denken, daß es etwas war, was ihm nicht schmecken würde.

„Du bleibst dran an dem Fall, Sholter", entschied sie. „Und zwar deshalb, weil du nicht mehr zu den aktiven TLD-Agenten zählst. Du bist für mich entbehrlich, weil ich dich an die wichtigen Sachen sowieso nicht dransetzen kann."

„Aber?" fragte er argwöhnisch.

„Ich will nicht, daß es heißt, ein TLD-Agent drangsaliere die Eltern eines verunglückten Kindes. Ich lasse dich nicht weiter unkontrolliert Porzellan zerschlagen."

„Ich nehme an, die Betonung liegt auf ‚unkontrolliert'."

„Exakt. Du bleibst an dem Fall. Aber nicht allein. Du kriegst Begleitung."

Er sagte spontan: „Abgelehnt."

De Moleon verzog nicht die Miene. „Das war kein Vorschlag. Ich räume dir kein Mitspracherecht ein."

Roog spürte, wie er von Sekunde zu Sekunde wütender wurde, und er konnte nichts dagegen tun. Er zweifelte nicht, daß de Moleon ihre Entscheidung zu einem früheren Zeitpunkt längst getroffen hatte.

„Wer ist es?" fragte Roog gepreßt. „Kenne ich ihn?"

„Kein Er – eine Sie", erwiderte die Frau ungerührt. „Du kennst sie nicht. Fee Kellind. Anwärterin aus dem inneren Dienst. Abteilung Wissenschaften."

„Soll ich grinsen? Innendienstleute sind zum Kaffeekochen gut. Nicht für gefährliche Sachen."

„Ich sagte bereits, daß ich den Kindstod nicht für eine gefährliche Sache halte. Ihr sollt nicht Sternenkrieg spielen, sondern die Sache aufklären und gut."

„Ich denke, du kannst niemanden entbehren, Gia", sagte er mit beißendem Spott.

„Kann ich auch nicht. Anwärterin Kellind eignet sich nach unseren Tests nur beschränkt für den Einsatz im Agentenmilieu. Ihre fachliche Qualifikation steht allerdings nicht in Frage."

„So? Wieso wird sie dann mir verpaßt? Welches kleine Problem verhindert ihren Einsatz denn?"

„Wir vermuten mangelnde Nervenstärke in extremen Lagen", antwortete de Moleon unverblümt. „In diesem Fall ist das eine nicht relevante Eigenschaft. Immerhin soll lediglich ein Unglücksfall aufgeklärt werden."

„Es war Mord", verbesserte Roog.

„Wie auch immer. Ich bin sicher, ihr findet es heraus."

Er seufzte tief und beobachtete dabei die Chefin des TLD. „Meinetwegen", gab er sich geschlagen, „dann schick sie in den nächsten Tagen vorbei, okay?"

„Lassen wir den Unsinn. Ich habe sie bereits kommen lassen."

Roog klappte den Mund, den er zur Erwiderung bereits geöffnet hatte, schlagartig wieder zu.

Gia de Moleon sandte ein Signal zum Eintreten nach draußen. Herein kam eine Blondine, die Roog auf den ersten Blick gegen den Strich ging. Sie war einssiebzig groß und ziemlich schlank. Er tippte auf kleine feste Brüste und einen gerundeten Po. Roog hätte sie lieber in Badekleidung gesehen als in der weiten Hose, dem Hemd und der Weste. Geschmack hatte sie, ohne Zweifel; aber die Fähigkeit, sich selbst zu präsentieren, war draußen in der Stadt nur selten nützlich. Ihre Haare fielen auf die Schulterblätter, sie waren glatt, sehr gepflegt und in der Mitte gescheitelt. Das Gesicht war nicht vollständig makellos. Dafür standen die Zähne zu weit auseinander. Die Nase wirkte eine Spur zu gerade und nicht sehr interessant. Aber dafür hatte sie schöne Augen.

„Guten Morgen, Fee“, sagte de Moleon. „Jener schlechtgelaunte Herr hier ist Sholter Roog.“

„Hallo, Sholter!“ sagte die Blonde freundlich.

„Pfff!“

Ihr Lächeln sah schüchtern aus. Die Stimme klang ein bißchen heiser; genug nach kleinem Mädchen, um Schutzinstinkte zu wecken. Roog sah, daß sie eitel war. Er hatte einen Blick für eitle Frauen. Sie war eine von der Sorte, die gern Gerede über ihre Schönheit hörte. Das machte sie berechenbar und leicht zu beeinflussen. Man konnte sie stets am Selbstbewußtsein packen. Aber dasselbe dachte Gia de Moleon auch über ihn. Die Blondine brauchte Komplimente – und er hatte es gern, mit Kampfrobotern zu protzen. Was für ein Gespann.

De Moleon fügte hinzu: „Ich sagte ja, seine Laune ist nicht die beste. Roog gilt als fähiger TLD-Einsatzagent. Wir haben ihn leider beurlauben müssen. Seitdem ist mit der guten Laune Schluß.“

„Aus welchem Grund beurlaubt?“ fragte Kellind.

„Sein Psycho-Test ergibt eine überdurchschnittliche Gewaltbereitschaft. Grenzwert überschritten.“

Die ganze Zeit hatte er den Ärger unterdrückt. An diesem Punkt war es vorbei, er hatte einfach keine Lust mehr, sich zu beherrschen.

„Was für ein Schwachsinn!“ schimpfte er. „Wenn ich Märchen hören will, rufe ich meine Mutter an!“

„Du solltest dich zusammenreißen, Sholter“, empfahl de Moleon mit gefährlicher Ruhe. „Aufbrausendes Naturell, mangelnde menschliche Rücksicht, Neigung zur Selbstüberschätzung. Das sind die weiteren Nachteile. – Ansonsten wäre er zweifellos ein netter Kerl, hätte er den schlechten Charakter nicht.“

Die alte Dame lächelte freundlich.

„Ich halte es für das beste“, sagte Roog gepreßt, „wenn wir keine Zeit verlieren.“

Gia de Moleon öffnete mit einem Sensorknopf die Tür. Roog ging zuerst, er ließ Kellind hinter sich herlaufen. „Na großartig“, murmelte er böse, als sie den Raum verließen. „Ein potentieller Schläger und ein potentielles Sensibelchen."

Fee Kellind sagte: „Das mit dem Sensibelchen wirst du mir erklären müssen."

„Wozu? Die alte Natter hat noch was vergessen. Ich bin nicht bloß gewaltbereit, ich bin rein sexualgesteuert. Wenn ich Blond sehe, verdrängt mein Penis das Gehirn und übernimmt die Kontrolle. Dann kann ich nichts mehr erklären. Dann werde ich nur noch wild."

„Hör auf."

„Es ist ein sehr großer Penis."

Kellind zog die Brauen hoch. „Ich schließe aus dieser primitiven Äußerung, daß du dich über meine Anwesenheit nicht freust."

„Erraten."

Roog warf ihr einen forschenden Seitenblick zu. Wenn sie in ihrer Eitelkeit getroffen war – und das war sie todsicher! –, so ließ sie nichts davon erkennen.

„Ich verstehe schon. Du willst mich gar nicht dabeihaben."

„Stimmt."

„Aber du glaubst doch nicht, daß du mich so los wirst?" fragte sie. „Was für eine naive Vorstellung."

„Zugegeben, ich hatte es gehofft."

„Lächerlich. Ich hätte Gia gleich glauben sollen."

„Hat Gia das mit dem Schwanz etwa auch gesagt?"

Sie sagte angeekelt: „Roog, du bist ein Schwein. Da ist ein Kind gestorben. Ich will über deine Sexualorgane im Moment nichts hören."

Er seufzte tief. „Ach ja, das Kind ..."

Sie liefen eine Weile nebeneinanderher.

„Ich verstehe nicht, wie jemand so was tun kann."

„Mmm. Seit wann hat Gia dich informiert? Wie weit bist du mit den Fakten vertraut?"

„Ich habe in der Nacht die komplette Aktenlage durchgearbeitet."

„Das hab' ich ja selbst noch nicht mal."

„Du siehst auch eher aus, als hättest du die Nacht durchgesoffen."

Roog fand, daß sie damit quitt waren. Das Sensibelchen hatte eine harte Schale. Fragte sich nur, wie lange, aber das würde sich innerhalb der nächsten Viertelstunde erweisen.

„Wir haben einiges zu tun", sagte er. „Die Leiche lag zwanzig Stunden im Labor. Sehen wir mal, was rauskommt."

Kellind zuckte nicht mit der Wimper. Auf dem Weg ließ er sich erklären, was sie vorzuweisen hatte. Sie war in wissenschaftlichen Fächern gebildet, in Mathematik und Hochenergie-Physik. Dienst ausschließlich im Tower, pure Schreibtischarbeit, wie befürchtet. Fee Kellind bezeichnete sich als Organisationstalent. Roog glaubte ihr unbesehen. Wenn man sie reden ließ, hörte sich ein Satz pedantischer an als der andere. Aus Stockwerk 98 begaben sie sich in Stockwerk 20. Sie zählten die richtige Nummer ab und standen im Labor. Ein Mann und eine Frau holten sie ins Sektionszimmer. Unter einem Schirmfeld lag die Leiche des vierjährigen Kindes. Hohe Stickstoffanteile und eine Temperatur nahe am Nullpunkt konservierten sie. Die Experten hatten den Körper nicht aufgeschnitten, sondern lediglich mit Sonden behandelt.

Fee Kellind wurde blaß, aber sie hielt durch.

„Das ist Jomie?" fragte sie heiser.

„Ich denke, du hast die Akten gesehen."

„Habe ich auch. Ich frage zur Sicherheit."

„Das *war* Jomie, um präzise zu sein."

Roog und Kellind ließen sich das Ergebnis zeigen: Jomie war beim Aufprall auf den Boden gestorben. Anomalien gab es nicht. Das Kind sah genauso aus, wie es nach einem Sturz aus dem zehnten Stockwerk auszusehen hatte. Die Todesursache stand nun fest, mehr hatte sich Roog nicht erhofft. Kellind stellte noch ein paar Zusatzfragen, medizinisches Zeug, und er merkte, daß sie mit ihrem Wissen prahlen wollte.

Sie benutzten sein altes Büro als Basis. Die Räume für Agenten lagen im 6. bis 8. Stock. Seine Kammer gehörte zu Stockwerk 6.

Mittlerweile lagen die Daten aus der Tatort-Wohnung gesammelt vor. Unter Umständen fand sich im Datenmaterial ein Hinweis – wie er auch aussah. Fee Kellind überprüfte die Aufzeichnungen von draußen, die Umgebung der Parkbank, die Gleiter auf dem Dach. Roog nahm sich die Infrarotprotokolle vor. Jeder Körper, der eine gewisse Wärme ausstrahlte, hinterließ Spuren. Man konnte sie sehen, wenn man über infrarotempfindliche Sensoren verfügte. Die Rotbilder wurden in sichtbares Licht umgewandelt. Wenn man Glück hatte, erhielt man einen regelrechten Film; mehrere Personen über Stunden hinweg, lückenlos dokumentiert. Selbst im ungünstigsten Fall blieben Anhaltspunkte zurück. Die einzigen, die niemals eine Spur hinterließen, waren spezielle Roboter.

Der TLD verfügte über Maschinen, die exakt die Temperatur ihrer Umgebung kopierten – Nicolos Gmokett und Lucia Schirmer verfügten über solche Maschinen nicht. Roog schaute auf die Protokolle. Er brauchte ein paar Sekunden, dann ließ er den Film weiterlaufen. Überall in der Wohnung war das Ergebnis identisch.

„Was ist denn, Roog?"

Er stopfte sich einen Bissen Brot in den Mund und kaute.

„Also was?"

„Mmm ..."

Fee Kellind preßte ärgerlich die Lippen zusammen. Sie schaute zu, wie er in aller Seelenruhe den Mund leerte. Es freute ihn, daß es so leicht war, sie in Wut zu bringen. „Das Protokoll", sagte er, während er zwischendurch den letzten Bissen schluckte, „entspricht nicht der Erwartung."

„Wieso nicht?"

„Weil das infrarote Spektrum zum fraglichen Zeitpunkt praktisch ausgelöscht ist."

„Was bedeutet ‚ausgelöscht'?"

„Existiert nicht mehr, futsch, verschwunden."

„Hast du so was schon mal erlebt, Sholter?"

„Ja. Die Arkoniden haben ein Gerät, mit dem man dasselbe machen kann. Der TLD hat's auch."

„Was hat das tote Kind mit den Arkoniden zu tun?"

„Weiß ich nicht. Vielleicht gar nichts. Vielleicht ist's auch bloß Zufall."

„Das werden ziemlich viele Zufälle."

„Ja. Ich hoffe, du erklärst das Gia de Moleon."

Die Blondine zog die Augenbrauen hoch und schaute reichlich sparsam. „Warum sollte ich Gia irgendwas sagen?"

Roog fand, daß sie sich dieses Gesicht besser abgewöhnte; nicht weil es häßlich war, sondern weil er es so leicht durchschaute. „Sie hat dich doch als Wachhund geschickt. Das macht keinen Sinn, wenn du ihr nicht haarklein jeden Mist weitererzählst."

Fee Kellind antwortete nicht. Er wertete das als Geständnis.

„Halten wir fest: keine Infrarotspuren. Wir müssen der Sache anders zu Leibe rücken. Genügend Ansatzpunkte sind noch da."

„Teilen wir die Arbeit?"

„Ja, Fee. Du untersuchst den technischen Teil. Die Rückhaltevorrichtung und so weiter, am besten die komplette Wohnung. Außerdem haben wir Bildmaterial von einer Holo-Kamera. Ich möchte, daß du die Gleiter identifizierst, die zur fraglichen Zeit durch den Bildausschnitt fliegen."

„Wie das denn? Die Dinger haben keine Nummern."

Roog grinste unverschämt. „Da, meine Liebe, wirst du dir was einfallen lassen. Du willst doch zeigen, was du draufhast, oder?"

Pause.

„Ja", gab sie gepreßt zurück.

„Na also." Er genoß das Oberwasser.

„Und du? Was machst du? Weiter Katerfrühstück?"

„Nein. Gmokett hat ein ziemliches Arsenal von Filmen und Holos. Die seh' ich mir an."

„Wenn ich das richtig mitbekommen habe, gibt's da bei Gmokett und Schirmer gewisse abseitige Neigungen. Sexuell, meine ich."

„Stimmt." Er sah der Blondine an, daß sie ihn für einen Voyeur hielt. Roog störte das nicht. Je eher er sie los war, desto besser.

Gegen Mittag erreichte er den Guzmangrund im Herzen von Atlan Village. Die Straße wirkte ausgestorben. Er überlegte, ob er zu Ammanda hochschauen sollte, nur auf einen Sprung, aber er hatte keine Lust auf das verkniffene Gesicht. Statt dessen wandte er sich zum Glasturm. Hinter den Fenstern sah alles friedlich aus. Roog ließ sich vom Antigravlift nach oben tragen. Als er an der Wohnungstür den Summer betätigte, öffnete Lucia Schirmer. Die schmale Dunkelhaarige trug Schwarz. Sie sah verheult aus. Roog nahm an, daß sie im Lauf der Nacht begriffen hatte, was passiert war. Ihre Bewegungen wirkten zittrig und ziellos. So als wollte sie die ganze Zeit etwas tun, was nicht möglich war. Sich die Haare raufen, die Haut aufkratzen, an einer senkrechten Wand hochklettern. Er nahm die Eindrücke mit großer Sorgfalt in sich auf. Wenn man die Lucia von heute sah, mußte man jede Beteiligung ihrer Person ausschließen. Es sei denn, sie hätte gestern unter bewußtseinsverändernden Drogen gestanden.

Im Flur schwebte der TARA-V-UH-Kampfroboter, unter den Decken bewegten sich die Protokoll-Robs.

Nicolos Gmokett saß am Fenster. Er aß Pfefferminzbonbons mit einem scharfen Geruch.

„Verschwinde, Roog."

„Sobald ich weiß, was passiert ist."

Er rief Lucia Schirmer dazu, zwang sie, sich auf eine Couch zu setzen, und ging mit beiden die Aussagen durch. Weder Gmokett noch Schirmer wichen von ihrer Darstellung ab. Im Gegenteil, die Berichte ähnelten sich bis ins Detail. Sie hatten sich abgesprochen. Roog fand die menschliche Kälte bemerkenswert. Eine Lücke, in die er einhaken konnte, schien es nicht zu geben.

„Also gut", sagte er, „wir machen anders weiter. Wenn es sein muß, sitzen wir hier in zwei Wochen noch. Ich werde übrigens von einer Kollegin unterstützt, Fee Kellind. Sie kommt morgen früh vorbei. Dann wird sie eure Wohnung unter die Lupe nehmen. Stellt euch darauf ein."

„Die Protokoll-Robs waren schon überall."

„Manchmal sind Menschen schlauer als Roboter."

„Soll es geben", meinte Gmokett böse. Und mit einem langen, beleidigenden Blick auf Sholter Roog: „Ich würde gern mal einen kennenlernen."

„Genug damit. Ich sehe mir deine Sammlung von Mikrofilmen an. Wenn ihr mir einen Gefallen tun wollt, dann stört mich nicht."

„Wieso sollten wir uns zurückhalten?"

„Weil's dann schneller geht, Nico. Bloß deswegen."

Roog lächelte, und Gmokett merkte, daß es eine Drohung war.

„Es ist immer noch abgesperrt", sagte Jomies Vater nach einer Weile. Er wühlte die Unordnung auf dem Tisch durch, fischte einen fingergroßen Zylinder heraus und warf ihn Roog zu. „Das ist der Schlüssel. Du kannst offenlassen. Jomie ist jetzt tot."

Die Kammer maß drei mal vier Meter. Das war sehr wenig. Roog schloß hinter sich die Tür, so daß er von Gmokett und Schirmer nichts hörte und nichts sah. Aus der Tasche holte er einen Protokollanten. Vor den Wänden standen Regale, allesamt vollgepackt, einige bis zu zwei Metern Höhe. Ein Fenster gab es nicht. Ein Stuhl, drei schmale Tische für verschiedene Arbeiten, das war's schon. Die Masse der Geräte war alles andere als High-Tech. Im Gegenteil, die videografische Werkstatt des Nicolos Gmokett enthielt kiloweise Chemikalien und optisches Material, wie es seit Jahrtausenden nicht mehr im Gebrauch war. Roog entdeckte regelrechte Filme, die in einem komplizierten Prozeß belichtet werden mußten. Solches Zeug war schwer zu kriegen. Zwei verschachtelte Apparaturen starrte er ratlos an, eine ganze Weile. Über den Protokoll-Rob stellte er eine Verbindung zum Tower her. Man teilte ihm mit, es handle sich um eine Vorrichtung, mit der man Filme verkleinern und kopieren konnte. Die Verkleinerungsstufung reichte bis zu einigen tausend. Anders gesagt, Gmokett hatte die Möglichkeit, Mikrofilme herzustellen.

Die Regale gegenüber bargen gängiges Zeug. Moderne Kameras, flugfähig und ferngesteuert, aber auch miniaturisierte Ausgaben, die man unter einem Fingernagel trug. Bilder und Filme wurden syntronisch verarbeitet und gelagert. Es schien nur ein einziges Thema zu geben: Gmokett und seine Tätigkeit am Arbeitsplatz, Reaktor No. 13, Terrania/West. *Die Brisanz einer Kindersendung*. Gmokett bei einer Reparatur, aus Dutzenden von Perspektiven, im Detail und als Totale, Gmokett als gefragter Fachmann. Die Reihe ließ sich unendlich fortsetzen.

Ergiebiger wurde es beim privaten Material. Roog hatte nicht öfter als zehn- oder zwölfmal im Leben überhaupt Fotos gesehen. Fotos mußten gedruckt oder entwickelt werden, man konnte sie nicht beliebig neu bespielen oder verändern. Was gedruckt oder entwickelt war, stand für alle Zeiten fest. Gmokett besaß ganze Foto*sammlungen*. Vom Reaktor No. 13 war keine Rede mehr. Gmokett hatte Jomies gesamte Entwicklung festgehalten. Vom Neugeborenen, wenige Stunden nach der Geburt, über die frühen Lebensmonate bis hin zum vierjährigen Kind. Das Material wirkte auf Roog steril. Er nahm an, daß Gmokett kein wirkliches Interesse an Jomie besessen hatte. Distanz zum eigenen Kind war eine schlimme Sache. Aber kein Grund zum Mord. Im

Vordergrund standen technische Details wie Bildausschnitt, Ausdruck, Helligkeit, Stimmung. Jomie war das Objekt, doch Gmokett hätte ihn ebenso durch ein Haustier ersetzen können.

Roog besorgte sich eine Mahlzeit und zwei Liter Kaffee. Gmokett hatte die Wohnung verlassen, Lucia hockte noch auf der Couch. Er war froh, als er hinter sich die Tür wieder schließen konnte.

Das meiste in der Kammer hatte er durch. Blieben die von Hand beschrifteten Kassetten: Die Filme bestanden aus winzigen Rollen, die man in einen Betrachter legte. Es gab nicht viele davon. Roog ließ sich aus dem Tower erklären, wie man damit umging. Bei gedimmter Beleuchtung schaute er Gmokett und Schirmer zu, wie sie kopulierten; mit Hilfe von Sexgeräten oder ohne. Danach spulte er die Szenen im Schnellgang ab. Einige Filme zeigten Gewalt und sadistische Spiele, aber es war insgesamt weniger, als Roog erwartet hatte. Die Rollenverteilung war immer klar. Nicolos Gmokett quälte, Lucia Schirmer litt. Roog hielt es für möglich, daß Gmokett am eigentlichen Sex keine Freude empfand, daß er mehr vom Gedanken besessen war, den Akt aufzuzeichnen und später zu betrachten.

Nach einigen Stunden schloß er die letzte Kassette.

„He, Roog!"

Er zuckte zusammen und drehte sich um. Nicolos Gmokett hatte die Tür aufgerissen.

„Was ist?"

„Der Tag ist zu Ende", sagte Jomies Vater. „Unser Kind ist gestorben, und wir hätten gern ein bißchen Freizeit."

Roog nahm den Protokoll-Rob und steckte ihn in seine Jackentasche. „Denkt dran, morgen früh kommt Fee Kellind."

„Meinetwegen kann sie auch aus dem Fenster fallen", schimpfte Gmokett. „Ist mir völlig egal."

„Deine Sprüche gefallen mir nicht, Nicolos."

Roog spürte einen ungesunden Zorn aufsteigen. Er konnte sich nicht dagegen wehren. Am liebsten hätte er Gmokett den Kiefer gebrochen, die Vorderzähne ausgeschlagen, irgendwas in der Art. In Anwesenheit des TARA-V-UH und der Protokoll-Robs war das ausgeschlossen. Wenn man ihm Gewalt nachwies, hieß das, der psychologische Test hatte die Wahrheit gesagt. Dann war es mit dem TLD und seiner Agententätigkeit vorbei.

Er verließ die Kammer und stolperte über einen Sessel, der im Weg stand. Im Fallen rammte er Gmokett die Fäuste in den Unterleib.

Roog rappelte sich umständlich wieder auf. „Entschuldigung", sagte er. „War keine Absicht." Als er die Wohnung verließ, krümmte sich Gmokett immer noch am Boden.

3. Kapitel
Die Frau in Rot

Fee Kellind dachte zweimal nach, ehe sie einen Schritt unternahm. Das lag in ihrer Natur. Wenn eine Frau oft genug auf die Nase fällt, zieht sie entweder Schlüsse, oder sie geht unter. Kellind hatte sich für die Vorsicht entschieden. Heutzutage fühlte sie sich stark genug, um überall zu bestehen. Nur die Vorsicht, die war geblieben. Sie wartete seit drei Jahren darauf, daß sie den Innendienst verlassen konnte. Nun war es soweit. Agentenanwärterin Kellind, immerhin. Sie gehörte nicht zum akzeptierten Stamm, aber sie besaß eine Menge Befugnisse. Wenn es hart auf hart kam, war es ihr gestattet, den Planetaren Alarm auszulösen. Der gesamte Personalapparat der Liga stand notfalls zu ihrer Verfügung.

Sie wurde nicht im Agentenkrieg eingesetzt. Immerhin aber in einem Mordfall. Wobei noch zu klären war, ob es sich wirklich um Mord handelte oder um ein Unglück. Diese Plattform wollte sie zur Profilierung nutzen. Einen Fehler durfte sie sich nicht erlauben, und zuallererst galt es jene Hürde namens Sholter Roog zu bewältigen. Je weniger sie mit ihm zu tun hatte, desto besser. Er besaß kein Benehmen und keinen Stil. Im Augenblick hatte er noch den Status „beurlaubt", aber sie war sicher, daß es sehr bald „entlassen" heißen würde. Sie hielt es für besser, wenn ihre Arbeit getrennt von seiner bewertet wurde.

Den kompletten ersten Tag widmete sie der Zeugensuche. Kellind befragte die Menschen, die im Glasturm lebten, speziell die Nachbarn. Ein gutes Wort über Schirmer und Gmokett wollte keiner sagen. Die beiden galten als unhöflich und zurückgezogen. Sie grenzten sich ab, wo sie konnten, und legten Wert darauf, als Außenseiter respektiert zu werden. Für den kleinen Jomie galt dasselbe. Er hatte wenig mit anderen Kindern gespielt, und wenn, dann hatte es Streit gegeben.

Vermutungen hörte Kellind viele. Fakten bot ihr keiner an. Nichts gesehen, nichts gehört, so lautete das Fazit.

Den nächsten Ansatzpunkt stellte die Kamera aus dem Kaufhaus dar. Sie hielt es für denkbar, daß irgendwer in einem der Gleiter etwas bemerkt hatte. Vorausgesetzt, der Anti Cencenza hatte die Wahrheit gesagt, dann mußte sich Jomie mindestens eine Minute am offenen Fenster befunden haben. Was sich vor dieser Minute und direkt danach ereignet hatte, darüber konnte sie nur spekulieren. Aufschlußreich war nicht nur der Augenblick des Todes. Im Gegenteil, Fee Kellind definierte einen Zeitraum von zehn Minuten als interessant, mit dem

Moment X in der Mitte. Sie verbarrikadierte sich im Tower. Niemand außer Roog und de Moleon war zur Störung berechtigt. Bei Mineralwasser und Schokolade lief in einem zur Hälfte abgedunkelten Zimmer die Aufzeichnung. Innerhalb der fraglichen Spanne zählte sie 48 Gleitfahrzeuge. In Wahrheit waren es natürlich mehr, doch die meisten hatten sich in großer Höhe bewegt, so daß die Kamera sie nicht eingefangen hatte. In der Mitte des Films kam immer wieder jene Stelle, die sie regelrecht fürchtete. Von oben fiel ein Körper herab, ein kleiner blonder Junge. Jomie wurde auf dem Rasen zertrümmert. Am Ende ließ sie die Bilder des fallenden Kindes aus der Aufzeichnung entfernen. Es war pervers, sich das immer wieder anzusehen.

Keiner der Gleiter verfügte über eine Kennziffer. Die Bürger dieser Stadt schätzten es nicht, wenn sie zu Gegenständen staatlicher Überwachung wurden. Fee Kellind stellte eine Verbindung zum Zentralgehirn des Towers her, von dort eine Standleitung zu NATHAN. Die 48 Gleiter wurden nach Modellen geordnet. 40 gehörten zu gängigen Baureihen, mit der fraglichen Farbe befanden sich in Terrania jeweils einige hundert bis einige tausend in Betrieb. Sie hielt es nicht für sinnvoll, Tausende von Haushalten zu besuchen. Statt dessen schickte sie einen Rundruf, in dem um Meldung bei einer Stelle des TLD gebeten wurde. Die Besitzer wurden dann von einem Syntron befragt.

Aber es gab auch Lichtblicke. Zum Beispiel die aufwendige Lackierung eines Gleiters, die den Besitzer innerhalb weniger Minuten zu ermitteln half. Beispiel Nummer zwei gehörte einer Serie an, die noch nicht länger als drei Tage auf dem Markt war. Die Fabrik hatte nur ein einziges Modell nach Terrania geliefert. Es kostete sie fünf Minuten, dann setzte sie den Namen des Adressaten auf ihre Liste. Kellind ließ die Außenflächen der Fahrzeuge bis zum größten möglichen Faktor vergrößern. Einige trugen charakteristische Verunreinigungen. Zum Beispiel das Modell, an dessen Dach sich die verklebten Reste einer exotischen Blütensorte befanden; die entsprechende Pflanze wuchs nur an einem Ort in Terrania. Ein anderer Gleiter wies die Spuren einer Reparatur auf. Irgend etwas mußte ihn beschädigt haben, und irgendwer hatte das Fahrzeug wieder repariert; NATHAN brauchte nur die Werkstätten nach einem passenden Schadensmuster abzufragen. Manche Gleiter trugen auch Schriftzüge. Sieben Exemplare hatten den Namen der Besitzer gleich aufgedruckt. Ein Gleiter gehörte zu einem ihr unbekannten U.N.T.T.-Modehaus, Geschäftssitz in der City von Terrania, eines wurde von der terranischen Regierung eingesetzt, ein drittes war mit den Plaketten eines Vereins zur Förderung politischer Bildung beklebt. Ein weiterer Gleiter fiel durch seine hohe Geschwindigkeit auf, er war der bei weitem schnellste im Feld. Das Modell Protus erreichte per Katalog 220 Stundenkilometer, entfernte sich aber mit Tempo 350 vom Glasturm – und zwar drei Minuten nach dem Unglück. Kellind nahm an, daß der Gleiter mit einem modifizierten Triebwerk oder mit einer Austauschmaschine flog. Über NATHAN ließ sie ermitteln, welche Protus-Gleiter ein neues Triebwerk von heraufgesetzter Leistung erhalten hatten. In Terrania kam lediglich eine einzige Besitzerin in Frage.

33 von 48 Gleitern waren am frühen Abend identifiziert.

Einige der Fahrzeuginsassen befragte sie per Visiphon. Sie führte Gespräche mit den Leuten, ohne jeweils zu verraten, worum es ging. Antworten erhielt sie nicht, in keinem einzigen Fall. Manch einer preßte zwar eifrig seinen Schädel aus. Bei präziser Nachfrage erwies sich die vermeintliche Erinnerung jedoch stets als Trugbild. Allein die Erwähnung des Liga-Dienstes ließ viele mißtrauisch werden. Der relativ neue TLD, gegründet im Jahr 1262 NGZ, hatte sich im öffentlichen Bewußtsein noch längst nicht etabliert.

Kellind suchte das U.N.T.T.-Modehaus auf und sprach persönlich mit dem Piloten des Gleiters. Der Mann konnte sich an nichts erinnern. Es hieß, er habe sich auf einer Einkaufstour befunden. Durch welche Straßen, wußte er nicht mehr. Der Verein zur Förderung politischer Bildung bestand aus exakt sieben Personen. Kellind stöberte sie der Reihe nach an ihren Arbeitsplätzen auf. Zum fraglichen Zeitpunkt waren die sieben komplett im Fahrzeug, angeblich in heftige Diskussionen verstrickt. Als besonders knifflig erwies sich die Suche nach dem einzigen öffentlichen Fahrzeug. Regierungsgleiter waren vielen Personen zugänglich. Wer in diesem Fall die fragliche Maschine benutzt hatte, ließ sich nicht mehr klären. Und auf eine Befragung von mehreren hundert Personen verzichtete sie, weil der Aufwand zu groß wurde.

Den Rest des Tages widmete Fee Kellind dem Protus-Gleiter. Die Besitzerin konnte anfangs nicht aufgefunden werden. An diesem Punkt setzte sie zum ersten Mal die speziellen Befugnisse des Liga-Dienstes ein. Kellind definierte die Suche nach dem Protus als „unabdingbar notwendig zur Klärung eines schweren Verbrechens“. NATHAN wurde angewiesen, einen Teil seiner Bestimmungen zum Datenschutz außer Kraft zu setzen.

Sie brauchte nur zu warten, bis der Gleiter das nächstemal benutzt wurde. Kurz vor 20 Uhr war es soweit. TTC, das Verkehrsleitsystem, registrierte einen Flug vom südlichen Stadtende bis in eine nahegelegene Ortschaft namens Glontog. Kellind benutzte einen Transmitter. Sie durchschritt den grünen Bogen aus Energie, legte die 300 Kilometer bis Glontog im Bruchteil einer Sekunde zurück, flog mit einem Mietgleiter zur fraglichen Adresse. Vor einem Straßencafé machte sie den Protos ausfindig. Sie fragte sich durch bis zu einer sehr jungen Frau, der Besitzerin des Fahrzeugs.

An diesem Abend war es kalt. Die fragliche Person saß im Freien, im hinteren Teil des Cafés, in einer grell beleuchteten Laube mit einem Dutzend Tischen. Außer ihr saß draußen niemand. Als Fee Kellind das flatterhafte Wesen sah, blieb von ihren Hoffnungen wenig übrig. Dunkle, tief geränderte Augen, in den Händen immer ein Spielzeug. Kellind zeigte ihren Ausweis und setzte sich zu der Frau. Eigentlich war es ein Mädchen. Sie gab an, sie habe zur fraglichen Zeit eine bewußtseinsverändernde Droge eingenommen. Daher habe sie den Gleiter auf Autopilot und maximale Geschwindigkeit gesetzt. An eine spezielle Wahrnehmung aus dem Guzmangrund erinnerte sie sich nicht.

Fee Kellind schloß ihre Ermittlungen ab. Es gab keine Zeugen. Das stand fest.

Über die Stadt senkte sich eine diesige graue Glocke. Eine halbe Stunde noch, schätzte Felsenheimer, dann würde es dunkel sein. Auf dem fernen Tomot wurde es innerhalb von Minuten dunkel. In der Megalopolis Terrania dauerte der Vorgang seine Zeit. Millionen Lichter trotzten der Dämmerung und ließen immer einen gewissen Schimmer von Helligkeit übrig. Am Raumhafen erhob sich ein halbes Dutzend glühender Funken synchron in den Himmel. Es handelte sich um kugelförmige Raumschiffe von fünfhundert Metern Durchmesser. Sie gehörten zu den mächtigsten der bekannten Milchstraße. Für ihn war es ein seltsames Erlebnis, die Giganten Tag für Tag an sich vorbeiziehen zu lassen. Man lebte in ihrem Schatten, man hatte mit ihnen niemals zu tun. Sie stellten für ihn keine Bedrohung dar. Dennoch, er empfand eine Mischung aus Furcht und Respekt. Aus den Schiffen gesehen war er nicht mehr als ein winziges Insekt. Das mußte er sich immer sagen. Er konnte im Gewimmel der Großstadt untertauchen, wenn er es für erforderlich hielt.

Gelegentlich wünschte er sich, es hätte ihn niemals in die Milchstraße hinaus verschlagen. In dieser Umgebung wurde er zum Raubtier. Er konnte nicht dagegen an.

Und er wollte auch gar nicht mehr. Im Gegenteil, seine Rolle als Bestie begann ihm Freude zu bereiten.

Felsenheimer erreichte den inneren Ring der Stadt. Im Zentrum von Terrania befand sich ein acht Kilometer durchmessender Gebäudekomplex, das sogenannte HQ-Hanse, ehemaliges Hauptquartier einer Handelsorganisation, die die gesamte Galaxis umspannt hatte. Heute existierte die Kosmische Hanse nicht mehr. Statt dessen residierte im HQ die terranische Regierung. Rund um den inneren Ring gruppierten sich öffentliche Verwaltungen, Ladenpassagen, vereinzelt Wohnviertel. Wie die Straßenzüge auch genutzt wurden, der Mangel an Raum war allen gemeinsam. Wer die räumliche Enge nicht ertrug, mußte sich weiter nach außen begeben.

Das Flugziel befand sich in drei Kilometern Entfernung vom inneren Ring. Er hoffte, daß *Schelm* mittlerweile wieder eingetroffen war. Dann konnte er sein Versagen persönlich begründen.

Felsenheimer steuerte den Gleiter auf das Dach des Hauses. Unter den umliegenden Gebäuden gehörte es zu den kleineren. Er fand, daß Schelm die richtige Wahl getroffen hatte. Sich in Terrania zu etablieren war keine einfache Sache. Je unauffälliger, desto besser. Die Stadt erschien ihm wie ein Dschungel. Wer nicht gefressen werden wollte, tat gut daran, sich ein Versteck zu suchen. Ein Versteck, aus dem man zuschlagen konnte, ohne gesehen zu werden; in das man zurückkehrte, ohne daß ein Verdacht entstand.

Schelm besaß einen riesenhaften Ehrgeiz. Wenn der Tag gekommen war, würde er die Stadt verschlingen. Felsenheimer wollte dann an der Seite des Schelms sein.

Er war kein Führer in diesem Spiel. Er war jemand, der gut töten konnte. An der Identität des Opfers hatte er kein Interesse. Er tötete nicht aus Rache, nicht aus Gewinnsucht. Für ihn stellte das Töten eine Notwendigkeit dar. Wenn er die Arme freiließ, brauchten sie ein Opfer. Wenn er die Existenz in der Fremde überleben wollte, dann mußte er ihnen Nahrung geben. Bevor sie sich gegen ihn wandten, bevor sie ihn vernichteten. Alles war ganz einfach. Bloß in dem Moment, da er NATHAN ins Gehege kam, war mit dem freien Umgang Schluß. NATHAN – die lunare Großsyntronik, die bis heute einen Erfolg im Zentrum der Macht verhindert hatte.

Natürlich war Felsenheimer nicht sein richtiger Name. Wie man ihn auf Tomot nannte, ging niemanden etwas an. Die Bezeichnung Felsenheimer hatte Schelm erfunden. Der Schattenmann besaß einen seltsamen Humor. Für einen Tomopaten war das schwer nachzuvollziehen. Humor war etwas, das Felsenheimer nicht verstand. Er kannte nur den Trieb.

Felsenheimer stieg aus dem Gleiter, begab sich ins Innere des Gebäudes und erreichte die Etagen, die U.N.T.T.-Mode gemietet hatte. Dort residierte Schelm, zwischen dem vierten und dem sechsten Stockwerk. Felsenheimer hatte keine Ahnung, was sich in Nummer 4 und Nummer 6 tat. Er nahm an, daß Schelm dort ein Arsenal angelegt hatte.

Stockwerk Nummer 5 besaß zwei Zugänge. Der erste führte über eine Treppe und war permanent verschlossen. Man hätte eine Thermokanone vom größten Kaliber gebraucht, um dort einzudringen. Der zweite führte über den Schacht. Die Waffensysteme, die sich hier konzentrierten, hätten eine mittlere Horde von TARA-Kampfrobotern vernichtet. Stockwerk Nummer 5 besaß eine höhere Feuerkraft als manches

Raumschiff. Felsenheimer bewunderte Schelms Geschick. Der Schattenmann war der erste, der sich im Herzen der Macht etabliert hatte. Jedenfalls der erste aus dem Führungskreis der Guardians.

„Name", sagte eine maschinelle Stimme.

„Felsenheimer."

„Beweg deinen Kopf nach rechts. Heb den rechten Arm."

Felsenheimer drehte den Kopf. Dann sagte er: „Ich kann den rechten Arm nicht bewegen."

Die Stimme antwortete: „Das ist korrekt. Unbeweglichkeit wird als individuelles Merkmal anerkannt. Identität ermittelt."

Ein grünes Licht leuchtete vor seinen Augen. Felsenheimer öffnete eine Glastür und betrat den Korridor, der sich anschloß. In Form eines Ringes führte der Gang um die Etagenfläche. Rechts und links zweigten Türen ab. Links lag die Kontrollzentrale, rechts lagen die Zimmer. Felsenheimer hob einen Fuß und klopfte an Millies Tür. Es war die siebente an der Nordfront.

„Herein!" hörte er.

Im Büro warteten ein halbes Dutzend Leute. Zilko und Beck, Felsenheimers Leute, standen am Fenster. Er registrierte ihre geduckte Haltung, gesenkte Blicke. Sie hatten scharfen Tadel über sich ergehen lassen müssen. Die restlichen vier kannte er vom Sehen, aber er wußte ihre Namen nicht. Durch die Hintertür kam noch Curt hinzu, ein rothaariger stinkender Dummkopf.

Millie saß am Schreibtisch. Sie bedachte Felsenheimer mit einem finsteren Blick. *Irgendwann werden dich die Arme holen.* Sie war eine stämmige Frau mit Mondgesicht, um die einsachtzig, also etwas größer als Felsenheimer. Daß sie zur Führungsriege des Schelms zählte, hätte ihr niemand abgenommen. Ihre Augen standen schräg. Die Backen waren so dick, daß es immer nach Lächeln aussah. Eine Täuschung, Felsenheimer hatte Millie niemals lächeln sehen. Die fröhliche bunte Kleidung, die sie trug, paßte ebensowenig wie der billige Schmuck an den Handgelenken. Er nahm an, daß Millie eine sexuelle Beziehung mit Curt unterhielt. Sie dachten wohl, daß keiner die versteckten Blicke sah.

„Da wäre also unser hungriger Freund", sagte sie mit unterdrücktem Ärger. „Das wurde Zeit. Wir mußten alle warten. Keiner wartet gern, wenn es brennt."

Felsenheimer antwortete nicht. Er sah sie gleichmütig an, weil er wußte, daß sie die Arme fürchtete. Das tat jeder außer Schelm, der ihn ohne den Ghyrd gesehen hatte. Wenn er die Jacke fallen ließ, mußte es ein Opfer geben.

Millie senkte schließlich den Blick. „Schelm ist nicht in der Stadt. Die meisten von euch werden es gehört haben. Deshalb kann er nicht die notwendigen Befehle geben. Ich erwarte ihn bis heute abend zurück. Wir müssen bis dahin sehen, wie wir mit dem zurechtkommen, was Freund Felsenheimer mit seinen Leuten angerichtet hat."

Er sagte: „Es war ein Unfall."

„Hatte Gmokett das Dokument?"

„Wir wissen es nicht. Der Unfall ereignete sich, bevor wir vernünftig suchen konnten."

„Und dann?"

„Dann war keine Zeit mehr. Wir mußten verschwinden. Gmokett weiß nicht, worum es geht. Behauptet er jedenfalls."

„Schelm denkt das Gegenteil."

Felsenheimer hielt es nicht für nötig, einen Kommentar abzugeben. Der Schattenmann hatte immer recht.

Millie spielte scheinbar in Gedanken mit ihrem billigen Armschmuck, aber er durchschaute die Geste. „Hat es Zeugen der Tat gegeben?" fragte sie nach einer Weile.

„Ich halte das für denkbar."

„Gut. Wir werden danach forschen. Sollte es der Fall sein, dann wirst du diese Zeugen beseitigen, Felsenheimer. Diesmal ohne einen Fehler!"

„Natürlich." Er preßte die Lippen zusammen. *Einmal kommen dich die Arme holen.*

„Und was Gmokett angeht ... Er hatte eine Freundin, richtig? Hältst du es für möglich, daß sie ebenfalls Bescheid weiß?"

Der Tomopat merkte plötzlich auf. Im hintersten Winkel seiner Augen flackerte etwas; ein Tier, das beinahe erwacht wäre und das er nur mit Mühe zu bändigen vermochte.

„Ja", sagte er erwartungsvoll.

„Dann stirbt sie mit ihm. Das wird dir Freude bereiten."

„Zweifellos. Wann liegen die notwendigen Daten vor?"

„Ich schicke in einer halben Stunde ein Kommando. Wenn die Daten in einem Computer der LFT-Polizei gespeichert sind, bekommen wir sie im Lauf des Tages. Halte dich bereit. Verlasse das Gebäude nicht."

Felsenheimer haßte es, wenn er kommandiert wurde, es sei denn von Schelm. Aber er sagte nichts. Er war froh, wenn er den Ghyrd wieder öffnen konnte. Es schien ihm, als ob die Intervalle kürzer würden. Einige Stunden noch, dann brauchte er ein Leben. Vielleicht einen dieser Tellerköpfe oder einen der potentiellen Zeugen, von denen Millie gesprochen hatte. Er winkte seinen Leuten und verließ das Zimmer. Es gab einen Aufenthaltsraum, auf der anderen Seite der Etage. Zilko lümmelte sich in den größten Sessel. Er entstammte einer genetischen Kreuzung zwischen Ertrusern und Terranern, einem aussterbenden Volk, das in den Dunklen Jahrhunderten geschaffen worden war. Von Zilkos Sorte gab es nur wenige hundert. Er war zwei Meter zehn groß und dreimal so kräftig wie ein durchschnittlicher Mensch. Fortpflanzen konnte er sich nur mit seinesgleichen; aber die Aussicht, daß er jemals nach Hause zurückkehrte, schien gering. So gesehen ähnelte er Felsenheimer. Durch Zilkos Gesicht zogen sich breite Narben. Es war nicht einfach, jemand von seiner Sorte Narben beizubringen. Zilko hatte in seinem Leben also mindestens einmal verloren – im Gegensatz zu Felsenheimer. Die dritte Person im Raum, Beck, war körperlich das genaue Gegenteil. Zierlicher Bau, ausdrucksarmes schmales Gesicht, gekleidet in Braun oder Grau, auffällig höchstens durch dicke Werkzeuggürtel um die schmalen Hüften. Beck war eine Frau, eine gebürtige Plophoserin, von einer Terra-Geborenen nicht zu unterscheiden. Sie hatte sehr kurze braune Haare. Und sie besaß die Gabe, sich ihrem Hintergrund vollständig anzupassen. Beck diskutierte nicht, sie strapazierte Felsenheimers Nerven nicht, sie beging keine Fehler. Die Sache mit dem Kind ging nicht auf Becks Konto, sondern auf Zilkos. Beck trat niemals in Erscheinung, es sei denn, technische Dinge standen zur Regelung an.

Felsenheimer kehrte seinen Leuten den Rücken. Er trat ans Fenster und schaute hinaus. Die wuchtige Präsenz des ehemaligen HQ-Hanse hielt ihn gefangen, immer wieder, jeden Tag.

„Was für ein atemberaubender Blick. Hört ihr das Flüstern? So viele Begebenheiten. Märchen und Tragödien."

Zilko und Beck schwiegen. Sie besaßen nicht das Format.

Wer aus einem entlegenen Winkel stammte wie Felsenheimer, der verlernte das Staunen nicht. Die Mauern atmeten kosmische Geschichte. Früher hatte man das Gebäude Imperium-Alpha genannt, Perry Rhodan hatte von dort das Solare Imperium errichtet. Heutzutage weilte Rhodan nicht mehr hier. Man munkelte, der größte aller Terraner habe sich auf einen Planeten namens Camelot zurückgezogen.

Eine Zeitlang versuchte Felsenheimer, sich abzulenken.

Neben dem Tisch stand ein Karton mit Werbematerial; neues billiges Zeug, das er noch nicht gesehen hatte. U.N.T.T.-Mode produzierte bis heute keine Bekleidung. Um aber den Anschein eines funktionstüchtigen Unternehmens zu wahren, sollte in den kommenden Wochen Werbematerial verteilt werden. Ein ungenannter Produzent – U.N.T.T. – kündigte eine bahnbrechende Kleiderkollektion namens Empress an. Bis irgendwer auf den Gedanken kam, wirklich Empress zu verlangen, hatte Schelm seine Ziele längst erreicht.

Der Karton war bis oben hin voll mit Holo-Foldern. In der Wildnis von Tomot existierte kein solches Zeug. Die Dinger übten auf Felsenheimer eine unwiderstehliche Faszination aus. Holo-Folder sahen aus wie gefaltete Schiffchen aus Papier, außen bunt bedruckt, fünf mal fünf Zentimeter groß. Öffnete man den Folder, so sprang die

Holographie einer atemberaubenden Terranerin hervor. Sie war ganz in Rot gekleidet und besaß eine auffällige Oberweite. Die Terranerin sprach verheißungsvoll das Wort „Empress!“ – und verschwand zurück in den Folder, aus dem sie gekommen war.

Man konnte den Vorgang beliebig wiederholen. Felsenheimer schaute sich zehn-, zwanzigmal das rote Kleid an, bis er der Sache müde wurde. Dann steckte er sich mit dem Fuß zwei Folder in die Manteltasche.

Zilko brachte aus dem Nahrungsautomaten einen Imbiß. Felsenheimer aß und trank ein bißchen. Er benötigte nicht viel. Den restlichen Nachmittag verbrachte er in einem Sessel, zur Hälfte schlafend, zur Hälfte im Kampf mit sich selbst. Er glaubte nicht, daß er außerhalb von Tomot noch lange überleben konnte. Die Arme würden ihn vernichten, wenn er nicht genügend Opfer fand.

Am frühen Abend erhielt er Nachricht von Millie. Er freute sich bereits, weil er nun handeln konnte; statt aber in den Einsatz zu gehen, wurde er in ihr Büro bestellt.

„Was gibt es?“

„Schelm ist wieder da.“

„Ah.“

„Er will mit dir reden.“

Schelm residierte in der hinteren Zimmerfront der Etage. Von den Türen war nur eine zugänglich, alle anderen hatte der Schattenmann mit Glassitplatten versiegeln lassen. Felsenheimer stellte sich vor die Schwelle. Ein verborgener Sensor meldete sein Erscheinen. Die Tür glitt beiseite.

„Komm herein.“

Der Vorraum zum eigentlichen Refugium war leer. Intern sagten sie „das gelbe Zimmer“ dazu, weil die Wände in einem ockergelben Farbton gestrichen waren. Sie hatten den Glastisch, die Stühle und die Projektionswand oft für Konferenzen genutzt. Die Fenster im gelben Zimmer bestanden aus Kunstlicht-Holoramen. Von hier fiel der Blick auf die perfekte Illusion einer Mondstadt. Man mußte wissen, daß man sich auf Terra befand, um den Unterschied zur Realität wahrzunehmen. Dutzende von Gebäuden und sich bewegende Menschenströme, Gleiter und schwebende Roboter gegen schwarzen, von künstlicher Luft erfüllten Hintergrund; gleißend helle Fenster und grelle Leuchtreklamen sorgten für permanente Helligkeit. Felsenheimer nahm an, daß die Holoramen von Luna stammten. Jedes einzelne war ziemlich wertvoll. Daneben in den Wänden befanden sich automatische Waffensysteme. Es wäre nicht ratsam gewesen, den Hausherrn anzugreifen.

„Hier hinten!“ sagte die Stimme.

Eine weitere Tür stand plötzlich offen. Er trat über die Schwelle. In einem kleinen Zimmer mit vollständig weißen Wänden stand ein Sessel.

Andere Einrichtungsgegenstände gab es nicht. Felsenheimer hatte diesen Raum noch niemals dunkel gesehen, auch nicht nachts. Es war sehr warm, um die 25 Grad. Auch das hatte er nie anders erlebt. Wenn Schelm sich die Ehre gab, herrschten hohe Temperaturen.

Ein flimmerndes graues Feld aus Energie verdeckte die Sitzfläche des Sessels und den größten Teil der Lehne. *Schelm. Da bist du ja. Du hättest mich nicht von Tomot mitnehmen dürfen. Auch nicht, als ich darum gebeten habe. Als ich dir versprach, ein tödlicher Diener zu sein; nur um einmal die Wunder der Galaxis zu schauen.* Die unbestimmte graue Fläche erinnerte an einen Schatten. Unter der Tarnkappe verbarg sich der Führer ihres Kommandos. Wie die Person im Inneren aussah, darüber existierten nur Hinweise. Sie konnte maximal zwei Meter groß und einen Meter breit sein. Ungefähr bis zur Größe eines Menschen hielt Felsenheimer alles für denkbar.

Der Tomopat wartete, bis er angesprochen wurde.

„Millie hat mir berichtet", sagte Schelm. Er besaß eine kräftige Stimme. Sie klang wie die eines männlichen Terraners. Auffällig war der kratzig gefärbte Baßton. „Millie sagt, der Gmokett-Auftrag ist fehlgeschlagen. Es gibt Verwicklungen. Sie sagt, du trägst die Verantwortung."

„Das ist richtig."

„Wir können uns nur sehr wenige Fehler leisten. Ich halte es für möglich, daß dieser bereits entscheidend sein wird."

Felsenheimer erwiderte: „Nein! Wir haben keine Spur hinterlassen. Alles sieht wie ein Unfall aus. Wer käme auf die Idee, *mehr* zu vermuten?"

„Gmokett braucht nur zu reden."

„Er liefert sich selbst ans Messer."

„Es könnte Motive geben, die ihn genau das tun lassen", sprach der Schatten nach einer Weile. „Ich will, daß Gmokett stirbt."

„Ich werde das persönlich übernehmen."

„Natürlich, Felsenheimer. Ich weiß ..."

Der Schattenmann erhob sich aus seinem Sessel. Es war schwer, die Entfernung der Gestalt abzuschätzen. Gegen den weißen Hintergrund stellte Grau einen sehr geringen Kontrast dar. Schelm näherte sich dem Tomopaten mit kleinen Schritten und blieb wenige Zentimeter vor ihm stehen. Felsenheimer spürte seine beklemmende Nähe. „Aber die Dinge liegen nicht so einfach, wie du es dir ausmalst. Erstens: Die Polizei der LFT hat den Fall abgegeben. Alle Kompetenzen liegen mittlerweile beim Terranischen Liga-Dienst. Das heißt, wir sind von wichtigem Datenmaterial ausgeschlossen. Wir können nicht verfolgen, wie die Ermittlung steht."

Felsenheimer empfand die Auskunft als Schock. Er wollte nicht, daß Schelm seine plötzliche Nervosität bemerkte. „Was für eine Ermittlung?“ fragte er, nur scheinbar ruhig. „Was hat der TLD mit einem toten Kind zu tun?“

„Frage das den TLD. Jemand war sehr intelligent. Ich weiß nicht, wer. Er hat in Gmoketts Wohnung einen TARA-V-UH zurückgelassen. Wir können Gmokett gegenwärtig nicht töten. Ich erkenne ein riesengroßes Potential, daß mein Plan in diesem frühen Stadium bereits aufgedeckt wird.“

Der Tomopat schwieg ein paar Sekunden, dann fragte er: „Ändert das etwas?“

„Vielleicht nicht. Die Dinge sind weit gediehen. Das Risikopotential für uns erhöht sich jedoch. Ich sehe im Augenblick wenig, was wir tun können.“

„Wenig ist nicht dasselbe wie ‚nichts‘.“

„Korrekt. Wir besitzen zumindest den Namen eines Zeugen. Die Suche nach seinem Aufenthalt ist bereits angelaufen. Wenn er gefunden ist, will ich, daß er stirbt.“

„Gut.“

Felsenheimer hielt das nicht für eine glückliche Entscheidung; er befürchtete, der Tod des Zeugen werde erst recht Aufmerksamkeit auf den Kindstod lenken. Aber er sagte kein Wort, weil er töten mußte. Je früher, desto besser.

„Was ist mit den Blues-Diplomaten?“ fragte er.

„Wir legen die Sache auf Eis, ein paar Tage. Warten wir ab, was sich ergibt. Das wäre alles. Wir sprechen uns.“

Felsenheimer begriff, daß er entlassen war. Er verließ den Raum und stand wieder im Korridor. Alles entwickelte sich gegen ihn. Je länger er den Ghyrd verschlossen hielt, desto größer der Druck, der ihn trieb. Desto größer auch die Wahrscheinlichkeit, einen Fehler zu begehen, dachte er. Felsenheimer fluchte. Er fragte sich, was er nun seinen Armen geben sollte. Keiner konnte sagen, wann der Zeuge gefunden war. Mit dem linken Fuß griff er in eine Tasche seines Mantels und zog den Folder heraus, den er heute nachmittag gefunden hatte. Er ließ die Frau in Rot herausspringen. „Empress!“ hörte er. Immer wieder „Empress!“ Wie das Ticken einer Uhr.

„He, Fee.“ Roog lümmelte sich in seinen Sessel und grinste böse. Seine Augen hatten dunkle Ringe.

„Hallo, Roog“, sagte sie reserviert.

Sie konnte sein grobes Gesicht nicht leiden. Kantig, schroff und taktlos. Kurze blonde Haare und breite Schultern. Daß man vor einem solchen Kerl Angst haben konnte, war leicht vorstellbar. Im Dunkeln hätte sie ihm nicht begegnen mögen. Kellind war in bestechender Form; sie konnte sich gegen drei, vier durchschnittlich starke Männer gut zur Wehr setzen. Aber Roog war TLD-Einsatzagent. Gegen solche Leute hatte man keine Chance, wenn man nicht Ertruser war oder einen Kampfanzug trug.

Er sagte: „Ich dachte schon, du kommst nicht mehr."

„Die Hoffnung trügt", antwortete sie. „Und ich hätte nicht gedacht, dich um diese Zeit nüchtern zu sehen. Ist ja noch nicht mal acht Uhr."

„Es hat bereits Arbeit gegeben."

„Und die wäre?"

„Gmokett war hier. Vor einer halben Stunde."

„Was wollte er denn?"

„Seinen Sohn."

Fee Kellind zog überrascht die Brauen hoch. Sie vergaß ein paar Minuten, daß Roog ein Ekel war, und setzte sich in den Sessel gegenüber. „Was wollte er mit der Leiche?"

„Er sagt, sein Sohn verdient ein würdiges Begräbnis."

„Und das überrascht dich? Dann hast du noch weniger Anstand, Roog, als ich dachte. Tote Kinder gehören nicht ins TLD-Labor."

„Wir behalten Jomie trotzdem. Es überrascht mich nämlich, daß das Wort ‚Würde' in Gmoketts Wortschatz vorkommt. Der Scheißtyp denkt nur deswegen noch an sein Kind, weil ich ihm den TARA in die Wohnung gestellt habe. Sonst würde der schon wieder mit seinen Kameras spielen. Oder mit seiner Freundin, wenn sie grade Heulpause macht."

Die Äußerung über Lucia Schirmer überhörte Kellind. Sie fand, daß Menschen wie Roog über Frauen besser den Mund hielten.

„Der Roboter ist immer noch da?" meinte sie statt dessen.

„Klar."

„Gia wird das nicht gefallen."

„Erzähl's ihr doch."

„Sie erfährt es auch so. Ich halte das mit dem TARA jedenfalls für überzogen."

„Deine Meinung interessiert mich nicht sehr. Erklär mir lieber, was du gestern gefunden hast."

„Nichts", antwortete sie mit klirrender Kälte in der Stimme. Kellind wurde wütend. *Deine Meinung interessiert mich nicht.* Sie konnte es nicht leiden, wenn sie so behandelt wurde. Es kostete sie große Mühe, nichts nach außen dringen zu lassen. Einen Kerl wie Roog traf man am besten, indem man ihn leerlaufen ließ.

„Was heißt das, nichts?"

„Keiner hat was gesehen."

„Mmmh." Roog zog ein nachdenkliches Gesicht. „Bei mir dasselbe. Gmoketts Hobbykammer war voller Zeug. Aber nichts, was einen vom

Stuhl reißt. – Jetzt sitz' ich schon den dritten Tag an dieser Geschichte, und was bringt es?"

„Gar nichts?" fragte sie ironisch nach.

Roog blickte zornig auf. Sein Psychogramm sprach von gesteigerter Gewaltbereitschaft. Einen Augenblick hatte sie Angst, daß er sie schlagen würde.

„Stimmt, gar nichts", meinte er lauernd. „Aber das hat wenig zu sagen. Wir machen weiter wie gehabt. Ich kümmere mich um den Kindergarten, in dem Jomie war. Danach ist Gmoketts Arbeitsstelle dran. Reaktor 13, Terrania/West. Sieh zu, Fee, daß du bis heute abend die Wohnung erledigt kriegst, alles klar?"

Kellind gab keine Antwort. Sie ignorierte ihn, drehte sich um und verließ den Raum. In den Tower war sie nur gekommen, um sich über Gmoketts Sammlung von Videos und Fotos zu informieren. Sie wollte vermeiden, daß sie am Ende ein wichtiges Detail nicht kannte und aus diesem Grund Fehler beging. Aber es gab noch andere Möglichkeiten. Sie ließ ihre Privatmaschine im Tower, bestieg statt dessen einen TLD-Dienstgleiter und nannte den Guzmangrund als Ziel. Die Aufzeichnungen aus Gmoketts Hobbykammer studierte sie während des Fluges. Der eine Teil der Bilder schien ihr steril und keimfrei, der andere ekelhaft. Tief unten zogen die Viertel der Stadt vorbei, eine schimmernde Melange aus Silber, Grün und Weiß. Kellind nahm es nicht wahr, bis die Maschine auf dem Dach des Glasturms niederging.

Sie hängte sich eine Tasche mit Werkzeug über die Schulter, verriegelte den Gleiter mit einem Kodewort und begab sich ins zehnte Stockwerk. Vor der Tür wartete ein kleiner Mann. Sie hatte den Eindruck, daß er schon eine ganze Weile an der Wand lehnte. Einssechzig Größe, schätzte sie. Seine Augen standen eng beieinander, dafür war das Gesicht breit. Er trug graue Freizeitkleidung. An der Ausrüstung, die er bei sich hatte, erkannte Kellind einen Polizisten der Liga Freier Terraner. Sie schätzte ihn als einen sehr pflichtbewußten Menschen ein.

„Mein Name ist Toldur", sagte der Mann. „Polizist Toldur. Ich wurde aus dem Tower informiert, daß eine Agentin namens Fee Kellind an dieser Wohnung erwartet wird."

„Das bin ich", bestätigte sie.

„Nicolos Gmokett rief die Polizei um Hilfe. Er besteht darauf, daß der Kampfroboter heute aus seiner Wohnung entfernt wird."

„Was hast du damit zu tun, Toldur?"

„Ich vertrete die Interessen der Menschen, die in dieser Stadt leben. Ich bin auf ihrer Seite."

„Der TLD nicht?" fragte Kellind überrascht.

„Ihr stellt den Eltern einen Kampfroboter in die Wohnung."

Darüber dachte sie eine Weile nach. Sie besaß durchaus die Möglichkeit, den TARA auf eigene Verantwortung abzuziehen. Roog konnte das nicht wissen – aber im Notfall galt ihr Wort, nicht seines.

Kellind glaubte, daß Toldur und Gmokett recht hatten. Roog war ein Idiot; aber er war vom TLD, und diese Tatsache forderte ihre Loyalität. Agenten durften sich nach außen nicht gegeneinander ausspielen lassen.

„Der TARA bleibt“, entschied sie.

Toldur wurde wütend. Sie schaute ihn von oben herab an, das machte ihn noch wütender. Blicke von oben, so etwas gehörte zu ihren Talenten. Wer im tiefsten Herzen so schüchtern war wie sie, brauchte Mittel zur Verteidigung.

Er sagte gepreßt: „Also dann.“

„Ja. Auf Wiedersehen.“

Toldur drehte sich mit einer eckigen Bewegung um und verschwand. Kellind überzeugte sich, daß sie vor der richtigen Wohnung stand, dann betätigte sie den Summer. Die dunkelhaarige Frau namens Lucia Schirmer öffnete. Es war ein seltsames Gefühl, sie in natura zu sehen. Kellind kannte sie aus Dutzenden von Aufzeichnungen, speziell die Lucia mit knapper schwarzer Plastikkleidung, mit blutigen Striemen auf dem Rücken und Sperma im Gesicht. Sie bekam das Bild nicht aus ihrem Kopf.

„Was willst du?“

„Ich bin Fee Kellind. Terranischer Liga-Dienst.“ Sie zeigte ihren Ausweis.

„Komm rein. Ich kann's dir sowieso nicht verbieten.“

„Das ist richtig“, antwortete sie distanziert.

Im Flur schwebte der zylindrische Roboter. Wenn man den Raum durchquerte, mußte man ihm ausweichen. Unter der Decke hing eine faustgroße Kugel, ein Protokoll-Rob. Kellind würde die Maschine nicht benötigen, weil sie ihre eigenen Protokollanten mitgebracht hatte.

„Wer ist da?“ schallte es ungehalten aus dem Nebenzimmer.

Lucia Schirmer warf Kellind einen abfälligen Blick zu. „Diese Frau“, antwortete sie laut.

Aus einer der Türen kam Nicolos Gmokett. Die Holos hatten nicht getrogen. Er war ein ekelhafter Typ, so groß wie Sholter Roog, nur kräftiger gebaut. Lucia Schirmer hatte sich ein Tier ausgesucht. Der überwiegende Teil seiner Masse schien von Fett durchzogen. Wie der Körper, so machte auch das Gesicht einen grobschlächtigen Eindruck. Diesmal aber nicht wie bei Roog, dieser Mann hatte nichts Attraktives. Kellind wußte es deshalb so genau, weil sie ihn mit Lucia Schirmer in Aktion gesehen hatte. Gmokett trug ein ärmelloses Hemd. Es war dasselbe wie in den Holoaufnahmen, vielleicht besaß er nur das eine.

Jedenfalls konnte sie ihn riechen, er neigte zu Achselschweiß, und das war eine Nuance, die auch die beste Holographie nicht vermittelte.

„Mein Name ist Nicolos!" erklärte der Kerl übertrieben freundlich. Kellind fand, daß Gmokett etwas Primatenhaftes hatte. „Du mußt Fee sein. Hätte ich gewußt, daß eine derart attraktive junge Dame uns besuchen kommt ..."

„Das kannst du dir sparen", sagte Kellind kalt. „Ich ziehe es vor, sowenig Kontakt wie möglich zu haben."

Gmokett zog ein saures Gesicht. „Schade. Wie ich schon sagte, eine Schönheit höchsten Grades. Du darfst über unser Heim verfügen." Er schloß mit einer Geste die ganzen sechs Zimmer ein. Kellind war klar, daß er mit „über alles verfügen" in erster Linie sich selbst meinte. Von der Seite fing sie einen haßerfüllten Blick auf. Sie hatte nicht den Eindruck, daß Lucia sonderlich an ihr verstorbenes Kind dachte. Sie war mit Gmokett in ihrer persönlichen Hölle gefangen. Der kleine Jomie hatte darin nur wenig Platz.

Kellind schickte Gmokett ins Wohnzimmer zurück. Was Lucia tat, war ihr egal, solange sie nicht im Weg stand.

Sie kannte die Wohnung gut, ohne sie jemals betreten zu haben. Die Protokoll-Robs hatten jeden Quadratzentimeter aufgezeichnet. Was sie interessierte, waren nicht Details an der Möblierung, sondern alles, was eine Maschine von sich aus nicht registrierte. Die Protokoll-Robs arbeiteten gründlich, aber niemals kreativ. Zuerst nahm sich Kellind das Wohnzimmer vor. Alle drei Fenster standen offen. Laut Gmoketts Angaben hatte Jomie am mittleren gespielt, als es passierte. Einer der Tische stand nahe am Fensterbrett; der Vorgang schien ihr durchaus nachvollziehbar.

Kellind machte dasselbe Experiment wie Roog zwei Tage vorher. Sie warf einen Magnetstift aus dem Fenster und beobachtete, wie er in der Luft hängenblieb. Die Rückhalteapparatur funktionierte einwandfrei.

„Ich hab's auch schon ausprobiert", sagte Gmokett plötzlich.

„Und?"

„Es ist nur das eine Mal schiefgegangen. Technisches Versagen, ausgerechnet bei meinem Sohn. Ein Fall unter hundert Millionen. Da denkst du immer, so was passiert nicht, und dann passiert es doch."

Kellind schüttelte den Kopf, als er näher kam. „Bleib da sitzen, Nicolos. Und halt bitte den Mund."

Die Rückhalteapparatur war an der Seite des linken Fensterrahmens angebracht. Von außen erkannte man einen roten Punkt, so groß wie ein Fingernagel. Auf der Erde war jedes hochgelegene Fenster so ausgestattet. Hundertmillionenmal geht es gut. Und einmal ist es dann vorbei. Gmokett hatte nicht unrecht, ein Unfall konnte passieren.

Kellind zog aus ihrer Hängetasche ein pistolenförmiges Werkzeug. Sie setzte den Lauf auf den roten Punkt, knipste ein Magnetfeld an und zog die Apparatur heraus. Was sie in der Hand hielt, ähnelte in Größe und Form einem kleinen Finger. Mit einem zweiten Werkzeug, einer Analysebox, untersuchte sie den Stift. Sie wollte wissen, ob ein Materialfehler vorlag, ob jemand fahrlässig herumgebastelt hatte. Die Box taxierte den Stift auf 72 Jahre Alter, auf ein Herstellungsdatum im Jahr 1210 NGZ. Für ein Massenprodukt war das keine kritische Zahl. Rückhaltevorrichtungen konnten leicht dreihundert Jahre überdauern. Als Kellind den Stift öffnete, zerbrach sie die originale Versiegelung. Das hieß, die Apparatur war seit 72 Jahren nicht geöffnet worden, herumgebastelt hatte ganz sicher niemand.

Das technische Innenleben wies – laut Analysebox – keine Fehler auf. Es bestand aus einer metallischen roten Hülle und drei weiteren Teilen. Nummer eins war die Batterie; ein Akkumulator setzte Zimmerwärme in Energie um und speicherte sie. Nummer zwei war der Sensor. Ein syntronischer Bewegungsmelder registrierte, was sich am Fenster tat, und setzte den Stift bei Bedarf in Funktion. Bestandteil Nummer drei, der Antigrav, war dafür zuständig, im Fensterbereich die Schwerkraft aufzuheben und die Bewegungsenergie eines fallenden oder fliegenden Körpers zu kompensieren. Kellind setzte den Stift wieder zusammen und schob ihn ins Futteral zurück. Ein kleiner Schlag mit der Box, und er saß wieder so fest wie vorher.

Sie warf noch einmal den Magnetschreiber aus dem Fenster. Alles funktionierte wie gehabt.

Angenommen, das Gerät wäre beschädigt gewesen, was wäre passiert? Kellind überlegte eine ganze Weile. Sie nahm als sicher an, daß nicht allein die Fenster in der Schirmer/Gmokett-Wohnung, sondern auch die Fenster aller Stockwerke darunter mit Rückhaltevorrichtungen ausgerüstet waren. Hätte sich Jomie nicht an einem der Fenster fangen müssen, die weiter unten lagen? Die Antwort lautete nein; jedes Gerät reagierte nur auf „sein" Fenster, sonst hätte man den halben Tag damit verbracht, Vögel zu befreien oder aufgefangenen Dreck zu entsorgen.

Wollte man die Rückhalteapparatur in ihrer Funktion stören, gab es zwei Ansatzpunkte. Man mußte entweder verhindern, daß der Sensor eine Bewegung meldete – oder man mußte verhindern, daß der Antigrav in Funktion trat. Fee Kellind suchte in der Wohnung gezielt nach Vorrichtungen, mit denen so etwas möglich war. Sie prüfte alles, was sie an technischen Geräten fand. Aber ohne Erfolg, Gmokett und Schirmer waren nicht sehr gut ausgerüstet.

Sie wandte sich an Jomies Vater: „Nicolos, du erinnerst dich noch an vorgestern. Jomie fiel aus dem Fenster, Lucia rannte nach unten. Richtig?“

Er kniff mißtrauisch die Augen zusammen. „Ja, stimmt.“

„Irgendwann kam Lucia mit Sholter Roog zurück. Korrekt?“

„Das weißt du doch, Fee!“

„Wie lange war die Zeit zwischen dem Sturz und Roogs Eintreffen?“

„Ungefähr zehn Minuten.“

„Danke.“

Seine Freundlichkeit war wie weggeblasen. Kellind fühlte sich mit der Schroffheit bedeutend besser als mit dem Schleim zuvor.

Zehn Minuten. Gmokett hätte im Zweifelsfall zehn Minuten gehabt, ein entsprechendes Gerät, mit dem man den Stift neutralisieren konnte, außer Haus zu schaffen. Nur wozu der Aufwand? Kellind hätte einen verdächtigen Gegenstand in den Müll geworfen. Kurzer Prozeß, weg damit. Jeder Haushalt war mit einem Müllkonverter ausgerüstet. Gab man ein Objekt hinein, wurde es in seine atomaren Bestandteile zerlegt. Die entstehenden Gase wurden abgesaugt und von einer Sammelstelle in Rohstoff zurückverwandelt. Kellind sah sich sehr genau die Küche an. Der Müllkonverter war eine Klappe in der Ecke, gut zu erreichen, unauffälliges Design, von einer Fabrik namens *Betel-Dat*. Betel-Dat produzierte für dünn besiedelte Welten, die nicht über eine hohe Finanzkraft verfügten.

Sie öffnete die Klappe. Dahinter gähnte ein dunkles Loch. Kellind holte aus dem Wohnzimmer ein Bonbon und warf es in den Schacht.

Im Normalfall gab es ein kurzes Flimmern, wenn ein Objekt in atomare Bestandteile zerlegt wurde. Das Flimmern blieb aus. Statt dessen hörte sie ein Geräusch. Das Bonbon war auf einen anderen Gegenstand gefallen.

„Nicolos!“ rief sie.

Er war gleich zur Stelle. „Worum geht’s denn?“

„Was ist das für eine Küche?“

„Bitte?“

„Ich will wissen, was das für eine Küche ist.“

„Keine Ahnung. Muß schon drin gewesen sein, als das Haus gebaut wurde.“ Ihm war deutlich anzusehen, daß er sie für verrückt hielt. „Wieso? Du hast doch einen Grund, daß du so was fragst.“

„Schon gut. Du kannst wieder verschwinden.“

„Mein Sohn wurde nicht gekocht. Er ist aus dem Fenster gefallen.“

„Danke. Es reicht.“

Kellind ließ die Stromversorgung für die Küche sperren. Mit ihrem Werkzeug nahm sie den Konverter auseinander. Das Gerät gehörte zur altertümlichen Sorte, es zerstrahlte nicht, sondern es sammelte den eingegebenen Müll. Nach einigen Tagen, wenn die Menge lohnte, wurde der Haufen auf einmal verwertet. Das Verfahren bot Vorteile und Nachteile. Der Energiebedarf war geringer, dafür benötigte man Platz zur Lagerung. Kellind stieß auf einen Container, würfelförmig, von dreißig Zentimetern Kantenlänge. Terrania galt als Stadt der Müllvermeidung. Weggeworfen wurde wenig, deshalb reichte ein Würfel manchmal über Wochen. Sie las das Arbeitsprotokoll des Würfels ab: Demnach lag die letzte Aktivierung zehn Tage zurück.

Der Würfel war ihr wichtigster Fund. Kellind schickte den Container ins Labor.

Den Rest des Vormittags verbrachte sie in den übrigen Zimmern. Mittlerweile teilte sie Roogs Ansicht: Sie wußte nicht, wieso und warum, aber die Eltern hatten mit Jomies Tod zu tun. Als sie den Glasturm verließ – leider ergebnislos –, blieben der Kampfroboter und die Protokoll-Robs zurück. Am frühen Abend erreichte sie den Tower. Sie wurde als erstes zu Gia de Moleon bestellt.

„Hallo, Fee“, grüßte die alte Dame. „Wie ist der Stand der Dinge?“

Kellind antwortete zurückhaltend: „Bisher kein Fortschritt, Gia.“

„Die Zusammenarbeit mit Roog?“

„Der Mann ist schwer erträglich“, sagte sie, diesmal noch vorsichtiger. „Aber ich glaube, er ist fähig.“

„Ja, ja ... zweifellos. Übrigens war heute nachmittag ein Mann namens Nicolos Gmokett hier.“

Fee Kellind nahm mit Verblüffung zur Kenntnis, daß die beinahe allmächtige Gia de Moleon sich in den Details eines im Grunde unwichtigen Falls bestens auskannte.

„So? Was wollte Gmokett denn?“

„Er versucht, richtig Ärger zu machen. Gmokett hat ein paar offizielle Anträge gestellt. Er will den TARA weghaben, und er will die Leiche seines toten Kindes. Außerdem soll der TLD Schadenersatz erstatten. Für seelische Grausamkeit.“

Kellind lachte. „Was wird aus den Anträgen?“

„Ich schätze, wir bezahlen.“

„Oh. Und der Rest? Kriegt er seinen Willen?“

„Das frage ich dich, Fee.“

Kellind überlegte eine Weile. Sie hatte Angst, daß von der Antwort ihre Karriere abhing. „Der TARA bleibt“, entschied sie am Ende. „Jomies Leiche auch.“

Gia de Moleon lächelte, ohne daß sich dabei ihre Augen veränderten. Sie lächelte aus purer Berechnung. „Es ist deine Entscheidung, Fee. Solange du nur nicht auf Sholter Roog hereinfällst.“

Kellind antwortete nicht. Sie fand, daß das ein lächerlicher Gedanke war.

„Wie geht es jetzt weiter, Fee?“
„Na ... ich wühle ein bißchen im Müll.“
„Da wünsche ich viel Spaß. Das wolltest du doch immer.“

Der Kindergarten lag an einer Seitenstraße des Guzmangrundes. Roog wurde vom kompletten Personal erwartet. Im Hort ließen sie an Schirmer und Gmokett kein gutes Haar. Das Personal charakterisierte Jomie als gestörtes, wenig zugängliches Kind. So etwas gab es selten. Die Methoden zur psychologischen Behandlung waren vielfältig, bestens erforscht und erfolgreich. Echte Probleme wurden im Ansatz gelöst, nicht erst, wenn es zu spät war. Der Fall Jomie ließ jedoch auf ein extrem gestörtes Elternhaus schließen. Roog zeichnete sämtliche Äußerungen, sämtliche Geschichten mit einem Protokollanten auf. Sie trugen zum Psychogramm der Eltern bei.

Er verließ den Kindergarten und programmierte seinen Schweber auf Reaktor No. 13, Terrania/West. Dreißig Kilometer vom Guzmangrund stand das Gebäude am Rand eines Wohnviertels. Oberirdisch erkannte man nicht viel, einen kleinen Bungalow in freundlichen Farben. Der Rest lag unter der Erde. Reaktoren galten als häßliche Klötze – wenn man den Fehler beging, sie oberirdisch in die Landschaft zu pflanzen.

Verteilt über Terrania gab es ungefähr hundert Stück. Sie lieferten ein Drittel der städtischen Energie. Das zweite Drittel kam aus privaten Kleinerzeugern, aus Batterien oder Mikroreaktoren, der Rest verteilte sich auf Quellen wie Solarenergie und Wasserkraft. Terra hatte kein Problem damit, Energie zu *erzeugen*. Man gewann sie auf die primitive Art, per Wasserstoff-Fusion, oder auf moderne Weise, durch Zapfen aus dem Hyperraum. Keine Methode war teuer. In der Praxis tat sich ein ganz anderes Problem auf: Energie verflüchtigte sich nicht, sondern sie blieb stets erhalten. Wohin mit all der Wärme, all der Strahlung, die man produzierte? Terra betrieb einigen Aufwand, seine freigesetzte Energie ins All zu befördern. Der Planet durfte nicht überhitzen. Die Gebäude der Stadt stellten raffinierte Kreisläufe dar, in denen Strom so oft wie möglich verwertet wurde. Und die Kraftwerke wie Reaktor No. 13 gingen selten über fünf Prozent ihrer Kapazität hinaus.

Roog wurde von der Leiterin des Reaktors, einer Frau namens Sega Noduck, freundlich empfangen. Reaktor-Personal hatte kaum je viel zu tun, weil die Dinger praktisch von allein liefen.

Roog ließ sich durch die Anlage führen. No. 13 war eine Hybridkonstruktion. Den größten Teil des Rauminhalts nahm der Zapfer ein. Der sogenannte *Hypertrop* bestand aus einem Speicherblock, der große

Mengen Energie aufnahm, und dem Projektor, mit dem eine Art Ventil in den Hyperraum getrieben wurde. Eine vollständig leere Kaverne von fünfzig Metern Tiefe war dazu gedacht, den Zapftrichter aufzunehmen; eine energetische, nicht ganz ungefährliche Erscheinung.

Sega Noduck erklärte haufenweise Zeugs, das er schon wußte. Mit wachsender Begeisterung führte sie den Wust an technischen Anlagen vor.

Gmokett war für die Wartung zuständig. Er besaß Zugang zu sämtlichen Aggregaten. Seine Aufgabe war es, technische Details im Kraftwerk zu verstehen, regelmäßig zu kontrollieren und Fehlerquellen aufzuspüren. Roog konnte sich nicht erinnern, daß in einem terranischen Stadtteilkraftwerk jemals ein ernsthafter Fehler passiert war. Die Dinger waren viel zu sicher. Wenn der Mensch versagte, gab es immer noch automatische Systemkontrollen; die wirkten sowieso präziser.

Noduck sprach von Jomies Vater als wenig freundlichem Zeitgenossen. Gmokett habe sich stets ausgegrenzt, immer als überlegenen Charakter darzustellen versucht. Mit den Beschäftigten hatte er wenig gemein, weder Interessen noch die Arbeitszeit.

„Wie meinst du das, nicht die Arbeitszeit?“ wollte Roog wissen.

„Gmokett hat sich die Arbeitsstunden meistens so gelegt, daß möglichst wenige von den anderen in der Nähe waren. Er hat sich bei uns nicht wohl gefühlt. Wir bedauern es nicht, daß wir ihn los sind.“

Roog lachte leise. „So weit ist es noch lange nicht. Ich hab’ keineswegs behauptet, daß er nicht weiter hier arbeiten wird, Sega.“

Sega Noduck musterte ihn mit einem verwirrten Blick. Sie zog die Brauen zusammen und formte den Mund zu einem nachdenklichen Oh. Nach einer Weile sagte sie: „Ich glaube, wir zwei haben uns in einem bestimmten Punkt mächtig mißverstanden. Du bist doch wegen Nicolos Gmokett hier, stimmt’s?“

„Ja.“

„Gmokett arbeitet nicht mehr für uns. Er hat vor zehn Tagen gekündigt.“

„Ach.“

„Du hast das wirklich nicht gewußt?“

„Nein. Wirklich nicht. Hat er Gründe genannt?“

„Klar. Er meinte, er hat keine Lust mehr.“

Roog begab sich in den Tower zurück. Mit Hilfe von NATHAN stellte er Recherchen über Gmoketts und Schirmers finanzielle Lage an. Es gab keine Zahlungen in auffälliger Höhe, keine auffälligen Adressaten. Ein paar Wochen noch, schätzte er, dann lebten die zwei von staatlichen Geldern. Die Nachbarn, die Kindergärtner, Sega Noduck, sie hatten alle von Gmoketts Drang gesprochen, etwas Besseres zu sein. Roog konnte sich nicht erklären, wieso er die gut angesehene Tätigkeit im Kraftwerk aufgegeben hatte.

Die Tür zu seinem Büro stand plötzlich offen. Herein kam Fee Kellind.

Sie sah erschöpft aus. Für einen Klotz am Bein war sie ganz brauchbar. Sie übernahm den ganzen Unsinn, den er haßte, und wenn er es schaffte, sie aus dem wichtigen Kram rauszuhalten, wollte er alles zurücknehmen, was er über blöde Blondinen gesagt hatte.

In der rechten Hand trug sie einen kleinen Kasten. Roog fragte nicht. Er war neugierig, aber er wollte nicht, daß sie es merkte.

„Hallo, Roog."

„Wie spät ist es?"

„Gleich zehn."

„Scheiße."

„Einen Termin verpaßt?" fragte sie.

„Irgendeine Rothaarige. Ich hab' den Namen vergessen."

„Frauen scheinen sich für dich auf eine Haarfarbe zu reduzieren."

Kellind stellte den kleinen Kasten auf seinen Schreibtisch. Roog gab sich einen schläfrigen Anschein. „Was soll das werden?" fragte er.

„Lupf dein Gesäß und sieh hinein", empfahl sie. „Oder du streckst eine Hand aus und nimmst dir das Ding. Es gibt da mehrere praktisch durchführbare Möglichkeiten."

Roog wartete so lange ab, bis sie wütend wurde und ihm den Kasten vor die Nase hielt. Drinnen lagen zehn oder fünfzehn kleine Gegenstände, von leeren Dosen über eine Bonbonverpackung bis zu nicht definierbarem Zeug.

„Das ist Müll", stellte er fest.

Kellind antwortete: „Korrekt. Müll aus der Gmokett/Schirmer-Wohnung." Sie stellte den Kasten auf den Tisch zurück, fischte ein graues, angelaufenes Stück Folie heraus und legte es vor Roog hin. „Sieh dir das an."

Er schnüffelte mißtrauisch, dann nahm er das Stück in die Hand. Es maß acht mal acht Zentimeter. „Und? Was soll der Unfug?"

Kellind strahlte, als sei ihr soeben die Quadratur des Kreises gelungen. „Das habe ich im Müll gefunden."

„Na super. Ein Stück Folie."

„Nicht einfach bloß Folie. Das ist Schreibfolie. Man schreibt auf so etwas."

„Schreibfolie ist weiß."

„Nicht die hier. Die ist nämlich verbrannt worden."

„Ach." Roog kam hoch wie elektrisiert, und einen Moment lang vergaß er völlig, daß er sie schlecht behandeln wollte. Er drehte die Folie zwischen den Fingern, betrachtete intensiv jeden Quadratzentimeter. Zu sehen war gar nichts, beim besten Willen nicht. „Verbrannt also. Deswegen die komische Farbe. Was stand denn drauf, Fee? Irgendwas über Jomie?“

„Ich weiß es nicht.“

„So was läßt sich doch mit einer chemischen Analyse feststellen“, kritisierte er. „Gib den Zettel ins Labor, und wir haben's in zehn Minuten!“

Kellind wurde ärgerlich. „Hältst du mich für dumm? Der Zettel war im Labor. Wenn auf dem Zettel wirklich etwas stand, dann wurde die Schrift chemisch abgelöst. Dann erst wurde die Folie verbrannt.“

Er schnüffelte noch mal an der Folie. „Chemische Rückstände? Irgendwas?“

„Nein, Roog.“

„Man verbrennt keinen Zettel, auf dem nicht irgend etwas gestanden hätte. Und zwar irgendwas Wichtiges! Hat sich die Schrift denn nicht in die Folie gedrückt?“

„Das Material ist druckunempfindlich. – Aber da ist noch was. Gmokett und Schirmer haben definitiv nicht gewußt, daß ihr Müllkonverter die Abfälle eine Weile lagert. Wer immer den Zettel da hineingeworfen hat, er mußte denken, daß das gute Stück ein für allemal in Atome zerlegt ist.“

Roog schüttelte nachdenklich den Kopf. Er warf einen zweiten Blick in die Schachtel. Da sie nichts sagte, nahm er an, das restliche Zeug sei uninteressant. Er hatte nicht die Absicht, mit der Klärung bis morgen früh zu warten. Deshalb zog er das Visiphon heran und stellte eine Verbindung zur Gmokett/Schirmer-Wohnung her.

„Roog! Du schon wieder.“

„Ja, ich. Kennst du das hier, Nicolos?“

Er hielt den Zettel in den Erfassungsbereich der Kamera.

„Nein.“ Der Kerl schüttelte den Kopf.

„Fee Kellind hat das Stück Folie in eurem Müll gefunden. Wir konnten nachweisen, daß jemand auf den Zettel geschrieben hat. Nur nicht, was draufstand.“

Gmokett schaute skeptisch, aber am Ende schluckte er die Lüge. „Ich weiß nicht, Roog ... Sieht aus wie ein Zettel von meinem Notizblock.“

„Soweit waren wir auch schon.“

Hinter der flachen Stirn rotierte es, dann sagte Gmokett: „Ich erinnere mich, glaub' ich. Da waren Formeln drauf. Ich hatte ein optisches Problem durchgerechnet. Etwas über Brechungswinkel und so weiter. Das hat nicht geklappt. Also war ich wütend und hab' den Zettel verbrannt.“

Roog wartete eine Weile. Von Gmokett kam nichts mehr.

Er fragte: „Das war alles? Die ganze Geschichte?"
„So ist es", bestätigte Jomies Vater.
„Wir sprechen uns morgen wieder."
Roog brach die Verbindung ab. Er kniff die Augen zusammen und lächelte Kellind zu, ohne es zu merken. „Gmokett lügt", sagte er. „Der Kerl hat die Folie nicht nur verbrannt, sondern er hat vorher die Schrift chemisch abgelöst, und dann hat er das Ding in den Konverter geworfen. Dreifache Vorsicht. Was immer auf dem Zettel stand, es war für Gmokett lebenswichtig. Er muß eine Höllenangst gehabt haben, daß irgendwer es lesen könnte."

Kellind bewohnte mit zwei Freundinnen ein Haus am Stadtrand. Als sie eintraf, war von den anderen keine mehr wach. Dabei hätte sie jemanden zum Reden gebraucht. Sogar ziemlich dringend, weil sie nicht mehr in der Lage war abzuschalten. Wer sie kannte, sah in ihr die nüchterne Fee, abgeklärt und viel zu intelligent, sich um unabänderliche Dinge Sorgen zu machen. Sie wußte genau, daß sie nicht 24 Stunden am Tag diese Geschichte behandeln durfte. So etwas zehrte die inneren Kräfte auf. Trotzdem spukte ihr der Müllkonverter durch den Kopf, das Fenster, die Rückhaltevorrichtung.
Kellind wollte nicht ins Bett. Vor schlechten Träumen hatte sie Angst. Wenn sie die Augen schloß, sah sie das Gesicht eines kleinen vierjährigen Jungen. Wie konnte Jomie aus dem Fenster fallen? Sie ließ sich eine halbe Stunde in der Naßzelle berieseln, lauwarmes und heißes Wasser im Wechsel. Je länger sie überlegte, desto klarer wurde ihr, daß sie keine Chance hatte. Man konnte nicht alle Eventualitäten berücksichtigen. Nicht einmal dann, wenn man Unterstützung von NATHAN besaß. Jedes neue Detail veränderte alles. Was, wenn sie in der technischen Überprüfung ein Detail vergessen hatte? Was, wenn in ihren Gedanken ein Fehler steckte? Kellind wußte, daß sie zu pedantisch war. Aber dadurch, daß sie ein Problem gründlicher löste als andere, hatte sie sich oft hervorgetan.
Ein warmer Luftstrom trocknete ihre Haut.
Kellind färbte die Haare am Ansatz nach, damit das Blond makellos wurde. Danach sahen sie zwar aus wie Stroh, zu struppig nach dem vielen Wasser, aber es störte nicht, weil sie das Haus nicht mehr verlassen wollte. *Jomie ist aus dem Fenster gefallen. Die Rückhalteapparatur ist in Ordnung*. Sie reinigte ihre Nägel und ließ sich von einem Automaten massieren. Ganz allmählich wich die Verkrampfung einer inneren Ruhe.
Vor Erschöpfung fielen ihr beinahe die Augen zu. Kellind setzte sich ins Wohnzimmer und schaltete auf Trivideo. Sie ließ sich vom

Nachrichtensender TNR berieseln. Zuerst hörte sie Meldungen aus der Galaxis: ein drohender Konflikt zwischen Terra und dem Forum Raglund, unsinnige Streitigkeiten um einen Planeten namens Gondervock. Dann das Kristallimperium, Arkon setzte auf Konfrontationskurs. Das Sonnensystem kam ganz zum Schluß an die Reihe. Seit langer Zeit war der Planet Mars durch einen öden Himmelskörper namens Trokan ersetzt. Und Trokan wiederum war von einem Schirmfeld umgeben, in dem die Zeit millionenfach schneller ablief als außerhalb. Über die Natur des Schirmfeldes war nichts bekannt, bis zum heutigen Tag nicht.

Die Rückhalteapparatur. Alles in Ordnung, siebzig Jahre nicht geöffnet.

Kellind wechselte den Sender. Das Interesse, das sie für Trokan-Meldungen einmal gehegt hatte, war abgestumpft. Man konnte so etwas zehnmal hören, hundertmal, aber wenn es endlos ging, dann verblaßte die Sensation. Der Zeitschirm hatte schon existiert, als sie geboren wurde. Er besaß jetzt ein Alter von sechzig Jahren, und wenn sie starb, dann würde es ihn noch immer geben.

„Fee? Bist du das?" In einem dunklen Türrahmen lehnte Linke, sie war verschlafen und von irgendwas aufgewacht.

„Ja, Kleines. Mach dir keine Sorgen."

„Wieso schläfst du nicht?"

„Ich bin nicht müde", log sie. „Was ist mit Pietro? Ist er da?"

Linke deutete mit dem Daumen hinter sich. „Klar. Ist erkältet. Schwitzt und schnauft wie ein Walroß."

„Leg dich wieder ins Bett. Bevor er merkt, daß du nicht da bist."

Linke murmelte ein paar Worte, die sie nicht verstehen konnte, dann war Kellind wieder allein.

Millionen Rückhalteapparaturen in dieser Stadt. Alle funktionieren. Nur eine einzige nicht. Sie sah den zerlegten roten Stift vor sich. So ein primitives Ding, unempfindlich gegen jede Störung.

Kellind hörte ein schnaufendes Geräusch von hinten. Ein fetter Mann stapfte durchs Zimmer. Sie nahm ihn praktisch nicht wahr, nicht in diesem Augenblick.

„Tag, Fee."

„Was?"

O Gott! Sie merkte, wie sie blaß wurde.

„He! Fee! Was ist mit dir?"

Sie schüttelte den Kopf, schaute Pietro in seinem häßlichen grünen Bademantel an, dann kam sie langsam hoch. „Mir geht es gut, danke", sagte sie mechanisch.

„Na dann."

Pietro stapfte weiter in Richtung Bad. Er schnaufte wirklich. Weil sie jetzt nicht an den großen Spiegel herankonnte, ordnete sich Kellind die Haare vor einem spiegelnden Fenster. Sie zog ihre weite Hose, das Hemd und die Weste wieder an.

„Fee! Willst du noch mal weg?"

„Ja, will ich. Jetzt geh verdammt noch mal in dein Bett, Linke! Mir ist noch was eingefallen."

„Jetzt? Um diese Zeit?"

„Ja."

Sie verließ das Haus und setzte sich in den Gleiter. Als Zieladresse nannte sie Guzmangrund. TTC brachte sie in stockfinsterer Nacht ans Ziel. Eine Viertelstunde später kreiste sie um den Glasturm, der kaum als solcher zu erkennen war. Hinter den Fenstern bewegte sich nichts, angesichts der Uhrzeit, drei Uhr morgens an einem Wochentag, eine normale Sache. Kellind schaltete auf Infrarot-Sicht. Die Schirmer/Gmokett-Wohnung besaß sechs Zimmer. Das Wohnzimmer, das Schlafzimmer und das Kinderzimmer waren mit Außenfenstern ausgestattet. Machte insgesamt drei Rückhaltestifte.

Jomie war aus dem Wohnzimmerfenster gestürzt: Da der Junge nicht *schräg* gefallen sein konnte, war es Kellind nie in den Sinn gekommen, an dieser banalen Aussage zu zweifeln.

Sie landete auf dem Dach. Je schneller sie die Sache hinter sich brachte, desto besser. Einen Augenblick überlegte sie, ob es günstiger wäre, Roog zu Hilfe zu rufen. – Unfug! Wenn sie einen Platz als Agentin wollte, mußte sie eigene Entscheidungen treffen. Und diese notfalls verteidigen, wenn sie unrecht hatte. Sie eilte vom Dach in den Schacht, erreichte schwerelos den zehnten Stock, klingelte an der Wohnungstür.

„Was zum ..."

Aus der offenen Tür gaffte ein zur Hälfte nackter Nicolos Gmokett.

„Guten Morgen", sagte sie ungerührt.

„Was zum Henker willst du hier?"

Kellind musterte ihn mit einer Mischung aus Abscheu und Interesse. Er hatte sein Hemd ausgezogen. Gmokett war fett, ein widerwärtiger Mensch mit drei Speckrollen und lichten schwarzen Haaren auf der Brust.

„Ich bin hier, um ein paar Details zu prüfen."

Gmokett schüttelte den Kopf. Er wandte sich ab und taumelte mit schlafverquollenen Augen in die Wohnung zurück. „Sie spinnt wirklich ...", murmelte er. Und dann schrie er: „He, Lucia! Es ist diese blonde Gehilfin von Roog! Du hattest recht, sie ist wirklich nicht dicht!"

Kellind preßte die Lippen zusammen, als sie den Ausdruck „Gehilfin" hörte. Aber nur eine Sekunde, dann schüttelte sie den Kopf. Gmokett war ein Dummkopf, sie zu reizen. Sie warf dem TARA einen prüfenden Blick zu, sah Gmokett im Schlafzimmer verschwinden, packte ihre Werkzeugtasche aus und betrat das Wohnzimmer. Automatisch flackerte die Beleuchtung auf. An der Decke sah sie einen Protokollanten schweben. Gut, daß Roog die Dinger geparkt hatte. Kellind öffnete das Fenster. Mit ihrem Kombiwerkzeug zog sie den Rückhaltestift heraus. Das Ding sah noch genauso aus wie heute nachmittag, unbeschädigt, unverändert. Sie ging ins Nebenzimmer; dort hatte vor seinem Tod der kleine Jomie geschlafen. Auf dem Fensterbrett türmten sich Spielzeuge und Figuren aus Stoff. Das alles räumte sie vorsichtig und mit Respekt beiseite. Der Rückhaltestift saß am linken Fensterrahmen. Sie brauchte einen kräftigen Ruck, um das Ding herauszuziehen. Zum Vorschein kam eine von hinten schwarz angelaufene Apparatur. Kellind nahm an, daß der Stift mit Feuchtigkeit in Kontakt geraten war. Mit einem zweiten Werkzeug nahm sie das Ding auseinander und prüfte die Funktion. Alles in Ordnung, der Dreck hatte die Ummantelung nicht durchdrungen.

Sie klopfte am Schlafzimmer. „Was denn!“ schnauzte Gmokett. Seine Stimme klang dumpf durch die Tür.

Kellind sagte: „Ich habe etwas zu prüfen. Nicht morgen früh. Jetzt.“

Der fette Kerl öffnete nach einer Weile die Tür. „Hoffen wir, daß du verdammt gute Gründe hast.“

„Die habe ich.“

Sie sah einen Protokoll-Rob mit ins Zimmer huschen, über ihren Köpfen. Kellind warf Lucia Schirmer einen kurzen Blick zu. Die strähnigen schwarzen Haare sahen häßlich aus – und sie hatte ein geschwollenes Auge, ein Veilchen. Lucia lag eingerollt in schwere Decken auf der rechten Bettseite. *Nicht drum kümmern.* Kellind riß das Fenster auf. Kalte Luft mischte sich mit dem muffigen Schlafzimmergeruch. Auf Gmoketts Flüche achtete sie nicht; statt dessen suchte sie im Fensterrahmen den roten Punkt, setzte das Pistolenwerkzeug an, zog den Stift heraus. Kellind spürte förmlich, wie es hinter ihr still wurde. Gmokett gab keinen Ton mehr von sich.

Der Stift saß nicht sehr fest. Ein kratzendes, ungewöhnliches Geräusch ertönte. Es war leichter als bei den anderen Fenstern. Statt eines fingerlangen Stiftes förderte sie lediglich eine Stifthälfte zutage. Kellind hielt das Fragment in die Höhe, so daß der Protokoll-Rob es deutlich erkennen konnte.

„TARA“, sagte sie laut. „Herbei!“

Der Kampfroboter schwebte aus dem Flur ins Schlafzimmer.

„He! Was soll das? Schick das Mistding wieder raus!“

Kellind erhöhte den Zug ihres Werkzeugs, doch aus der Manschette im Fensterrahmen ließ sich nichts mehr zum Vorschein bringen. Das Loch war leer. Und das Fragment, das sie in der Hand hielt, besaß mit absoluter Sicherheit keine Funktion mehr. Es sah aus, als habe irgendwer mit Gewalt daran herumgebrochen.

Jomie war nicht durch einen Unfall gestorben. Er war ermordet worden.

Sie erinnerte sich an Jahre währendes Training, endlose Lektionen in geltendem Liga-Recht, zehnmal und hundertmal ins Hirn gepaukt. Alles nur, um anschließend im Innendienst zu versauern. Aber heute lohnte sich der ganze Aufwand. Sie wußte genau, was sie zu tun hatte.

Am 3. Juni 1282 NGZ, 3:35 Uhr Terrania Ortszeit:

„Nicolos Gmokett, Lucia Schirmer – ich erkläre euch für verhaftet. Ich lege euch zur Last, an der Tötung eures Kindes Jomie beteiligt zu sein."

Gmokett starrte sie mit großen Augen an. Der fette Kerl kam um das Bett herum und baute sich vor ihr auf. „Spinnst du jetzt völlig?" fragte er drohend. „Wer nimmt eigentlich minderbemittelte Närrinnen in den TLD auf? Laß verdammt noch mal meine Fenster in Ruhe! Was hast du da überhaupt zu suchen?"

„Das weißt du genau, Gmokett."

„Wir sind müde. Verschwinde jetzt!"

Sie schüttelte den Kopf. „Ich meine es vollständig ernst."

Gmokett tat einen weiten Schritt nach vorne. Seine Hände ballten sich, und Kellind schaute mit einer Kälte zu, über die sie selbst erstaunt war. Bevor er zuschlagen konnte, zuckte aus dem Leib des TARA-V-UH ein blasser Strahl. Gmokett brach zusammen. Wie ein nasser Sack polterte er zu Boden. Vom Blitz getroffen – eine passende Analogie, wie Kellind fand.

„Mach dir keine Sorgen", sagte sie zu Lucia. „Er ist paralysiert. Zwei Stunden, dann wacht er wieder auf."

„Mit deinem verdammten Roboter fühlst du dich stark", zischte die Dunkelhaarige verächtlich. „Du bist eine feige Schlampe."

Kellind antwortete abweisend: „Sei lieber froh. Wenn ich mich gegen ihn gewehrt hätte, wäre er schlechter weggekommen."

Sie bestellte aus dem Tower einen Gleiter, der die zwei in den Gewahrsam des TLD überführte. Den TARA ließ sie an Ort und Stelle. Auch wenn es niemanden gab, den er bewachen konnte.

4. Kapitel
Leichenteile

Schelmenstreiche:

Das meiste, was er wußte, wußte er aus dem Trivideo. Schelm sah oft Trivid. Am liebsten mochte er „Grüße vom Sternenbiest“, die Serie mit dem Ungeheuer von den Sternen, das in einem Abwasserkanal lebte und zu seinen Raubzügen aufbrach, ohne daß jemand sich dagegen wehren konnte. Der kleine Schelm wäre gern genauso gewesen wie das Sternenbiest. Aber dann wurde die Sendung abgesetzt, und sie brachten statt dessen „Galaxis Rangers“. Bei den Rangers lernte man viel über die Milchstraße und darüber, wie es war, ein Held zu sein. Trotzdem hatte Schelm lieber das Sternenbiest.

Trivid war die einzige Möglichkeit, seine Kammer zu verlassen. Obwohl er sie nicht wirklich verließ; denn er hatte keine Klinke, die man von innen betätigen konnte. Die Tür ging nur von außen auf, wenn Mama oder Vater kamen. Mama und Vater liebten ihn. Er wußte das, weil sie es ihm beide gesagt hatten. Vater war ein Politiker. Der kleine Schelm sah ihn häufiger im Trivid als wirklich. Und wenn er im Trivid sprach, dann forderte Vater das, was man „politische Konsequenzen“ nannte. Vater sagte, die Terraner sind stark, von genetisch höherer Qualität als die übrigen Existenzen im Universum. Und wenn es die Terraner schafften, genetisch noch reiner zu werden, dann müßten sie unweigerlich alles Leben im Universum überflügeln.

Vater war immer stark und gesund. Schelm bewunderte das. Besonders weil er selbst so oft krank war, weil er in seiner Kammer immer dieselbe Temperatur haben mußte. Mit seiner Stärke und mit seiner Gesundheit zeigte Vater, was genetische Reinheit bewirken konnte. Aber da gab es etwas, das der Kleine nicht verstand: Eigentlich war er doch Vaters Sohn, und er hatte dieselbe Genetik. Warum war er dann ein *kleines Ungeheuer* und Vater so ein großartiger Mann? Wenn sie dieselben Gene hatten, mußten sie doch eigentlich dasselbe sein.

Er lernte viel über Genetik. Bald wußte er, daß Mann und Frau sich zur Fortpflanzung paarten, manchmal auch zum Spaß, und daß ein Kind von beiden etwas hatte. Von Vater hatte er die Geschicklichkeit und die Klugheit. Und von Mama wohl den ganzen Rest. Manchmal glaubte er, daß Vater sie *deswegen* immer so böse ansah; wenn er seinem Kleinen über den Kopf strich und irgendwas sagte, das sich wütend anhörte.

Am wütendsten sah Vater aber im Trivid aus, als er eine Wahl verloren hatte. Besonders weil sich jemand traute, Vater als *Wirrkopf* zu beschimpfen. Schelm hätte das nicht gewagt.

Mama kam nach der Wahl in seine Kammer und weinte. Einen Moment lang glaubte er, sie würde ihn aus der Kammer lassen. Davor hatte er Angst, weil er ja noch nie draußen gewesen war. Dann tat sie es doch nicht. Wahrscheinlich hatte sie vor Vater Angst. Sie wusch ihren Kleinen den ganzen Tag lang, und er wußte nicht, wieso. Nach dem dritten Mal war er ganz bestimmt sauber. Er dachte an die Kinder aus dem Trivid. Die Trivid-Kinder wären weggelaufen. Der kleine Schelm hätte das auch gern gemacht. Aber er konnte nur ins Bad, und im Bad konnte man das Licht ausmachen, auch wenn die Tür zu war. Mama täte das ganz bestimmt.

Cencenza erlebte die Operation halb betäubt. Für die Ärzte wäre es kein Problem gewesen, einfach nur den Schmerz zu blocken, ihn ansonsten vollständig teilhaben zu lassen. Hantieren am bloßen Auge konnte jedoch ein Trauma hinterlassen, speziell dann, wenn es mit scharfkantigen Instrumenten erfolgte.

„Cuul Basten Cencenza?“ fragte eine Stimme, die er als „freundlich“ und als „weiblich“ interpretierte. „Bist du wach?“

Er sagte tonlos: „Ja.“

„Wie geht es dir?“

Darüber mußte der Anti eine Weile nachdenken. Er begriff, daß die Stimme nur mit ihm sprach, damit er abgelenkt war. Die einfache Frage nahm ihn so in Anspruch, daß er an wichtige Dinge nicht mehr denken konnte.

„Mir geht es gut.“

Ein fürchterlicher Schmerz durchzuckte seinen Schädel.

„Wie geht es deinen Kindern, Cencenza?“

Der Schmerz war nicht körperlicher Natur. Es handelte sich nicht einmal um Schmerz im üblichen Sinn. Die quälende Empfindung entstand durch den Anprall heftiger Sinnesimpulse auf eine nicht vorbereitete Sektion seines Gehirns.

„Ich habe keine Nachkommen gezeugt.“

Er schätzte, daß er seine Tätigkeit in der Botschaft morgen wiederaufnehmen konnte. Zuallererst wollte er einen Erholungsmonat beantragen, und zwar auf dem fernen Planeten Trakarat, seiner Heimat. Cencenza hatte nicht die mindeste Absicht, Urlaub einzulegen. Wenn er aber der LFT einen Urlaubsschein und eine Reisebestätigung nach Trakarat zeigte, dann mußten sie ihm die entgangene Reise ersetzen. So würde er aus der Tatsache, daß er Terrania wegen des toten Kindes nicht verlassen durfte, wenigstens einen optimalen finanziellen Vorteil ziehen.

Er wollte noch hinzufügen, daß er den Schmerz nicht ertragen konnte. Aber da hörte es bereits auf, und aus Quälerei wurde eine lustvolle Entdeckungsreise. Aus seinem Kopf wich ganz allmählich die medikamentös bewirkte Starre. Cencenza konnte wieder sehen. Durch geklonte Augen musterte er ein schummrig erleuchtetes Zimmer, in dem die Instrumente der Mediker von einem Servoroboter beiseite geräumt wurden. Gegenüber früher besaß er ein verschobenes Farbempfinden. Grün und Rot kamen etwas heftiger, Grau und Weiß waren kaum der Rede wert. Die Verschiebung konnte er sich leicht erklären: Seine verlorenen Augen hatten vielleicht nur noch achtzig Prozent ihrer Sehkraft besessen, und die neuen, implantierten Exemplare lagen bei hundert Prozent.

Cencenza spürte, wie das Mittel allmählich aufhörte zu wirken. Eine halbe Stunde noch, schätzte er, dann konnte er das Medikum des HQ-Hanse verlassen. Einige Tage lang blind gewesen zu sein stellte für ihn eine wichtige Erfahrung dar. Aber nun freute er sich, daß es zu Ende war.

Von der Seite hörte er ein Geräusch. Cencenza neigte den Kopf nach links. Die Tür hatte sich geöffnet. In der Schwelle stand ein kleiner schwarzhaariger Mann mit Ohrringen. Er trug einen schwarzen Mantel. Man konnte seine Arme nicht sehen, weil sie unter dem Mantel verborgen waren.

„Du bist keiner der Ärzte“, stellte Cencenza fest.

„Nein.“

„Wer bist du dann?“

„Felsenheimer.“

„Was willst du hier, Felsenheimer?“

„Ich habe dich gesucht.“

„Wir kennen uns nicht. Ich hätte dein Gesicht auf keinen Fall vergessen.“

Cencenza spürte, daß etwas nicht in Ordnung war. Seine Ahnung besagte, daß es besser wäre, auf der Stelle zu verschwinden. Aber noch kreiste das Medikament in seinen Adern. Er konnte sich wieder bewegen – aber nicht zielgerichtet. Als er nach dem Signalgeber für die Pfleger greifen wollte, griff er dreimal daneben.

Er wollte schreien, brachte jedoch keinen Ton heraus. Felsenheimer lachte.

Der Fremde öffnete mit dem linken Fuß seinen Mantel und ließ ihn von den Schultern gleiten. *Mit dem Fuß?* Darunter trug er etwas, das Cencenza an eine altertümliche Zwangsjacke erinnerte. Das Ding hatte eine cremefarbene Tönung und bestand aus Leinen. Die Arme schienen fest in die Jacke eingewickelt zu sein. Bewegungsfähig waren eigentlich nur die Beine; der schwarzhaarige Fremde hob den linken Fuß noch einmal hoch, höher, über die Hüftlinie hinaus nach oben. Das rechte Bein balancierte den Körper. Ein Terraner war dazu nicht imstande, ebensowenig ein Arkonide, Akone oder Anti; eigentlich keines der Wesen aus der humanoiden Standard-Klasse. Cencenza hatte es nicht mit einem Menschen zu tun, sondern mit einem Fremdlebewesen, das einem Terraner lediglich ähnlich sah.

Felsenheimer rüttelte mit dem Fuß am Verschluß seiner Zwangsjacke. Das Kleidungsstück glitt zu Boden, so wie der Mantel.

Unter der Jacke kam etwas Furchtbares zum Vorschein. Etwas Unmögliches, ein Schreckensbild, eine Sinnestäuschung. Cencenza schrieb die Wahrnehmung seinen geklonten Augen zu. Etwas mußte bei der Operation falsch gelaufen sein. Was er zu sehen bekam, würde ihn zweifellos das Leben kosten, *es sei denn, es handelte sich um Einbildung*. Ein potentieller Fehler der Chirurgen stellte seine einzige Überlebenschance dar.

Die Psyche eines Antis war mit der Psyche eines Menschen nicht vergleichbar. Er besaß nicht dieselben Schutzmechanismen; nichts, was ihn den Verstand oder das Bewußtsein verlieren ließ. Also kämpfte er mit allem, was er hatte. Und das war nicht sehr viel. Cencenza riß die Arme hoch. Seine Fäuste trafen auf eine Struktur, die so scharf wie ein Skalpell und so zerklüftet wie ein rostiges Eisenmesser war. Nach diesem Schlag konnte er die Hände nicht mehr gebrauchen. Ein Teil der Finger fehlte ganz, die abgetrennten Stücke lagen über dem Bett verstreut.

Felsenheimer – oder das Wesen, das in ihm erwacht war – bewegte sich nur ein kleines bißchen. Cencenza erkannte es nicht genau, weil das Medikament immer noch wirkte. Im folgenden Moment baumelten seine Arme herab, die Beine waren nicht mehr bewegungsfähig. Zwei weitere Momente – Felsenheimer hatte ihm die wichtigen Sehnen des Bewegungsapparates durchtrennt. Damit konnte sich der Anti nicht mehr wehren.

Es war unbegreiflich. Während er den ersten Liter Blut verlor, sah er das kleine dunkelhaarige Wesen mit etwas spielen. Felsenheimers Fuß hielt in Brusthöhe etwas, das aussah wie ein Holo-Folder. Eine terranische Frau in Rot sprang hervor. Aus dem winzigen, grell geschminkten Mund drang ein Wort, das klang wie „Empress“. Sie war nur zehn Zentimeter groß und trug ein rotes Kleid. Hätten ihm nicht die Finger gefehlt, hätte er sich noch bewegen können, Cencenza hätte zweifellos wieder an optische Täuschungen geglaubt.

„Ist das nicht ein schönes Kleid?“ Der Fremde lächelte. Er schloß den Folder und ließ ihn wieder aufspringen.

„Warum tötest du mich?" fragte der Anti fassungslos.

Felsenheimer lachte. „Sagen wir einfach: aus Spaß."

Cencenza nahm an, daß das gelogen war.

„Guten Morgen, Sholter."

Er wurde fast verrückt, als er die Stimme hörte. Draußen war es noch nicht einmal hell.

„Was zum ..." Roog unterbrach sich mitten im Satz. Er hatte keine Lust, mit seinem Heimsyntron eine Diskussion über das Für und Wider verbaler Entgleisungen zu führen.

„Sholter, du solltest mir wirklich zuhören. Nein, dreh dich nicht auf die Seite. Zieh die Decke nicht über den Kopf. Ich erhöhe sonst nur die Lautstärke meiner Sprachausgabe."

„Was denn?" Roog schleuderte wütend die Decke weg.

Draußen regnete es, die Tropfen prasselten an sein Fenster. Der Regen mußte gerade angefangen haben. Er fand, daß es in seinem Schlafzimmer viel zu kalt war.

„Ich habe eine Nachricht aus dem Tower vorliegen. Mir wurde aufgetragen, dich um 5.30 mit dem Inhalt vertraut zu machen."

„Na, dann mach mich mal vertraut."

Er kletterte aus dem Bett und holte sich die Decke wieder, fest entschlossen, Gia de Moleon oder wen auch immer in einem Haufen Scheiße zu ersticken. Die Uhrzeit war nicht mehr und nicht weniger als eine Frechheit. Wenn sie ihn schon nachts aufweckten, dann wollte er auch seinen Agentenstatus zurück.

„Die Meldung lautet: Fee Kellind hat um 3.30 Nicolos Gmokett und Lucia Schirmer verhaften lassen."

Roog verschluckte sich. Er schleuderte ein zweites Mal die Decke weg. Und diesmal dachte er nicht an Schlaf oder Müdigkeit. Zwanzig Sekunden verbrachte er in der Naßzelle, bei maximaler Wasserkraft, zwanzig Sekunden reinigte er die Zähne, fünf Minuten opferte er für Frühstück und Bekleidung. Er hätte es natürlich in der halben Zeit geschafft. Doch er ahnte, daß es ein langer Tag werden würde, und er wollte in Form sein. Roog beschleunigte seinen Gleiter auf Höchstgeschwindigkeit. Mit einer TLD-Order löste er den Autopiloten aus dem Verbund von Terrania Traffic Control. Er überquerte die Stadt in wenigen Minuten.

Im Tower fragte er sich zu Fee Kellind durch. Er gelangte ins 42. Stockwerk. Dort befanden sich die Gefängnistrakte. Sein blonder Quälgeist schlummerte friedlich auf einer Couch in einem ansonsten nicht besetzten Büro.

Roog hatte nichts von seinem Zorn vergessen. Er beugte sich hinab, mit dem Mund nahe an ihr Ohr, und brüllte: „Kellind! Was soll der Mist?"

Sie zuckte zusammen, als hätte sie ein Blitz getroffen. Mit dem Arm schlug sie in seine Richtung. So schnell, wie sie reagierte, hätte sie ihn beinahe zu fassen gekriegt.

„Roog!" Sie brauchte ein paar Sekunden, um richtig wach zu werden. Ihr Gesicht war plötzlich puterrot. „Bist du verrückt?"

„Das frage ich dich. Wieso verhaftest du die zwei?"

„Weil ich sie überführt habe." Mehr sagte sie nicht. Fee Kellind erhob sich mit einem selbstzufriedenen Grinsen, das ihn rasend machte.

„Na super. Wie wär's denn, wenn solche nicht ganz unwichtigen Dinge in Zukunft mit mir abgesprochen werden?"

„Du hast geschlafen."

Roog wurde jetzt erst richtig wütend. „Es ist mir scheißegal, ob ich um halb fünf oder um halb drei geweckt werde!" versetzte er lautstark. „Bevor etwas geschieht, werde ich gefragt! Ist das ein für allemal klar? Ja?"

Kellind antwortete trocken: „De Moleon sagte, das muß nicht sein. In wichtigen Angelegenheiten liegt die Entscheidungspriorität sowieso bei mir."

„Ach ..." Roog mußte schlucken. Er konnte nicht dagegen an. Auch wenn sie es sah. „Jetzt versteh' ich ..." Mit aufgerissenen Augen starrte er Fee Kellind an, und er glaubte, daß die Auskunft ihr nur deswegen herausgerutscht war, weil sie bis gerade eben geschlafen hatte. Kellind hatte ihm nicht mal erzählt, daß er sich den Kommandoton sparen konnte. Innerlich hatte sie ihn ausgelacht. Roog überlegte, wie er reagieren sollte. Er konnte sie verprügeln. Aber damit wäre seine Gewaltbereitschaft bestätigt. Oder er konnte auf eine Gelegenheit warten, es ihr heimzuzahlen – die clevere Alternative.

Bis dahin hielt er es für angebracht, sich auf das tote Kind zu konzentrieren. Roog kämpfte den Ärger nieder, auch wenn es ihm Magenschmerzen bereitete. „Na gut, Fee ... Also, warum die Verhaftung?"

„Ich habe die Rückhaltevorrichtungen auch im Kinderzimmer und im Schlafzimmer der Wohnung überprüft. Die im Schlafzimmer war zerstört. Sie war zerbrochen und funktioniert nicht mehr. Die Apparate aus dem Wohnzimmer und dem Schlafzimmer wurden einfach gegeneinander ausgetauscht."

„Und? Was glaubst du, was geschehen ist?"

Kellind brachte ihre zerdrückte Frisur mit ein bißchen Zupferei in noch schlechtere Form. Roog kochte innerlich. De Moleon hatte ihm das eitle Püppchen mit voller Absicht zugeschanzt.

„Die Vorrichtung aus dem Wohnzimmerfenster wurde entfernt und zerbrochen. Jomie wurde daraufhin aus dem Fenster geworfen. In diesem Augenblick war es problemlos möglich, weil kein Antigravfeld mehr existierte. Anschließend wurde für das zerstörte Exemplar die

Vorrichtung aus dem Schlafzimmer eingesetzt. Damit niemand dem Mord auf die Schliche kommt."

Roog dachte darüber eine Weile nach. Kellind hatte recht, der Mord war zumindest durchführbar. Aber es gab Lücken in der Theorie, sogar ganz gewaltige.

„Ein paar Details stören mich noch."

Sie zog die Brauen hoch. Die Unsicherheit vom ersten Tag war wie weggeblasen. „Nämlich?"

Roog fand, daß sie einen Dämpfer verdiente. Er hätte ihr locker mit der Faust ins hübsche Gesicht schlagen können. *Hoppla. Ausgerutscht. Das mit deinen Zähnen tut mir leid.* Statt dessen sagte er: „Du behauptest, die Apparatur aus dem Schlafzimmer war beschädigt, sei zerbrochen. In zwei Hälften? Das meinst du doch, nicht wahr?"

„Ich nehme es jedenfalls an. In der Manschette steckte nur noch die obere Hälfte. So daß man den roten Punkt sah. Sie konnten keinen neuen Stift einsetzen, solange der TARA und die Protokollanten in der Nähe waren."

„Was ist mit dem Rest passiert?"

„Keine Ahnung. Nirgendwo in der Wohnung. Auch nicht im Mülleimer."

„In einer Kleidertasche?"

„Ich habe alle durchsucht, Roog. Gmokett oder Schirmer hatten zehn Minuten Zeit, den Rest irgendwo verschwinden zu lassen."

„Denkst du noch dran, daß wir in der Wohnung keine verwertbare Infrarotspur gefunden haben?"

„Nein", gab sie widerwillig zu, „daran hab' ich nicht gedacht. Na und?"

„Gmokett und Schirmer haben überhaupt nicht das Hirn, die Apparaturen auszutauschen."

„Du meinst, jemand hat ihnen geholfen?" Fee Kellind wurde plötzlich blaß. Diesmal war sie es, die schlucken mußte. „Jemand war in der Wohnung ... Ist es das? Dieser Jemand hat die abgebrochenen Reste der Apparatur mitgenommen und seine Infrarotspur ausgelöscht."

„Ja", sagte er.

„Wenn das stimmt, habe ich einen Fehler gemacht. Unser potentieller Jemand könnte nun gewarnt sein."

„Exakt."

Einer Eingebung folgend, fragte er: „Was ist mit dem TARA?"

„Befindet sich noch in der Wohnung", lautete die prompte Antwort.

„Na wenigstens", seufzte er. „Und wenn ich schon mal wach bin, befragen wir gleich unsere zwei Schützlinge. Ich seh' gar nicht ein, wieso die schlafen dürfen, wenn ich mit einem Riesenkater rumlaufe. Wie hast du sie untergebracht, Fee?"

„Getrennt, falls du das meinst."

„Sehr gut. Nehmen wir uns zuerst Gmokett vor.“

Roog und Kellind suchten Jomies Vater in der Zelle auf. In einem Raum von zwanzig Quadratmetern standen ein Bett, ein Trivideo-Gerät, ein Nahrungsspender, ein Schrank, ein Tisch und zwei Sessel. Gar nicht schlecht für einen potentiellen Kinderkiller, fand Roog. Gmokett schlief. Er schnarchte stark, und er trug immer noch eines seiner ärmellosen Unterhemden. Das aufflackernde indirekte Licht störte ihn nicht. Roogs und Kellinds Schritte schien er aufgrund des Teppichs nicht zu hören. Unter der Decke zeichnete eine stationäre Protokoll-Kugel jede Bewegung auf. Roog hatte nicht die Möglichkeit, ihn gewaltsam zum Reden zu bringen. Seinetwegen hätte man den Protokollanten ruhig „vergessen“ können.

„Gmokett!“ sagte er laut. „Aufwachen!“

Der fette Kerl war sofort wach.

„Roog. Ach, und die Gehilfin.“

„Genau. Zeit für ein paar Fragen.“

Gmokett blieb gleich liegen, wo er war. Er hob nicht mal den Kopf. Seine Augen funkelten. „Du kannst uns nicht lange hierbehalten, Roog.“

„Wahrscheinlich wird's eine ganze Weile. Ihr habt euer Kind umgebracht. Wir können es beweisen. Wir wissen nur noch nicht, ob du es warst oder Lucia.“

„Lächerlich.“

Roog erinnerte sich, wie er Gmokett schon einmal aus dem Gleichgewicht gebracht hatte. „Wir haben Jomie ein zweites Mal untersucht“, behauptete er kalt. „Dein Sohn wurde vor dem Tod vergewaltigt, Gmokett.“

Der fette Kerl kam hoch wie eine Rakete. Bevor er versuchen konnte, Roog zu schlagen, hatte er sich wieder in der Gewalt.

„Das ist eine Lüge“, flüsterte er. Auf seiner Stirn standen feine Tropfen Schweiß.

„Dann erzähl uns, wie es wirklich war.“

Nicolos Gmokett berichtete vom Fenstersturz. Es war dieselbe Version wie immer. Roog und Kellind hörten reglos zu. Sie stellten weitere Fragen, speziell was die Rückhalteapparatur anging. Nach einer vergeblichen Stunde ließen sie Gmokett wieder ins Bett. Dann Lucia Schirmer: Roog und Kellind schilderten abwechselnd Versionen, wie der Mord hätte vonstatten gehen *können.* Jedesmal gaben sie ihr Gelegenheit, sich zu äußern. Verheult oder nicht, Lucia Schirmer hielt ihre Taktik eisern durch. Sie leugnete alles. Was sie erzählte, war jedesmal so unterschiedlich wie das, was sich Roog oder Kellind ausdachten. Gegen sechs Uhr morgens gaben sie es auf. Sie verließen Stockwerk 42 und setzten sich in eine Cafeteria.

Roog trank Kaffee schwarz. Kellind nahm ein gesundes Frühstück. Perfekte Nahrung für die perfekte Figur.

Er sagte: „Das schlimmste ist, wir wissen genau, einer von beiden ist es gewesen. Einer von beiden hat sein Kind aus dem Fenster gestürzt. Gmokett oder Schirmer. Und wenn wir nicht beweisen können, wer es war, müssen wir beide wieder laufenlassen. Gia wird uns nicht ewig decken."

„Es sei denn, die Sache mit dem großen Unbekannten kommt ins Spiel", ergänzte Kellind.

„Exakt."

Er versank minutenlang in dumpfes Brüten. „Nützt alles nichts. Wenn wir was erfahren wollen, hilft nur die brutale Tour."

„Die brutale Tour ist gesetzlich verboten", erinnerte sie ihn.

„Weiß ich. In diesem Fall dachte ich auch nicht an Schläge."

„Sondern?"

Roog bekam Hunger, je länger er Kellind essen sah. Von ihrem Teller klaute er Gesundheitsfutter. Das Zeug schmeckte nicht. Er war froh, daß er keine gutaussehende Blondine sein mußte; daß er sich zugrunde richten konnte, wie er wollte.

„Komm schon, Roog!" meinte sie ärgerlich. „Was willst du machen?"

„Wir befragen Lucia noch mal. Aber diesmal ist ihr Sohn dabei."

Kellind starrte ihn an, ohne zu reagieren. Dann öffnete sie den Mund und formte ein schockiertes, lautloses *Oh!*

„Starr mich nicht so an."

„Roog, das kannst du nicht tun!"

„Und ob. Wir nehmen sie mit in die Leichenhalle. Sie soll sich Jomie ansehen. Und dann möchte ich noch mal hören, sie hat nichts damit zu tun."

Sie begaben sich gegen acht Uhr zurück in die Gefängnistrakte und weckten Lucia Schirmer. Die schmale Schwarzhaarige hatte maximal eine Stunde geschlafen. Aber das war Roog völlig recht, wenig Schlaf bedeutete wenig Willenskraft. Ein humanoid geformter Spezialroboter eskortierte sie aus der Zelle. Wortlos trieben sie durch den zentralen Schacht, aus Stockwerk 42 aufwärts in Stockwerk 20. Lucia erfuhr nicht, worum es ging. Nach einer Weile gab sie es auf zu fragen, und sie fing statt dessen wieder zu weinen an. Roog nahm an, daß sie sein Mitleid wecken wollte.

Im Labortrakt herrschte wenig Betrieb. Sie zählten die Nummern ab und betraten den Sektionsraum. Auf dem Tisch in der Mitte befand sich unter einem weißen Laken ein kleiner Körper. Es war kalt, maximal 12 Grad. Hartes Licht aus einer Leuchtstoffröhre warf scharf begrenzte Schatten.

Roog ließ die Tür knallen.

Lucia Schirmer zuckte plötzlich zusammen. Sie hörte auf zu schluchzen. „Was soll das hier?“ wollte sie nervös wissen. „Was ist das für ein ...“

Ihr Blick saugte sich an dem Laken fest. Sie schlug beide Hände vor den Mund und tat einen Schritt rückwärts. Die Tür ließ sich nicht mehr öffnen, sie rüttelte an der Klinke, aber es war zu spät.

„Ich will, daß du dir etwas ansiehst, Lucia“, sagte Roog.

„Nein!“

Er ging zum Tisch und zog das Laken weg. Die offenen Frakturen traten deutlich sichtbar zutage, der Schädelbruch, der geplatzte Leib. Es war ein schlimmer Anblick, selbst für einen Profi. Lucia wollte nicht hinsehen. Aber sie konnte nicht dagegen an. Ihre Knie wackelten verdächtig. Jede Farbe war aus ihrem Gesicht gewichen. Roog hatte Angst, daß sie zusammenklappte.

„Geht es, Lucia?“ fragte er, scheinbar besorgt.

„Ich ... Ja.“

Roog nahm sie in den Arm, führte sie bis vor den Tisch und wartete, bis sie die Augen wieder geöffnet hatte. „Hör zu, Lucia. Dein Sohn ist gestorben. Jemand hat ihn aus dem Fenster geworfen.“

Sie antwortete tonlos: „Ja.“

„Wer ist das gewesen?“

Keine Antwort. Stocken. Ein drucksendes Geräusch.

„Warst du es selbst, Lucia?“

„Jomie ist mein Sohn!“

„Wer war es?“

Sie machte eine lange Pause. Dann flüsterte sie: „Einer von Felsenheimers Leuten.“

Roog hatte den Namen Felsenheimer nie zuvor gehört.

Fee Kellind bemerkte die hektischen Flecken auf Lucias Gesicht.

Roog war bloß auf Informationen aus, und er verlor die Person aus den Augen. „Also, Lucia“, begann er zum dritten Mal, „wie kam das mit dem Fenster und deinem Sohn nun zustande ...“

Lucia gab keine Antwort. Sie öffnete und schloß den Mund, immer wieder.

„Roog!“ sagte Kellind scharf. „Hör auf. Gib ihr Zeit.“

„Nein! – Hör zu, Lucia ...“

Die Dunkelhaarige wackelte.

„Roog, Schluß!“

Kellind rief einen Medo herbei. Sie stellte sich zwischen Roog und Lucia Schirmer. Obwohl sie es nicht wollte, erinnerte sie ihn daran, wie die Kompetenzen lagen. Wenn es darauf ankam, hatte sie das Sagen. Roog verstummte. Schirmer wankte und mußte sich auf den Boden setzen. Es dauerte keine dreißig Sekunden, dann war der Medo zur Stelle. Die Maschine diagnostizierte Kreislaufschwäche, verabreichte ein stützendes Medikament, bettete die Frau auf eine Trage. Lucia Schirmer schlief ein.

„Spitze“, kommentierte Roog den Vorgang. „Unsere einzige Zeugin schlummert.“

„Ihr Widerstand ist gebrochen“, erinnerte Kellind ihn. „Sie wird reden, wenn sie aufwacht.“

„Und wann ist das? Morgen? In einer Woche?“

Kellind sah den Medo fragend an. Die Maschine antwortete: „Patientin Schirmer wird heute abend um 18:00 Uhr Ortszeit wiederhergestellt sein. Bis dahin empfehle ich, sie in ihrer Aufenthaltszelle medizinisch zu betreuen.“

„Genehmigt“, entschied Kellind. „Schaff sie weg!“

Der Medo hüllte die Trage in ein Feld, das die Schwerkraft aufhob, und schob sie vor sich her zur Tür hinaus. Roog wies den Spezialroboter an, Schirmer keinesfalls von der Seite zu weichen. Vielleicht wollte er einen eventuellen Selbstmord verhindern.

„Also dann“, sagte er tonlos. „Bis um 18 Uhr.“

Bis zum Abend gab es nichts zu tun. Gmokett zu befragen, das machte erst wieder Sinn, wenn sie Schirmers Aussage hatten. Kellind flog nicht nach Hause. Sie legte sich im Tower in ein Bett, in der 6. Etage. Gegen Mittag erwachte sie. Ihr Zimmerservo meldete, die TLD-Chefin Gia de Moleon wünsche dringend eine Unterredung. Bis zum Termin hatte sie fünfzehn Minuten, ausreichend für eine Dusche und zum Haaretrocknen. Als Treffpunkt war nicht de Moleons Büro angegeben, sondern erneut die 20. Etage.

Im Korridor traf sie Roog. „Hat die Natter uns also beide herkommandiert“, stellte er fest. „Hat sie dir gesagt, worum's geht?“

„Kein Wort. Ich nehme an, sie will Jomies Leiche sehen.“

„Könnte sie den ganzen Tag. Dazu braucht sie uns nicht. Außerdem ist's die falsche Zimmernummer.“

De Moleon erwartete sie. Sie stand am Zugangstor einer Präsentationskammer. Hier war Kellind nie gewesen. Die Dame wirkte gestreßt, das scheinbar lächelnde Muttergesicht sah eingefallen aus. Ihre gebeugte Haltung ließ Kellind unwillkürlich die Schritte beschleunigen.

„Kommt, kommt“, drängte die Chefin. „Hier herein.“

De Moleon dirigierte sie an zwei nebeneinander liegende Labortische. Auf jeder der beiden Platten lag unter einem Schirmfeld jeweils eine blutige Masse. Kellind hielt sie für die Überreste humanoider Lebewesen. Die zweite Leichenbeschau dieses Tages fiel ungleich härter aus als die erste. Diesmal fühlte sich Kellind nicht vorbereitet. In einem solchen Zustand hatte sie noch niemals einen Körper gesehen; und nun gleich zwei auf einmal.

„Fee, Sholter ..." sagte die alte Dame, „ihr werdet nicht gleich erkennen, was das hier mit eurem Fall zu tun hat. Aber es gibt eine Verbindung."

„Und die wäre?" fragte Roog im schnoddrigsten Tonfall. Als ob er es darauf anlegte, unbedingt gefeuert zu werden. Die Leichen störten ihn nicht.

„Das seht ihr gleich. Leiche Nummer eins ist die eines Blues. Es ist nicht leicht zu erkennen, weil der Tellerkopf komplett zerlegt wurde. Der Brustkorb wurde mit einem scharfen Gegenstand aufgerissen und dann von innen nach außen zerkleinert. Die Fetzen hängen noch zusammen. Deshalb war die Zuordnung der Organe und Gewebefetzen einfach."

Kellind erkannte rosarotes und blaues Fell inmitten der Masse. Mit ein bißchen Phantasie waren die stummelbeinige Figur und der kompakte Leib eines Blues zu identifizieren. Es sah aus, als sei das Wesen in die Messer einer Erntemaschine gekommen oder in den Rotorkranz eines zu groß geratenen Küchengeräts.

„Was ist passiert?" fragte sie angeekelt.

De Moleon antwortete: „Das ist Priit Dükak. Beziehungsweise, das war er. Diplomat der Gataser-Botschaft. Dükak wird dem geheimdienstlich aktiven Untergrund zugerechnet. Wir wissen nicht, wie er umkam oder warum. Lediglich, daß der Tod durch den Einsatz von Messern oder Sensen herbeigeführt wurde. Bestimmte Hormone im Leichnam weisen darauf hin, daß Dükak unter großen Schmerzen starb. Er ist gequält worden."

„Gefoltert?" fragte Roog nüchtern.

„Vielleicht." De Moleon zuckte mit den Schultern. „Die Experten können es nicht sagen."

Kellind schaute sich die zweite Leiche an. Die Verletzungen sahen identisch aus. Nur daß es sich nicht um einen Blue handelte, sondern um einen Menschen. Vom Schädel war wenig übrig, speziell das Gesicht verdiente den Namen nicht mehr. Jemand hatte einen stumpfen Gegenstand durch die Augenpartie bis ins Gehirn getrieben und dann einige Male herumgedreht. Arme und Beine hingen nur noch in Ansätzen fest. Der Brustkorb war aufgerissen, so wie bei Priit Dükak.

„Auch hier hormonelle Spuren, die auf heftige Schmerzen hindeuten. Von der ersten schweren Verletzung bis zum Eintreten des Todes müssen mindestens fünf Minuten vergangen sein. Die Experten gehen davon aus, daß alle fünf Personen vom selben Täter ermordet wurden. Seine Methode ist charakteristisch. Offenbar ein Sadist."

„Wieso erzählst du uns das alles?“ fragte Roog.

„Der Name des Opfers. Das da war kein Mensch, sondern ein Anti. Sein Name lautete Cuul Basten Cencenza. Er war euer Ohrenzeuge bei diesem toten Kind.“

Kellind erkannte die Verbindung. Jomies Fenstersturz, Cencenza, der Blue Priit Dükak, das alles gehörte irgendwie zusammen. Es sei denn, der Anti wäre durch Zufall Opfer eines Serientäters geworden. Oder Cencenza gehörte zur selben Untergrund-Verstrickung wie die Blues. *Ein Blinder?* Nicht sehr wahrscheinlich, aber auch nicht ausgeschlossen. Immerhin hatte er seine Sehkraft nur für einige Tage verloren.

De Moleon fixierte mit ihren kalten braunen Augen Sholter Roog. „Wir haben mittlerweile vier tote Blues, alle auf dieselbe Weise getötet, alle mutmaßliche Angehörige eines Gataser-Geheimdienstes. Und jetzt Cencenza. Das bedeutet, du hast vielleicht recht gehabt. Hinter dem Mordfall Jomie steckt mehr, als man sehen konnte. Das bedeutet aber auch, wir geraten hier in sensible Bereiche. – Du, Roog, hast zwar die nötige Erfahrung, aber du bist nicht mehr zuverlässig. Und du, Fee, eignest dich nicht für Aufgaben von höchstem Anspruch. Was soll ich also tun? Wie geht es weiter?“

„Mach die Augen zu“, empfahl Roog ihr prompt. „Keiner kriegt das besser hin als wir beide.“

De Moleon fragte: „Fee? Was meinst du?“

„Ich finde, Roog ist in Ordnung. Wir haben als Team bereits Erfolge erzielt.“

Die Chefin des TLD dachte nach. Ihre Stirn legte sich in tiefe Falten. Kellind wußte mittlerweile, daß sie diesen Habitus nur vorschob. Bevor de Moleon jemanden nach seiner Meinung fragte, war die Entscheidung längst gefallen. „Es gibt einen Grundsatz. Man ändert keine Siegerteams. Und man zieht keine Leute von einem Fall ab, wenn sie nicht schwerwiegende Fehler begehen. Ihr bleibt dran. Seht zu, was sich mit den Blues machen läßt.“

Kellind hakte nach: „Heißt das, die toten Blues fallen ab jetzt ebenfalls in unser Gebiet?“

„Ja. Heißt es. Die Ergebnisse der letzten Kommission stehen euch zur Verfügung.“

De Moleon verabschiedete sich kühl. „Ich erwarte den nächsten Bericht bis heute abend“, sagte sie noch, dann war sie verschwunden.

Kellind und Roog blieben mit den Leichenresten zurück.

„Also, was tun wir?“ fragte er herablassend. „Die Entscheidung liegt ja neuerdings bei dir, Fee.“

Sie ärgerte sich über seine Art. „Ich schlage vor, wir trennen uns. Du bearbeitest Gmokett und Schirmer. Ich kümmere mich um die Blues.“

„Einverstanden.“

Kellind schaffte sämtliche Details zum Thema Blues-Morde heran. Die Ermittlungen waren umfangreich, eine zielführende Spur existierte nicht. Aus der Botschaft der Gataser verlautete, man wisse nicht das geringste über den Hintergrund der Morde. Wenn es denn einen gemeinsamen Hintergrund gab; aber daran hegte Kellind keinen Zweifel. Das Verhältnis zwischen Gataser-Blues und der Liga Freier Terraner machte derzeit eine Krise durch. 300 Lichtjahre jenseits der letzten LFT-Welt lag das Vock-System. Vor sieben Jahren hatten zeitgleich gatasische und terranische Prospektoren den einzigen Planeten untersucht – Gondervock. Gigantische Rohstofflager wurden entdeckt. Insbesondere das seltene Mineral Howalgonium kam auf Gondervock in beachtlichen Mengen vor. Laut Rechtsprechung des Galaktikums war das Vock-System Niemandsland. Sowohl Gatas als auch die LFT erhoben jedoch den Anspruch, Gondervock in Eigenregie auszubeuten. Man hatte sich infolge mangelhafter Diplomatie in eine Sackgasse manövriert. Kellind bezweifelte, daß die Morde und die diplomatische Krise zusammenhingen. Sie vermutete jedoch, daß man sie in der Botschaft ablehnend empfangen würde. Wenn sie mit Menschen zu tun hatte, kam sie mit gutem Aussehen und Charme ans Ziel. Es sei denn, Kotzbrocken wie Roog waren beteiligt. Bei den Blues sah das anders aus. Tellerköpfe hatten für Blondinen keinen Sinn.

Sie nahm einen Dienstgleiter und flog der Reihe nach die Tatorte ab. Die Plätze lagen allesamt einsam.

Einer befand sich in unmittelbarer Nähe der Gatas-Botschaft, in einem Park. Priit Dükak, das letzte Opfer, war einige hundert Meter vom Arbeitsplatz ums Leben gekommen.

Kellind parkte auf dem Dach der Gesandtschaft. Sie meldete sich am oberen Zugang; mit der Bitte um eine Unterredung. Die Pförtnerautomatik ließ sie in den Warteraum. Damit endete der höfliche Teil. Sie hockte sich im sprichwörtlichen Sinn den Hintern platt, bis ein Blue erschien und sie nach ihrem Wunsch befragte. Ihre Auskünfte wurden zur Kenntnis genommen, nicht mehr, nicht weniger. Der Blue wies ihr einen neuen Warteraum zu. Sie dachte an Roog. Ungefähr um diese Zeit mußte Lucia Schirmer aus dem Schlaf erwachen – und Kellind war nicht dabei. Wiederum dauerte es eine Stunde, bis die Tür geöffnet wurde. Eine Delegation aus drei Tellerköpfen tauchte auf, grüßte sie offiziell als Angehörige eines „befreundeten Abwehrdienstes“, führte sie in die mittleren Geschosse.

In einem fremdartig möblierten Zimmer erwartete sie ein prächtig gekleideter Blue. Die Tür wurde geschlossen. Sie waren allein. Das Wesen mit den vier Augen saß an einem wuchtigen Kommunikationstisch. Es musterte Kellind mit starrem Blick.

„Mein Name ist Huynen Lüüt. Ich leite die gatasische Delegation

Terrania. Trotz der schwierigen Zeiten, die wir durchmachen, grüße ich dich. Was willst du von uns?"

Sie verstand genug von galaktischen Umgangsformen, um die Begrüßung als unhöflich und abweisend zu erkennen. „Ich bin Fee Kellind. Es ist meine Aufgabe, den Mörder der vier Angehörigen deiner Botschaft zu ermitteln."

„Wir haben bereits sämtliche Auskünfte erteilt."

„Davon bin ich überzeugt", erwiderte Kellind sarkastisch. „Ich habe auch nur eine einzige Frage: Was sagt dir der Name Felsenheimer?"

Es war schwierig, die Mimik eines nichtmenschlichen Wesens korrekt zu deuten. Speziell dann, wenn es sich um den Angehörigen eines Volkes handelte, das über so etwas wie ein Mienenspiel eigentlich nicht verfügte. Huynen Lüüt ließ für eine Sekunde seinen langen Hals pendeln. Er stieß ein schrilles Zirpen aus. Sie nahm an, daß es sich um einen erschreckten Ausruf handelte. Der größte Teil der Lautstärke lag vermutlich im Ultraschallbereich.

„Kennst du diesen Namen?" fragte Kellind.

Der Delegationsleiter behauptete: „Ich habe den Namen nie gehört."

Damit war ihre Unterredung beendet. Kellind interpretierte Lüüts plötzlichen Abschied als Hinauswurf. Die Unterredung war in ihren Augen positiv verlaufen. Sie verließ die Botschaft und flog auf dem schnellsten Weg zum Tower zurück; gespannt, was Roog herausgefunden hatte.

5. Kapitel
Pfefferminz

Der TLD-Tower hielt für jede Verhörsituation das passende Ambiente bereit. Roog ließ ein Zimmer vorbereiten, großzügig geschnitten und mit dunklen Holzmöbeln eingerichtet. Die Holoramen an den Wänden vermittelten Eindrücke terranischer Herbstlandschaften. Um 18.10 Uhr führte ein Roboter Lucia Schirmer herein. Er schaltete auf freundlich um, auch wenn ihm nicht danach zumute war.

„Hallo, Lucia. Bist du ausgeruht?"

Sie antwortete nicht. Ihr Blick war leer. Die dunklen Haare hingen fettig und wirr herunter, und die Kleidung war dieselbe, mit der sie geschlafen hatte. Ihm fiel auf, daß sie intensiv nach Schweiß stank. Die blutigen Stellen im Gesicht hatte sie wahrscheinlich aufgekratzt. Ohne Gmoketts direkte Nähe ließ sie jegliche Sorge für sich selbst missen.

„Komm, setz dich hierher."

Er rückte einen Sessel vor eine der Herbstlandschaften, so daß sie hinausblicken konnte. Gehorsam nahm sie Platz. Roog holte seinen Stuhl. Er setzte sich so, daß der Geruch gerade noch erträglich war.

„Also, Lucia ... Was ist an diesem 1. Juni genau passiert?"

„Ich ..." Lucia Schirmer schüttelte den Kopf.

„Du erwähntest den Namen Felsenheimer", erinnerte er sie geduldig. „Und daß einer seiner Leute dein Kind getötet hat."

„Ja. Er nannte ihn Zilko."

„Laß uns am Anfang beginnen."

„An diesem Morgen?"

„Nein. Alles, was du über Felsenheimer weißt. Überhaupt alles."

„Das ist gar nicht soviel."

„Erzähl's mir trotzdem."

Lucia vertiefte sich in die Herbstlandschaft. Sie ließ den Blick über rauhreifbedeckte Bäume und einen Sonnenuntergang mit rotem Himmel wandern. Daß sie sich einen Kilometer unter der Erde befanden, war ohne weiteres nicht zu erkennen. „Es fing vor ein paar Wochen an ... Nico kam zu mir und sagte, Lucia, wir werden reich. Wir kaufen diesen ganzen Wohnturm, und dann schmeißen wir die Leute raus. Vielleicht kaufen wir noch ein Raumschiff. Das sagte er. Die Vorstellung hat mir gefallen. Ich wollte wissen, ob wir Reisen machen, und er meinte, klar, Reisen machen wir die ganze Zeit."

„Hat er gesagt, womit er reich werden will?"

„O nein. Nico erzählt mir nur was, wenn er will. Er sagt, ich bin dumm. Da hat er natürlich recht."

Roog hörte unbewegt zu. „Wie kam das dann mit dem Reichtum?"

„Nicolos sagte manchmal: Bald ist es soweit, es ist gar nicht schwer, ich bin gerissen. So gerissen wie die bin ich schon lange, hat er gemeint. Vor ein paar Wochen hieß es, das Geld sei eingetroffen. Er sprach von einer halben Million Galax. Aber das reichte nicht, um den Turm zu kaufen. Eigentlich reichte es noch nicht mal für ein Raumschiff. Wahrscheinlich hätte er sich bloß Schlampen gemietet und mit denen wer weiß was angestellt. Oder Androidennutten, die man würgen und töten darf. Da war ich ganz froh, als er meinte: Eine halbe Million, das reicht nicht. Ich will sehen, ob die ein bißchen mehr bezahlen."

Roog fragte: „Was mußte Nicolos für das Geld tun?"

„Keine Ahnung."

„Hatte dein Freund für ‚die' einen Namen?"

„Ich weiß nicht", antwortete sie unsicher. „Manchmal sagte er auch *Schelm*. Wenn das ein Name ist."

„Schelm?"

„Mehr weiß ich nicht. Ehrlich. Auch nicht, wenn du mich schlägst. Jedenfalls gab Nico seine Arbeit auf. Er meinte, Schelm wird zahlen, und dann verlassen wir Terrania, weil's zu gefährlich ist in der Stadt." Lucia kniff die Augen zusammen. Ihr Gesicht sah noch schmaler aus, sie wirkte wie ein ausgemergelter Vogel. „Nicolos wollte nur noch warten, bis das Geld gekommen ist. Und dann steht plötzlich dieser Kerl in der Tür, Felsenheimer."

„Wie sieht Felsenheimer aus?"

„So ein Kleiner mit dunklen Haaren. Langer schwarzer Mantel ohne Ärmel. Zwei Ohrringe. Und dunkle Augen hat er."

Roog nickte ihr aufmunternd zu. „Weiter!"

„Felsenheimer ist schon drin in der Wohnung, bevor Nicolos was sagen kann. Bei sich hat er zwei Leute. Den einen nennt er Zilko, das hab' ich ja schon gesagt, bestimmt zwei Meter zehn, ein Riese. Und da ist diese kleine Frau, von der habe ich den Namen vergessen. Nico ist plötzlich so nervös. Er hat Angst vor Felsenheimer."

„Was wollte Felsenheimer denn?"

„Er fragt Nicolos, ob er es gestohlen hätte. Nicolos sagt nein. Aber Felsenheimer will ihm nicht glauben. Jomie schreit die ganze Zeit. Wahrscheinlich hat er vor den fremden Leuten Angst. Jomie mag keine Fremden."

„*Es?* Was meinst du damit, Lucia?"

„Das mußt du Felsenheimer oder Nico fragen."

„Was passierte dann?"

Lucia Schirmer schwieg. Sie zitterte. Hektische rote Flecken durchzogen die Blässe ihres Gesichtes. Roog überlegte, ob er die Temperatur erhöhen mußte, doch er konnte sich nicht vorstellen, daß sie ernsthaft fror. Wahrscheinlich hätte er sie in die Sauna stecken können, und sie hätte immer noch gezittert.

„Lucia“, mahnte er. „Bitte! Was geschah?“

„Felsenheimer... Ich ... – Jomie weint. Nicolos wird wütend und steckt ihm einen Bonbon in den Mund, damit er still ist. Wenn er was zum Lutschen hat, ist er immer still. Da weint Jomie noch mehr, weil's einer von Nicos Bonbons ist, weil er dieses Pfefferminz nicht mag. Nico schlägt ihn ins Gesicht. Jomie muß husten und verschluckt sich, er kann sich nicht beruhigen. Ich denke nur, Kleiner, hör zu weinen auf. Aber dafür ist es zu spät. Felsenheimer sagt zu Zilko: Schnapp dir das Kind. Dann hat Zilko Jomie hochgehoben. Was für ein Riese. Ich hab' große Angst um den Kleinen, aber vor Zilko hab' ich noch mehr Angst.“

„Wie kam das Kind ans Fenster?“ beharrte Roog.

„Na ... Felsenheimer sagt zu dieser Kleinen – jetzt weiß ich wieder, er nannte sie Beck! –, jedenfalls sagt er: Geh ans Fenster. Beck geht hin. Er sagt, sie soll den Rückhaltestift herausnehmen. Diese Frau hatte jede Menge Werkzeug dabei. Jedenfalls nimmt sie den Stift raus, und als Felsenheimer ihr befiehlt: Mach ihn kaputt, zerbricht sie ihn. Zilko steht am Fenster.“

„Und? Was wollte er da?“

„Erst mal Felsenheimer: Nicolos, hast du *es*? fragt er. Nico sagt immer noch nein. Und Felsenheimer sagt zu Zilko: Halt den Schreihals aus dem Fenster. Das hat Zilko dann gemacht. Jomie hat Angst. Er hängt jetzt draußen. Ich muß ihn da hängen sehen. Ich kann mich fast nicht bewegen. Felsenheimer sagt Nico, daß er *es* jetzt holen soll. Oder Zilko wird den Kleinen fallen lassen. Es kostet ihn doch nur ein Wort. Und Zilko ist ein Typ, der macht so etwas. Der würde einfach loslassen, der hat so flache Augen, gar nichts drin, kein Hirn dahinter. Und ich hatte solche Angst.“

Roog war überzeugt, daß sie die Wahrheit sprach. Jedenfalls erzählte sie das, was sie als Wahrheit empfand, als ihre persönliche Realität.

„Du hattest solche Angst ...“

„Ja, Roog. Zilko steht am Fenster. Er hält Jomie. Nico will nicht antworten. Ich weiß nicht mal, ob er *es* nun besitzt oder nicht. Ich kann nicht mehr denken. Ich sehe nur noch Jomie da am Fenster hängen, und Jomie schreit. Ich muß ihm helfen.“

„Hast du ihm geholfen, Lucia?“

„Ja.“

„Wie?“

Keine Antwort. Roog spürte, daß er vorsichtig sein mußte. Zuviel Druck, und sie würde vielleicht nie mehr reden.

„Zilko war so ein starker Kerl“, begann er von neuem, mit einfühlsamer Stimme.

„Und Jomie hat so geweint.“

„So sehr, daß du ihm helfen mußtest?“

„Ja.“

Roog begriff plötzlich. Helfen. Lucia Schirmer war in seinen Augen eine unerfreulich veranlagte Person. Aber ein paar Muttergefühle besaß sie doch.

„Du hast versucht, deinen Sohn Zilko wegzunehmen?“

„Ja.“

„Und du hast mit Zilko gekämpft, obwohl er stärker war.“

„Ja.“

„Jomie ist dabei aus dem Fenster gefallen.“

Lucia Schirmer machte eine lange Pause, dann sagte sie: „Ja.“

Er war sich bewußt, daß er der Frau vieles in den Mund gelegt hatte. Die Wahrheit sah so oder so ähnlich aus, daran hegte er keinen Zweifel. Jomies Fenstersturz war kein Mord. Es handelte sich um eine grobe Fahrlässigkeit mit Todesfolge. Eine Verkettung gewisser Umstände, das bewußte Inkaufnehmen eines tödlichen Risikos für ein vierjähriges Kind. Gmokett und Schirmer waren keine Mörder. Für Roog stellten sie jedoch den Anfang einer Spur dar.

Es erwies sich als unmöglich, mit Schirmer ein weiteres vernünftiges Wort zu wechseln. Er ließ sie in ihre Zelle bringen. Roog kontaktierte den psychologischen Dienst, weit oben im Tower, und gab Anweisung, Lucia Schirmer zu betreuen.

Ohne Vorankündigung suchte er Gmoketts Zelle auf.

„Hallo, Nico.“

Der fette Kerl wälzte sich von der Matratze und kam träge hoch. „Ach ... Was willst du denn schon wieder, Roog?“

„Lucia hat mir von Felsenheimer und von Zilko erzählt.“

Das saß. Gmokett zuckte heftig. Er fuhr herum und fixierte Roog mit einem mörderischen Blick. „Felsenheimer? Wer ist das? Wer ist Zilko?“

„Du hast Beck vergessen, die kleine Frau mit den Werkzeugen“, erinnerte Roog ihn.

„Ich kenne keinen dieser Namen.“

„Gmokett, es ermüdet mich langsam. Ich weiß sowieso alles.“

„Lucia hat keine Ahnung, was sie redet. Sie denkt sich einfach was aus.“

„Ich könnte mir vorstellen, daß diese Phantasien vor einem LFT-Gericht zur Verurteilung reichen.“

„Willst du mich zum Grinsen bringen? Du mußt Lucia nur mal ein paar Minuten zuhören. Dann weißt du über ihren Kopf alles. Inklusive dessen, was drin vorgeht, nämlich Unsinn. Ohne mich wüßte sie gar nicht, wie sie die Tage rumkriegt."

Roog nahm zur Kenntnis, daß Jomies Vater noch immer nicht reden wollte. Mit anderen Worten: Er brauchte mehr als Lucias Aussage, da hatte Gmokett völlig recht. Ohne einen weiterführenden Hinweis konnte er die Felsenheimer-Fährte nicht verfolgen.

„Protokollant! Hörst du mich?"

Eine faustgroße Kugel kam herabgeschwebt und blieb vor Roog in Gesichtshöhe hängen. „Zur Verfügung."

„Ich benötige Hologramme der Personen Priit Dükak und Cuul Basten Cencenza. Dreh es so, daß der Gefangene die Perspektive von vorn sieht."

Gmokett setzte eine mißtrauische Miene auf. „He, Roog, was soll das werden?" In der Luft zwischen den Männern stabilisierte sich ein zweigeteiltes holographisches Bild. Roog sah es nur von hinten, aber er kannte den Anblick ja. Der Fettsack wurde grün im Gesicht.

„Zwei verschiedene Mordfälle. Hast du so was schon mal gesehen, Gmokett?"

„Bestimmt nicht. Das linke ist ein Mensch. Und das rechte, das mit dem Fell? Ein Tier? Ein plophosisches Kalb?"

Roog ging nicht auf die Vermutung ein. „Hast du eine Vorstellung, wer so etwas tun könnte?"

„Nein. Ich hoffe, du willst das nicht mir in die Schuhe schieben."

„Als es passierte, warst du bereits inhaftiert, Nico. Aber du steckst in Schwierigkeiten. Ich hoffe, wir müssen dich nicht bald daneben legen."

„Du Mistkerl ... Du versuchst jeden schmutzigen Trick. Ich will meinen Rechtsbeistand und hier raus!"

Roog erwiderte trocken: „Die Angelegenheit ist immer noch als staatsgefährdend definiert."

„Bequem für dich", sagte Gmokett.

Kurze Zeit später traf Kellind ein. Sie tauschten Ergebnisse aus, und Roog sah nicht ohne Befriedigung, daß er wesentlich besser dastand als seine neunmalkluge Partnerin. Er hegte eine gewisse Hoffnung, daß sich Lucia Schirmer bis morgen wieder fangen würde. Psychologische Unterstützung, wirksame Medikamente, eine Nacht Ruhe ... Wenn das nicht reichte, konnte er Lucia als Zeugin vergessen. Dann war er endgültig auf Gmokett angewiesen.

„Ich glaube", sagte er, „wir kommen hier nicht voran. Mit ein bißchen Pause löst sich vielleicht die Blockade im Hirn."

„An was für eine Pause hattest du gedacht?" fragte sie voller Mißtrauen.

„Zwei Stunden erst mal. Duschen und eine halbe Stunde Schlaf. Ich schlage vor, wir treffen uns in einem Restaurant am Raumhafen. Vielleicht fällt uns etwas auf, wenn wir gemeinsam nachdenken."

„So plötzlich, Sholter? Ich dachte, deine Abende sind für Alkohol reserviert."

„Stimmt nicht. Warum die Ironie?"

Er registrierte, daß sie ihn beim Vornamen nannte. Der Erfolg mit der Verhaftung hob ihr Selbstvertrauen, vielleicht spielte auch de Moleons Rückendeckung eine Rolle. Kellind traute sich Dinge zu, die sie seiner Meinung nach besser bleibenließ. Er hielt es für dringend nötig, dieses Selbstvertrauen auf ein gesundes Maß zu reduzieren.

„Also gut", entschied sie, „heute abend, 21 Uhr Ortszeit. Welches Restaurant?"

„Vrickis Örtchen. Keine Angst wegen des Namens, da läßt sich's aushalten. Gastlich, stilvoll, sauber."

Roog und Kellind verließen den Tower zur selben Zeit, natürlich in getrennten Gleitern. Die Sonne war bereits untergegangen. Zumindest hatte der Regen aufgehört. Wenn man auf hundert Meter Höhe stieg, breiteten sich die Lichter der Stadt wie ein gleißender, räumlich nicht begrenzter Teppich aus. Das frühere HQ-Hanse und der innerste Ring bildeten ein hell geflecktes Gebirgsmassiv, sichtbar über Dutzende von Kilometern. Es war der erste schöne Abend seit langer Zeit. Roog legte sich ins Bett, beauftragte den Heimsyntron mit Weckdienst, schlummerte leicht und erholsam. Irgend etwas träumte er, aber es war nicht von Sterea Blues. *Wie angenehm.* Ohne Abendessen stieg er nach einer Stunde in die Naßzelle. Er wählte eine dezente Garderobe, die seine Figur verbarg. Frauen wie Kellind zogen unauffällige Begleiter vor, damit sie selbst mehr zur Geltung kamen.

Die Luft war schwül, ungewöhnlich feucht für die Jahreszeit. Roog steuerte seinen Gleiter zum Raumhafen, an den Schiffen vorbei. In einem Kilometer Entfernung kam ein Frachter herunter, ein walzenförmiger Springerkahn, riesengroß und von Meteoriteneinschlägen vernarbt. Batterien von Scheinwerfern tauchten die Landezone in gleißend helles Licht. Hunderte von Robotern standen bereit, sie wickelten den Ent- und Beladevorgang in Windeseile ab. Ein keilförmiges Schiff dahinter hatte seine halbe Außenhülle verloren; wahrscheinlich beim Landeanflug. So etwas passierte selten. Doch der Hafen war bereit. Ein mobiles Werftsegment besserte die ärgsten Schäden aus. Techniker in roten Anzügen umschwirrten die obere Kuppel, sie wimmelten schwerelos umeinander.

Am westlichen Hafenrand lagen Einkaufszentren, Hotels, die gesamte Bürokratie, außerdem Stationen für Mietgleiter und Restaurants. Dorthin wandte sich Roog. Vrickis Örtchen gehörte zur begrenzenden

Gebäudezeile. Eine Leuchtreklame zog Besucher an, eine unterirdische Garage nahm die Gleiter auf.

Die Geräusche des Hafens verstummten wie abgeschnitten, als er durch das Portal trat.

Im Örtchen war man konsequent auf die Verköstigung außerirdischer Rassen eingerichtet. Roog schnüffelte verdächtige Düfte. Nah am Eingang besetzten fünf Blues einen Stehtisch, zirpend und gestikulierend. Wenn man heranging, bereiteten ihre Gespräche Ohrenschmerzen. Die quadratisch gebauten, grünhäutigen Zwerge daneben waren Überschwere, möglicherweise Pariczaner. Roog betrachtete sie mit Mißtrauen. Überschwere standen in dem Ruf, in der Verbrecherorganisation der Galactic Guardians eine entscheidende Rolle zu spielen. Jeder der abgebrochenen Riesen war leicht imstande, das Restaurant in seine Bestandteile zu zerlegen. Sie gehörten zu den kräftigsten Wesen der bekannten Galaxis. Ein einzelner Unither, ein humanoides Wesen mit Rüssel, saß in einer dunklen Ecke und bediente sich von einem opulenten Speisenteller. Menschen und Extraterrestrier mischten sich im Örtchen. So hatte er es gern. Halbkugelförmige Robotkellner schwebten von Tisch zu Tisch und nahmen Bestellungen auf, servierten Speisen, zogen von den Creditchips Beträge ab.

Roog wählte eine Nische mit Blick auf das Landefeld. Er war zehn Minuten zu früh. Ein Blick auf seine Fingerspitzen, auf die integrierten Nagelorter, zeigte ihm, welche Vielfalt an energetisch betriebenen Einrichtungen nötig war, um den Betrieb im Örtchen aufrechtzuerhalten.

Nach einer Viertelstunde tauchte am Eingang Kellind auf. Sie sah atemberaubend aus. Anscheinend wollte sie ihm zeigen, was er nicht haben konnte.

Ihre blonden Haare hatte sie zu einem Knoten hochgesteckt, nur ein paar Strähnen hingen seitlich auf die Schultern, mit roten Bändern zusammengedreht. Ihre Augen besaßen etwas Strahlendes, blau und offen. Auch wenn er sie nicht leiden konnte, Roog gestand sich ein, daß sie Wirkung erzielte. Die sachliche Kleidung des Tages hatte sie gegen ein cremefarbenes Kleid eingetauscht. Am Brustansatz und an den Schultern war gerade ausreichend blanke Haut sichtbar. Der Stoff saß hauteng, besonders am Po. Sie konnte sich das leisten. Roog kannte wenige so durchtrainierte, makellos geformte Frauen. Als einzigen Schmuck trug sie eine silbrig schimmernde Kette um den Hals. Für das Auge stellte das Band eine stete Quelle der Irritation dar. Man war mehr oder weniger gezwungen, den Brustansatz immer wieder zu beachten. Die Armbänder, die sie trug, wertete Roog nicht als Schmuck. Sie gehörten zur Standardausrüstung der TLD-Einsatzagenten.

Er winkte ihr zu. Kellind kam heran, lächelte strahlend und setzte sich.

„Du siehst wunderschön aus, Fee.“

„Vielen Dank. Und das aus dem Mund eines solchen Ekelpakets.“

„Ich besitze durchaus die Fähigkeit, mich höflich zu verhalten.“ Er gab ihr Lächeln zurück.

Roog wußte, daß er auf viele Frauen unwiderstehlich wirkte; immer dann, wenn die harte Schale Risse bekam und er sich scheinbar ihrer Faszination ergab.

Ein Robotkellner brachte Speisekarten, abgestimmt auf den menschlichen Körpertyp. Sie bestellten ein gemeinsames Menü, aßen schweigend, bisweilen unterbrochen von scheinbar zufälligen Blicken. Kellind hatte schöne Augen. Roog schaute sie gern an. Es war kaum zu glauben, daß dahinter eine solche Menge an Komplexen steckte. Männer neigten dazu, schöne Frauen als Göttinnen zu betrachten. Sie begriffen nicht, wie eine Göttin Probleme haben konnte. Aber so war es, äußerliche Attraktivität diente oft als Betäubungsmittel. Häufig fehlte es an innerer Sicherheit, und die, so wußte er, ließ sich durch Schönheit niemals *ersetzen*. Schöne Frauen oder Männer waren oftmals *hungrig*. Sie konnten nicht genug bekommen. Kellind gehörte auch in die Kategorie. Sie besaß nicht den Mut, wirklich auffällig zu werden; sie hielt sich immer an Sicherheiten, an die eigene Pedanterie. Aber wenn sie einen Weg sah, sich den eigenen Wert zu beweisen, würde sie ihn gehen.

Er schaute zwischen der Kette, ihrem Brustansatz und ihren hellen Augen hin und her. Sie merkte es und lachte.

„Das Essen war ausgezeichnet, Sholter.“

„Du nennst mich schon wieder beim Vornamen. Das solltest du immer tun.“

„Nicht, wenn du dich eklig verhältst.“

„Das tue ich doch gar nicht, Fee.“

Sie antwortete nachdenklich: „Nein ... So, wie es ist, ist es gut. Ich fühle mich wohl.“

Roog schaute aus dem Fenster. Er zeigte ihr zwei Raumschiffe, die schwerelos in den Himmel stiegen, Millionen Tonnen schwere Kolosse, vollgepackt mit High-Tech für intergalaktische Flüge. Trotzdem war es ein Anblick voller Eleganz und Würde. Die Schiffe gingen sehr behutsam auf große Höhe, damit sich die Luftverwirbelung über der Stadt in Grenzen hielt. Dann zwei Funken, zwei Kometenschweife, und die glimmenden Punkte tauchten im Sternhimmel unter. Roog bestellte alkoholische Getränke. Natürlich eine milde Sorte, damit sie nicht glaubte, er wolle sie betrunken machen. Ihre Fingerspitzen berührten sich aus Zufall. Aber die Berührung fand noch einmal statt, nun zum dritten Mal. Er hatte sogar Spaß daran.

„Besitzt das Restaurant eine Terrasse, Sholter?“

„Ja."

„Mir ist nach frischer Luft."

Roog ließ einen Kellner kommen, gab der Maschine seinen Creditchip und zahlte. Sie stiegen in den Schacht und trieben schwerelos nach oben. – *Nicolos wird wütend und steckt ihm einen Bonbon in den Mund. Da weint Jomie noch mehr, weil's einer von Nicos Bonbons ist, weil er dieses Pfefferminz nicht mag. Ich denke nur, Kleiner, hör zu weinen auf.* – Diese verdammte Lucia spukte ihm durch den Kopf, er konnte nicht dagegen an.

„Woran denkst du, Sholter?"

„Ich hoffe, daß dieser Abend gar nicht endet. Es ist das erstemal seit einer langen Zeit, daß ich zum Schluß eines Tages nicht Bitterkeit empfinde."

„Wie kommt dieses böse Gefühl denn zustande?"

„Eine alte Frauengeschichte. Längst vorbei."

„Aber nicht in deinem Kopf. Willst du darüber reden?"

„Nein, Fee."

Die Terrasse öffnete sich in Richtung Hafenareal, war an den Seiten mit Buschwerk gegen den Wind geschützt. Im hinteren Teil standen Tische und Stühle, aber man konnte sie nicht benutzen, wegen der Feuchtigkeit vom letzten Regenguß. Sie stellten sich ans Geländer. Ohne eine Fensterscheibe wirkte der Blick noch faszinierender, die Lichter an der anderen Hafenseite waren mindestens zwanzig Kilometer entfernt. Außer ihnen befand sich niemand hier oben. Eine Weile blieb er sehr dicht neben ihr stehen, damit sie seine körperliche Nähe spürte. Kellind legte eine Hand an seine Schulter. Er drehte sich zu ihr hin, mit gesenktem Blick, hob die Augen schüchtern, dann sah er sie gerade an.

„Du bist die schönste Frau, die ich seit vielen Jahren gesehen habe. Ich wünschte, wir hätten uns unter anderen Umständen getroffen."

Sie sagte: „Müssen die Umstände alles zerstören?" Ihr Brustkorb mit der schimmernden Kette hob und senkte sich rasch, ihre Stimme klang noch ein bißchen heiserer als sonst, und Roog wunderte sich, daß es so leicht war.

„Nein, Fee."

Roog küßte sie. Er wußte, daß er talentiert war. Das Gefühl war gut, sie fühlte sich traumhaft an. Kellind hatte einen festen Po, sehr weiche und warme Lippen, und er wünschte sich, er könnte dieses Kleid noch hier oben auf der Terrasse öffnen.

„Sholter. Nicht. Vrickis Örtchen ist kein so guter Platz."

„Du hast recht. Ich konnte nicht dagegen an."

Sie lächelte. „Ich nehme das als Kompliment."

Roog und Kellind verließen das Restaurant. Sie programmierte den

Autopiloten ihres Gleiters, mit Hilfe von TTC nach Hause zu fliegen, und stieg in seine Maschine.

Um diese Zeit wirkten manche Viertel der Stadt wie ausgestorben. In seinem Wohnturm waren von zweihundert Fenstern nur zwanzig erleuchtet.

„Das ist es. Meine Wohnung. Nicht das Romantischste."

Kellind lachte. „Besser als bei mir. Eine meiner Mitbewohnerinnen ist mit einem Mann namens Pietro befreundet. Pietro ist erkältet. Er schnauft wie ein Walroß."

Roog trug sie ins Schlafzimmer, und dabei küßte er sie. Sie biß in seine Lippen. „Habe ich schon ja gesagt, Sholter?"

„Fee, du bist ein kleines Biest." Er drängte sie aufs Bett, obwohl sie tat, als ob sie sich wehren wollte. Das Spiel war immer dasselbe, er hatte schon oft dabei gewonnen.

„Kommst du mit vielen Frauen hierher?"

„Nein", log er. „Schon seit Jahren nicht mehr."

Roog schob die Träger ihres Kleides beiseite. Zweimal machte sie seine Manipulation wieder rückgängig, dann hörte sie auf und drückte ihm die Nägel in den Nacken. Er strich mit den Fingerspitzen über ihren Bauch, über ihre Seite, sparte bewußt die Brüste aus, um ihr ein Gefühl von Spannung zu vermitteln. Ab und zu benutzte er sein Gewicht, um sie außer Atem zu bringen. Roog berechnete ihre Reaktionen und setzte seine Erfahrung ein. Als sie anfing zu stöhnen, küßte er sie und berührte die Brustwarzen mit seinen Handflächen, er zog sachte Kreise, kniff sie zwischendurch, dann lutschte er die Warzen steif.

Kellind wurde aktiv. Es dauerte keine zwei Minuten, bis ihre Kleidung über das halbe Zimmer verstreut lag.

„Hast du nicht behauptet, du hättest so einen langen Schwanz?" fragte sie plötzlich. „Weißt du noch, als wir uns zum ersten Mal begegnet sind."

„Ich hab' gelogen."

„Mmmm." Sie lachte. „Wir versuchen es trotzdem."

Kellind war nicht halb so ängstlich im Bett, wie er gedacht hatte. So konnte man sich täuschen. Er merkte, daß sie es nicht sehr oft tat, aber sie besaß Gefühl und Hingabe und setzte beides ein. Roog machte es zweimal mit ihr. „Das war wunderschön, Sholter", flüsterte sie, als es zu Ende war. „Ich habe so etwas noch nie erlebt."

Er schaute sie an, und er konnte sehen, daß er ein verletzliches kleines Kind vor sich hatte.

„Und wie war es für dich?" fragte sie. *Große Augen. Liebe mich.*

Er antwortete: „Mittelmäßig."

Es war der härteste Treffer, den er hatte landen können. Kellind öffnete den Mund und wurde blaß. Auf die Idee, daß er eventuell nicht die

Wahrheit sagte, kam sie nicht. Es gab so viele bittere Dinge, an die er nur zu denken brauchte, daß die kleine Lüge ihm nicht weiter schwerfiel.

„Mittelmäßig?“ wiederholte sie leise.

„Hör zu, geh mir jetzt nicht mit irgendwelchem Gerede auf die Nerven. Wir wollen den Zauber doch nicht zerstören.“

Kellind preßte die Lippen zusammen. Sie richtete sich auf und schaute überallhin, nur nicht in seine Augen. Mit fahrigen Bewegungen ordnete sie ihre Haare. Am liebsten wäre sie im Boden versunken, hätte sich irgendwo versteckt, doch sie hockte in Sholter Roogs Wohnung und besaß keine Möglichkeit mehr, sich einen stilvollen Abgang zu verschaffen. Sie in dieser Weise hilflos zu sehen gefiel ihm sehr. Roog empfand eine seltsame Klarheit, als hätte das bißchen Sex in seinem Schädel einen Pfropfen gelöst. Er stand auf, nahm ein Pfefferminzbonbon aus einer halb aufgebrauchten Rolle und steckte es sich in den Mund. Das Zeug hatte einen scharfen Geschmack.

„Es gab gar keine alte Frauengeschichte, unter der du leidest“, sagte sie.

„Natürlich nicht. Ich lasse mich nie von Frauen verarschen.“

„Na dann. Wo fehlt's denn noch zum Glücklichsein? An der Schwanzlänge?“

„Fee“, sagte er genüßlich, „werd bitte nicht primitiv.“ Er bot ihr ein Bonbon an. „Hier, gegen den schlechten Geschmack im Mund. Wenn du willst, kannst du über Nacht bleiben.“

Sie starrte ihn an, als halte sie ihn für geisteskrank. „Pfefferminz! Woher hast du das, Roog?“

„Geklaut. Das sind Gmoketts.“

Sie sagte verächtlich: „Ich finde dich abartig.“

Roog. Gib mir meinen Sohn. Mein Sohn verdient ein ordentliches Begräbnis.

Sie stand auf und zog sich an. Roog überlegte, ihr einen Taxigleiter zu rufen, aber sie hatte ja die Armbänder. Er war sicher, daß sie draußen nicht lange warten mußte. Roog spuckte sein Pfefferminz weg. Warum hatte Gmokett dieses Bonbon Jomie in den Mund gestopft? Ein kleines bedeutungsloses Detail. Man beruhigt ein Kind nicht, indem man es quält. Warum hatte er zweimal das Begräbnis verlangt? Die Antwort lag plötzlich offen vor ihm.

Draußen fing es wieder zu regnen an. Obwohl er sehr müde war, bestieg er seinen Gleiter und raste Richtung TLD-Tower. Die Einflugschneise am Rand der Stadt wurde erst sichtbar, als er sich in unmittelbarer Nähe befand. Roog steuerte hinunter ins 20. Stockwerk. Er suchte den Labortrakt auf, in dem er Jomies Leiche wußte, und scheute sich nicht, zwei Spezialisten aus der Bereitschaft zu wecken.

„Ach, Roog ... Du wieder mal?"

Die verschlafenen Gesichter rührten ihn nicht. „Ja. Ich brauch' die Leiche dieses Kindes. Jomie, der Sohn von Schirmer und Gmokett."

Der Mann und die Frau ließen den Leichnam aus der Halle kommen. „Also, worum geht's diesmal?"

„Ich möchte eine Analyse des kompletten Magen- und Darminhalts."

„Wir haben diese Analyse bereits vorgenommen."

„Aber nicht mit der Gründlichkeit, die in dem Fall nötig ist."

„Davon verstehst du zuwenig, Roog", wehrte die Frau ab.

„Ich ordne es an. Wir brauchen nicht zu diskutieren."

Die zwei begaben sich mit finsteren Gesichtern an die Arbeit. Sie erwärmten den Körper auf zwanzig Grad, das Gewebe mußte flexibel sein. Mit einem medizinischen Gerät entnahmen sie dem Verdauungstrakt sämtliche Inhaltsstoffe. Am Ende schwamm in einer Schüssel, in einer trennenden Emulsion, alles mögliche Zeug. Die halbverdauten Brocken hielt Roog für Nudelreste, die praktisch intakten grauen Fetzen waren Fleisch. Hinzu kamen Magensäure, etwas undefinierbar Gelbes, Substanzen aus dem Darm in jeder Stufe der Zersetzung.

„Was ist mit Kot?" fragte er.

„Der Kleine hat natürlich geschissen, als er aus dem Fenster fiel. Die Blase ist dann unten geplatzt. Wir haben das Zeug extra gelagert. Brauchst du's?"

„Erst mal nicht. Ich suche was Bestimmtes. Jomie muß etwas gegessen haben, kurz bevor er starb. Können wir das rausfiltern?"

„Natürlich." Die Frau benutzte dasselbe Gerät, mit dem sie die Masse bereits abgepumpt hatten, tauchte eine Sonde in die Emulsion und förderte kleine Brocken zutage. Das meiste war zerkaute Schokolade. Und den kleinen ellipsenförmigen Körper hielt Roog für ein Pfefferminz.

„Holt das Bonbon raus", bestimmte er.

Der Mann lachte. „Kaum verdaut, Roog. Willst du's noch essen?"

„Haha. Lustig. Ich möchte noch die Magensäure und den ganzen Schleim runterhaben."

Das Stückchen Pfefferminz wurde sorgfältig gereinigt.

„So genehm?"

„Ja. Und jetzt nehmt ihr das Bonbon auseinander."

„Würdest du uns sagen, wonach du suchst?"

„Ich weiß es selbst nicht genau."

Die beiden hockten sich vor ein Analysegerät, in dem sämtliche denkbaren Untersuchungsschritte vorgenommen wurden. Ein Gegenstand wie das Bonbon war nur scheinbar klein. Je genauer man vorging, je mehr es auf chemische Details ankam, desto mehr wuchs die Zahl der möglichen Ergebnisse. Notfalls hätten die Experten ihm auch ein atomares Muster vorgelegt. Aber soweit kam es nicht. Die Frau sagte nach einer Weile: „Keine Spuren von Gift, das läßt sich schon ausschließen. Aber warte mal ... He, Roog! Da ist eine Verunreinigung drin. Hast du das gewußt?“

„Nicht so genau. Was für eine denn?“

„Warte. Wir isolieren noch.“

Das Pfefferminz wurde vom Objektträger des Gerätes genommen. Statt dessen blieb eine winzige viereckige, flache Masse übrig, mit dem bloßen Auge praktisch nicht zu erkennen. Der Mann zoomte mit dem Vergrößerungsfeld heran. Die Kantenlänge des Quadrats betrug einen halben Millimeter, die Dicke lag bei einem zehntel Millimeter.

„Probiert es mit starkem Licht von unten“, wies er die Spezialisten an.

Von oben gesehen ergab sich ein fleckiges Muster. Die Platte war an einigen Stellen schwarz, an den anderen durchsichtig.

„Was für ein Material ist das?“

„Moment.“ Seine Spezialisten schüttelten synchron die Köpfe. „Cellulosetriacetat und ein paar Zusatzstoffe“, sagte der Mann.

„Wofür braucht man solches Zeug?“

Die Frau gab das Ergebnis an den Syntron des Towers weiter. „Also ... Cellulosetriacetat wird seit zweitausend Jahren nicht mehr benutzt. Der Computer sagt, es handelt sich bei dem Ding um einen sogenannten Mikrofilm. Was ganz Merkwürdiges. Kein Speicherkristall, sondern wirklich altertümliches Zeug. Kein Mensch benutzt so was mehr.“

Roog ballte die Hände, ohne es zu merken. „Doch. Ich weiß einen, der es benutzt. Vergrößert mir das Oberflächenbild der Platte. Ich will einen Ausdruck.“

„Kein Problem.“

Es dauerte zwei Minuten. Sie lieferten eine quadratische Folie, auf der nichts zu sehen war als sieben Zahlen. Es handelte sich um die Ziffern von 1 bis 7. Sie standen in der krakeligen Handschrift eines Kindes scheinbar willkürlich über den Zettel verteilt.

6. Kapitel
Zahlenspiel

Schelmenstreiche:

Kurz bevor der kleine Schelm 35 wurde, schenkte Vater ihm einen Baukasten, einen völlig neuen. Vater schenkte ihm nicht oft etwas.

Weil er so klein und so schwach war, mußte Schelm immer ein schlechtes Gewissen haben. Obwohl er manchmal glaubte, er hätte eigentlich keine Schuld. Einmal versuchte er, mit Vater zu sprechen. Weil er nicht nach draußen durfte, guckte er eigentlich immer Trivid, und im Trivid hatte er gehört, daß man für seinen Körper nichts konnte. Jedenfalls nicht, wenn man keinen Sport trieb und gar nicht versuchte, ein starker Kerl zu werden.

„Vater, ich möchte Sport treiben."

„Das ist nichts für dich, Kleiner."

„Warum?"

„Du bist zu klein."

„Vielleicht werde ich größer, wenn ich renne und springe und mich prügle."

„Die anderen würden dich umbringen", behauptete Vater. Dann wurde er wütend und sagte: „Außerdem will ich nicht, daß dich jemand sieht. Sie würden denken, daß ..."

Mehr sagte Vater nicht.

Mama meinte später, er sei so aufgeregt, weil bald wieder Wahl war. Und das mit dem Sport klappte dann auch nicht, eben weil Vater die ganzen Stimmen brauchte. Welchen Eindruck hätte es denn gemacht, hätte man den kleinen Sohn gesehen.

Und dann kriegte Schelm den neuen Baukasten. Vater wollte wohl etwas gutmachen, weil er ihm das mit dem Sport abgeschlagen hatte. Schelm baute zwei kleine Gleiter, dieses Mal welche mit nadelscharfen Spitzen. Die Spitzen waren zehn Zentimeter lang. Er hatte sich ausgerechnet, daß sie durch die Augen oder durch die Schläfen bis ins Gehirn gingen. Und wenn etwas ins Gehirn eindrang, dann hieß das, man konnte sich nicht mehr bewegen. Man starb dann, auch wenn der kleine Schelm nie richtig begriffen hatte, was das hieß. Jedenfalls mußten Mama und Vater sterben. Sie hatten selbst schuld, weil sie eben die einzigen waren, die von außen an die Klinke konnten. Und Schelm wollte auch nicht mehr, daß sie ihm das Licht ausmachten. Wenn das Licht aus war und wenn im selben Moment dann noch das Trivid lief, dann kriegte er manchmal Krämpfe. Er konnte sich nicht mehr bewegen und hatte Schaum vor dem Mund.

Jedenfalls wollte er nach draußen, und Vater hätte das nie erlaubt. Schelm wollte mitspielen. Er pikste sich mit einer Gleiterspitze in den Finger. Es tat weh, und es wurde rot. Dasselbe, so stellte er sich vor, schmerzte mit dem Gehirn oder mit den Augen noch viel mehr.

Kleiner Schelm hat große Pläne, was?

Ja, Mama.

Er wollte entweder ein Raumschiffskommandant oder ein berühmter Verbrecher werden. Das allererste, was er draußen brauchte, war jedoch eine Maske. Damit ihn nicht jeder gleich erkannte, wie er wirklich war.

Kleiner Wicht.

Mama ... ich will nicht, daß du so was sagst.

Um sechs Uhr morgens betrat Kellind das Büro der TLD-Chefin. Gia de Moleon befand sich 24 Stunden am Tag im Dienst, wenn man den Gerüchten glaubte. Im Tower hieß es, sie habe ihr Büro seit Jahren nicht verlassen. Natürlich war das ein Märchen, entstanden aus Respekt und Unverständnis.

„Guten Morgen, Fee."

„Gia, ich habe ein Problem", sagte sie statt einer Begrüßung. „Mit Roog."

„Und das wäre?"

„Ich stelle eine zunehmende Tendenz zur Gewalttätigkeit fest. Roog hat sich meiner Ansicht nach nicht mehr unter Kontrolle."

„Aha." Die Dame runzelte die Stirn, nachdenklich, forschender Blick. Kellind fühlte sich wie auf dem Seziertisch. Sie hatte Angst, daß sie bis auf den Grund ihrer Seele erkannt wurde, und das war in diesem Fall nicht angenehm. „Existiert ein spezieller Anlaß, Fee?"

„Es ist mein allgemeiner Eindruck. Du gabst mir den Auftrag, ihn im Auge zu behalten, und das habe ich getan. Roog sollte wieder beurlaubt werden. Er wird sich fangen, wenn er ein bißchen Ruhe bekommt."

De Moleon schüttelte sehr langsam und sehr bedächtig den Kopf. Sie sagte: „Fee, ich habe dich gewarnt. Fall nicht auf Sholter Roog herein."

„Wie kommst du ..." Kellind spürte, daß sie einen roten Kopf bekam. „Es hat damit nichts ..."

„Fee. Bitte. Roog hat heute nacht etwas gefunden. In der Leiche eures kleinen Jungen. Es ist ein Mikrofilm."

Sie empfand die Auskunft wie einen Faustschlag ins Gesicht. Roog hatte was? Aber sie brauchte nur eine Sekunde, bis sie sich wieder gefangen hatte.

„Davon wußte ich nichts."

„Bitte informiere dich. Meine Einsatzagenten haben stets auf dem neuesten Stand zu sein."

„Das werde ich tun", antwortete sie kühl. „Ich bin jedoch nicht der Meinung, daß dieser Fund auf Roogs Aggressionspotential einen Einfluß hat. Ich zweifle seine Qualifikation nicht an. Nur seine menschliche Eignung."

De Moleon erwiderte ihre frostige Miene plötzlich in vollem Umfang. Kellind bekam einen Schrecken, weil sie das nicht erwartet hatte.

„Sieh zu, daß du dich mit ihm arrangierst, Fee. Ansonsten ziehe ich dich von dem Fall ab."

Als er nach drei Stunden Schlaf in den Tower kam, wartete Kellind bereits. Sie tat, als habe sie Romantik und Geschlechtsverkehr längst vergessen. Sein Sensibelchen konnte schauspielern, aber sie konnte sich vor ihm nicht verbergen: Er sah die Spuren der Nacht in ihren Augen. Die makellose Fassade hatte Risse.

„Was bedeutet dieser Mikrofilm?" begann sie ansatzlos.

Roog fühlte sich zerschlagen. Er antwortete müde: „Was weiß ich? Für mich sind das sieben Ziffern auf einem Quadrat. Gmokett wird es uns sagen."

„Warum sollte er plötzlich?"

„Wir haben jetzt ein paar Argumente. Versuchen wir's, was anderes bleibt sowieso nicht übrig."

„Hast du den Zettel an die Graphologen gegeben?"

„Gleich zu Anfang. Sie behaupten, es ist nicht Gmoketts Handschrift. Ein paar Indizien sprechen dafür, daß ein ungefähr fünfjähriges Kind den Zettel geschrieben hat. Aber das ist nicht alles. Ein paar dieser Haken sehen nach einem Erwachsenen aus."

„Also haben da zwei verschiedene Leute geschrieben?"

„Nein, nur einer. Wahrscheinlich ein Mann, ein Linkshänder mit schweren seelischen Störungen. Möglicherweise schizophren. Möglicherweise auch ein Soziopath; es gab Massenmörder, die solche Handschriften hatten."

Kellind sagte nichts mehr. Roog hatte Angriffslust erwartet, schon als Rache für die Nacht. Doch sie verzichtete auf jeglichen Kommentar, sie versuchte keine Tricks. Das war mehr Klasse als gedacht.

Nicolos Gmokett schlief in seiner Zelle.

Der Fettsack erwachte langsam, schlechtgelaunt und mit einer Fülle von Geräuschen. Sie warteten, bis er geduscht und einen Happen gegessen hatte. „Also, was wollt ihr schon wieder?" fragte er mäßig interessiert. „Wenn ihr mich nicht irgendwann mal ausschlafen laßt, kann ich mich bald an gar nichts mehr erinnern."

„Zuerst setzt du dich hin und siehst dir in Ruhe einen kleinen Film an."

„Perry Rhodan auf dem Mond?"

„Nein. 'ne Kindersendung."

„Wie schön." Gmokett flegelte sich auf das Bett.

Der Protokoll-Rob ließ das Verhör seiner Freundin Lucia als Holo laufen. Die ganze Szene, wie sie anfing zu heulen und von Felsenheimer berichtete. Roog betrachtete ihn aufmerksam. Hin und wieder nahm er ein Zucken wahr, ein kleines Zeichen innerer Erregung, doch im groben hatte sich Gmokett unter Kontrolle. *Zeit für ein bißchen Kitzeln.* Roog spielte seinen zweiten Trumpf aus, das Pfefferminzbonbon. Sämtliche Details der Untersuchung wurden wiederholt. Die wenigen Patzer, die sich Gmokett anfangs erlaubte, wuchsen zu einer Lawine. Seine Hände fingen zu zittern an. Er krallte sich in den Laken fest, obwohl die Gefahr eines Erdbebens – rein logisch betrachtet – ziemlich gering war.

Roog sah die aufgeschwemmten Gesichtszüge förmlich entgleisen. Bis zur Entdeckung des Mikrofilms. Es machte ihm Spaß, den pseudogerissenen Fettsack fassungslos zu sehen.

„Also, Gmokett?"

„Ich weiß nicht ... Scheiße, Roog, ich weiß es doch nicht!"

„Was leugnest du? Wir haben einen Fingerabdruck auf dem Film. Es ist deiner. Der Film stammt eindeutig aus deinem Labor."

Gmokett schluckte die Finte. „Und wennschon, Roog!"

„Wegen dieser sieben Ziffern wurde dein Kind aus dem Fenster geworfen. Von einem Fremden namens Felsenheimer."

„Nein! So war es nicht!"

„Wie war es dann?"

Keine Antwort. Der Sturkopf verwandelte sich in eine blasse Jammergestalt. Er stand kurz vor dem Zusammenbruch, brauchte nur noch einen kleinen Stoß.

„Komm schon, Gmokett ... Oder muß ich noch mal hinfallen und dir in die Eier schlagen?"

Der Fettsack bedachte ihn mit einem finsteren Blick. Er ließ das Laken los, richtete sich an der Wand auf und umklammerte im Sitzen seine Knie. „Felsenheimer konnte gar nicht wissen, daß Jomie den Film gegessen hat", sprach er leise. „Er wußte nicht, wieso ich Jomie das Pfefferminz reingezwungen habe. Er hat den Jungen aus Zufall genommen. Ein verdammter Zufall. Mehr nicht."

Nicolos Gmokett stockte mit hochrotem Kopf.

„Sprich weiter, Nico", forderte Kellind ihn auf. „Ganz ruhig, dann ist es halb so schlimm." Es war das alte Spiel, Roog als der Böse, sie als die milde Fee, die nur sein Bestes wollte.

„Ich ... – Nein."

Roog gab dem Protokoll-Rob an der Decke ein Zeichen. Die Maschine erstellte ein weiteres Hologramm. Es war dasselbe, das er ihm gestern schon gezeigt hatte, die zerfleischten Reste des Blues Priit Dükak und des Antis Cencenza. „Gmokett, sieh dir das an. Was meinst du, wer das gewesen ist? Felsenheimer vielleicht? Einer seiner Leute? Oder wer?"

„Keine Ahnung, Roog!"

„Ich weiß nicht, auf was du dich eingelassen hast. Ich weiß nicht, was die sieben Ziffern bedeuten. Aber das ist kein Spiel für Anfänger. Du kannst weiterhin den Mund halten, und in ein paar Tagen muß ich dich vielleicht aus der Zelle lassen. Denk aber nicht, daß das ein Glück wäre. Du mußt in die Stadt zurück. Felsenheimer wird kommen und noch einmal suchen. Felsenheimer findet dich. Dann beschützen wir dich nicht mehr."

Gmokett preßte die Lippen zusammen.

Fee Kellind setzte sich zu ihm auf die Bettkante. Ihre Züge besaßen etwas Weiches, Schleimiges, wie es Roog niemals hinbekommen hätte. „Sieh mal, Nico ... Felsenheimer war in eurer Wohnung, das wissen wir. Er hat etwas gesucht. Etwas, das ihm so wichtig war, daß er dafür dein Kind aus dem Fenster geworfen hat. Was war das, Nicolos? Dieser Mikrofilm? Diese sieben Zahlen?"

Er antwortete kleinlaut: „Ich glaub' schon."

„Was bedeuten die Zahlen?"

„Das weiß ich nicht." Er hob verzweifelt den Blick, und Roog sah an Kellinds Blondschopf vorbei, daß er Tränen in den Augen hatte. „Ich weiß doch gar nicht, was da abläuft. Ich weiß bloß, daß es um eine Menge Geld geht."

„Nun mal von Anfang an", ermunterte ihn Kellind. Roog konnte ihren Ekel sehen, als sie von der Bettkante aufstand. Auch wenn sie sich verstellte. Dem eigenen Sohn ein Bonbon mit Mikrofilm in den Mund zu zwängen, damit dieser nicht gefunden wurde, dazu gehörte Perversität.

„Angefangen hat's vor sieben Wochen. Ich hatte noch meine Arbeit im Reaktor 13. Da war dieser Typ namens Felsenheimer. So ein kleiner Schwarzhaariger mit Ohrringen. Er hatte immer zwei Leute dabei, Beck und Zilko. Felsenheimer machte ein Angebot, bei dem ich nicht nein sagen konnte."

„Was für eins?"

„Er zeigte mir eine kleine Schachtel, die war auch schwarz. Eine Black Box. Ich wußte nicht, wozu das Ding gut ist. Aber sie sagten, Gmokett, wenn du die Box an einer bestimmten Stelle im Reaktor installierst, ohne daß es jemand merkt, dann kriegst du eine halbe Million Galax."

Roog bekam spitze Ohren. Seine Handflächen wurden plötzlich feucht. *„Im Reaktor?"* erkundigte er sich, nur zur Sicherheit. Nicht, daß er irgendwas falsch verstand. „Felsenheimer interessierte sich wirklich für Reaktor 13 Terrania/West?“

„Ja.“

„Man baut doch in einen Reaktor kein unbekanntes Teil ein“, sagte Kellind heiser.

„So war aber das Angebot. Ich hab’ nachgefragt, klar. Es hieß, damit läßt sich die Energieabgabe drosseln, wenn sie’s wollen. Es ging ihnen wohl darum, daß sie über Nummer 13 in die Versorgung von Terrania eingreifen können. Keine Ahnung, was das sollte; notfalls schaltet man den benachbarten Reaktor höher, und alles ist wieder im Lot. Eine halbe Million für Unsinn, das ist kein schlechtes Geschäft.“

Roog wollte wissen: „Hast du die Sache mit der Kontrollfunktion also geglaubt oder nicht?“

„Am Ende schon“, antwortete Gmokett leise.

„Und du hast das Ding eingebaut. Sozusagen blind.“

„Ja.“

„War’s schwierig?“

„Ach was. Die haben eine Anleitung geliefert. Das Ding wurde in den syntronischen Steuerkreis des Hypertrops gepflanzt. Vernetzt hat es sich dann automatisch. Eine narrensichere Geschichte, niemand hat was mitgekriegt.“

Gmokett bekam wieder Oberwasser, das war nicht zu übersehen. Er war keiner, der sich vom Tod seines Kindes oder seiner Überführung lange unterkriegen ließ. Vielleicht dachte er immer noch, daß er aus dieser Sache irgendwie rauskommen konnte. Was nicht einmal auszuschließen war, denn für den Tod seines Sohnes trug er nicht die Verantwortung. Bestechlichkeit, fahrlässiger Umgang mit technischen Geräten und Verschleierung einer Straftat waren bisher alles.

„Nehmen wir an, du hättest die Sache mit der Kontrollfunktion wirklich geglaubt. Einfach so. Daß alles ganz ungefährlich und harmlos ist. Wieso hast du dann deinen Job gekündigt?“

Der Fettsack wurde plötzlich wieder wütend. „Ich hab’ das Ding eingebaut und die Hand aufgehalten. Eine halbe Million. Das ist viel. Aber ich will bestimmt nicht im Kraftwerk arbeiten, wenn die Box gerade anfängt rumzuspinnen.“

„Wo ist die halbe Million geblieben?“

„Sag’ ich nicht. Wenn ich hier rauskomme, werde ich das Geld brauchen.“

Naiver Idiot.

„Darüber reden wir später. Wie ging es dann weiter?“

„Nachdem ich abgehauen war, kam Felsenheimer noch einmal. Er schlug vor, dieselbe Arbeit ein zweites Mal auszuführen. Ich sollte mich als Wartungsanalytiker für Reaktor Nummer 11 bewerben. Das liegt in einem angrenzenden Bezirk, fünfzig Kilometer von Nummer 13 entfernt. Darüber hab' ich dann vier Tage nachgedacht."

„Mit welchem Ergebnis?"

„Angenommen, in Nummer 13 fällt der Strom aus. Und dann passiert dasselbe in Nummer 11. Man wäre schnell drauf gekommen, daß in beiden Reaktoren derselbe Wartungsspezialist am Werk war. Das hab' ich für zu riskant gehalten."

„Du hast abgelehnt, Gmokett?"

„Ja. Anfangs. Dann kam Felsenheimer noch mal. Er sagte, Schelm wollte im Hauptquartier mit mir sprechen. Ich wußte nicht, wer das war, Schelm, aber ich bin mitgeflogen. Schon weil ich Angst hatte. Sie haben mir mit einem Gerät die Augen verdunkelt, ich konnte die Umgebung nicht mehr sehen, nur noch jeweils den nächsten Schritt. Der Flug dauerte eine ganze Weile. Es war auch ein Transmittertransport dabei. Am Ende nahmen sie das Dunkelfeld weg, ich stand in einem Büro mit gelben Wänden. Ockergelb, um genau zu sein. Sie haben gesagt: So, unser gelbes Zimmer, das Zentrum der Finsternis. Oder so ähnlich. Felsenheimer und die Leute lachten. Und dann kam Schelm."

Kellind forderte: „Beschreibe die Person, so genau du kannst."

Darüber lachte Gmokett. Er hatte ein böses Grinsen im Gesicht, das ihn nicht sympathischer machte. „Ich kann ihn nicht beschreiben. Schelm war bloß ein Schatten – ehrlich. Irgend so ein optischer Effekt. Zwei Meter groß und breite Schultern, ein ziemlicher Hüne. Jedenfalls setzten wir uns an den Tisch. Alles war voller Pläne, Aufrißzeichnungen der Stadtteilreaktoren von Terrania. Und irgendwo zwischen den Plänen lag dieser kleine Zettel. Da war fast gar nichts drauf. Sieben Zahlen. 1 bis 7. Als alle so sehr mit den Plänen beschäftigt waren, hab' ich den Zettel eingesteckt. Ich war bloß neugierig."

„Bloß neugierig", so etwas glaubte Roog aus Prinzip nicht. Schon gar nicht dem Fettsack. Er hatte den Zettel mitgenommen, damit er Kapital daraus schlagen konnte.

„Du meinst, niemand hat den Diebstahl gemerkt?"

„Dachte ich wenigstens. Jedenfalls kam Schelm bald auf Reaktor Nummer 11 zu sprechen. Ich wollte die Sache immer noch nicht machen. Oder nur dann, wenn mehr dabei heraussprang als eine halbe Million. Ich forderte eine ganze. Eine Million Galax ... Ich wollte Lucia nehmen und irgendwohin verschwinden, mit einem eigenen kleinen Raumschiff ..."

„Vergiß nicht den kleinen Jomie", fügte Kellind liebenswürdig hinzu. „Der jetzt tot ist."

Gmokett bestätigte ungerührt: „Den hätten wir natürlich auch mitgenommen. Schelm dachte über meine Forderung nach, er sagte, ich hätte beim ersten Mal gut gearbeitet. Er wollte mir Bescheid geben. Darauf hab' ich gewartet."

„Und plötzlich stand Felsenheimer bei dir zu Hause in der Tür?" fragte Roog.

„Ja. Ich hatte schon längst kalte Füße wegen des Zettels. Ich dachte mir, wer eineinhalb Millionen für die Installation von zwei schwarzen Kästen ausgibt, murkst auch Leute ab. Also hab' ich den Zettel fotografiert. Ich wußte nicht, wozu diese Ziffern gut sein sollten. Aber ich dachte mir jetzt, wer weiß, vielleicht für später mal ... Wenn eineinhalb Millionen nicht mehr reichen."

So viel Gier war Roog nicht begreiflich. Speziell dann nicht, wenn man mit Leuten wie Felsenheimer oder dem mysteriösen Schelm zu tun hatte. Gmokett war ein blutiger Anfänger. Daß man die Eier, den Hals und andere wichtige Körperteile verlieren konnte, das Leben eingeschlossen, schien er nicht zu wissen.

„Na, ich dachte also, weg mit dem Zettel. Je gründlicher, desto besser. Das war vor ein paar Tagen. Ich hab' die Schrift mit einer Chemikalie gelöscht, die Folie verbrannt, der Rest kam in den Müllvernichter. Sicher ist sicher. Meine Fotografie habe ich in einen Mikrofilm verarbeitet."

„Eine Menge Aufwand."

„Da ist auch Spielerei dabei. Ich arbeite gern mit Fotos."

Roog schüttelte nur noch den Kopf. „Was sollte der Mikrofilm dann in dem Bonbon?"

„Irgendwie hab' ich wohl geahnt, daß jemand kommen und suchen würde. Jedenfalls hatte ich Angst davor. Ich dachte, Pfefferminz macht ein gutes Versteck."

„Was ja zweifellos auch richtig ist", ergänzte Fee Kellind. „Noch besser ist höchstens das eigene Kind. Ein Kindermagen, wer kommt auf so etwas?"

„Absolut", bestätigte Gmokett. Er sah für einen Moment sehr zufrieden aus. Wahrscheinlich hielt er Kellinds Worte nicht für Sarkasmus, sondern für Anerkennung. „Nur, was danach kam, hat mich überrascht. Sozusagen ein Schreck in der Morgenstunde. Ich dachte schon fast, da passiert nichts mehr, und dann hat doch noch jemand gemerkt, daß der Zettel fehlte. Fast vier Tage später. Das versteh', wer will." Gmokett lachte.

Roog wehrte sich gegen den Zwang, ihm die Knie zu brechen oder sonst etwas zuzufügen, was schmerzhaft war.

„Felsenheimer hielt also Jomie aus dem Fenster. Und dann?"

„Moment mal. Nicht Felsenheimer, sondern dieser Kraftprotz, Zilko. Mann, hatte ich eine Angst, als ich den Kleinen da so hängen sah."

„Aber nicht so viel, daß du das Versteck verraten hättest?"

„Nein. Wer dachte denn auch, daß wirklich was passiert? Ich meine, am hellichten Tag."

„Was ist geschehen, nachdem Jomie aus dem Fenster fiel?"

„Lucia klappte zusammen."

„Und Felsenheimer?"

„Der hatte die Ruhe weg. Seine kleine Begleiterin, sie hieß Beck, jedenfalls hat sie den Rückhaltestift aus dem Schlafzimmer geholt und eingesetzt. Dann hatte sie so ein Gerät, mit dem man Infrarotspuren verwischt. Sie trugen wohl alle Handschuhe, diese dünnen Dinger, da haben sie sich über Fingerabdrücke keine Sorgen gemacht."

„Hatte Felsenheimer auch Handschuhe an?"

Darüber dachte Gmokett angestrengt nach. „Merkwürdig. Ich glaube, er hat seinen Mantel gar nicht ausgezogen. Jedenfalls waren sie zwei Minuten später zur Tür raus. Felsenheimer hat noch gesagt, sie kommen wieder. Bis dahin sollte ich mir das mit dem Zettel gut überlegen. Lucia rannte nach draußen. Kurz danach hast du schon vor der Tür gestanden, Roog. Und das war's dann, denke ich. Den Rest wißt ihr. – Sonst noch Fragen?"

„Mit Sicherheit", sagte Roog beherrscht. „Wir werden deine Aussage gründlich prüfen. Im Moment interessieren mich nur noch Details. Erstens, an welcher Stelle im Kraftwerk steckt diese Box genau?"

„Wenn du mir einen Plan beschaffst ..."

„Gleich. Kann es sein, daß deine Kollegen die Box gefunden und beseitigt haben?"

„Praktisch ausgeschlossen."

Roog orderte über NATHAN einen kompletten Bauplan des Kraftwerks. Gmokett suchte die Holos durch. Die Black Box saß in einem schwer zugänglichen Schacht, der nicht für Personal gedacht war, sondern nur für Servicemaschinen. Wollte man als Mensch hinein, mußte man sich sehr klein machen. Für Roog wäre das nichts gewesen, weil er zu breite Schultern hatte.

„Zeig die genaue Stelle, Nico."

Der Fettsack dirigierte mit mündlichen Anweisungen ein Leuchtsymbol, bis es an der richtigen Stelle saß, an der Oberfläche einer Verteilerweiche. Über die Weiche lief ein Großteil der Impulse, mit denen das Kraftwerk gesteuert wurde.

„Perfekt." Roog ließ die Holographie erlöschen. „Und jetzt die zweite Frage. Du hast gesagt, Felsenheimer und seine Leute hätten dich in ein Büro geführt. Richtig?"

„Ja."

„Da hast du dann diesen Unbekannten namens Schelm getroffen."

„Stimmt", sagte Gmokett.

„Hatte das Büro Fenster?"

„Hmm ... Ja. Ja, ich glaube schon.“
„Was hast du durch die Fenster gesehen?“
„Beschissene Frage. Das ist Wochen her. Ich glaub’, ich hab’ vielleicht gar nicht rausgeguckt.“
Kellind sagte berechnend: „Wenn du dein Gehirn ein bißchen anstrengst, Gmokett, dann könnte es sein, daß wir dich mit Lucia in dieselbe Zelle legen.“
Roog fixierte sie ärgerlich. Wie kam sie dazu, ein solches Angebot zu machen? Und das ohne seine Billigung. Aber er sagte keinen Ton.
Nicolos Gmokett dachte lange nach. Vielleicht hoffte er auf Peitschen, Handschellen oder seine Kameras, wenn er kooperierte. „Ich erinnere mich tatsächlich ... Ich glaube, das Büro war auf dem Mond. Vielleicht auch ein Asteroid, jedenfalls war der Himmel dunkel, keine Atmosphäre. Ich habe viele Fenster gesehen. Das Haus lag irgendwo in einer Straße mit Bürogebäuden. Da waren Ströme von Gleitern. Aber auch Menschen.“
„In Schutzanzügen?“ fragte Roog dazwischen.
„Nein. Alltagskleidung. Alles ganz normal.“
„Wie kommst du darauf, daß es Bürogebäude waren?“
„Wegen der Beschriftungen. Sie hatten Leuchtreklamen und so Zeug.“
„Was für Reklamen waren das?“
Gmokett zuckte mit den Achseln. „Weiß ich nicht.“ Er schaute Kellind beinahe unterwürfig an. „Das war wirklich alles. Komme ich jetzt mit Lucia zusammen?“
Roog registrierte, daß sie die Entscheidung wiederum allein traf. Nicht mal einen fragenden Blick fing er auf. Kellinds Unterwerfung entwickelte sich zu einer haarigen Aufgabe.
Sie sagte: „In Ordnung, Nico. Wir sprechen uns später.“

Roog ließ prüfen, ob es in Reaktor No. 13 Terrania/West auffällige Betriebsstörungen gab oder gegeben hatte. Die Antwort lautete nein. Er dehnte die Suche auf sämtliche Stadtteilreaktoren aus, der Vollständigkeit halber. Die Antwort blieb dieselbe. Terranias Energieversorgung lief zu 100 Prozent stabil. Kellind setzte währenddessen zwei Leute auf Gmokett an. Sie erhielten den Auftrag, ein Phantombild zu erstellen. Es ging um die Gebäude und Reklamen, die Gmokett aus Schelms Bürofenster gesehen hatte. Auf diese Weise hoffte sie, den Standort des Büros eingrenzen zu können.
Roog legte die Stiefel auf den Schreibtisch, ausgelaugt und mit brennenden Augen. „Gmokett treibt jetzt Ferkelspiele in seiner Zelle. Die Welt ist ungerecht.“

„Hör auf zu meckern, Sholter. Wir wissen immer noch nicht, was das bedeutet, 1 bis 7."

„Vielleicht muß man alle Zahlen zusammenzählen. Eins plus zwei plus drei ... und so weiter. Hmm. Ergibt 28. Oder eins mal zwei mal drei. Kann ich gar nicht mehr ausrechnen."

„Ich halte das für Unsinn", sagte Kellind nüchtern. „Wir brauchen einen Hinweis, sonst ..." Den Rest ließ sie offen.

„Könnte es sein, daß irgendwer einfach gekritzelt hat?" Roog legte den Kopf schief und dachte nach. „Nein. Dann hätte Felsenheimer den Zettel nicht so dringend gesucht."

„Vielleicht war auf dem Originaldokument eine Mikroschrift."

„Vielleicht", antwortete Roog. Er stand auf, holte vom Automaten Kaffee und Milchreis, fing an, zu trinken und zu essen. „Aber das kriegen wir nie raus", meinte er mit vollem Mund, „das Original hat Gmokett vernichtet. Wir müssen uns an die verdammte Black Box halten. Nehmen wir mal an, das Ding sitzt immer noch an Ort und Stelle, an diesem Verteilerkasten."

Kellind meinte: „Wo auch sonst."

„Richtig. Am Ende hilft nur Nachsehen. Aber keinesfalls wir zwei."

Sie schaute überrascht auf. „Wieso denn nicht? Wenn das Kraftwerk überprüft wird, will ich dabeisein."

„Ach Fee. Du mußt noch viel lernen."

Sie sagte frostig: „Da gibt es etwas, das *du* noch nicht gelernt hast, Roog. Ich treffe die Entscheidung. Du hast nur beratende Funktion."

„Willst du blöde Kuh ins Unglück rennen?" versetzte er zornig.

„Überzeuge mich!"

„Also gut. Felsenheimer hat etwas gesucht, was sehr wichtig war, Fee. Diesen Zettel mit sieben Zahlen. Er sagte zu Gmokett, daß er wiederkommen wird. Nehmen wir an, er hat tatsächlich versucht, die Schirmer/Gmokett-Wohnung ein zweites Mal zu durchsuchen. Er kam mit seinen Leuten zum Guzmangrund. – Was hat er gesehen? – Uns beide! Vielleicht sogar den TARA-V-UH."

„Das ist an den Haaren herbeigezogen."

„Aber es könnte sein. Nimm an, hier läuft ein dickes Ding. Eine richtig große Sache, Fee. Dann hat die andere Seite ihre Möglichkeiten. Dann wissen sie ganz genau, wer in welcher Wohnung aus und ein geht. Dann sind unsere Gesichter bekannt."

Kellind fuhr sich mit beiden Händen durch die Haare, massierte die Schläfen, und am Ende nickte sie. „Ich verstehe", murmelte sie. „Du willst die andere Seite in dem Glauben lassen, wir wüßten nichts von Reaktor 13."

„Natürlich."

„Wenn die Sache wirklich groß wäre, hätten sie Gmokett nicht am Leben gelassen.“

Roog zog die Schultern hoch. „Vielleicht gab es einen Grund, den wir im Moment noch nicht sehen.“

Kellind stand ruckartig auf. Sie ging nach draußen und kam ebenfalls mit Kaffee wieder. „Und was nun?“ fragte sie mit Anzeichen von nervlicher Überreizung. „Jemand muß sich den Reaktor ansehen. Da führt nichts dran vorbei.“

„Wir schicken zwei TLD-Spezialisten. Getarnt als staatliche Kontrolleure.“

„Was passiert, wenn etwas schiefgeht?“

„Sieh nicht zu schwarz.“

„Also was, Roog?“

„Fehler sind eben verboten. Wir postieren uns in einem Kilometer Abstand. Eine Staffel Kampfgleiter und ein Dutzend TARAS, solange unsere Leute arbeiten. Notfalls sind wir in zwanzig Sekunden zur Stelle. Meinetwegen stationieren wir noch drei Space-Jets. Unsichtbar, mit Deflektorschirm, zwei Kilometer über dem Kraftwerk.“

Kellind hob den Blick und schaute ihm direkt in die Augen. „Du weißt, daß ich die Materialanforderung genehmigen muß.“

„Ja, du betonst es ja oft genug. Sei nicht blöd. Wenn du dich querlegst, frage ich Gia.“

Sie lachte. Aber er sah, daß er sie getroffen hatte.

„Ein gewisses Fehlerpotential existiert immer, Fee. Du mußt deine Entscheidung treffen. Zuerst schließt du sämtliche Fehler aus, die denkbar sind, und dann tust du's eben. Nichtstun kann falsch sein, Aktion kann dich den Kopf kosten. Wenn du Angst hast, bist du nicht am richtigen Platz.“

„Also gut. Ich hoffe, wir bereuen das nicht.“

Roog ließ sich vom Computer eine Liste geben. Er wählte zwei Leute aus, einen Kraftwerkstechniker und eine Expertin für Informationstechnologie. Das restliche Kommando stand binnen einer halben Stunde. Sie kleideten sich ein und verließen den Tower schwer bewaffnet. Reaktor No. 13 befand sich dreißig Kilometer entfernt vom Guzmangrund. Anhand des Stadtplans verteilten sie die Einsatzgruppen. Die Kampfgleiter und die TARAS wurden an den Eckpunkten eines Quadrats positioniert. In der Mitte lag der farbig getünchte Bungalow, der Eingang zum unterirdischen Reaktor. Richtung Süden und Westen erstreckte sich das Wohnviertel, Richtung Norden und Osten ein Park. Roog und Kellind parkten ihre Gleiter auf dem Dach eines Lagergebäudes. Sie bewegten sich im Schutz von Deflektoren, also unsichtbar. Er legte seinen SERUN an, einen speziellen Kampfanzug, und kontrollierte die Ausrüstung der TLD-Agenten, die in den Gleitern saßen. Gab es Schwierigkeiten, war es seine Aufgabe, in den Reaktor vorzudringen. Kellind führte im Ernstfall das sogenannte Oberkommando. Sie behielt von draußen den Überblick.

Kellind tippte auf das Orterdisplay. „Sholter!“

Sie trug ebenfalls einen Schutzanzug. *Schlecht für die Frisur,* Kleine. Roog mußte grinsen, dann bemerkte er den grünen Reflex, der sich vom Stadtzentrum her näherte. Laut Zeitplan handelte es sich um das Fahrzeug ihrer Spezialisten.

Luca Burichten und seine Partnerin Tannaka Seicz warteten, bis sich am bunten Bungalow die Pforte öffnete. In der Tür stand Sega Noduck, die Leiterin des Reaktors No. 13 Terrania/West. Er kannte Sega von früher, aus einer gemeinsamen Ausbildungszeit. Seit vielen Jahren hatten sie sich aus den Augen verloren. Daß er heute beim Liga-Dienst war, davon konnte sie nichts wissen.

„Routinekontrolle“, sagte er mit einem breiten Lächeln. „Die Verwaltung des Stadtparlaments schickt uns, um ein paar technische Stichproben zu nehmen.“

„Luca!“ Sie strahlte plötzlich über das ganze Gesicht. „Mein Gott, wie lange ist das her? Zehn Jahre?“

„Ganz bestimmt.“

Sega führte sie fröhlich plappernd ins Innere.

„Wie geht's den Kindern?“

„Danke, alle drei wohlauf.“

„Und die Frau? Wie hieß sie noch?“

„Sie hieß Jo. Sie ist vor einem Jahr gestorben. Ich erziehe die Kinder jetzt allein.“

„Oh. Das tut mir leid, Luca.“

„Je eher ich hier durch bin, desto eher kann ich die Kleine aus dem Hort holen.“

„Na dann. Ich nehme an, ihr kennt euch in so einem Kraftwerk aus.“

Luca Burichten lachte. „Wenn man den halben Tag durchs Solsystem fliegt und nichts anderes sieht als diese Dinger, bleibt das nicht aus. Laß uns ruhig allein.“

Burichten und Seicz kontrollierten Kleinigkeiten, willkürlich ausgewählte Details, mißtrauisch beäugt von der Bedienungsmannschaft. Fehler gab es nirgendwo. Er hatte keine erwartet. Nach einer Weile ließ man sie gewähren. Burichten beurteilte die technologische Ausstattung, Seicz konzentrierte sich auf Systemsteuerung, den Informationsfluß zwischen Hypertrop und Zentrale. Nach einer fruchtlosen halben Stunde erreichten sie die kritische Zone. Vor ihnen lag der Schacht, der die Zentrale mit dem Hypertropzapfer und den Speicherblöcken verband. Burichten öffnete den Zugang, eine in roter Signalfarbe gekennzeichnete Klappe.

„Hilft nichts, Tannaka", sagte er streng und laut, für eventuelle Lauscher. „Wir müssen da rein."

Sie antwortete: „Hör auf, Luca! Nicht schon wieder der Schacht. Den Mist kannst du alleine machen."

„Komm schon, Tannaka, ist das unser Job oder nicht?"

Burichten wußte nicht genau, für wen sie eigentlich Komödie spielten. Sie krochen nacheinander in die Öffnung. Nach ein paar Metern krümmte sich der Schacht abwärts. Sie aktivierten ihre Antigravs und hangelten sich schwerelos nach unten. Geprüft wurde alles mögliche, die ganzen Knotenpunkte, Wartungsdisplays – und am Ende die Verteilerweiche. An der Weiche klebte ein kleiner schwarzer Kasten.

Burichten vergewisserte sich, daß niemand sie hören konnte. „Da ist es, Tannaka", sagte er leise. „Geh dich drehen."

Seine Partnerin verschwand nach oben, drehte ihren Körper an einer Stelle mit ein bißchen Platz, kam kopfüber wieder herabgesunken. Sie führten beide ihr Werkzeug mit. Der Kasten verfügte über eine perfekte Abschirmung. Über die Vorgänge im Inneren oder über die Struktur ließ sich nichts aussagen. Burichten und Seicz fanden das bemerkenswert. Weder das Forum Raglund noch das Kristallimperium besaßen technisches Gerät, das sich damit messen konnte.

„Okay, Tannaka. Sieht so aus, als wär' das bloß ein schwarzer Kasten. Irgendwas aus Plastik. Aber Plastik hat hier unten nichts verloren. Dieses Ding legt uns rein."

Er hatte das penetrante Gefühl, daß irgendwer ihn *ansah*. Burichten schüttelte den Kopf. Unmöglich, hier unten war niemand. Es sei denn, die Black Box hätte über so etwas wie Augen verfügt; was ganz offensichtlich nicht der Fall war.

„Wir müssen das Ding aufmachen", sagte seine Partnerin.

„Wie denn?"

„Ganz einfach. Die Box hängt mit der Unterseite direkt am Datennetz für den Hypertrop. Deswegen gehen wir von oben rein. Wir machen einfach die Verschalung auf. Nur ein ganz kleines Loch. Damit wir eine Sonde einführen können."

„Geht nicht. Zu gefährlich."

„Wieso denn, Luca? Ich setze unterhalb und oberhalb der Verteilerweiche einen Unterbrecherkontakt. Sobald die Box irgendwie aktiv wird, lege ich den Laden lahm."

Er lachte. „Sholter Roog würde das nicht gefallen. Das komplette Kraftwerk, den Hypertrop und die Meiler? Auffälliger geht's nicht mehr!"

„Es passiert ja auch gar nicht", beruhigte sie ihn. „Das ist bloß für den Notfall. Wir kommen anders nicht weiter. Hörst du, Luca?"

„Ich bin ja nicht taub."

„Jetzt ist es schon ein Uhr mittags. Willst du deine Kleine pünktlich aus dem Hort holen oder was?"

„Na ja." Burichten war nicht überzeugt, aber er hatte keine Lust, bis zum Jüngsten Gericht den Kasten anzustarren. „Wir machen es, Tannaka. Aber Vorsicht. Wenn wir Mist produzieren ..."

„Ich weiß! Dann reißt der große Roog uns die Köpfe ab. Ich kenn' den Knaben nicht mal persönlich. Also muß ich auch keine Angst haben."

Burichten grinste anzüglich. „Könnte sein, daß du sein Typ wärst, Tannaka. Dann ist es mit Kopfabreißen wahrscheinlich nicht getan."

„Was soll das heißen? He! Wie meinst du das, du alter Sack?"

Burichten fischte aus seinem Werkzeuggürtel einen Mikrodesintegrator, der geeignet war, die Verschalung aufzubrechen. Tannaka Seicz setzte die Unterbrecherkontakte.

„Bereit?"

„Bereit", sagte sie.

Er fing behutsam zu schneiden an. Nach zwei Minuten hatte er die Naht vollendet. Er führte durch ein Loch von zwei Millimetern Durchmesser eine automatische Sonde. Im selben Augenblick ertönte ein schnappendes Geräusch, Metall auf Metall. Es stammte nicht aus der Box, sondern kam von oben und unten.

„Die Kontakte", sagte Tannaka überrascht. „Scheiße noch mal! Die Dinger sind tatsächlich angesprungen!"

Burichten sackte in sich zusammen. Mit diesem Augenblick, so begriff er, konnte er den Nachmittag und den Rest des Tages abschreiben. Er wartete, daß die Hintergrundgeräusche des Kraftwerks zum Erliegen kamen. Das Summen und Vibrieren war allgegenwärtig, ein paar Sekunden noch, gleich vorbei.

Aber es stockte nicht. Ganz im Gegenteil.

„Scheiße, Luca. Ich glaube, dieser schwarze Kasten hat vorher noch irgendwas ins Netz geschickt."

„Was denn?"

„Keine Ahnung."

„Stopp es!"

„Wie denn? Ich weiß ja nicht mal, was es war."

„Bist du die Spezialistin oder wer?"

Tannaka Seicz wurde ärgerlich. „Wenn du bitte aufhören würdest, mich unter Druck zu setzen, Luca! Ich gebe mir Mühe."

Unter ihnen ertönte ein rumpelndes Geräusch. Das Kraftwerk schien von unten nach oben zu erzittern. Luca Burichten kannte das Beben sehr genau.

„Der Hypertrop ist angesprungen", verkündete er düster.

„Aber es ist doch gar kein Zapfvorgang vorgesehen."

„*Ach! Das weiß ich selbst.* – Stell's aus, Tannaka. Das ist mir zu gefährlich. Mit Hypertrops spielt man nicht."

Sie schüttelte den Kopf. „Mit den Unterbrechern habe ich uns isoliert. Dummerweise. Ausknipsen funktioniert nicht so einfach. Das dauert Stunden, bis ich wieder ins System komme."

Burichten stieß einen bösen Fluch aus. „Sega Noduck ist nicht blöd. Ich kenn' sie. Spätestens jetzt wundern die sich oben in der Zentrale. Und Roog verarbeitet uns zu Hackfleisch. Papi, wird meine Kleine fragen, Papi, wieso hat der böse Mann dich in Streifen geschnitten?" Er lachte über seinen eigenen Galgenhumor. Aber nicht sehr laut, weil das Zittern an Heftigkeit zunahm. Burichten wurde es mulmig. Der Hypertrop produzierte Geräusche, wie er sie niemals vorher gehört hatte. Daß sie im Schacht feststeckten, paßte ihm überhaupt nicht.

Roog starrte auf den Bungalow. Zwischen den Häusern am Rand des Viertels waren die bunten Wände gerade noch sichtbar. Er hatte ein schlechtes Gefühl. Luca Burichten und diese andere, Tannaka Seicz, dachten gar nicht daran, sich zu melden. Dabei wußten sie, daß er in den Dächern hockte und händeringend auf Botschaft hoffte.

„Kaffee, Roog?"

„Laß mich bloß in Ruhe!"

„Oh. Der Herr hat schlechte Laune."

Nach einer Stunde herrschte immer noch Funkstille. Er überlegte, ob er den Kontakt von sich aus herstellen sollte. Aber das machte keinen Sinn. Burichten galt als erfahrener Mann, und Seicz besaß die besten Referenzen.

„Roog."

„Was denn?" Er wandte den Blick nicht ab. Es war Kellinds Stimme.

„Roog, ich habe da etwas aus dem Tower."

„Können wir das bitte schön auf später verschieben?"

„Können wir schon. Aber ich sehe nicht ein, wieso. Ich erkläre diesen Bungalow hiermit für unhypnotisierbar."

Alles lachte auf seine Kosten. Roog drehte sich böse um. „Also was?"

In ihrem Schutzanzug machte Kellind keine schlechte Figur. Sie hatte wirklich ein schönes Gesicht. Er bereute zum ersten Mal, daß er sie letzte Nacht so böse abgefertigt hatte. Kellind wäre was für zwei- oder dreimal gewesen oder für ein paar Wochen. Es gab nicht viele Frauen, die er so lange ertrug. Abgesehen von Sterea Blues, aber das war zu lange vorbei. Sie wich irritiert seinem plötzlich intensiven Blick aus. Er ärgerte sich, daß er sein Interesse so deutlich zeigte.

„Wir haben Nachricht aus dem Tower", sagte sie. „Du erinnerst dich, daß unsere Leute mit Gmokett ein Phantombild anfertigen wollten?"

Er versetzte: „Hab' ich Gedächtnisstörungen oder was?"

Sie ignorierte den Ton. „Die Sache lief besser als erwartet. Der Fensterblick konnte zugeordnet werden. Demnach befindet sich Schelms Büro in Luna City, auf dem Mond, unter einer luftgefüllten Kuppel. Es gibt da eine Geschäftsstraße namens Luna Road. Gmokett konnte sich angeblich nicht festlegen; aber wir wissen jetzt, wo wir ungefähr suchen müssen."

„Das sind gute Nachrichten", sagte er. „Danke, Fee." Die folgende Stunde verbrachte er wieder reglos. Im Kraftwerk tat sich nichts. Der SERUN war nicht bequem, aber eine Notwendigkeit. Er versuchte, eine gewisse mentale Spannung die ganze Zeit zu halten.

„Der Kaffee wird langsam kalt", hörte er von hinten. „Wenn du nicht bald mal ..."

Roog hob den Arm. „Mund halten!" kommandierte er. Es wurde still. Das Funkgerät seines Anzugs knisterte; im Grunde unmöglich, es sei denn, eine Störung von außergewöhnlicher Intensität überlagerte ein Funksignal von geringer Stärke.

„Luca Burichten an Sholter Roog. Roog! Hörst du mich?"

„Sprich lauter, Luca!"

„Roog, wir haben hier unten ein Problem."

Er starrte auf den Bungalow. Für den Bruchteil einer Sekunde hatte er den Eindruck, als wölbten sich die bunten Wände nach außen, als dehnte sich das flache Gebäude auf das Doppelte seiner ursprünglichen Größe. Der Boden eruptierte in einer Stichflamme von hundert Metern Höhe. Die Optik seines SERUNS reagierte mit Verdunkelung, so daß er nicht das Augenlicht verlor. Eine ungeheure Explosion ereignete sich. Roog sah das Verhängnis kommen. Aber er hatte keine Zeit zu reagieren. Der Anzug schloß sich automatisch. Wie ein Blatt wurde er vom Dach gewirbelt. Der Donner erreichte ihn erst, als er den Anzug unter Kontrolle bekam. Er aktivierte eine Glocke aus Energie, den Schutzschirm – und der SERUN hing bewegungslos in dreißig Metern Höhe über dem Viertel. Dann war es vorbei. Als sich der Rauch legte, blickte er über eine Trümmerlandschaft. Das Viertel war auf einen Kilometer in Schutt und Asche gelegt. Der Freizeitpark auf der anderen Seite existierte nicht mehr. Wo sich eben noch Reaktor No. 13 Terrania/West befunden hatte, gähnte ein glühender Krater. Unten fing es zu brennen an. Er glaubte nicht, daß außerhalb der Häuser jemand überlebt hatte.

7. Kapitel
Dünn und rot, dick und blau

Die Dame saß bleich im Sessel. Ihre Finger spielten mit einem Bund Magnetstifte. Auf der Tischplatte entstand ein klimperndes Geräusch, das Roog irrsinnig machte. Er wäre fast aufgestanden und hätte ihr die Stifte weggenommen.

„Ich habe die vorläufige Liste", sagte Gia de Moleon tonlos. „Im Freizeitpark sind achthundert Leute gestorben. Wir können von Glück sagen, daß NATHAN so ein Regenwetter macht." Sie ließ den Mund kurz offenstehen und klimperte. „Im Wohnbezirk liegt die Zahl der Opfer bei mehr als tausend, dazu zweitausend Verletzte. Und natürlich ein paar, von denen wir nicht wissen, ob sie durchkommen. Die Möglichkeit, daß es sich um einen Unfall handelt, also um menschliches Versagen, scheidet mit großer Sicherheit aus. Gmoketts Black Box muß eine noch unbekannte Art von Software enthalten haben. Irgendwas, womit man sämtliche Sicherheitsvorkehrungen umgehen konnte."

Kurz vor der Explosion hatten die Automat-Orter eine Folge ultrakurzer Funksignale wahrgenommen. Der Inhalt ließ sich nicht ermitteln, auch nicht mit NATHANS Hilfe. Eine komplizierte Kodierung barg die eigentliche Botschaft. Roog ging davon aus, daß die Box eine Miniaturkamera enthalten hatte. Sie hatte die Annäherung der Spezialisten an eine nicht bekannte Stelle weitergemeldet, vermutlich an Schelm oder Felsenheimer. Von dort war der Zündimpuls gekommen. Mit anderen Worten, die Explosion von Reaktor No. 13 beruhte auf Fernsteuerung.

Roog und Kellind trugen noch SERUNS. Wären die Anzüge nicht gewesen, sie hätten die Katastrophe nicht überlebt.

Die Minuten danach liefen vor ihm ab. Zuerst der Hilferuf, den er abgesetzt hatte. Nur ein paar Sekunden dauerte es, bis die ersten Schlachtschiffe am Himmel hingen. Millionen Tonnen schwere Klötze, hilflos durch die eigene Größe. Aber aus den Schotten quoll ein Menschenregen. Überall schwebende Feuerwehr, Medogleiter und Medoroboter, viele tausend, sie fielen wie ein Heuschreckenschwarm auf die Katastrophenzone. *Eine Fackel auf zwei Beinen. Unten zwischen den Häusern, läuft nur einen Augenblick. Bricht zusammen. So groß wie Jomie.* Roog und die anderen, sie waren am nächsten dran, geschützt in ihren Anzügen. Er brachte drei Verletzte in Sicherheit, weg vom strahlenden Krater. Wieviel Kellind schaffte, wußte er nicht. Ein

Kind, das er mit verbranntem Kopf nach draußen trug, starb auf dem Weg, als er fast schon in Sicherheit war. Danach irrte Roog durch das Viertel. Aber er hatte nichts mehr finden können, wo seine Hilfe sinnvoll schien.

„Roog! Was ist mit dir?"

„Nichts, Gia."

Zwei Stunden her, seine Finger zitterten noch. Es war die mit Abstand schwerste Katastrophe in der jüngeren Geschichte der Stadt. Terrorismus dieser Art hatte Terrania hundert Jahre nicht gekannt.

„Du stehst unter Schock", urteilte die Chefin des TLD.

„Nein. Das stimmt nicht. Ich kann arbeiten."

Gia de Moleon hörte zu klimpern auf. Sie legte die Stifte auf den Tisch und starrte die Platte an. „Ich habe mit Cistolo Khan gesprochen. Der LFT-Kommissar überläßt sämtliche Entscheidungen in der Sache dem Liga-Dienst. Dasselbe mit Paola Daschmagan. Die Erste Terranerin wird uns politisch decken. Von Amts wegen heißt es, ein Unglücksfall. In der Öffentlichkeit erfährt niemand, daß TLD-Agenten bei der Sache ihre Finger im Spiel hatten."

Fee Kellind sagte trotzig: „Wir haben keine Schuld!"

„Die Öffentlichkeit würde das denken."

„Und was denkst du, Gia?"

„Ich werde euch nichts unterschieben. Roogs bedingte Beurlaubung ist weiterhin ausgesetzt. Dein eigener Status als ‚bedingt verwendungsfähig' bleibt bestehen. Ihr seid die am besten orientierten Leute, ich benötige kein Bauernopfer. Hättet ihr den Kindstod nur nicht so hartnäckig untersucht."

„Dann wüßten wir bis heute nicht Bescheid", widersprach Roog.

„Aber wir hätten vielleicht auch keine zweitausend Opfer zu beklagen. Eine müßige Diskussion. Ich bin der Meinung, daß mit dem Einsatz von Burichten und Seicz die nötigen Sicherheitsvorkehrungen getroffen wurden. Eine Entwicklung dieser Tragweite war nicht vorhersehbar." De Moleon atmete tief und kontrolliert. Sie nahm das Bund Magnetstifte und steckte es in die Tasche, holte es heraus, das Ganze zwei-, dreimal. Roog bemühte sich, nicht darauf zu achten.

Vor seinem inneren Auge lief die letzte Rettungstat ab. Die Sache mit dem Mädchen, er sah es noch mal in seinen Armen sterben. Wenn er es nicht schaffte, die Katastrophe nüchtern zu sehen, hatte er hier nichts verloren. Mit dem Schicksal konnte er sich nachts beschäftigen. Wenn er allein war, statt feuchter Träume von Sterea Blues. Sein Puls beruhigte sich. „Schelm hätte den Hypertrop sowieso hochgejagt", behauptete er finster. „Niemand geht umsonst so komplizierte Wege. Es muß sich lohnen. Irgendwer profitiert von der Katastrophe. Wenn wir rauskriegen, was das für ein Profit ist, sind wir einen Schritt weiter."

De Moleon massierte ihre Stirn. Sie hatte wohl Kopfschmerzen. Zum Glück klimperte sie nicht mehr. „Ein Effekt ist schon mal sicher: Auf der Erde wird sich Angst breitmachen, sobald die Ursache ans Tageslicht kommt. Das nützt dem Forum Raglund und dem Kristallimperium. Die Leute werden Strafaktionen fordern, gegen irgendwen. So etwas vergiftet das politische Klima."

„Was, wenn die Sache gar nicht politisch ist?" spekulierte Fee Kellind. „Schelm und seine Leute sind vielleicht Kriminelle. Reaktor 13 sollte vielleicht ein Erpressungsversuch werden. Lösegeld, wäre das nichts?"

„Fee", sagte die TLD-Chefin milde, „solche Dinge sind immer politisch motiviert. Kriminelle haben nicht die Mittel, in derartigen Dimensionen zu operieren."

„Und die Galactic Guardians?"

„Die GaGua haben auf der Erde niemals entscheidend Fuß gefaßt. Sie haben nicht die Möglichkeit, ein solches Ding durchzuziehen. Außerdem arbeiten die GaGua profitorientiert, für Geld oder Einfluß. Nein. Unsere Täter müssen wir woanders suchen."

„Und wie?"

„Ich sehe drei wesentliche Anhaltspunkte", sprach Gia de Moleon nach einer Weile. „Erstens: Wir werden von Felsenheimer und seinen Leuten Zeichnungen anfertigen. Das ist keine präzise Sache, weil wir nur die Aussagen der zwei Gefangenen haben. Wie heißen die noch?"

Bevor Roog antworten konnte, sagte Kellind hastig: „Nicolos Gmokett und Lucia Schirmer."

De Moleon sah sie irritiert an. „Danke, Fee. – Nun, die Zeichnungen helfen nur weiter, wenn wir großes Glück haben. Im Großraum Terrania leben 50 Millionen Leute. Die Datenschutzgesetze der LFT verbieten NATHANS Einsatz. Wir besitzen keine Möglichkeit zur flächendeckenden Überwachung. Wenn Felsenheimer und seine Leute vorsichtig sind, kriegen wir sie nicht zu fassen. Außer durch Glück."

„Und der zweite Ansatzpunkt?" fragte Kellind.

„Die Luna Road. Ich setze ein Dutzend Agenten auf die eine Straße an. Wir nehmen jeden unter die Lupe, der ein oder aus geht. Es gibt da allerdings ein Problem. Nehmen wir an, der Reaktor wurde tatsächlich ferngesteuert in die Luft gejagt. Dafür sprechen die Funkimpulse. Im Solsystem herrscht jedoch die größte Dichte an Hyperstrahlung, die wir in der Milchstraße kennen. Unsere Spezialisten sagen, daß das Signal unter diesen Umständen nicht weiter als 50.000 Kilometer reichte. Der Mond ist aber 380.000 Kilometer entfernt."

„Möglicherweise gibt es in der Stadt eine Relaisstation", wandte Kellind ein.

„Ja. Das könnte sein. Wie auch immer, die Luna Road ist eine der wichtigsten Spuren."

Roog sagte unzufrieden: „Aber das kann nicht alles sein, Gia."

„Natürlich nicht. Jemand wird sich zweifellos zur Tat bekennen. Dann sehen wir weiter, da sehe ich Ansatzpunkt Nummer drei. Für den Augenblick ist das alles." Sie schaute auf und fixierte ihre zwei Agenten. „Ich habe zu arbeiten. Der Untergrund schläft nicht. Ihr werdet informiert, wenn sich etwas Neues ergibt."

Roog und Kellind waren damit entlassen. Sie verließen Etage 98, setzten sich in sein Büro im sechsten Stockwerk, tauschten böse Blicke und brüteten vor sich hin. Roog aß weiße Schokolade, ein Stück nach dem anderen, pure Nervosität. Kellind versuchte ein Gespräch anzufangen. Aber er hatte keinen Sinn für blödes Gerede. *Lebendige Fackeln. Wenn die Flamme erlischt, kommen Menschen zum Vorschein.* In de Moleons Maßnahmenkatalog setzte er wenig Vertrauen. Vor sich auf dem Schreibtisch schob er den Zettel mit den sieben Ziffern hin und her.

Kellind sagte plötzlich: „Gib mir das mal."

Roog sah sie ärgerlich an. „Wozu?"

„Gib es her." Sie stand auf und kam zu seinem Tisch. Mit einer gewissen Bewunderung, gegen die er sich nicht wehren konnte, schaute er sie an. Nach all den Toten an Sex zu denken war widerlich, aber er hatte plötzlich das cremefarbene Kleid von gestern im Kopf. Er schob ihr den Zettel hin. Kellind warf einen Blick darauf und sagte: „Vielleicht ist das ein Lageplan."

Roog hörte zu kauen auf. „Mmm. Vielleicht."

„Und eine der sieben Ziffern könnte Reaktor 13 sein!"

„Könnte."

„Wir verlieren nichts. Probieren wir unser Glück."

Sie ließen einen detaillierten Stadtplan an die Wand werfen. Darüber legten sie die sieben Ziffern, natürlich als Projektion. Je nachdem, wie sehr man das Diagramm vergrößerte, kamen die Nummern 1 bis 7 auf verschiedene Straßen und Viertel der Stadt zu liegen. Wählte man eine bestimmte Vergrößerungsstufe, lag die 1 auf dem Reaktor, die 4 auf dem HQ-Hanse, die 6 auf einer wichtigen Raumschiffswerft. Die restlichen vier Zahlen fielen irgendwo in die Landschaft. Wichtige Objekte gab es dort nicht. Eine andere Variante lieferte zwei Reaktoren, zwei Kindergärten und die Botschaft der Gataser. Roog fand, daß das eine erstaunliche Übereinstimmung war.

„Fünf Treffer, zwei Nieten", murmelte er.

Sie antwortete: „Das reicht nicht."

„Nein. Wir brauchen siebenmal ins Schwarze. So kommen wir nicht weiter. Fragen wir NATHAN."

Über den Zentralsyntron des Towers stellten sie eine Verbindung zum

Mondgehirn her. Sie entschieden sich für eine Fülle von Suchbegriffen: Reaktoren, Regierungsgebäude, Werften, öffentliche Plätze, Forschungsstätten, Botschaften, Transmitterstationen, Schlüsselindustrien. Das Schema der sieben Ziffern sollte beliebig großgezogen werden. NATHAN erledigte den Vorgang ohne Zeitverlust. Über das Terminal erhielten sie eine umfangreiche Liste. Das Schema ließ sich zwei Dutzendmal anwenden, sechsmal allein im Stadtgebiet. Gemeinsam mit Kellind sah er die Liste der Möglichkeiten durch. Sie ließen jede einzelne auf ein Blatt Folie drucken und hefteten die Blätter an die Wand.

Und dann wurden sie beide zur selben Zeit blaß.

„Scheiße", sagte er.

„Erinnerst du dich an das, was Gmokett erzählte?" fragte Kellind. „Bei dem Gespräch mit Schelm lagen mehrere Aufrißpläne von Reaktoren auf dem Tisch. Mehrere!"

„Ich erinnere mich." Roog nahm eines der Blätter wieder ab. „Es ist ein Lageplan. Du hattest recht. Alle Punkte liegen in Terrania. Schelm hat sieben Kraftwerke vermint. Sechs davon sind noch übrig."

Es gab einen Traum, gegen den sich der Schelm nicht wehren konnte. Eigentlich war es immer derselbe Traum. In einem unendlichen Raum bewegten sich zwei Linien aufeinander zu. Die eine war dünn und rot, die andere war dick und blau.Wenn die beiden Linien einander berührten, mußte er sterben. Es war also seine Aufgabe, die kriechenden Linien immer wieder umzubiegen; oft genug gelang ihm das erst im letzten Augenblick. In seinem Traum wurde Schelm zum Kämpfer in einem leeren Universum. Die Linien waren stärker als er. Er hatte immer gerade ausreichend Kraft, um die Linien aneinander vorbeizuzwingen. Aber auslöschen konnte er sie nie. Die Linien materialisierten einfach irgendwo, am anderen Ende des Universums, und dann fing es wieder von vorne an. Er schlief deshalb nicht sehr gern. Für ihn durfte es niemals dunkel werden, speziell nicht in der Nacht, wenn er manchmal aufwachte und sehen wollte, wo er sich befand. Wäre es dunkel gewesen und hätte er plötzlich zwei Linien aufeinander zukriechen sehen, er hätte den Gedanken nicht ertragen.

In seiner Kammer war es warm und hell. Schelm liebte die Helligkeit. Die Heizung stellte in der Kammer permanent 25 Grad Celsius her. Der chemische Duft nach Hygiene und das einfache Bett erinnerten ihn an eine Zeit vor dem Tod seiner Eltern. Er bereute nicht, daß er sie umgebracht hatte, aber die Wärme und die Helligkeit hatten ihm gefehlt. Heute war er stark genug, daß er sich selbst besorgen konnte, was er brauchte. In der Kammer herrschte ein Zustand perfekter

Reinheit. Er ließ sich stündlich abseifen, dafür besaß er einen Roboter. Vor allem mußte das Bett sehr leicht sein, deswegen bestand der Rahmen aus Plastik, und die Matratze war eine von der luftigen Sorte. Wenn er es wollte, dann konnte er das Bett in zwei Sekunden von einer Ecke der Kammer in die andere schieben, obwohl er nicht sehr kräftig war.

Der Unterschied zu seinem Kinderzimmer, in dem er die ersten 35 Lebensjahre verbracht hatte, lag in der Klinke. Heute konnte er seine Kammer von innen öffnen. Das war wichtig. Ob die Tür verschlossen sein sollte oder nicht, die Entscheidung lag bei ihm. Er wollte nicht wieder in einer Kammer leben, die von innen keine Klinke hatte.

Damals stellten Holos und Bildschirme sein wichtigstes Spielzeug dar. So wie heute. Er hatte alles über die Welt gelernt, indem er Trivideo sah. Das holographische Abbild und die Wirklichkeit unterschieden sich nur in wenigen Punkten. *Irgendwann ist es nicht mehr genug, nur zuzusehen. Irgendwann willst du mitspielen. Du kennst ja jetzt die Regeln, kleiner Schelm. Du willst doch gewinnen, nicht wahr?*

Er war gut darin, aus Spielzeug etwas zu basteln, das töten konnte. Das hatte er gelernt. Man brauchte nur Erfindungsgabe.

„Was treibt mein kleiner Schelm denn da? Hmm? Was soll das werden?“

„Mama, ich bin 35. Ich bin nicht klein.“

„Du wirst immer mein Kleiner bleiben.“

Er sagt leise: „So lustig ist das gar nicht. Ich baue etwas.“

Mama lacht. „Ist er nicht ganz und gar goldig, der Kleine?“

Den wichtigsten Unterschied zwischen Trivideo und Wirklichkeit machte der Tod: Im Trivideo bedeutete Tod niemals das Ende, weil ein toter Akteur beliebig häufig in einer anderen Sendung wieder auftreten konnte. In der Wirklichkeit war mit dem Tod alles vorbei. Schelm fand das praktisch, weil man sich in der Wirklichkeit auf die Endgültigkeit des Todes verlassen konnte.

In seiner Kammer standen zwei Trivideo-Geräte. Das eine zeigte Tag und Nacht Kriminalstücke oder Nachrichten. Kriminalstücke sah Schelm am liebsten. Das zweite sprang nur selten an. Wenn die Nummer zwei sich aktivierte, so bedeutete das Schwierigkeiten. Er mußte dann genau zwischen Trivideo und Realität unterscheiden.

So wie an diesem Tag: Schelm hatte gerade die Linien besiegt, als ein Signal ihn aus dem Schlaf riß. Er schlüpfte aus seinem Bett und hockte sich vor das Hologramm. Schelm identifizierte Szenen aus Reaktor No. 13 Terrania/West. Die Box lieferte keine sehr klaren Bilder. Aber er sah deutlich zwei Gestalten durch den Schacht kriechen. Die Gestalten unterhielten sich. Sie flüsterten, als hätten sie Geheimnisse. Daß der Schelm sie hören und sehen konnte, wußten sie ja nicht. Die Gestalten wunderten sich sehr über die Box. Sie fragten sich, wie der kleine schwarze Kasten funktionierte und was er bewirken sollte. Darüber lachte der Schelm.

Es gab nur eine Möglichkeit, wie sie von der Existenz der Box erfahren haben konnten. Die undichte Stelle war Nicolos Gmokett. Schelm hätte Gmokett töten lassen sollen. Und zwar früh genug, nicht erst jetzt. Er hatte nur deshalb darauf verzichtet, weil er im Zusammenhang mit den Reaktoren kein Aufsehen wollte.

Der Schelmenplan sah vor, zwanzig Kraftwerke in seine Gewalt zu bringen und dann aktiv zu werden. In diesem Moment sah es so aus, als sei der Plan gescheitert. Schelm besaß Zugriff auf nicht mehr als sieben Reaktoren. Nummer acht hätte in der nächsten Woche hinzukommen sollen.

Auf der anderen Seite, warum sollten sieben Exemplare ihren Dienst nicht ebenso tun wie zwanzig? Am meisten störte er sich daran, daß der Zeitplan durcheinandergeriet. Schelm konnte es nicht leiden, wenn er Pläne modifizieren mußte. Er stand nur deshalb in der Hierarchie so hoch, weil seine Pläne funktionierten. Daran hatte er lange gearbeitet. Seit er in der Organisation war, seit er die Tarnkappe trug, seit er als Schattenmann zur Spitze aufgestiegen war. Er liebte Präzision wie im Trivid, wo Erfolg oder Mißerfolg nach einer halben Stunde feststanden.

Tod oder Leben zum Sendeschluß. Und für euch da im Schacht muß nun leider Ende sein.

Seine Aufgabe bestand darin, in der Stadt die Macht zu übernehmen. Wenn ihm das gelang, rückte er ins oberste Direktorium auf. Ganz oben zu stehen, die Aussicht hatte ihren Reiz. Im übertragenen Sinn bedeutete das: Er bestimmte, welche Tür Klinken hatte und welche nicht, wer leben durfte und wer sterben mußte. Vielleicht konnte er sogar die Linien auslöschen, über seine Träume Macht gewinnen. Von Störenfrieden würde er sich nicht behindern lassen.

Als die beiden Gestalten die Box öffneten, sendete er ein ultrakurzes Funksignal. *Ich schicke euch schlafen. Sperre euch ins Klo und knipse das Licht aus.* Hundertzwanzig Sekunden – gerechnet ab jetzt. Schelm sah auf die Uhr. Das Bild der Gestalten erlosch nach Ablauf von zwei Minuten. Er wartete ab, bis das zweite Trivideo-Gerät sein laufendes Programm unterbrach, um Nachrichten von einer fürchterlichen Katastrophe zu senden. Der Schelmenplan trat ins entscheidende Stadium. *Drei Wochen zu früh.* Er formulierte sein Ultimatum an die Regierung der Liga Freier Terraner, an die Erste Terranerin Paola Daschmagan. Auf dem vorbereiteten Weg ließ er das Ultimatum zustellen.

Dann rief er seinen hungrigen Freund zu sich, der im Nebenzimmer wartete.

Felsenheimer wartete im gelben Zimmer. Obwohl weniger als eine Viertelstunde verstrich, schaffte er es nicht, ruhig an derselben Stelle zu stehen. Mit den Füßen zupfte er am Ghyrd. Nur noch ein bißchen Zug, ein kleines bißchen ... Es war zu gefährlich, die Arme hätten entweder den Schattenmann oder ihn selbst umgebracht.

Schelm nahm im Sessel Platz. Der Tomopat hatte den Eindruck, daß er von oben bis unten sorgfältig gemustert wurde. „Ich habe einen Auftrag für dich“, sagte Schelm endlich. „Einen Auftrag, der dich freuen wird. Besitzt du die notwendige Ruhe?“

„Ich bin vollständig kontrolliert“, log Felsenheimer.

„Das ist gut. Es ist sehr wichtig, keinen Fehler zu begehen. Ich sah mich gezwungen, eines unserer Kraftwerke zu sprengen. Der TLD hatte die Black Box in Reaktor 13 ausfindig gemacht. Von diesem Moment an werden die Kampfhandlungen offiziell eröffnet. Ich nehme an, daß wir auf seiten des TLD einen intelligenten Gegenspieler haben. Der einzige Name, der in diesem Zusammenhang genannt wird, lautet Sholter Roog. Der Name stammt aus dem Polizeibericht.“

Felsenheimer fragte ungeduldig: „Du glaubst, dieser Roog ist unser Gegner?“

„Ja.“ Schelm lachte leise. „In der jetzigen Phase der Auseinandersetzung wäre es günstig, die Ermittlungen zu behindern. Ich will, daß Sholter Roog stirbt. Bevor er herausbekommt, daß wir neben Reaktor 13 noch mehr Eisen im Feuer haben. Also bring ihn um.“

„Wie viele Sholter Roogs gibt es in Terrania?“

„Nur einen einzigen. Du darfst sofort beginnen.“

Felsenheimer hörte das gern. Er war plötzlich sehr aufgeregt. „Und was ist mit den Gatasern?“

„Ein Opfer reicht dir nicht?“

„Ich habe Nachholbedarf. Ich mußte mich bereits an Tieren vergreifen.“

„Meinetwegen laß dir von Millie das Dossier eines weiteren Gatasers geben. Es schadet ja niemandem.“

Felsenheimer empfand freudige Erregung. Er stürmte zu Millie ins Büro, holte das Dossier, weckte Zilko und Beck und verließ das U.N.T.T.-Gebäude. Die Frage lautete, wie man Roog am günstigsten erwischte. Bis hierhin besaßen sie nicht mehr als den Namen. Am Guzmangrund hatte die Organisation Mikrosonden ausgesetzt, daher lagen die Fotos von zwei Personen vor, die Gmokett und Schirmer mehrfach besucht hatten. Der große blonde Mann mit dem groben Gesicht, war das Roog? Möglich oder auch nicht. Ansonsten existierte keine Akte, kein Hinweis auf Gewohnheiten. Es dauerte fünfzehn Minuten, dann hatten sie die fragliche Wohnung ausfindig gemacht. Felsenheimer schickte Beck an seine Wohnungstür. Dort brachte sie eine Spionsonde an.

Sie warteten bis zum Abend, doch Roog tauchte nicht auf. Felsenheimer konnte die Spannung nicht ertragen. Er hockte sich in den Gleiter, nahm einen Holo-Folder aus seiner Tasche und öffnete ihn mit dem linken Fuß. Die Frau in Rot sprang hervor und sagte: „Empress!" Das Bild faszinierte ihn. Aber es reichte nicht länger als eine halbe Stunde, weil ein Hologramm nicht sterben konnte. Er mußte den Armen Nahrung geben.

„Vielleicht kommt er gar nicht mehr nach Hause", vermutete Zilko.

„Ja."

Er fixierte Zilko mit einem seltsamen Blick. Der Halbertruser merkte nicht, wie sehr er sich in Gefahr befand.

Felsenheimer entnahm den Nachrichten, daß in der Stadt Aufruhr herrschte. Schelms Aktion hatte zweitausend Tote gebracht; ein enttäuschender, für ihre Zwecke jedoch hinreichender Wert. Das Durcheinander hatte Konseqenzen, überlegte er. Wann die Agenten in ihre Wohnungen kamen – und ob überhaupt! –, das ließ sich nicht vorhersagen.

„Wir warten ab, was die Spionsonde liefert", entschied er ärgerlich. „Zuerst kümmern wir uns um den Gataser." Felsenheimer hielt Millies Datenmappe mit dem linken Fuß, der rechte blätterte in den Folien. „Sein Name ist Liipa Yein. Er wird als Bote zwischen den Gatasern und den Arkoniden eingesetzt. Wir finden ihn gegen 21:00 Uhr Ortszeit am Sternenboulevard. So wie jeden Tag."

„Das ist schon bald", gab Zilko zu bedenken.

„Richtig. Wir beeilen uns besser."

Felsenheimer hoffte, daß die Blues nicht mittlerweile ihre Gewohnheiten umgeworfen hatten. Logisch wäre es gewesen, nach den vorausgegangenen Todesfällen. Doch die Tellerköpfe besaßen ihre eigene Mentalität. Er ließ den Gleiter in Richtung Stadtzentrum rasen. Nach einer Weile entdeckten sie im Gedränge den Gataser. Nun kam es darauf an, das Opfer zu isolieren, es von der Touristenmasse am Boulevard zu trennen. Eine halbe Stunde verstrich, dann hatten sie Liipa Yein sicher. Er gab dem Blue keine Chance. Ein Gefühl der Ruhe durchströmte ihn, als er die Leiche vor sich sah, in einem weitgehend zerlegten, ausgeweideten Zustand. Mit einiger Anstrengung zwang er die Arme in den Ghyrd zurück. Sie wollten Freiheit, wollten nicht gebändigt werden.

Felsenheimer reinigte sich sorgfältig.

Per Funk fragten sie die Spionsonde ab. An der Wohnung hatte sich nichts getan. Eine Weile erwog er, gewaltsam einzudringen. Eine Bombe zu installieren oder das Opfer im eigenen Schlafzimmer zu erwarten. Er entschied sich dagegen, weil er annahm, daß die Wohnung eines TLD-Agenten wirksam gegen Eindringlinge gesichert war. Tod per Sprengsatz, daran besaß Felsenheimer eigentlich kein Interesse. Er bevorzugte reine Handarbeit. Die Arme ließen sich nur besänftigen, wenn sie selbst töten konnten. Auf der anderen Seite, Schelm hatte den Tod befohlen, und dagegen gab es kein Argument.

„Wir können nicht den ganzen Tag Wache halten", stellte er notgedrungen fest. „Vielleicht ist es am besten, wir senden eine Paketbombe. Zilko, besorge alles, was du brauchst. Das notwendige Material findet sich im Arsenal. – Und du, Beck, kümmerst dich um Packpapier."

„Was für Papier soll es sein?" fragte die kleine graue Helferin.

„Du bist doch eine Menschenfrau. Du wirst wissen, was einem Menschenmann gefällt." Der Tomopat wartete regungslos ab. Zilko brachte einen Haufen Einzelteile, Beck kam nach einer Weile mit einem Bogen himmelblauer Verpackung zurück. Felsenheimer liebte Himmelblau. Er hoffte jedoch, daß er Roog in die Hände bekäme, bevor das Paket seinen Adressaten fand.

„Wir haben ein neues Opfer, Roog. Sieh dir das an."

Er schaute müde auf und sah Kellind am Holodisplay stehen.

„Wieder ein Blue?"

„Nein. Sieh es dir einfach an, Sholter."

Er kam ächzend hoch und warf einen Blick auf das blutige Etwas, das im holographischen Würfel zu erkennen war. „Das ist ein Hund", sagte er.

„Richtig. Der Kadaver lag in einem Gebüsch. Ein Gärtner-Rob hat ihn gefunden und abgeliefert."

Roog fand, daß Kellind ein bißchen blaß war. Vielleicht hatte sie als kleines Mädchen einen Hund gehabt. Kleine Mädchen hatten immer Haustiere. „Die Verletzungen sind dieselben wie bei den Blues?" wollte er wissen.

„Ja", antwortete sie mit allen Zeichen von Ekel. „Dasselbe Tötungswerkzeug, dieselbe Methode. Zuerst wurden die Sehnen des Bewegungsapparates durchtrennt, dann wurde das Tier umgebracht."

„Merkwürdig", murmelte er. „Man sollte doch meinen, daß so ein Hund schnell genug wegrennen könnte. So was Sinnloses. Aber der Mörder hat uns einen Gefallen getan. Wir wissen jetzt, daß er aus Spaß tötet. Kaum anzunehmen, daß das Vieh zuviel wußte oder daß es eine Brieftasche hatte."

„Haha. Was für ein lustiger Kerl du bist."

„Und ich dachte schon, du verstehst meinen Humor nicht ..."

„Außerdem kann ich nicht verstehen", setzte sie wütend hinzu, „daß du so respektlos redest."

„Wahrscheinlich hast du in der Ausbildung zu oft gefehlt, Fee. Respektlosigkeit verbirgt lediglich Gefühle."

„Du kriegst es fertig, sogar das noch in den Dreck zu ziehen."

Bevor Roog ihr eine Antwort geben konnte, meldete sich mit einem summenden Geräusch das Visiphon. Am anderen Ende war Gia de Moleon. Die Chefin des TLD beorderte sie umgehend in ihr Büro. Roog und Kellind machten sich auf den Weg ins Stockwerk 98. De Moleon erwartete sie mit einem beschrifteten Stück Folie in den Händen. „Es ist soweit", sagte die Dame. „Wir haben einen Bekennerbrief mit Ultimatum." Sie legte die Folie so auf ihren Schreibtisch, daß Roog und Kellind den Text lesen konnten:

AN

PAOLA DASCHMAGAN, ERSTE TERRANERIN

CISTOLO KHAN, LFT-KOMMISSAR

REAKTOR No. 13 TERRANIA/WEST WURDE VON MIR GESPRENGT. DIESELBE TECHNISCHE VORRICHTUNG, DIE DIESE SPRENGUNG ERMÖGLICHTE, WURDE VON MIR IN FÜNFZIG WEITEREN KRAFTWERKEN ANGEBRACHT. ICH WERDE NACH ABLAUF EINER FRIST VON DREI TAGEN DIESE REAKTOREN DER REIHE NACH ZUR EXPLOSION BRINGEN. ES SEI DENN, *KODE CCCB–9999* WIRD AN MICH AUSGEHÄNDIGT.

Roog wußte nicht, was mit CCCB-9999 gemeint war. Er hörte die Bezeichnung zum ersten Mal. Es folgten detaillierte Anweisungen, wie der Kode zu übergeben sei: Der terranische Nachrichtenkanal TNR sendete in wöchentlichen Abständen ein Programm namens „Perry Rhodan – die frühen Jahre. Aufstieg und Fall des Solaren Imperiums".

Am 9. Juni 1282 NGZ sollte dem Programm zwischen 15:30 Uhr und 16:00 Uhr in verschlüsselter Form Kode CCCB-9999 beigefügt werden. Weiter hieß es:

SÄMTLICHE BETROFFENEN STADTTEILREAKTOREN WERDEN VON MIR ÜBERWACHT. KEINES DER KRAFTWERKE DARF ABGESCHALTET WERDEN. KEINES DER KRAFTWERKE DARF TECHNISCH MANIPULIERT WERDEN. KEINES DER KRAFTWERKE DARF VON EINEM SCHUTZSCHIRM UMGEBEN WERDEN, DER GEGEN FUNKSIGNALE ISOLIERT. DIE STADT DARF NICHT EVAKUIERT WERDEN. DAS TECHNISCHE PERSONAL DER KRAFTWERKE DARF NICHT INFORMIERT WERDEN. JEDER VERSTOSS GEGEN EINE DIESER ANORDNUNGEN ZIEHT DIE EXPLOSION EINES KRAFTWERKS NACH SICH!

Unterzeichnet war das Papier mit dem Namen SCHELM. Den Namen kannten sie bereits, und zwar von Nicolos Gmokett. Die Information mit den fünfzig Kraftwerken war vermutlich eine Lüge. Aber auch die reale Zahl wirkte erschreckend genug. Roog dachte an die zweitausend

Menschen, die im Umkreis von Reaktor No. 13 gestorben waren. Er versuchte, den Gedanken nicht an sich heranzulassen.

Roog sah auf. „Was nun, Gia?"

Die Chefin des TLD antwortete: „Wir halten still. Fünfzig Kraftwerke sind ein gutes Argument."

„Es sind nicht fünfzig, sondern bloß sechs."

„Woher weißt du das, Roog?"

„Der Zettel", erinnerte er sie.

„Den habe ich nicht vergessen. Es könnte sein, daß die Information auf dem Zettel überholt ist. Vielleicht sind es keine fünfzig. Aber mittlerweile ... Es könnten zehn oder zwanzig sein. Selbst wenn er wirklich nur noch sechs Kraftwerke in der Hand hat, dann bedeutet das, wir müßten uns auf zwanzig- bis dreißigtausend Opfer einrichten."

„Werden die Anweisungen befolgt?"

„Ja. Streng."

„Wann kam die Nachricht?"

„Vor einer Stunde. Die Erste Terranerin Daschmagan hat sie vor zwanzig Minuten an uns weitergereicht."

„Übrigens, was bedeutet das überhaupt, KODE CCCB-9999?"

„Ich bin nicht befugt, darüber Auskunft zu geben. Nur soviel, Roog: Es ist vollständig ausgeschlossen, daß der Kode jemals in fremde Hände gelangt."

„Auch nicht um den Preis von 30.000 Opfern?"

De Moleon sagte hart: „Auch dann nicht." Die TLD-Chefin war als kompromißlose Person bekannt. Sie war keine junge Frau mehr, sie hatte vielleicht nicht mehr lange zu leben und keine Freunde. Sie mußte keine Rücksicht nehmen. Wahrscheinlich würde sie es auch nicht, wenn man sie nach Gutdünken agieren ließ. Aber diese Entscheidung hatte nicht sie getroffen – sondern sie stammte von Khan und Daschmagan, den Adressaten des Papiers. Die Erste Terranerin und der LFT-Kommissar waren keine Hardliner. Wenn sie im Ernstfall 30.000 Tote in Kauf nahmen, hieß das, die Auslieferung des Kodes bedeutete einen noch größeren Verlust. Roog konnte sich denken, was das hieß. CCCB-9999 eröffnete vermutlich den Zugang zu einem Nervenzentrum der Liga, vielleicht zur Systemverteidigung. Vielleicht ließ sich Terras Raumflotte damit im Ernstfall lahmlegen.

„Hast du bereits irgendwas unternommen, Gia?"

„Natürlich", sagte sie überrascht. „Denkst du, ich verlasse mich auf *euch beide*?"

Er lachte. „Das wäre wohl naiv."

„Richtig. Nicolos Gmokett und Lucia Schirmer werden soeben von Spezialisten noch einmal verhört. Wir haben da einen Halbmutanten, einen Mann namens Drenderbaum. Vielleicht holt der etwas heraus, was euch entgangen ist. Meine zehn Top-Agenten sind zum Mond in Marsch gesetzt. Sie nehmen die Luna Road auseinander. Die technischen Spezialisten analysieren seit ein paar Stunden alles, was wir von Kraftwerk 13 wissen. Vielleicht finden wir eine undichte Stelle. Irgendwas, wie wir das Ultimatum unauffällig umgehen können."

Roog fand an dem Maßnahmenkatalog nichts auszusetzen. „Was willst du dann noch von uns, Gia?" erkundigte er sich.

„Ihr seid in dem Fall drin. Von euch erwarte ich etwas Besonderes. Egal was." De Moleon hatte eine herzerfrischende Art. Nachdem die naheliegenden Dinge liefen, verlangte sie nicht mehr und nicht weniger als ein Wunder.

„Schelm erlaubt sich vielleicht einen Fehler", überlegte Roog nach einer Weile laut. „Er spricht von fünfzig Kraftwerken. Er versucht uns zu bluffen. Das bedeutet, er weiß nicht, daß wir den Zettel mit den Ziffern 1 bis 7 gefunden haben."

„Warum sollte das ein Fehler sein, Roog?" fragte de Moleon.

„Felsenheimer hat den Zettel in der Wohnung von Schirmer und Gmokett suchen lassen. Du erinnerst dich, dabei ist der kleine Jomie aus dem Fenster gefallen. Wenn Schelm also denkt, wir haben den Zettel nicht, dann heißt das, er vermutet ihn immer noch in der Wohnung. Sobald es eine Chance gibt einzubrechen, wird er es versuchen. Vielleicht wartet er nur drauf."

„Moment mal!" warf Fee Kellind ein. „Einbruch ist ausgeschlossen. Da hält immer noch der TARA Wache."

„Richtig." Roog grinste hinterhältig. „Aber was, wenn wir sie in die Wohnung lassen ...?"

„Mit Absicht?" wollte Kellind überrascht wissen. „Was soll das? Wie stellst du dir das vor?"

„Weiß ich auch noch nicht. Phantasie ist gefragt, Fee! Sie suchen in aller Ruhe den Zettel, natürlich vergeblich – und wir nehmen anschließend die Verfolgung auf. Es kommt nur drauf an, daß wir die Sache rechtzeitig über die Bühne bringen."

Roog und Kellind schauten ihre Chefin an. Gia de Moleon dachte eine Weile nach. „Ihr habt freie Hand. Ich wünsche, über jedes Detail informiert zu werden."

Was er brauchte, war ein Vorwand. Die Umstände mußten von außen nachvollziehbar sein, sonst hatte das Manöver keinen Wert. Das war alles, so einfach, und zwar innerhalb eines halben Tages. Roog schaute eine Weile Kellind an. Sie war wunderschön. Erst als sie unwillig aufsah und wütend wurde, starrte er wieder gegen die Wand. Nach einer halben Stunde hatte er es. Ihre bösen Blicke wirkten leistungsfördernd. Er verließ das Büro, ohne sie zu unterrichten, und meldete sich bei de Moleon.

„Heraus damit, Sholter."

„Wir haben jetzt 21:10 Ortszeit", sagte er. „Morgen früh um 8:30 erfolgt eine Anhörung des Rechtsbeistands im Fall Schirmer/Gmokett vor einem inoffiziellen Liga-Gericht."

„Und?"

„Normalerweise hat der Rechtsbeistand keine Chance, sie freizubekommen. Ich schlage jedoch vor, daß wir den Prozeß manipulieren. Vielleicht ein Verfahrensfehler, den wir nachträglich basteln, irgendwas."

„Gut." Sie schaute ihn nüchtern an. „Und weiter?"

Roog holte tief Atem. „Jedenfalls kommt als Ergebnis heraus, daß wir juristisch gezwungen sind, Gmokett und Schirmer freizulassen. Das Gericht soll die Räumung der Wohnung von sämtlichem technischen Gerät des TLD verfügen."

Gia de Moleon dachte ein paar Sekunden konzentriert nach. „Machbar", stellte sie fest, „auch wenn die Zeit kurz ist. Also gut, angenommen, wir haben die zwei draußen und die Wohnung ist frei. Was dann? Sollen Schirmer und Gmokett auf Felsenheimer warten? Das ist kein Spiel, Roog. Ich bin nicht bereit, in dieser Sache Menschenopfer zu bringen."

„Da liegt das größte Problem. Ab jetzt wird's leider ein bißchen haarig. Wir könnten natürlich eingreifen, bevor den beiden was passiert. Aber dann können wir die Täter nicht mehr in ihr Hauptquartier verfolgen. Ich seh' leider keinen anderen Weg: Schirmer und Gmokett müssen aus der Haft entlassen werden und dann Selbstmord begehen."

„Wieso Selbstmord?"

„Weil sie im Tower keine Nachrichten hören konnten. Wenn sie zurück in ihrer Wohnung sind, merken sie zum ersten Mal das mit Reaktor 13. Verantwortlich für 2000 Opfer! Da kann man schon mal Schuldgefühle kriegen."

De Moleon grinste, bei der alten Natter eine selten gesehene Regung. „Jetzt erkläre mir bloß noch eins, Roog: Wie willst du Schirmer und Gmokett davon überzeugen, daß sie Selbstmord begehen?"

„Gar nicht. Ich unterrichte sie heute nacht, daß sie morgen ihren Prozeß gewinnen werden. Daß sie aber trotzdem den Tower nicht verlassen dürfen, weil sie ohne Schutz des TLD keine zwei Stunden am Leben bleiben. Wir benutzen die Nacht dazu, Biomol-Kopien ihrer Körper anzufertigen. Die Doppelgänger legen wir dann als Selbstmord-Opfer in die Wohnung. Mit Abschiedsbrief und so weiter. Fazit: Felsenheimer stößt auf zwei Leichen, sucht nach dem Zettel, findet ihn nicht und verschwindet. Das Kapitel Gmokett ist damit für ihn beendet. Und wir heften uns an seine Fersen."

De Moleon legte den Kopf schief und überlegte eine Weile. „Das ist dünn, Roog", sagte sie.

„Vielleicht reicht es. Vielleicht machen sie den Fehler."

„Ich weiß nicht. Ich würde darauf nicht hereinfallen. Vermutlich bemerken sie die Entlassung aus der Haft gar nicht. Oder sie glauben die Sache mit dem Selbstmord nicht."

„Und wenn. Was verlieren wir?"

Die Chefin des TLD antwortete nüchtern: „Schelm könnte das als Provokation werten und ein Kraftwerk in die Luft jagen. Ich muß dir nicht erzählen, was dann in Terrania los ist."

Roog schwieg. Berechnen ließ sich die Handlungsweise eines Gegners niemals, jedenfalls nicht mit letzter Sicherheit. Ein Rest Gefahr blieb immer übrig.

„Also gut", sagte de Moleon schließlich, mit sichtbarem Widerwillen. „Leite alles in die Wege."

„Ist dieser Halbmutant mit Schirmer und Gmokett fertig?"

„Drenderbaum? Ja, ich glaube. Er hat nichts herausgefunden, was wir nicht schon wußten."

Roog schwebte hinauf in den Zellentrakt. Zuletzt hatte er sich geärgert, daß ein Hauch von Luxus die Gefangenen umgab. Wer so mit dem eigenen Kind umging, verdiente Dunkelhaft und Tritte in die Weichteile; was er mit Vergnügen persönlich übernommen hätte. Mit einemmal lag der Fall anders, weil sie Schirmers und Gmoketts Hilfe brauchten. Seine speziellen Freunde schauten Trivideo. Roog legte den Plan dar, machte ihnen die Mitarbeit schmackhaft, erwirkte Zustimmung in allen Punkten. Unter maximalem Zeitdruck gab er zwei Biomol-Kopien in Auftrag. Die Experten in den Labors erklärten ihn für schwachsinnig. Doch er machte ihnen klar, daß sie zu arbeiten und den Mund zu halten hatten. Es kam darauf an, daß die Körper einer oberflächlichen Untersuchung standhielten. Seiner Ansicht nach mußte das in einer Nacht zu schaffen sein.

Zwischendurch schaute Fee Kellind herein. Sie überging die Nichtberücksichtigung ohne Worte. Kellind hatte zwischendurch geschlafen, ihre Frisur war hinten zerdrückt, die Augen trugen dunkle Ränder. Ihrer Schönheit tat das keinen Abbruch. Er registrierte es mit Erstaunen, weil er den Anblick verschlafener Frauen, speziell am Morgen danach, nicht leiden konnte. Fee Kellind schien auf eine Weise, die er noch nicht begriff, etwas Besonderes zu sein.

Sie sagte etwas, das er nicht verstand. Er nahm an, daß es nicht so wichtig war. Roog massierte sich die Schläfen, um den Kopf klarzukriegen.

„Was machst du eigentlich morgen abend, Fee?" fragte er ansatzlos.

„Bitte?"

„Vielleicht hab' ich ein bißchen was gutzumachen."

Sie musterte ihn mit einer Mischung aus Unglauben und Verachtung. „Roog, bei dir scheint einiges zu fehlen. Speziell im Hirn. Ich bin nicht hier, weil ich einen Gutenachtkuß brauche."

„Sondern?"

„Weil wir schon wieder einen toten Blue haben. Sein Name ist Liipa Yein, er gehört zur Botschaft der Gataser, wie gehabt. Die Leiche lag drei Kilometer entfernt vom Sternenboulevard in einem Hinterhof."

„Langsam müßte dieser Botschaft das Personal ausgehen."

„Blödsinn. Da arbeiten viertausend Leute."

„Ich kann hier nicht weg, Fee. Übernimmst du die Sache?"

„Angesichts deiner schwachen Magennerven wird sich das nicht vermeiden lassen, Sholter", sagte sie mit ätzendem Spott – und war schon verschwunden.

Roog zwang sich, nicht mehr an sie zu denken. Er hatte genug damit zu tun, den Einsatz am folgenden Morgen zu organisieren. Bei der Fertigstellung der Leichen konnte nicht viel schiefgehen, vorausgesetzt, seine Leute vertrödelten ihre Zeit nicht mit Kaffetrinken. Gegen drei Uhr morgens trommelte er ein komplettes Einsatzkommando aus den Betten, die besten Leute des TLD. Dazu gehörten zehn Personen in Kampf-SERUNS, drei Space-Jets, vollgestopft mit Ausrüstung, einige Gleiterpiloten, ein Stab von flexibel verwendbaren Agenten. Im Umkreis von drei Kilometern wurde auf jedem dritten Häuserdach ein unsichtbarer Sensor plaziert. Wäre es nötig gewesen, sie hätten einen Regenwurm durch die Erde verfolgt.

Um 8.30 Uhr fand vor Gericht die Verhandlung statt. Roog wußte nicht, wie de Moleon es gedreht hatte; aber an den TLD erging eine offizielle Verfügung, die Gefangenen Schirmer und Gmokett freizulassen. Ihre Persönlichkeitsrechte galten als wiederhergestellt bis zum Prozeß. Sämtliche Protokoll-Robs sowie der TARA-V-UH waren aus der Wohnung zu entfernen.

Um 10 Uhr ging ein geschlossener Großraum-Gleiter des TLD auf dem Glasturm im Guzmangrund nieder. Zwei Agenten betraten die Wohnung. Aber nur für ein paar Minuten; als sie auf das Dach zurückkehrten, befanden sich in ihrem Gefolge die Protokollanten und der Kampfroboter. Sie verschwanden im Gleiter. Kurz darauf kamen Schirmer und Gmokett zum Vorschein. Die beiden tauchten so schnell wie möglich im Hauseingang unter. Es sah aus, als hätten sie Angst, von den Nachbarn gesehen zu werden. Die beiden Agenten brachten sie bis zur Wohnungstür. Dort händigten sie in einem Beutel die Gegenstände aus, die sie zur Zeit der Verhaftung bei sich getragen hatten.

Roog verfolgte den Vorgang auf einem Holo-Monitor. Er saß im Inneren des Gleiters. Bei ihm liefen die Daten zusammen.

Schirmer und Gmokett verschwanden mit den Agenten in der Wohnung. Die Tür stand eine Weile offen. Nach zwei Minuten kehrten die Agenten zurück und zogen hinter sich die Tür zu. Nochmals zwei Minuten, und sie erreichten das Dach. Roog befahl der Pilotin: „Abflug. Wir haben sie." Unter ihnen schrumpfte der Glasturm rasch zu einem Gebäude unter vielen. Das Greifkommando lag auf der Lauer, im Häuserdschungel von Atlan Village professionell getarnt. Jetzt mußte Felsenheimer nur noch in die Falle tappen.

Mitten im Gleiter wurden übergangslos drei Körper sichtbar. Es waren Schirmer, Gmokett und ein Transportroboter. Der Rob hatte zuerst die Kopien in die Wohnung gebracht, anschließend die lebendigen „Originale" wieder nach draußen. Und das Ganze unsichtbar. „Alles klar", meldete einer der Agenten. „Die Imitate liegen nebeneinander im Bett. Es sieht aus, als hätte Gmokett seine Freundin erwürgt und dann sich selbst umgebracht."

Roog gefiel der Gedanke, nach allem, was die zwei angerichtet hatten.

8. Kapitel
Augenzeugen

Kellind schaffte es immer nur kurz, ihren Ärger auf Roog zurückzudrängen. Das schreckliche Gefühl von Erniedrigung würde sie nicht vergessen, wahrscheinlich im Leben nicht. Er hatte ihr das mit voller Absicht zugefügt. Doch sie konnte es sich nicht erlauben, ihre Chance im TLD mit verletztem Gehabe zu vergeuden. Noch so ein Fehler wie der, Roog bei Gia anzuschwärzen, und sie durfte sich schon mal mit dem Gedanken an Innendienst anfreunden. Dabei stellte sie mit Schrecken fest, daß sie Teile seiner Verhaltensweise übernahm; zum Beispiel die unflätige Ausdrucksweise. Sie war überzeugt davon, daß man als Einsatzagentin ein gewisses Niveau, einen gewissen Respekt bewahren konnte. In die Sache mit den fingierten Leichen mischte sie sich absichtlich nicht ein. Von Gia de Moleon lag bereits eine Genehmigung vor – was sie als Affront gegen sich betrachtete, solange sie höher eingeordnet war als Roog.

Der Fundort war abgesperrt. Kellind begutachtete den zerfleischten Körper. Der Anblick war derselbe wie bei Cuul Basten Cencenza und Priit Dükak.

Nur daß sich der unbekannte Mörder mit dem Ausweiden besondere Mühe gegeben hatte. Er hatte auch dann noch die einzelnen Körperteile zerlegt, als das Opfer längst gestorben war.

Die meisten Psychopathen handelten aufgrund einer inneren Drangsituation. Legte man den Zustand der Leiche zugrunde, dann schien sich der Drang zu verschärfen. Sie ließ die Leichenteile einsammeln und in den Tower transportieren. Mit ihrem Dienstgleiter sah sie sich die Umgebung von oben an; schwer einsehbar der Tatort, aber nah an öffentlichen Straßen.

Der Mörder nahm sich immer wieder Blues aus der Botschaft der Gataser vor. Latoser, Monk-Blues und andere blieben unbehelligt. Draußen auf der Straße war die Völker-Zugehörigkeit eines Blues nicht unbedingt zu erkennen, also besaß der Mörder Informationen. Er schaffte es immer wieder, Gatasern aufzulauern.

Huynen Lüüt, der Delegationsleiter, verzichtete offenbar ganz bewußt auf Schutzmaßnahmen. Möglichkeiten hätte es wohl gegeben, eine Ausgangssperre zum Beispiel oder radikal veränderte Tagesabläufe. Und das Motiv? Wollte Lüüt nur Aufsehen vermeiden? Kellind begriff, daß sie ihre Argumentation umstellen mußte. Lüüt interessierte sich nicht für Leichen. Tote Blues stellten in Lüüts Augen keinen Verlust dar. Wenn man wußte, daß die Angehörigen dieses Volkes Eier legten, daß sie über eine explosive Vermehrungsrate verfügten, wurde das verständlich. Einige Blues waren sehr viel leichter zu ersetzen als etwa eine strategische Position, die man sich erarbeitet hatte, als ein technischer Vorteil oder ein besonderes Wissen. Die Gataser hatten Dreck am Stecken. Sie wußten etwas über den Mörder, davon ging Kellind aus. Also hielten sie einen jener Fäden, die zu Kraftwerk No. 13 Terrania/West führten, in der Hand.

Sie kehrte am frühen Morgen in den Tower zurück. Dort nahm sie eine Kammer und schlief drei Stunden. Als sie erwachte, hatte sich bei Roog nicht viel getan; das ergab ein Blick ins Datenterminal. Ihr Mitarbeiter hatte die Leichen abgeliefert, Schirmer und Gmokett zurückgebracht und sich dann schlafen gelegt.

Kellind duschte, richtete zum ersten Mal seit der Nacht mit Roog ausgiebig ihre Frisur, dann hatte sie ein Gespräch mit de Moleon.

Sie fragte sich, wie die Chefin den Streß ertrug. Die kalten braunen Augen wirkten nicht verschleiert und nicht müde. Wahrscheinlich hatte sie kein Privatleben, so daß sie alle Kraft dem Liga-Dienst widmen konnte. So hoch zu steigen, das war nicht Kellinds Ziel. Ihr reichte es, eine bestimmte Stufe zu erklettern. Doch bis dahin fehlte noch ein ganzes Stück.

„Fee, träumst du? Wenn wir jetzt bitte zur Sache kommen könnten."

Peinlich berührt zuckte sie zusammen. De Moleon sprach in einem harten, verletzenden Tonfall.

„Entschuldige, Gia."

Sie berichtete vom toten Blue und von ihren Gedankengängen. Kellinds Empfehlung lautete, den gatasischen Botschaftsleiter zu bestechen; irgend etwas gegen Informationen über den Mörder einzutauschen, egal ob materieller, strategischer oder finanzieller Natur. Was da konkret in Frage kam, wußte sie nicht. Der Preis war Verhandlungssache.

De Moleon dachte eine Weile über ihren Vorschlag nach. „Der Gedankengang ist nicht dumm, Fee", sagte sie schließlich. „Aber es gibt ein paar Unwägbarkeiten."

„Zum Beispiel?"

„Die Verbindung zwischen der Kraftwerkskatastrophe und diesem irren Fleischer besteht in Cuul Basten Cencenza. Ausschließlich darin, daß ein Zeuge im Kraftwerksfall dieselben Verwundungen aufweist wie die Blues. Das ist wenig. Wir haben keinen Beweis, sondern nur ein Indiz."

„Richtig", mußte Kellind zugeben.

„Also welchen Einsatz sollten wir auf eine solch vage Vermutung hin bringen?"

Kellind hob überrascht die Brauen. Die Frage hatte sie nicht erwartet. „Wir haben noch zweieinhalb Tage Zeit, Gia. Dann lieferst du entweder Kode CCCB-9999 aus, oder du nimmst dreißigtausend Tote in Kauf. Wenn sich Lüüt irgendwie bestechen läßt, dann darf der Preis keine Frage sein. Ich meine, wir müssen jeden Einsatz bringen. Völlig egal was."

De Moleon starrte sie durchdringend an. Dann sagte sie: „Am Ende des Korridors ist eine Cafeteria. Ich will, daß du dich da hinsetzt und wartest, Fee. Ich lasse dich rufen."

Kellind stellte keine Fragen. Sie vergewisserte sich beim Syntron, daß Roog noch schlief, dann nahm sie ein ausgedehntes Frühstück. Die Cafeteria in der Chefetage war von der besten Sorte, ebenso das Essen. Nach einer Stunde wurde sie ungeduldig. In den letzten Tagen hatte sie ein solches Maß an Streß erlebt, daß sie sich mit dem Gedanken an Untätigkeit schwer anfreunden konnte. Ruhe war etwas, das sie noch lernen mußte. Eine weitere Stunde, dann wurde sie ins Büro gerufen. Gia de Moleon nahm sie mit einer menschlichen Kälte in Empfang, daß Kellind erschrak.

„Ich habe mit Cistolo Khan und Paola Daschmagan gesprochen. Deiner Argumentation wird zugestimmt, Fee. Dem Liga-Dienst wird ein angemessener Spielraum für Verhandlungen eingeräumt. Wir werden mit den Gatasern reden."

„Wir, Gia?"

„Präzise gesagt: wir beide. Ich habe soeben ein Visiphon-Gespräch mit Huynen Lüüt geführt. Man erwartet uns in seiner Botschaft, und zwar ...", sie sah auf ihre Armbanduhr, „... und zwar in zwanzig Minuten. Du wirst mich begleiten, Fee. Komm mit."

De Moleons Dienstgleiter ähnelte einer geräumigen, linsenförmigen Familienschaukel. Die verkleideten Innenwände enthielten geballte Sicherheitstechnik. Es hätte Kellind nicht gewundert, wäre der Gleiter raumflugtauglich gewesen. Cistolo Khans Dienstgleiter, so hieß es, konnte Überlichtgeschwindigkeit fliegen und besaß ein kleines Transformgeschütz. De Moleons Fahrzeug war vermutlich vom selben Kaliber. Der Flug führte über die halbe Stadt. Terrania am Morgen, das war ein Anblick pulsierenden Verkehrs, Millionen Menschen und Aliens unterwegs durch hunderttausend Straßen. Die Lichter verloschen der Reihe nach und machten dem diesigen Grau des Tages Platz. Fünf Minuten vor der Zeit erreichten sie die Botschaft der Gataser. De Moleon erhielt Landeerlaubnis auf dem Dach. Dort ließen sie den Gleiter stehen. Durch feinen Nieselregen bewegten sie sich auf das überdachte Luk zu, unter dem ein Antigravschacht mündete. Kellinds Frisur eignete sich nicht für Regen. Sie hätte gern einen Regenschirm gehabt.

Ein Blue erwartete sie. Mit einer höflichen Verbeugung nach Menschenart nahm er sie in Empfang. „Gia de Moleon und Begleitung, nehme ich an."

„Das ist richtig", antwortete die alte Dame.

„Huynen Lüüt erwartet euch. Ich bin beauftragt, euch ohne Verzögerung ins offizielle Empfangszimmer zu geleiten."

Kellind dachte an ihren ersten Besuch, an stundenlange Wartezeit. Die Ordonnanz führte sie in einen kostbar ausgestatteten Saal. Der Boden sah aus wie Marmor, war genauso glatt und ließ die Schritte hallen. Kellind schaute sich unbehaglich um. In die Wände waren trichterförmige Vertiefungen gemeißelt. Man konnte sie je nach Laune für Waffenmündungen oder für Zierat halten. De Moleon marschierte schnurstracks auf den Schreibtisch zu, der inklusive Sessel die einzige Einrichtung im Empfangssaal bildete. In diesem Sessel saß ein Blue.

Kellind erkannte den Tellerkopf mit den vier Augen als Huynen Lüüt. „Ich grüße euch." Sein Blick war vollkommen starr. Der Delegationsleiter sah dem Gespräch offensichtlich mißtrauisch entgegen.

De Moleon antwortete lauernd: „Lange nichts voneinander gehört, Lüüt."

„Ich habe es prüfen lassen. Es ist dreizehn Monate her. Damals waren die Umstände nicht sehr erfreulich."

Fee Kellind hielt sich im Hintergrund, wie es erwartet wurde. Sie sagte kein Wort, sie horchte nur und registrierte.

„Wir sind wegen der fünf Toten hier, die deine Botschaft zu beklagen hat, Lüüt."

„Tatsächlich?" staunte der Blue. „Ich wußte nicht, daß sich die Chefin des Terranischen Liga-Dienstes mit Lappalien befaßt."

„Die Dinge besitzen für uns eine erweiterte Bedeutung."

„Welche ist das?"

„Das werde ich dir nicht verraten."

In einer Imitation menschlichen Verhaltens hob der Blue die Schultern, aufgrund seines fremdartigen Körperbaus keine leichte Sache. Er mußte eine Weile geübt haben, bis er die Geste beherrschte. „Ich weiß nicht, wie wir unter diesen Umständen weiter diskutieren sollen. Und vor allem nicht, worüber, Gia."

„Ich möchte von dir Informationen über die Todesfälle, Lüüt."

„Leider muß ich gestehen, ich besitze keine."

„Das ist nicht wahr."

„Ach?" Er gab ein kurzes schrilles Geräusch von sich, das in den Ultraschallbereich umkippte. Huynen Lüüt lachte.

„Ich benötige vor allem Informationen über das Motiv der Morde", sprach de Moleon beherrscht. „Weiterhin will ich alles über den Mörder wissen. Jedes Detail, und sei es noch so unwichtig."

„Wenn das alles ist, verschwendest du meine Zeit."

„Warte! Ich bin sicher, der Fremde bringt nicht ohne Grund Angehörige deines Geheimdienstes um."

„Es existiert kein Geheimdienst. Ich betreibe eine seriöse Gesandtschaft. Behaupte keine Dinge, die du nicht beweisen kannst."

De Moleon wurde ärgerlich. Sie verlor nicht die Beherrschung, aber gewisse Nuancen in der Betonung ihrer Worte klangen schärfer als zuvor: „Ich tauche hier nicht auf, Lüüt, ohne daß ich sehr gute Gründe habe. Wenn das die Voraussetzung für unser Gespräch ist, dann beweise ich dir jederzeit die Verstrickung deiner Botschaft in geheimdienstliche Tätigkeit. Aber ich hoffe, das wird nicht nötig sein. Kein Wort dieser Unterhaltung dringt nach außen."

Der Blue zögerte eine Weile.

„Also ... weiter."

„Der TLD wird den Mörder deiner Agenten aus dem Verkehr ziehen. Dazu benötige ich jedoch deine Hilfe."

„Ich kann dir keine geben."

„Aus welchem Grund nicht?"

„Weil ich damit meine Interessen in Terrania verrate."

„Ich biete dir eine Entschädigung in Höhe von zehn Millionen Galax an."

Wieder lachte der Blue, und diesmal schmerzte es in den Ohren. „Das ist lächerlich. – Ich habe allerdings Kenntnis von einer interessanten technischen Neuentwicklung. Der TLD nennt es *IDEVOL 76*, soweit ich informiert bin ..."

De Moleon versteifte sich. Von einer Entwicklung namens IDEVOL 76 hatte Kellind nie gehört. Und sie hegte den starken Verdacht, daß die Information niemals bei den Blues hätte landen dürfen.

„IDEVOL steht nicht zur Debatte", sagte de Moleon hart. „Statt dessen biete ich fünfzig Millionen Galax."

„Nein!"

„Einhundert Millionen."

„Gia ..."

„Zweihundert."

„Gia de Moleon, ich und meine Regierung, wir haben kein Interesse an Geld. Ich weiß, daß du aus besonderen Gründen hier bist. Ich nehme an, du befindest dich in großem Zeitdruck. Weiterhin nehme ich an, dein Problem hat mit dem gestrigen Reaktorunfall zu tun. Ist das korrekt?"

Kellind hielt die Luft an. Woher wußte er das? Ein Schuß ins Blaue?

De Moleon antwortete kalt: „Kein Kommentar. Ich erhöhe jedoch meinen Preis."

„Du kannst mir keinen ..."

„Warte“, unterbrach sie ihn. „Unsere Regierungen befinden sich in einer diplomatischen Krise, die durch das Problem Gondervock ausgelöst wird.“

Huynen Lüüt ließ plötzlich seinen Hals pendeln. Der Diskusschädel drehte sich ein bißchen, aufmerksam und lauernd, aber stets blieben die Frauen im Sichtbereich von zwei der vier Augen. „Was nun, Gia? Ein weiteres Angebot?“

„Möchtest du eines hören?“

„Gondervock könnte interessant sein. Interessanter noch als IDEVOL. Ich bin unter Umständen bereit, bestimmte Interessen innerhalb dieser Stadt zugunsten des Gondervock-Problems zu vernachlässigen.“

De Moleon trat nahe an den Schreibtisch und beugte sich nach vorn. „Ich biete den Gatasern Terras Rückzug an. Wir werden Gondervock verlassen und vor dem Galaktikum offiziell zu Gatas' Gunsten verzichten. Aber nur, wenn die Information einen entsprechenden Wert besitzt.“

Lüüt zirpte: „Dieses Angebot scheint mir in der Tat interessant zu sein.“

„Akzeptierst du?“

„Ich werde zunächst Kontakt mit einem Mitglied meiner Regierung aufnehmen. Es dauert nicht lange. Wartet eine halbe Stunde.“

Huynen Lüüt erhob sich und verließ den Saal ohne ein weiteres Wort. De Moleon und Kellind blieben allein zurück. Die Chefin des TLD gab ein Zeichen, das soviel bedeutete wie „nicht reden“. Kellind hielt den Mund. Sie war noch mit dem Angebot beschäftigt. Daß de Moleon einen hohen Preis zahlen würde, hatte sie geahnt; aber nicht, daß es ein Planet sein würde. Auf der anderen Seite, was sprach dagegen? Die Liga Freier Terraner konnte über einen Mangel an Reichtum und Rohstoffquellen nicht klagen. So gesehen wog der Verlust nicht sehr schwer, schon gar nicht, wenn auf der anderen Seite dreißigtausend Opfer standen. Für Sitzgelegenheiten war nicht gesorgt, also nahm Gia de Moleon auf Lüüts Sessel Platz. Kellind hockte auf der Schreibtischplatte. Die halbe Stunde verstrich quälend langsam. In dieser Zeit mußte Lüüt eine Hyperfunk-Relaisverbindung über mehr als 40.000 Lichtjahre zustande bringen. Im 13. Jahrhundert NGZ, im Zeitalter einer weitgehend erschlossenen Galaxis, war das kein unlösbares Problem, aber eines, das Zeit brauchte.

Statt einer halben Stunde war es am Ende eine ganze. De Moleon und Kellind erhoben sich, als Lüüt zurückkam. Der Blue ließ sich ausgesprochen behäbig in den Sessel sinken.

„Meine Regierung stimmt zu. Der Handel gilt. Sämtliche Informationen, die meine Botschaft zur Sache besitzt, gegen Terras Rückzug aus dem Gondervock-Konflikt.“

Kellind wartete mit atemloser Spannung, während de Moleon die Einigung scheinbar emotionslos zur Kenntnis nahm.

„Die Probleme fingen vor einigen Wochen an. Ich erhielt aus nicht näher genannten Kreisen die Information, die *Galactic Guardians* planten einen Vorstoß, um auf der Erde endlich Fuß zu fassen. Meine Regierung störte sich nicht daran, also sahen wir keinen Anlaß, in dieser Sache tätig zu werden."

„Moment mal!" unterbrach de Moleon den Blue. „Du willst ernstlich behaupten, die GaGua haben ihre Finger im Spiel?" Sie schien fassungslos, nach der Explosion des Reaktors nun schon zum zweiten Mal.

„So ist es. Die Guardians sandten einen hohen Offizier ihrer Organisation nach Terra aus, mit einer schlagkräftigen, aber kleinen Mannschaft. Der Deckname des Offiziers lautet nach meinen Informationen Schelm. Sollte es Schelm fertigbringen, sich auf Dauer in Terrania festzusetzen, so winkt ihm nach meinen Informationen ein Sitz im höchsten Gremium der Guardians. Der Offizier wird also mit dem allerhöchsten persönlichen Einsatz operieren."

Schelm – da hatten sie den Namen schon wieder. Zuerst die Erwähnung in Nicolos Gmoketts Bericht, scheinbar harmlos, dann das unterschriebene Ultimatum und nun Huynen Lüüts Information. Ohne es zu wissen, hatte Kellind mit ihren frühesten Vermutungen richtiggelegen. Die Affäre war nicht politisch, sondern ein rein krimineller Akt.

„Was hat Schelm mit den Gatasern zu tun?" wollte de Moleon wissen.

„Der GaGua-Offizier war bestens vorbereitet. Da er in dieser Stadt nicht über eine nennenswerte Infrastruktur verfügt, also keine Stützpunkte, unternahm er den Versuch, sich in den Besitz *meiner Basen* zu setzen."

„Was für Basen sind das, Lüüt?"

Der Gataser pendelte mit dem Hals. Er drehte seinen Tellerschädel mehrfach um 180 Grad; eine Art menschliches Kopfschütteln. „Du erwartest nicht ernsthaft, daß ich darüber Auskunft gebe. Was für ein naiver Gedanke."

„Weiter, Lüüt!"

„Schelm wußte gut über meine Basen Bescheid. Seitdem lautet seine Drohung, er werde die Lage sämtlicher Basen an den TLD verraten; es sei denn, ich wäre bereit, die Hälfte dieser Verstecke an seine Organisation abzutreten."

„Das hast du abgelehnt?"

„Korrekt."

„Und Schelm bringt seitdem deine Leute um."

„Auch das ist richtig. Der GaGua-Offizier versucht, damit Druck auszuüben. Ich habe jedoch nicht die Absicht, diesem Druck nachzugeben."

„Besitzt du Informationen über den Aufenthalt von Schelm?"

„Nein, Gia. Ich hätte ihn längst beseitigen lassen. Schelm ist ein Krimineller. Mit solchen Leuten pflegt die gatasische Botschaft keinen Umgang."

Kellind nahm amüsiert zur Kenntnis, daß der Blue sich einem gewöhnlichen Verbrecher überlegen wähnte. Das Gerangel der Geheimdienste wurde von den Beteiligten als Spiel auf hohem Niveau angesehen. Sie selbst konnte sich davon nicht freisprechen. Sonst hätte ein Platz im aktiven Dienst, ein Anteil an dieser verborgenen Bedeutung, sie nicht so magisch angezogen.

„Aber irgend etwas besitzt du noch, Lüüt", unterstellte die Leiterin des TLD. „Ich opfere Gondervock, aber ich verschenke es nicht."

„In der Tat ... Ich habe ein letztes Detail. Ob es dir von Nutzen sein kann, weiß ich nicht. Meine Leute haben den Hinweis nicht in einen Vorteil ummünzen können."

„Sprich!"

„Schelms zweites Opfer trug den Namen Gyis Wuter. Gyis war nicht allein, als er starb. Sein Begleiter konnte den Mord aus einem Versteck beobachten, ohne daß die Täter etwas bemerkten. Der Zeuge spricht von drei Personen. Ob Schelm sich unter den Personen befand, weiß ich nicht. Immerhin fiel einige Male der Name ‚Felsenheimer'. Die erste Person ist eine Frau. Eine kleine braunhaarige Terranerin, unauffällig, allerdings mit einem merkwürdigen Werkzeuggürtel ausgestattet. Der zweite ist ein Mann von kolonialterranischer Abstammung, mehr als zwei Meter groß und sehr kräftig. Es sah so aus, als ob er einer genetisch manipulierten Linie entstammte. Die wichtigste Person war jedoch Nummer drei. Es handelte sich um einen schwarzhaarigen Mann von einssiebzig Größe. Auf den ersten Blick schien der Mann ein Terraner zu sein. Er trug einen schwarzen Mantel und hatte ein sehr schmales Gesicht. Er lief barfuß. An seinen Ohren hingen Ringe, er hatte sich also selbst mit Löchern in den Ohren verstümmelt. Unter dem Mantel konnte man seine Arme nicht sehen."

„Weiter!" forderte de Moleon. „Wie kam es zum Mord an Gyis Wuter?"

„Daran ist allein Person Nummer drei schuld. Der Mantelträger, den die anderen Felsenheimer nannten. Ich erwähnte es bereits. Der Zeuge sagt, er habe plötzlich seinen Mantel fallen lassen. Darunter kam ein helles Kleidungsstück zum Vorschein, eine Art Jacke. Die Arme waren offenbar in dieser Jacke fest verschnürt. Jedenfalls stand der Fremde plötzlich auf einem Bein. Das andere Bein bewegte er nach oben, und er benutzte seinen Fuß so geschickt wie eine Hand. Mit den Zehen öffnete er die Verschlußbänder seiner Jacke. Als das Kleidungsstück herunterfiel, war der Fremde am Oberkörper nackt. Was dann passiert ist, konnte mein Zeuge nicht genau erkennen. Draußen herrschte Dämmerung. Eine gewisse Skepsis scheint mir angebracht."

„Wir wollen es trotzdem hören."

„Der Zeuge behauptet, statt menschlicher Arme habe der Fremde schlangenartige Auswüchse besessen. Diese Glieder hätten sich in scharfkantige Werkzeuge verwandelt. Sie besaßen eine nicht nachvollziehbare Kraft und sonderbare Fähigkeiten. Damit hat er Wuter bewegungsunfähig gemacht, getötet und zerlegt."

De Moleon schüttelte den Kopf. „Und das soll ich glauben, Lüüt?"

„Wir hegen selber Zweifel. Der Zeuge beharrt jedoch auf seiner Aussage."

„Was ist genau mit dem Ausdruck ‚nicht nachvollziehbare Kraft' gemeint?"

„Gyis Wuter aktivierte in dem Augenblick, als er sich von drei Fremden eingeschlossen sah, seinen Individual-Schutzschirm. Der Fremde durchbrach diesen Schirm angeblich mit bloßen Händen."

„So etwas ist nicht möglich."

„Ich gebe hier lediglich weiter, was der Zeuge aussagte."

„Was für ein Schutzschirm war das?"

„Normalenergetisch. Modell Digon-34, unser Standardmodell. Bei Gebrauch einer Zerfallsbatterie Leistung für zwei Stunden nonstop."

„Besteht die Möglichkeit, den Zeugen zu vernehmen?"

„Ich habe ihn längst nach Gatas geschickt. Die Aussage war vollständig."

De Moleon und Huynen Lüüt sagten kein Wort mehr, bis das Schweigen peinlich wurde. Es gab nichts mehr hinzuzufügen, von keiner Seite.

De Moleon verabschiedete sich.

Fünf Minuten später standen die beiden Frauen auf dem Dach der Botschaft. Aus feinem Niesel war ein Dauerregen geworden. Im Schutz der Überdachung blieb die Ordonnanz zurück. De Moleon ging sehr langsam, Kellinds Haare wurden dabei naß und verloren die Form.

„Was jetzt, Gia?" fragte sie, als sie in den Gleiter stiegen.

„Wie meinst du das? Du stellst dich einfach unter die Dusche, Fee. Die Frisur kriegst du wieder hin."

Sie mußte schlucken, als sie die beißend sarkastische Antwort hörte. Kellind hatte nicht geglaubt, daß ein bißchen Eitelkeit so ins Auge fiel. Sie hatte keinen Spott verdient. „Ich spreche von Schelm und von den Blues", fügte sie beleidigt hinzu.

Die Chefin des TLD gab ein dumpfes Geräusch von sich. „Wir werden sehen, was sich mit den Informationen anfangen läßt. Terra zieht sich in der kommenden Woche aus dem Sektor Gondervock zurück." Und dann fügte sie noch hinzu: „*Guardians*. Ausgerechnet das Parasitenpack."

Elf Uhr, früher Vormittag: Roog wartete seit Stunden, daß sich etwas tat. Von der Frist, die der Erpresser namens Schelm eingeräumt hatte, waren drei Viertel des ersten Tages bereits verstrichen. Seine Zweifel an der eigenen Idee wuchsen, je länger er untätig im Gleiter saß. Was, wenn Schelm sich nicht rührte? Gegen Mittag, kurz vor zwölf Uhr, erhielt er eine Funkmitteilung von Fee Kellind. Zum ersten Mal erfuhr er, daß sich seine Kollegin und Gia de Moleon in die Botschaft der Gataser begeben hatten. Als Ergebnis stand die Beschreibung des Täters, der die Blues und vermutlich Cuul Basten Cencenza umgebracht hatte. Die Beschreibung stimmte mit dem überein, was sie über Felsenheimer wußten. Nur die Sache mit den Schlangenarmen und mit dem Schutzschirm störte. Roog wußte sich keinen Reim darauf zu machen.

Gegen 12.30 Uhr nahm er im Gleiter eine Mahlzeit, konserviertes Zeug, praktisch ohne wahrnehmbaren Geschmack, zweifellos gesund und gut für perfekte Verdauung. Mit vollem Mund starrte er auf den Glasturm. Roog kaute mißmutig. Der Aussichtspunkt war so gewählt, daß das Gebäude im Guzmangrund zum größten Teil überschaubar war.

Aus den Augenwinkeln nahm er etwas Huschendes wahr. Es war nicht mehr als ein Reflex, eine viel zu schnelle Bewegung im Dauerregen. Und im Augenblick darauf war der Turm in gleißend helles Licht getaucht. Roog hielt den Atem an. Der Knall einer fürchterlichen Explosion erschütterte das Viertel. Kurz darauf folgte die Druckwelle. Sein Gleiter wurde angehoben und zwei Meter stadtauswärts getragen.

Als er die Augen wieder öffnete, war der Gleiter zur Ruhe gekommen. Der Glasturm im Guzmangrund sah aus wie ein rauchendes Trümmerskelett. Wo sich der 10. Stock befunden hatte, gähnte ein dunkles Loch von einem Dutzend Metern Durchmesser und unbekannter Tiefe. Die Etagen 9 und 11 existierten höchstens noch zur Hälfte. Von der Wohnung mit den fingierten Leichen waren nur noch Trümmer in Staubkorngröße übrig. Ein Wunder, daß der Turm nicht in sich zusammenstürzte.

„Nein ...", flüsterte er fassungslos, „das kann nicht sein. Es darf einfach nicht ..."

Ein schreckliches Gefühl von Ohnmacht erfüllte ihn. Nach der Explosion in Reaktor 13 nun das. Roog hatte seinen zweiten Fehler begangen. Schelm war auf den Trick nicht hereingefallen, ganz im Gegenteil. Statt eines Suchkommandos, das die Schirmer/Gmokett-

Wohnung unter die Lupe nahm, hatte er einen Torpedo geschickt. Ein ferngelenktes Geschoß, vermutlich mit Thermo-Sprengkopf ausgestattet. Roog löste den Katastrophenalarm aus. Es war das zweite Mal innerhalb von zwei Tagen. Er hoffte verzweifelt, daß niemand zu Schaden gekommen war.

9. Kapitel
Ernährungsfragen

„Das Gebäude am Guzmangrund war in erster Linie von Familien bewohnt", führte Gia de Moleon aus. Vor sich auf dem Schreibtisch ordnete sie Folien mit Datenmaterial. Es waren eine ganze Menge. Was sie empfand, ließ sie sich nicht anmerken, ganz besonders nicht, wenn Roog und Kellind anwesend waren. „Die meisten hatten Kinder. In den Stockwerken neun bis elf sind 32 Wohnungen betroffen. In diesen Wohnungen hat keine der anwesenden Personen den Angriff überlebt. Insgesamt macht das 112 Tote, davon 33 Männer, 37 Frauen, 42 Kinder." Sie machte eine kurze Pause und schaute in die Runde. Vor sich hatte sie zwei blaßgesichtige Agenten sitzen. Besser gesagt, eine Anwärterin und einen Agenten mit dem Status „bedingt beurlaubt". Sholter Roog hockte bewegungslos auf seinem Stuhl. Er schien nicht genau zu wissen, was sich de Moleon von der Auflistung versprach.

„In den übrigen Stockwerken", fuhr die Chefin des TLD mit flacher Stimme fort, „kommen wir auf sieben tote Frauen, zehn Männer, nochmals sieben Kinder. Die Zahl der Verletzten beträgt neunzig. Wir werden alle durchbringen, sagen die Ärzte."

„Was ist mit Passanten?" fragte Fee Kellind.

„Ah." De Moleon zog eine weitere Folie hervor. Sie bedachte die Anwärterin mit einem lobenden Blick. „Gut, daß du mich darauf bringst. Glücklicherweise befanden sich kaum Fußgänger auf der Straße. Eine Arbeitsgruppe von der Crest-Schule kam gerade aus dem technischen Kaufhaus gegenüber, niemand wurde verletzt. Das einzige Opfer ist eine junge Dame. Du kennst sie übrigens, Roog; sie heißt Ammanda Jeesden."

„Aus dem TLD-Büro?" fragte er.

„Richtig. Ein Glassplitter verletzte ihren rechten Arm, als sie das Büro verließ."

Roog wollte wissen: „Ist das jetzt alles?"

Sein interesseloser Tonfall ließ sie ärgerlich werden. „Keineswegs!" erwiderte de Moleon mit schneidend scharfer Stimme. „Die Aktion verursachte einen Sachschaden in Höhe von knapp zwanzig Millionen Galax. Der Wohnturm muß komplett abgerissen und wieder aufgebaut werden, weil die tragende Struktur in sich zusammengebrochen ist. Außerdem haben wir ein politisches Problem. Die Sache mit Reaktor 13, okay; wir konnten das als Unglücksfall hinstellen. Aber der Glasturm stinkt eindeutig nach Terrorismus. Die Bewohner der Stadt haben Angst, Roog. Seit dem Ende der Dunklen Jahrhunderte brauchten sie die nicht mehr zu haben. Sie fühlen sich nicht mehr sicher in ihren Häusern."

„Tja. Schlimm."

„Das ist alles, was du zu sagen hast?"

„Im Augenblick ja."

Gia de Moleon stand ruckartig auf. Den letzten Kommentar hätte sich Roog besser geschenkt. Das Gespräch würde nicht ohne Folgen bleiben.

„Fee, Sholter, das war's für den Moment. In einer halben Stunde spreche ich mit Paola Daschmagan. Die Erste Terranerin will wissen, was der Liga-Dienst zu unternehmen gedenkt. Und glaubt mir, das ist kein angenehmes Gespräch. Verlaßt den Tower nicht. Ich werde euch rufen lassen."

Ihre beiden Leute traten durch die Tür, Kellind geknickt, obwohl sie schuldlos war, Roog in seiner trotzigen Haltung nicht gebrochen. De Moleon fragte sich, ob er wirklich so gefühlsarm war, wie er tat, oder ob er irgend etwas anderes im Kopf hatte. Es mißfiel ihr, daß er so wenig Sinn für Realitäten zeigte. Gewiß, sie hatte den Einsatz am Guzmangrund genehmigt. Aber er war der ausführende Agent gewesen, und sie konnte die Dinge niemals mit demselben Tiefgang durchblicken wie eine direkt beteiligte Person.

De Moleon brauchte eine Viertelstunde zum HQ-Hanse, zum Sitz der terranischen Regierung. In Anwesenheit des LFT-Kommissars Cistolo Khan gab sie auf peinliche Fragen Antwort. Immerhin präsentierte sie so etwas wie eine Spur oder den Ansatz davon. Man hatte es nicht mit politisch motiviertem Massenmord zu tun, sondern mit einer Gruppe von Galactic Guardians. Sie nahm den Auftrag mit, die Verbrecher so schnell wie möglich dingfest zu machen.

Zunächst ließ sie die Beschreibung des seltsamen Mörders prüfen. Was den Gatasern nicht gelungen war, das erledigten NATHAN und die Mitarbeiter des TLD binnen einer Stunde: Es handelte sich beim Mörder der Blues um einen sogenannten Tomopaten. Dabei stand das Wort *Tomopat* nicht für einen Mutanten, sondern für einen Bewohner des Planeten *Tomot*. Darauf wies die Beschreibung der seltsamen Arme hin. An diesem Punkt endete leider die Weisheit des TLD. Die Identität des Killers ließ sich nicht ermitteln. Weder war die Position des Planeten bekannt, noch existierte eine Möglichkeit, innerhalb kurzer Zeit zu einem zweiten Tomopaten Kontakt aufzunehmen. De Moleon reichte das Ergebnis an sämtliche beteiligten Stellen weiter, nach kurzem Überlegen auch an Kellind und Roog. Sollten sie sehen, was sich damit anfangen ließ.

Kurz darauf empfing sie eine Delegation des Nachrichtensenders TNR. Der Erpresser namens Schelm verlangte ihnen ab, in der Sendung

„Perry Rhodan – die frühen Jahre“ in versteckter Form den Kode CCCB-9999 einzuarbeiten. Dazu erklärten sich die TNR-Vertreter bereit. Allerdings dachte de Moleon nicht im Traum daran, den wirklichen Kode herauszurücken. Statt dessen übergab sie einen Speicherkristall mit gefälschten Daten. Auf den ersten Blick würde der hier präsentierte Kode vom CCCB-9999-Original nicht zu unterscheiden sein. Der Liga-Dienst zahlte einen stolzen Preis an TNR. Aber sie besaß nicht die Zeit, um tausend Galax mehr oder weniger zu feilschen.

In Gedanken schob sie das Thema Schelm beiseite. Sie hatte zu tun, und zwar mehr als nur eine Menge. Unter anderem lagen Meldungen vor, das Kristallimperium habe im Bereich Terrania neue Stützpunkte errichtet. Für den Liga-Dienst würde es von Wichtigkeit sein, die Position dieser Basen rechtzeitig aufzuspüren. Drei Stunden verstrichen ereignislos. Dafür war sie beinahe dankbar. Sie lehnte sich im Sessel zurück und schloß die Augen. Manchmal wünschte sie, an einem friedlichen Ort in einer Millionen Lichtjahre entfernten Galaxis zu leben. Gab es so etwas wie friedliche Orte überhaupt? Oder konnte Frieden nur Bestand haben, indem man für ihn kämpfte?

Gegen Ende ihres Arbeitstages kam doch noch eine dringliche Meldung herein. Sie behandelte – wie konnte es anders sein – den Fall Schelm. Ihre Leute auf dem Mond hatten Erfolg erzielt.

In der Luna Road existierte ein Gebäude, aus dem verräterische Funksignale drangen. Bislang war es nicht gelungen, den Sinngehalt der Signale zu ermitteln, auch nicht mit NATHANS Hilfe. Hinter der Fassade einer Firma namens *QueTro* verbarg sich mit hoher Sicherheit das Versteck des Schelms. Das weitere Vorgehen lag auf der Hand. Gia de Moleon lehnte sich zufrieden in ihrem Sessel zurück. Manchmal spürte sie die Last der Jahre, so wie heute, und dann passierte etwas, das die Dinge in erträglichem Licht erscheinen ließ.

Sie rief Kellind und Roog zu sich. Mit einigen Minuten Verspätung betraten die zwei das Büro. „Fee, Sholter“, begann sie, „ich habe euch etwas zu sagen. Setzt euch.“

„Ist irgendwas passiert?“ fragte Roog mißtrauisch.

„Das könnte man so sagen“, antwortete Gia de Moleon. „Wir haben das Hauptquartier des Schelms ausfindig gemacht. So wie erwartet, direkt in der Luna Road. Das heißt, die Ermittlungen werden auf den Mond konzentriert. Für euch beide ist der Fall Schelm abgeschlossen.“ Roog ließ sich in seinen Sessel fallen, zog die Schuhe aus und legte die Füße auf den Schreibtisch. Er hatte Hunger. „Okay, Fee“, meinte er. „Jetzt sitzen wir also endgültig im selben Boot. Sie hat uns rausgeworfen.“

„Bevor ich mich mit dir in ein Boot setze, Roog ...“ Zuerst suchte sie nach Worten, dann schüttelte sie verächtlich den Kopf. „Es ist schon schlimm genug, daß ich mit dir in einem Büro sitze.“

„Sei nicht so nachtragend", beschwichtigte er. „Du bist kein kleines Mädchen. Hör zu, Fee, das mit dem Glasturm, das bin nicht ich gewesen, sondern Schelm. Sieh mich nicht an, als hätte ich die Rakete abgeschossen."

Kellind gab keine Antwort. Ihre Lippen zitterten, und die Wangen wurden rot. Irgendwie sah es aus, als hätte er schon wieder etwas Falsches gesagt. Roog wußte bloß nicht, was. Wenn er anfing, sich jedes einzelne Opfer als persönlichen Fehler anzukreiden, konnte er nur noch einen Gleiter nehmen, auf einen Kilometer Höhe gehen und aus der Kanzel springen. Nicht er hatte die Rakete abgefeuert. Was Kellind da trieb, kam einer Umkehrung von Ursache und Wirkung gleich.

„Du bist ein verdammter Dummkopf, Roog!"

„Wieso?"

„Das hier war meine Chance. Ich wollte endlich in den aktiven Dienst, nicht mehr im Tower versauern. Und jetzt hast du mir die einzige Chance verbaut. Ich wünschte, Gia hätte dich schon früher vor die Tür gesetzt."

So niedergeschlagen, wie sie da saß, das Gesicht in den Händen vergraben, die makellose Frisur plötzlich gar nicht mehr makellos, hätte er beinahe Mitleid gekriegt. Roog hätte sich gern neben sie gesetzt und sie in den Arm genommen. Was man bei kleinen Mädchen eben so machte; aber Kellind war eine Frau, und da kannte er solche Regungen seit zehn Jahren nicht mehr. Seit damals mit Sterea Blues. Manchmal träumte er von Sterea. Roog haßte das, und er sah dann zu, daß er aus dem Bett kam und sich in Arbeit vergrub. Je länger er Fee Kellind ansah, desto mehr fühlte er sich an sie erinnert.

„Ich sagte eben, wir sitzen im selben Boot, Fee. Das sag' ich nicht einfach daher. Mir geht's ja genauso. Erst werfen sie mich raus, weil ich angeblich ein potentieller Schläger bin. Dann krieg' ich doch noch die Chance, aus purem Zufall. Und was passiert? Überall, wo ich einen Schritt mache, sterben Leute. Dabei hab' ich niemanden umgebracht. Das waren immer andere. Ich bin genauso draußen wie du."

Kellind hob den Kopf und sah ihn ärgerlich an. Sie hatte verheulte Augen.

„Klasse. Und jetzt soll ich mich besser fühlen? Nur weil ein Mistkerl behandelt wird, wie er es verdient?"

„Na ja ... Das kommt drauf an."

„Worauf?"

„Ob du dich buchstäblich an Gias Anweisungen halten willst oder nicht."

Es dauerte eine Weile, bis die Bedeutung der Worte bei ihr ankam. Kellind schüttelte den Kopf, dann stutzte sie. Plötzlich zeigte sie einen katzenhaft lauernden Blick, der Roog gefiel. Berechnung stand ihr gut, besser als die Tränen. Sie war kein Opfer mehr, sondern entdeckte gerade ihre Kampfmoral.

„Du hast irgendwas vor", stellte sie fest. „Ich wüßte gern, was."

„Gia hat uns aus dem Fall rausgezogen. Der Zentralsyntron hier im Tower führt uns allerdings immer noch als Einsatzagenten, und zwar beide. Unsere Legitimationen wurden nicht gelöscht. Wir können tun und lassen, was wir wollen. Es darf bloß nichts sein, was automatisch Gia de Moleon oder ihrer Führungscrew vorgelegt wird. Wir können Dienstgleiter benutzen und mit dem Syntron arbeiten. Eigentlich können wir'ne ganze Menge."

„Ich verstehe noch nicht ganz."

„Im Tower arbeiten viele tausend Leute. Wer will die alle überwachen? Gia verschwendet im Moment keinen Gedanken an uns, sie organisiert den Einsatz in Luna City. Die Suche nach Felsenheimer hat sie fürs erste aufgegeben. Ich halte das absolut für falsch. Man gibt keine Trümpfe aus der Hand."

„Was für Trümpfe denn, Roog? Du findest nicht unter 50 Millionen Leuten ein einziges Individuum, wenn du keine Daten hast. Die Blues konnten das nicht, NATHAN konnte es nicht."

„Kommt immer auf den Versuch an. Besser, wir sehen uns um, als Däumchen zu drehen und abzuwarten, ob unsere Kollegen Schelm in der Luna Road ausräuchern können."

„Wo willst du dich denn umsehen?"

„Weiß ich auch noch nicht." Roog wurde wütend. Sie hatte ein Talent, ihn wütend zu machen. „Vielleicht finden wir einen Anhaltspunkt, Fee. Wir holen uns noch mal die kompletten Daten über Tomot und schauen, was sich machen läßt."

Resigniert schüttelte sie den Kopf.

„Also dann, Sholter. Warum nicht?"

Roog und Kellind setzten sich an die Terminals, stellten eine Verbindung zur Syntronik her und ließen das kommen, was man mit gutem Willen die „Akte Tomot" nennen konnte. Die galaktische Position des Planeten war demnach auf Terra nicht bekannt. Alles, was man besaß, war eine ungefähre Schätzung. Solche Fälle kamen selten vor, aber sie existierten. Die bewohnte Milchstraße war einfach zu groß, die Zahl der fremden Völker, der Kolonien und vergessenen Stützpunkte zu immens. Manche Abkömmlinge Terras hatte man erst nach tausend Jahren Isolation wiederentdeckt. Und bei den Tomopaten, den Bewohnern des Planeten Tomot, stand noch nicht einmal fest, ob sie von Menschen abstammten. Genauso mochte es sich um Abkömmlinge von Arkoniden, Akonen, Antis, Springern oder wem auch immer handeln. Alle diese Völker besaßen ähnliches Erbgut, weil sie auf dieselbe Urrasse zurückgingen. Jedenfalls sprachen die Berichte von extrem wehrhaften Bewohnern auf Tomot. Als wichtigstes Kennzeichen, von dem berichtet wurde, standen seltsam mutierte Arme. In den Berichten, die dem TLD vorlagen, war jedesmal von Armen und von Zwangsjacken die Rede. Das war es ja, woran die Blues den Tomopaten erkannt hatten. Technik existierte auf dem Planeten Tomot nicht, hieß es, keine Bodenschätze, keine sonstigen Reichtümer. Die Position war höchstens einigen Springerpatriarchen bekannt, einigen Prospektoren – und offenbar den Galactic Guardians. Roog nahm an, daß Felsenheimer irgendwie mit Schelm zusammengekommen war und sich in seinen Dienst gestellt hatte.

Die verläßlichsten Daten, die der TLD besaß, bezogen sich auf einen Tomopaten, der eine Weile auf dem terranischen Raumschiff BASIS logiert hatte. Allerdings war das siebzig Jahre her.

Über die Arme des Tomopaten lagen keine Daten vor, auch nicht über die Zwangsjacke. Roog ließ sich ein Bild des Fremden zeigen. Das Individuum hieß Gyrengo und lebte lange nicht mehr. Auf den ersten Blick sah der Fremde menschenähnlich aus. Nur die Arme fehlten. Das Identifikationsholo zeigte Gyrengo mit einer Art Poncho, der keine anatomischen Details erkennen ließ.

„Ich weiß wirklich nicht, wie uns das weiterhilft“, äußerte Kellind düster.

„Tja ...“ Roog schüttelte den Kopf und rümpfte die Nase. „Bloß nicht entmutigen lassen. Glaub mir, so bedeutungsloses Zeugs hat schon ganze Regime kippen lassen.“

Roog und Kellind prüften jedes Detail, das über Gyrengo gespeichert war. Direktes persönliches Material existierte keines, natürlich nicht, schon aus Datenschutzgründen. Aber periphere Informationen gab es eine Menge. Roog vertiefte sich in den Essensplan der Kabine. Ein auffälliges Detail sprang ihm geradezu ins Auge: Die Automatküche des Schiffes hatte an Gyrengo mehrfach eine Speise namens *Caéatan* geliefert. Wie man das Wort aussprach, wußte Roog nicht. Aber er bekam heraus, daß Caéatan von einem Wegaplaneten stammte und für Menschen giftig war. Die Speise besaß einen so hohen Gehalt an toxischen Stoffen, speziell an Blausäure und Blei, daß sie von Menschen nicht genossen werden konnte. Wenn Gyrengo praktisch jeden Tag Caéatan zu sich genommen hatte, konnte das bedeuten, daß dafür eine biologische Notwendigkeit bestand. Je fremder die Rasse, desto seltsamer oft die Ernährung. Roog stand plötzlich auf, stellte sich hinter Kellind und schaute, welchen Teil der Daten sie untersuchte. Ihr Holo-Display zeigte exakt dieselben Ergebnisse wie seines. Er fand das nicht überraschend. Als pedantische Natur mußte sie zwangsläufig die richtigen Schlüsse ziehen.

„Ich glaube“, murmelte er, „wir sind auf der richtigen Spur. Felsenheimer ist ein Caéatan-Esser.“

Sie wehrte ab: „Das ist noch nicht gesagt, Roog. Keiner weiß, ob Tomopaten alle dieses Zeug konsumieren."

„Vielleicht aber doch."

„Ja. Vielleicht." Kellind machte nicht gerade den überzeugtesten Eindruck. Aber sie gab sich Mühe, aus dem Tief herauszufinden. „Wir müssen uns um sämtliche Quellen in Terrania kümmern, die dieses Caéatan führen", fügte sie hinzu. „Außerdem könnte es Nahrungsmittel geben, die chemisch ähnlich zusammengesetzt sind. Die prüfen wir am besten ebenfalls. – Aber ... da gibt es noch etwas, das mir Sorge macht."

„Nämlich?"

„Wenn es wirklich so leicht ist, dem Mann auf die Spur zu kommen, warum hat NATHAN das nicht geschafft? Warum nicht Gia de Moleon?"

„Das mit Gia ist klar", antwortete er ungerührt. „Die hat nämlich keine Zeit für Details. Und NATHAN ...? Das Mondgehirn ist eine Maschine. Eine der besten, die's gibt, aber eben nicht mehr. Menschen sind kreativ, NATHAN ist es nicht. Ich hoffe, das tröstet dich. Man kann uns nicht ersetzen."

Roog besorgte eine Liste einschlägig tätiger Läden. Es waren nicht sehr viele, weil kaum eine Rasse solches Gift vertrug.

Sie hatten zwanzig Stunden, bis das Ultimatum ablief. Roog und Kellind entschieden sich, sechs davon zu schlafen – dummerweise getrennt, obwohl er sie gern nahe gespürt hätte. Für einen zweiten Verführungsversuch reichte die Zeit nicht. Sie würde diesmal nicht so leicht zu knacken sein wie beim ersten Mal. Außerdem brauchte er seinen Schlaf. Als er aufwachte, hatte er schon wieder von Sterea geträumt. Roog duschte den Schweiß ab, rief bei Kellind an und vergewisserte sich, daß sie aufgestanden war. Sie einigten sich auf den Frühstücksraum der 4. Etage als Treffpunkt. Er machte sich auf einige Wartezeit gefaßt. Kellind war der Typ, der morgens im Bad eine Stunde für die Frisur brauchte.

In der Zwischenzeit checkte er ab, was auf dem Mond gelaufen war: Rings um die Luna Road gediehen die Vorbereitungen zum Sturm. Gia de Moleon fuhr alles an Ausrüstung auf, was die Arsenale hergaben.

An diesem Tag schaffte Kellind es in zehn Minuten, vermutlich weil sie im Tower geschlafen hatte und weil sie ihre Kosmetika, Tinkturen, Festiger und so weiter nicht erreichen konnte.

„Hallo, Fee. Gut geschlafen?"

„Das geht dich nichts an. Laß uns zum Geschäftlichen kommen."

„Wie die Dame befiehlt."

Beim Frühstück legten sie die Strategie fest. Jeder übernahm drei der sechs Läden, die in Frage kamen. Danach wollten sie sich im Tower wieder treffen. Sie verließen das Hauptquartier des Liga-Dienstes in getrennten Gleitern. Es war acht Uhr morgens. Das bedeutete, in jedem der Geschäfte war menschliches oder zumindest lebendiges Personal anwesend. Roog fand das günstig, weil man Menschen oder Aliens nach Beobachtungen fragen konnte. Computer speicherten nur, was der Datenschutz zuließ.

Nummer eins lag im Innenstadtbereich. Es handelte sich um eine Ladenpassage am Rand von Atlan Village, die Extremweltlern alle erdenklichen Bedingungen zum Einkauf bot. Es gab spezielle Hallen für Überdruck, eine gar mit Wasserstoff/Methan-Atmosphäre.

Roog fragte sich zum Geschäftsführer durch. Sein TLD-Ausweis öffnete alle Türen. Innerhalb einer Viertelstunde verfügte er über sämtliche Daten, die zum Thema Caéatan-Verkauf vorlagen. Viel war es nicht, weil so etwas wie eine Kundenliste nicht existierte. Von den Beschäftigten der Ladenpassage erinnerte sich keiner an den Anblick eines Tomopaten, ebensowenig an den eines kleinen dunkelhaarigen Terraners in schwarzem Mantel. Roog hatte nicht viel mehr erwartet. Als „Beute" nahm er die Adresse eines Kunden mit, der seit Wochen Caéatan in seine Wohnung schicken ließ. Der Name lautete natürlich nicht Felsenheimer. Am Eingang zur Ladenpassage plazierte Roog einen Protokoll-Rob, für den Fall der Fälle. Der Protokollant war permanent mit der Towersyntronik verbunden. Sollte sich jemand blicken lassen, auf den Felsenheimers Beschreibung paßte, durfte es keine Verzögerung geben. Am liebsten hätte er unsichtbare TARA-V-UHS dagelassen. Aber de Moleon hätte es mitbekommen, und das schien ihm zu riskant.

Mit der zweiten und der dritten Adresse verfuhr er auf dieselbe Weise. Eine halbe Stunde später traf er sich mit Kellind. „Ich habe fünf Adressen hier", sagte er. „Von Felsenheimer keine konkrete Spur. Und du?"

„Dasselbe. Aber nur drei Adressen."

„Zusammen acht. Das ist doch was."

Die Hälfte der Namen ließ sich mit NATHANS Hilfe überprüfen. Sie gehörten zu akkreditierten Mitarbeitern außerirdischer Botschaften. Ihre gespeicherten Fotos wiesen sie als Nichttomopaten aus. Roog hatte keine der Rassen jemals gesehen, sie waren nicht einmal humanoid. Nummer fünf prüften sie per Visiphon. Der Empfänger des Caéatan entpuppte sich als aufrecht gehende Qualle, sie trug keinen schwarzen Mantel, und Arme im gängigen Sinn besaß sie nicht. Die restlichen drei Adressen blieben übrig. Es waren die Namen Tompur, Bordommme und Göltig Pestorada. Keiner der drei war per Visiphon erreichbar. Roog hielt es für denkbar, daß sich hinter einem davon Felsenheimer verbarg.

Auch wenn's nicht sehr wahrscheinlich ist.

„Wir können sie schlecht persönlich besuchen", überlegte er. „Felsenheimer weiß, wie wir zwei aussehen. Wir waren zu oft am

Guzmangrund. Einfach vor die Tür stellen und klingeln, das läuft nicht.“ Roog hatte lebhaft die geschlachteten Blues vor Augen. Er beabsichtigte nicht, genauso zu enden.

„Und wenn wir TLD-Personal einsetzen, das keiner kennt?“ fragte Kellind.

„Gia hört es spätestens am nächsten Tag. Das können wir bloß einmal machen, danach ist Schluß. Ehrlich gesagt, ich hab’ eine Höllenangst, unsere Leute schutzlos auf jemanden wie Felsenheimer loszulassen. Erst müssen wir tausendprozentig wissen, wo er steckt. Dann nehmen wir ihn hoch, und zwar mit SERUN-Schutzanzügen und Kampfrobotern.“

„Wenn wir irgendwas mit Protokoll-Robs versuchen, Roog? Wie wäre das?“

Sie schlug die Beine übereinander und überlegte. *Kleine, warum so verdammt verschlossen?* Er bewunderte ihre Beine, auch wenn sie eine weite Hose trug. Einen Moment lang fühlte sich Roog nicht imstande, an etwas anderes zu denken. Er starrte auf ihre Bluse und wollte Kellind anfassen, ob sie Lust hatte oder nicht. Dann riß er sich zusammen und sagte so gleichmütig wie möglich:

„Irgendeine konkrete Idee, Fee? Ich meine ... Ach, Scheiße.“

Sie musterte ihn mißtrauisch. „Bist du heiser, Roog?“

„Erkältet. Hör nicht drauf.“

Kellind sah ihn durchdringend an. „Wir nehmen jeweils zwei Protokollanten“, erklärte sie nach einer Weile. „Beide Maschinen sind unsichtbar. Der eine klingelt an der Tür, den anderen postieren wir irgendwo. So daß er das ganze Umfeld aufzeichnen kann.“

„Brillant.“

„Danke. – Mir wäre übrigens erheblich wohler, wenn du dich umdrehen und zur Abwechslung mal die Wand mit deinen Blicken ausziehen könntest.“

Tompur, der erste Kandidat, wohnte in einem abgelegenen Viertel weit draußen aus der Stadt. Das Haus erwies sich als Heim für Methanatmer. Der gesamte Komplex mit zwanzig Wohneinheiten stand unter hohem Druck und verdoppelter Schwerkraft, was einem Menschen ohne Schutzanzug keinen Zutritt gestattete. Felsenheimer atmete Sauerstoff, soweit sie wußten. Mit der Person „Tompur“ konnte er demnach nicht identisch sein. Sie strichen den Namen von der Liste.

Bordommme lebte in einem reinen Wohnviertel, in einer besseren Gegend von Terrania, in einem Luxushaus mit Garten und nicht einsehbaren unterirdischen Anlagen. Sie versuchten die Sache mit den Protokoll-Robs, einer klingelte unsichtbar, der andere zeichnete auf. An der Tür ließ sich niemand sehen. Roog schickte die Robs auf einen Streifzug rund um das Gelände. Es schien definitiv niemand zu Hause zu sein. Die Fenster waren polarisiert und von außen undurchsichtig. Kellind recherchierte im Eigentumsregister der Stadt. Sie fand heraus, daß das Grundstück seit ewigen Zeiten auf denselben Namen eingetragen war. „Aber das ist bloß ein Indiz", sagte sie. „Es könnte ja sein, daß Bordommme gerade Besuch von unserem Killer hat oder daß Felsenheimer in Wirklichkeit seit langer Zeit in Terrania lebt."

„Ja." Roog starrte das Haus wütend an. Er war sich bewußt, daß sie mit ihren Mitteln nicht weiterkamen. Wenn sich drinnen wirklich Felsenheimer befand, mußte man mit dem einen oder anderen Scherzartikel rechnen. Die GaGua-Truppe von Schelm verfügte über tödliche High-Tech.

Kellind holte plötzlich einen Stadtplan auf das syntronische Display im Gleiter. „Roog, sieh dir das mal an."

„Wieso? Was denn?"

„Der Punkt hier, das ist Bordommmes Haus. Und jetzt mal zum Vergleich die Liste der Reaktoren, von denen wir definitiv wissen, sie sind vermint."

Kellind ließ sechs rote Punkte glimmen. Einer davon befand sich keinen Kilometer entfernt. „Felsenheimer wird sich wohl kaum selbst in die Luft jagen. Würdest du auch nur einen Tag länger hier wohnen bleiben, wenn du wüßtest, Schelm braucht nur einmal auf den Knopf zu drücken?"

„Wahrscheinlich nicht, Fee."

„Ich schlage vor, wir streichen Bordommme ebenfalls."

„Okay. Viel bleibt von unseren acht Leuten nicht übrig."

Roog steuerte den Gleiter in den Osten der Stadt, in eins der weniger schönen Gebiete. Von Armut zu sprechen wäre übertrieben, so etwas gab es in Terrania nicht. Aber die Wohntürme fielen nicht so prächtig aus, zwischen den Häusern waren die Abstände geringer, die Grünflächen wirkten verwildert. Göltig Pestorada wohnte in einem isoliert stehenden, sehr kleinen Haus mit wucherndem Garten.

Roog landete mit gehörigem Abstand, ein paar hundert Meter entfernt, vor einem schäbigen Wohnturm. „Sieht von hier aus wie eine Urwaldhütte", meinte er. „Wie weit ist das nächste Kraftwerk entfernt?"

Kellind warf einen prüfenden Blick auf das Display. „Zwölf Kilometer. Und es steht nicht auf der Liste."

„Sieht aus, als wäre das der einzig ernsthafte Kandidat. Göltig Pestorada. Wenn das nicht wie ein Künstlername klingt."

Sie schickten die Protokollanten los und warteten auf Reaktion. Nichts, niemand kam zur Tür. Der Blick durchs Fenster offenbarte den Bewohner, wenn es einen gab, als anspruchslosen Zeitgenossen.

Persönliche Gegenstände waren nicht zu sehen, auch bei feinster Auflösung der robotischen Optiken nicht. Kellind bekam heraus, daß das Haus gemietet war. Als Vermieter wurde im Register eine Gesellschaft mit Sitz auf dem Planeten Plophos geführt. Sie riskierten eine offizielle Anfrage des TLD bei der Gesellschaft; und ermittelten, daß das Mietverhältnis mit Göltig Pestorada seit sieben Wochen bestand.

„Was machen wir jetzt?“

„Wir legen uns auf die Lauer, Fee.“

„Wozu? Felsenheimer ist wahrscheinlich längst auf dem Mond. Die Chancen sind so gering, daß ...“

„Daß die Chancen gering sind, weiß ich selbst“, würgte er sie ab. „Aber was anderes bleibt uns doch nicht.“

„Wie lange? Ich meine, wie lange willst du herumsitzen?“

„Notfalls, bis das Ultimatum abläuft.“ Er sah auf die Uhr. „Das sind noch exakt zehn Stunden und vierzig Minuten. Oder bis Felsenheimer in der Luna Road auftaucht.“

„Du glaubst wahrscheinlich, daß du mich zwischendurch bumsen kannst.“

Er holte scharf Luft – und dann gab er keine Antwort. Was sollte er auch sagen.

Kellind musterte ihn verächtlich. Der Blick erfüllte ihn so mit Zorn, daß er sie fast geschlagen hätte. Roog empfand eine quälende Ohnmacht, die er nicht kannte, gegen die er sich nicht zu wehren vermochte. Irgend etwas stellte sie mit ihm an. Er war nicht in der Lage, sich die Achterbahn der Gefühle zu erklären, er hatte irgendwie die Kontrolle verloren. Wenn die Sache mit Schelm überstanden war, mußte er dringend mit ihr reden. Vielleicht war sie die Chance, auf die er gewartet hatte. Vielleicht konnte sie Sterea Blues vergessen machen.

„Ich halte es für dumm, wenn wir in einem Gleiter sitzen“, sagte sie plötzlich. „Wenn wir uns trennen, kontrollieren wir das Haus von zwei Seiten. Das wäre sehr viel besser.“

„Du stellst dich wieder an wie ein kleines Mädchen.“ Er wußte genau, daß die Anspielung sie traf, doch er konnte nicht dagegen an.

„Und du solltest ein bißchen mehr an Reaktor 13 denken“, versetzte sie. „Dann kommst du auf andere Gedanken. Zur Abwechslung vielleicht mal auf klügere.“

Kellind nahm Kontakt zum Tower auf. Sie bestellte einen zweiten Einsatzgleiter. Schweigend saßen sie nebeneinander. Es dauerte zehn Minuten, bis das Fahrzeug sich in automatischer Steuerung von TTC zu Boden senkte.

Sie wechselte wortlos von einer Kabine in die andere. „Kannst du mich verstehen, Roog?“ fragte sie über Funk. Die Frequenz galt als praktisch abhörsicher.

„Laut und deutlich“, antwortete er böse.

„Bestens. Ich suche mir einen Platz auf der anderen Seite.“

Roog sah das zweite Fahrzeug in die Luft steigen. Kellind fädelte sich in den Gleiterstrom ein, der in zweihundert Metern Höhe durch das Viertel führte, drehte unauffällig drei, vier Runden und landete an einer Stelle, die von seiner Position aus nicht einzusehen war.

„Hast du das Haus im Blick?“ wollte er wissen.

„Alles bestens.“

Roog machte es sich im Gleiter bequem. Die ersten Stunden verstrichen ohne Ereignis. Alle zehn Minuten fragte er den Stand der Dinge vom Mond ab, nur um jedesmal zu hören, es habe sich nichts verändert. Keine Spur von Felsenheimer. Kein Lebenszeichen von Schelm, und in der Luna Road herrschte die Ruhe vor dem Sturm. In der dritten Stunde näherte sich ein fliegender Händler dem Haus. Es handelte sich um einen kleinen fetten Mann, der mit Felsenheimer sicher nicht identisch war. Roog machte sich vorsichtshalber startbereit. Aber nichts passierte, dem Händler wurde ebensowenig die Tür geöffnet wie ihren Protokoll-Robs. Per Ortergerät verfolgte er den Mann, bis er ein paar Häuser weiter verschwunden war.

Roog starrte unverwandt das Haus an. Daß er Kellind nicht sehen konnte, machte ihn nervös. Er verließ den Gleiter und machte einen Spaziergang. Danach hielt er sich nur mit Routine wach.

Als von der Frist noch ziemlich genau acht Stunden blieben, warnte ihn etwas.

Das Haus lag verlassen da. Keines der Fluggefährte bewegte sich in seine Richtung. Bis auf die spielenden Kinder am nächsten Wohnturm war niemand zu sehen. Da. An der Biegung eines Fußwegs tauchte eine Gestalt auf. Es war eine kleine Terranerin, äußerlich unauffällig, in einen grauen Overall gekleidet. Um die Hüften trug sie einen breiten Werkzeuggürtel.

„Scheiße, das ist es ...“ Das Erscheinungsbild paßte auf Felsenheimers Begleiterin, eine Frau namens Beck. In einem schlendernden, nach allen Seiten sichernden Gang bewegte sie sich auf das Haus zu.

Roog wollte das Funkgerät aktivieren, Kellind auf die Person aufmerksam machen – da erschütterte ein heftiger Schlag seinen Gleiter.

„He ...!“ Er schaute sich um, konnte aber nichts erkennen.

Seine Faust hämmerte auf das Armaturenbrett. Nichts geschah, der Schutzschirm funktionierte nicht. Sämtliche Kontrolleuchten erloschen im selben Moment. Er brauchte einen Moment, bis er die Tatsache begriffen und akzeptiert hatte. Der Gleiter war energetisch tot. Er griff nach hinten ins Ausrüstungsfach, nahm einen Thermostrahler und einen Schirmprojektor. Die Handgriffe waren oft geübt. Nichts wie raus hier!

Er rüttelte am Öffnungsmechanismus, aber ohne das geringste Ergebnis. Roog kriegte die Türen nicht mehr auf.

Der zweite Schlag, der den Gleiter erschütterte, fiel noch heftiger als der erste aus. Roog wurde in seinem Sitz nach oben geschleudert. Die Kanzelscheiben barsten von einer Sekunde zur anderen. Das Plastikmaterial verwandelte sich in eine bröckelige, kaum noch zusammenhängende blinde Masse, die keinen Schutz gewährte. Sein Herz klopfte bis zum Hals.

Als es still wurde, hörte er Schritte. Jemand schien draußen vor dem Gleiter zu sein.

Acht Stunden vor Ablauf des Ultimatums rief Gia de Moleon ihre zwei wichtigsten Adjutanten herbei. Eines der Nebenzimmer im 98. Stockwerk enthielt einen Personentransmitter. Von Terrania Space-Port aus bestiegen sie eine 30-Meter-Fähre. Der Transfer dauerte fünfzehn Minuten. Tief unten schrumpfte der Raumhafen zu einer winzigen, von Glitzerpunkten übersäten Fläche. Terrania verwandelte sich in die Miniatur einer irrealen Riesenstadt. Sie erreichten die Umlaufbahn, gingen sekundenlang auf zehn Prozent Lichtgeschwindigkeit. NATHAN dirigierte ihren Flug zum Mond.

Am Rand von Luna City, einer überkuppelten Stadt an der Oberfläche des Erdtrabanten, ging die Fähre nieder. Die Luft wurde von einem speziellen Schirm gehalten, der Raumfahrzeuge und Licht passieren ließ, nicht aber gasförmige Materie. Luna City gehörte zu den ältesten Siedlungen auf dem Mond. Sie bedeckte eine Fläche von mehreren Quadratkilometern und wurde geschäftlich genutzt. Hunderte von außerirdischen Gesellschaften hatten sich angesiedelt.

Ein getarnter Gleiter des TLD brachte sie in die Luna Road. In der Mitte der Straße erhob sich ein Bürogebäude von 130 Metern Höhe. Die Fassade war über und über mit Leuchtreklamen bedeckt, ebenso die Häuserwände ringsum und auf der anderen Straßenseite. Die gesamte rechte Seite des Gebäudes gehörte einer Investmentgruppe von Olymp, der sogenannten QueTro-Gesellschaft. Welche Geschäfte QueTro in Wahrheit betrieb, ließ sich nicht feststellen. Hätten sie nicht den Anhaltspunkt gehabt, sie wären niemals aufmerksam geworden. Schelm hätte seinen Stützpunkt bis zum Jüngsten Tag betrieben, vom Liga-Dienst völlig unbehelligt.

Ihr Pilot kutschierte den Gleiter gemächlich herum wie ein typisches Touristenfahrzeug.

„Wie weit sind die Vorbereitungen?“ fragte sie.

Der Leiter der Dependance Erdmond, ein aufgedunsener Mann namens Pier Riepell, erläuterte:

„In den Häusern rings um das Gebäude laufen die Betriebe und die Geschäfte weiter. Es sind insgesamt fünf mit direktem Sichtkontakt. Auf der gegenüberliegenden Straßenseite nochmals drei. Wir riegeln die Straße komplett mit einem Paratronschirm ab, wenn's soweit ist. Wir haben ein Dutzend weitere Paratrons in Stellung gebracht, so daß niemand zu Schaden kommt. Im Moment fehlt es nur an Offensivbewaffnung. Wenn wir ins Gebäude eindringen, brauchen wir hundert schwerbewaffnete Agenten. Außerdem Impulskanonen, Paralysatoren, solches Zeug. Für alle Fälle lasse ich eine kleine Transformkanone in Stellung bringen."

Gia de Moleon wurde flau im Magen, als sie das hörte. Mit Kanonen auf bewohnte Gebäude schießen, das war keine Sache, auf die man stolz sein konnte.

„Wie lange dauert es, bis die QueTro-Sektion von der anderen Gebäudehälfte getrennt ist?"

„Wir brauchen zwanzig Sekunden", hieß es prompt. „Plus/minus ein paar Augenblicke. Es könnte sein, daß Schelm das Innere des Gebäudes baulich verändert hat. Die Baupläne stimmen vielleicht nicht mehr. Wir müssen flexibel reagieren."

„Schön. Und was ist mit Funksignalen? Schelm darf keine Chance erhalten, daß auch nur ein einziger Zündimpuls durchkommt."

„Die Paratrons lassen keinen Hyperfunk passieren. Außerdem senden wir starke Störimpulse zwischen Mond und Erde. Wir legen für die Dauer der Aktion jeden Funkverkehr lahm. Außerdem planen wir, *IDEVOL 76* einzusetzen. Ein starkes Kontingent, zehntausend Einheiten."

De Moleon hatte die Zahlen nicht präzise im Kopf. Da es sich bei IDEVOL um eine technische Neuerung handelte, lagerten im Tower maximal zwanzigtausend Einheiten. Allein die Hälfte des Bestands sollte also eingesetzt werden, Kostenpunkt pro Stück 15.000 Galax. Es war eine irrsinnige Summe. Spielzeuge dieser Art besaßen eine kurze Halbwertszeit. Es würde nicht länger als ein paar Monate dauern, dann hatten die Gataser oder der Geheimdienst des Kristallimperiums ein Gegenmittel. Wenn es gelang, IDEVOL gegen Schelm einzusetzen, dann hatten sich Entwicklungs- und Produktionskosten jedoch mehr als gelohnt.

De Moleon schaute durch die Scheiben des Gleiters skeptisch das Gebäude an. Sie sagte: „Die Sache mit dem IDEVOL ist okay. Trotzdem. Ich wittere förmlich eine Unterlassungssünde."

„Welche denn?"

„Das weiß ich noch nicht."

„Wir können nicht jedes Risiko ausschließen", behauptete Pier Riepell.

Sie fragte tonlos: „Wie lange noch?"

„Neun Stunden. Alles klappt rechtzeitig."

De Moleon dachte gründlich über die getroffenen Vorbereitungen nach. Sie versuchte, das Problem aus verschiedenen Blickwinkeln zu betrachten. Je weiter sie eindrang, desto klarer sah sie, daß die Angelegenheit nicht in ihrem Sinn geregelt war. Verschiedene Dinge konnten zu Katastrophen führen, wenn alles gegen sie lief. De Moleon wollte sich mit 95 Prozent nicht zufriedengeben. Sie brauchte es wasserdicht. Am Ende sagte sie: „Ich sehe eine Reihe von Fehlern, Pier. Es wurde Zeit, daß ich gekommen bin. Wir werden einen Teil unserer Maßnahmen reorganisieren."

Pier Riepell zeigte sich fassungslos. „Aber ... Das ist nicht dein Ernst, Gia! Wir sind beinahe fertig!"

„Das interessiert mich nicht", antwortete sie kalt. „Deine Strategie zielt fast ausschließlich darauf, durch den Einsatz von Robotern das persönliche Risiko für unsere Agenten gering zu halten. An sich eine löbliche Sache. Aber in diesem Fall halte ich es für nötig, daß unsere Leute an vorderster Front flexible Entscheidungen treffen."

Sie setzte sich mit Terra in Verbindung und übertrug das Kommando im Tower an Pegasus Eutik, ihren Kronprinzen.

10. Kapitel
Fressen und gefressen werden

Schelm hatte bis zum Ablauf des Ultimatums jede Aktion verboten. Felsenheimer durfte nicht töten. Für ihn war das eine Katastrophe. In weiser Voraussicht trennte er sich von Zilko und Beck, damit es nicht in einer stillen Sekunde über ihn kam. Die Gier der Arme war so groß, daß er ungewolltes Blutvergießen nicht ausschloß. Besonders Zilko schien ein Gegner von Format zu sein. Aber auch die kleine Beck hätte er gern sterben gefühlt.

Für die letzten acht Stunden vorher machten sie einen Treffpunkt aus, direkt vor seinem Haus. Bis dahin aber ...

Felsenheimer irrte ziellos durch die Straßen. Er benutzte keinen Gleiter, weil er Kontakt mit Lebendigem brauchte. Solange er sich von den Parks fernhielt, von den abgelegenen Gebieten, solange er viele Leute um sich hatte, so lange konnte er den Ghyrd nicht fallen lassen. Denn die Aufmerksamkeit der Masse fürchtete er. Er war keiner, der in der Herde mordete. Öffentlichkeit war ihm verhaßt. Statt dessen träumte er von einem Tod im Rohrbahnschacht.

Zurück nach Hause. Nach Tomot. Schelm soll mich ziehen lassen, sonst schaffe ich es nicht. Sonst wird es eine Katastrophe geben ... Ich sehe einen Tag der Tränen voraus.

Spitze Nägel in einem Darm, umdrehen und zu Schaufeln formen. Tut weh. Sehnen durchtrennt, Muskeln zucken. Bewegen keine Glieder mehr.

Schrei nicht so laut ... Wo sitzt dein Stimmband? Menschen haben Stimmbänder im Hals, ein kleiner Schnitt. Aber ... ich werde einen großen machen.

Manchmal fixierte er jemanden für kurze Zeit. Eine Frau mit Kind verfolgte er minutenlang, weil ein Opfer dieser Sorte vielfaches Leiden versprach. Er achtete darauf, kein Mißtrauen zu erregen, und brach die Verfolgung nach wenigen hundert Metern ab. Felsenheimer wanderte mit starrem Blick am HQ-Hanse vorbei. Das Zentrum der Macht, Regierungsstelle einer halben Galaxis – unendlich viel mächtiger als alle Tomopaten, die es gab, und doch unfähig, Leute wie Schelm und seine Helfer aufzuspüren. An diesem Stolz hielt er sich eine Weile fest. Emotionen besaßen große Bedeutung. Je mehr er fühlte, desto geringer die Gier. Er gab sich Mühe, permanent in der Masse unterzutauchen. Die Orte seiner bisherigen Morde mied er strikt; obwohl es ihm geholfen hätte, die Befriedigung des Triebes noch einmal nachzuerleben. Er nahm an, daß der TLD nach einem seiner Sorte Ausschau hielt. Mittlerweile wußten sie vielleicht, daß ein Tomopat in der Stadt war. Felsenheimer fürchtete die Häscher wenig. Das terranische Volk hatte sich viele Gesetze gegeben, die es einfach machten, abzutauchen.

Er bewegte sich durch die halbe Stadt, manchmal in Rohrbahnzügen, manchmal über endlose Laufbänder. Am Raumhafen der Stadt fand er für eine halbe Stunde Ruhe. Dem Starten und Landen riesenhafter Schiffe zuzusehen erfüllte ihn mit Demut.

Aus einer Manteltasche fischte er den Holo-Folder. Er ließ die Frau in Rot zum Vorschein kommen. „Empress!" sagte sie. Immer wieder „Empress!" *Gibt es niemanden, der mit mir spielen will?* Ärgerlich über sich selbst, zerriß er den Folder und warf ihn weg. Das zweite Hologramm hatte er irgendwo liegenlassen, sonst hätte er es ebenfalls vernichtet.

In neun Stunden lief das Ultimatum ab. Felsenheimer machte sich auf den Weg. Seine Wohnung befand sich in einem weniger schönen Viertel. Die dunklen Türme, stellenweise wucherndes Unterholz; manches erinnerte ihn an das ferne Tomot. Da er bis zum Treffen mit Zilko und Beck eine Dreiviertelstunde Zeit hatte, wanderte er mitten durch die Siedlung. Er hielt sich nicht an Pfade und Fußwege. Eine unruhige Seele mehr oder weniger, niemand störte sich daran. Zwischen einem Wohnturm und ein paar Bäumen sah er einen Gleiter stehen. Das Fahrzeug benutzte keinen Parkplatz, sondern zerdrückte die wilden Blumen auf einer Wiesenfläche. Weit dahinter, gerade noch zu sehen, befand sich Felsenheimers Wohnung.

Ihm fiel auf, daß der Gleiter in beinahe optimaler Deckung stand. Er hätte gern den Piloten getötet. In der ganzen Umgebung gab es wahrscheinlich keinen Ort, der sich für einen Überfall besser eignete.

Eine Weile starrte er den Gleiter reglos an. Und dann öffnete sich die Tür. Zum Vorschein kam ein Terraner um die einsneunzig. Der Mann war blond, er besaß breite Schultern und hatte eine durchtrainierte Figur. *Zum Sterben perfekt*, dachte der Tomopat. *Ich liebe Gegner. Schade, daß wir nicht zusammenkommen.* Etwas weckte das besondere Interesse des Tomopaten. Er wußte nicht, was es war – doch er hatte Glück, daß der Mann offenbar einen Spaziergang unternahm.

Ihm fiel auf, daß der Fremde genau wie er selbst auf der Lauer lag.

Er rückte so nahe wie möglich. Aus der Deckung einer Mauerkante musterte er das Gesicht: grobe Züge, unterschwellige Brutalität, rücksichtsloses Gehabe. Für so etwas hatte er einen Blick. Felsenheimer schüttelte den Kopf. Er mußte schlucken, weil er sich an ein ganz bestimmtes Foto erinnerte. Dieses Gesicht, es war bekannt! Der Fremde hatte sich mehrfach am Guzmangrund sehen lassen. Soweit die Organisation wußte, handelte es sich um Sholter Roog.

Sehnen durchtrennt, Muskeln zucken.

Sholter Roog mußte sterben. Hatte Schelm das nicht gesagt? Ein Befehl war ein Befehl. Hinzu kam die Tatsache, daß sich Roog so nahe an Felsenheimers Wohnung aufhielt. Er sah darin den Beweis, daß der TLD-Agent ihm irgendwie auf die Spur gekommen war. Durch wessen Schuld, ließ sich nicht sagen.

Felsenheimer wollte gerade zum Angriff ansetzen; er wollte gerade den Ghyrd fallen lassen, als sich Roog umdrehte und in Richtung Gleiter ging. Der Tomopat war zu weit entfernt. Vielleicht konnte er Roog erreichen, bevor er hinter sich die Tür schloß.

Felsenheimer war auf kurzen Strecken schneller als viele andere Wesen des Planeten. Ein geistesgegenwärtiger, trainierter Mensch konnte ihm jedoch davonlaufen. Und das wäre zweifellos eine Katastrophe gewesen. Also ließ er Roog in den Gleiter steigen, in aller Ruhe. Er zog sich hinter das nächste Gebäude zurück, machte einen weiten Schlenker, näherte sich dem Ziel direkt von hinten.

Hinter den polarisierten Scheiben war nicht zu erkennen, was Roog gerade trieb. Mit hoher Wahrscheinlichkeit behielt er den Hauseingang und den Verkehr im Auge.

Felsenheimer näherte sich von hinten. Er besaß ein beachtliches Geschick, sich anzuschleichen. Je näher er kam, desto vertrauter schien der Gleitertyp. Was da vor ihm auf der Wiese lag, dieses mausgraue Fahrzeug mit bulligem Heck, war eine Dienstmaschine des TLD. Der Antigrav befand sich vorne, Antriebsblock und Energieversorgung lagen im Heck. Eine durchsichtige Verbundkuppel erlaubte unbehinderte Rundum-Sicht.

Fragte sich nur noch, wie er Roog im Inneren des Gleiters angreifen sollte. Er glaubte nicht, daß der Gleiter auf technischem Weg zu knacken war. Mit dem rechten Fuß öffnete er seinen Mantel. Das Kleidungsstück glitt ins nasse Gras. Er fühlte den Trieb erwachen, tausendfach verstärkte Gier, Hunger nach Schmerz. Mit spitzen Zehen zupfte er den Ghyrd auf. Die Arme hingen schlaff herab, baumelten eine Sekunde.

Felsenheimer zögerte kurz; an seiner Wohnung bewegte sich etwas. Es war Beck. Die Kleine hatte eine verhängnisvolle Neigung, zu früh zu sein, diesmal war es eine Viertelstunde. Er hoffte, daß sie nicht in seine Nähe kam. Nicht jetzt, solange die Arme sich in Freiheit befanden.

Dann schlug ein Gewitterblitz in seinen Schädel. Eine nicht erklärbare Energie erfüllte ihn, drängte ihn, verwandelte ihn in etwas Fremdes, dem er Nahrung geben mußte. Die Arme waren nicht seine Freunde. Sie wollten ihn beherrschen. Sie bedienten sich seiner, um am Leben zu bleiben und ihren Fortbestand zu sichern. Parasiten. *Welchen*

Fehler hast du begangen, Schattenmann? Du hättest sie nicht aus der Welt befreien dürfen, für die sie gemacht sind. Die Arme formten sich zu nadelspitzen, parakristallinen Werkzeugen. Felsenheimer setzte sie auf die Gleiterhülle. Panzerplast vertrug zweitausend Grad Celsius, den Zusammenstoß mit einem Berg oder einem Raumschiff – aber vor der Kraft der Arme wich das Material beiseite.

Felsenheimer schloß die Augen. Er ließ fingerdicke Hammerköpfe entstehen.

Manchmal sah er die Arme als autarke Wesen, deren Herkunft in einer fremden Dimension lag und die ein grausames Schicksal zu den Tomopaten verschlagen hatte. Er stellte sich die Arme als tödliche Plage vor. Geißel eines parallelen Universums, verbannt auf eine Dschungelwelt, zu den Tomopaten.

Ich fühle euren Hunger. Es ist soweit.

Felsenheimer zerstörte den Reaktor, der den Gleiter antrieb. Drinnen gab es nun keine Energie mehr. Er riß mit fürchterlicher Gewalt die Hülle auf, und er sorgte dafür, daß die Teile der Karosserie sich verkanteten. Die Arme wanden sich, sie pulsierten und sie zuckten. Er formte sie zu schweren Keulen, ließ sie auf die transparente Kuppel niedersausen. Millionen Haarrisse durchzogen das Glassitmaterial. Sein Opfer saß jetzt da drinnen – und konnte nichts mehr sehen. Der Tomopat brauchte nur noch zu entscheiden, von welcher Seite er es töten wollte.

Roog duckte sich in den Sessel. Die rohe Gewalt, mit der der Angriff erfolgte, ließ auf einen Roboter oder auf ein Wesen von extremer Körperkraft schließen. Er versuchte, den Gleiter mit einem Blitzstart hochzubringen. Keine Reaktion an den Kontrollen. Das Notaggregat war ausgefallen, die Steuerleitungen waren blockiert.

„Hallo, Kleiner", hörte er eine Stimme. Durch die zerstörte Kuppel klang sie dumpf, ein bißchen verspielt. „Hörst du mich da drinnen?"

Plötzlich explodierte die Kuppel. Ein lianenartiger Tentakel schoß mit fürchterlicher Gewalt mitten hindurch. Hätte er aufrecht gesessen, das Objekt hätte seinen Hals zermalmt oder den Kopf abgerissen.

Roog löste den Strahler aus. Er war ein guter Schütze. Ein zorniges Geräusch bohrte sich in seine Ohren.

Als er nach dem Blitz wieder sehen konnte, riß die Liane den Rest der Glassitkuppel von den Seitenwänden. Sie war unversehrt, obwohl er präzise getroffen hatte. „Scheiße! Wie kann das sein?" Der Liane war er nicht gewachsen. Obwohl er Höllenangst hatte, sich zu bewegen, tastete Roog über das Armaturenbrett. Die Steuerung reagierte nicht, für einen Notruf über Batterie war es zu spät. Noch mal das Armaturenbrett, diesmal die andere Seite. Linke Reihe, Kippschalter, Farbe Rot. Er hoffte, daß das Wesen hinter der Liane damit nicht rechnete. Dies war kein abgespecktes Modell für Möchtegern-Sportpiloten, sondern ein TLD-Hochleistungsgerät.

Roog schob sich mit dem ganzen Körper über den Pilotensitz.

Jetzt!

Er schlug auf den Schalter. Aus dem Sitz schnappten Gurte. Roog hatte Mühe, nicht den Strahler und den Schirmfeldprojektor fallen zu lassen. Mit Urgewalt wurde er in den Himmel gejagt. Der Schleudersitz katapultierte ihn bis in dreißig Meter Höhe, dann schoß ein Treibsatz den Fallschirm aus seinem Futteral.

Einen Moment lang hing er reglos am Scheitelpunkt. Roog fand seine Orientierung wieder. Dutzende von Häuserdächern lagen unter ihm, und die Wiese dort, mit dem abgedeckten Wrack eines Gleiters in der Mitte, von dort war er gekommen.

Der Fallschirm blähte sich und bremste mit heftigem Geruckel. Zehn Sekunden bis zum Erdboden, schätzte er. Roog befestigte den Projektor, den er eben an sich genommen hatte, unter seinem Gürtel, dann schaltete er das Gerät ein. Die Kugel aus Energie umhüllte ihn samt Sessel. Vom Wind getrieben, schwebte der Sitz auf eine Strauchergruppe zu. Fünf Sekunden noch. Ein undefinierbarer schwarzer Schemen huschte vorbei, bevor Roog Details erkannte – und verschwand exakt dort, wo der Schleudersitz landen würde. *Er wartet auf mich. Ich bin das Wild, er ist der Jäger.* Von oben ließ sich nicht sagen, wo der Gegner lauerte.

Trotzdem, der andere hatte einen Fehler gemacht. Roog brachte den Strahler in Anschlag. Er schaltete auf breite Streuwirkung und löste eine Salve aus.

Kurz bevor er aufschlug, stand das Gebüsch in hellen Flammen.

Der Sitz riß eine Bresche, traf wie eine Bombe ins Feuer. Die Gurte schnappten zur Seite weg. Roog war sofort auf den Beinen. Er konnte nichts erkennen, weil es viel zu hell war, weil alles flackerte. Im Schutz seines Projektors stellte das Feuer keine Gefahr dar. Jedenfalls nicht in den ersten Sekunden, solange er Sauerstoff zum Atmen besaß. Blind schoß er mit dem Thermostrahler um sich, während er zum Rand der Sträucher stolperte. Der Angreifer war jetzt vermutlich tot.

Roog brachte sich in Sicherheit, sank auf die Knie, starrte ins Feuer. Durch die Flammen tanzte eine schemenhaft erkennbare Gestalt. Er kniff die Augen zusammen. „Das darf doch wohl nicht ..." Bevor er reagieren konnte, war der Schemen da.

Ein kräftiger Schlag blieb im Schutzschirm hängen; und da kam die Liane wieder. Der nächste Schlag riß ihn von den Beinen. *Es ist nicht möglich.* Roog hatte sich getäuscht, durch Feuer war ein solcher Gegner nicht zu besiegen. Vor ihm stand der kleine dunkle Mann von eben.

Schuhwerk benötigte er entweder nicht, oder er hatte seine Schuhe in den Büschen verloren. Seine schwarze Hose hing in Fetzen herab, sie kohlte noch. Der nackte Oberkörper schien völlig unversehrt, während die Haare dampften und zur Hälfte verschmort vom Kopf hingen. Das adlerhafte Gesicht des Mannes zeigte ein triumphierendes Lachen. So als bereite die Situation ihm einen köstlichen Spaß.

Den letzten Hinweis lieferten die beiden Ohrringe: Er hatte es mit Felsenheimer zu tun.

Mit dem dritten Schlag drang die Liane in den Schutzschirm ein. Roog begriff, daß er es mit einem Arm zu tun hatte. Er starrte schockiert auf das sich windende Instrument, das Felsenheimer aus der Schulter wuchs. Da war auch schon Nummer zwei. Der zweite Arm verformte sich vor seinen Augen. Aus einer langgestreckten, tentakelartigen Form wurde etwas Seltsames, etwas Kristallines. Das Ding sah aus wie ein tausendfach gezackter Spieß, wie ein Kunstwerk aus Rasierklingen und Widerhaken. Roog starrte Felsenheimer voller Entsetzen an. Er war beinahe sicher, daß den beiden Armen ein eigenes Leben innewohnte.

Ob der kleine Dunkelhaarige wirklich sein Feind war, vermochte er nicht zu sagen, auch nicht nach einem Blick ins grinsende Gesicht. Aber die Arme wollten sein Blut. Sie wollten ihn nicht entkommen lassen.

Roog fühlte sich von der Liane gepackt, direkt am Hals. Er wurde fixiert und zu Boden gedrückt. Mit einem Blitz brach der Schirm zusammen. Er bäumte sich auf, aber es nützte nichts. Ein kräftiger Tritt traf ihn in die Seite. Roog kriegte keine Luft mehr.

Als er die Klingen direkt vor seinem Gesicht sah, behäbig fast, als wollten sie den Augenblick genießen, da löste er ein letztes Mal den Strahler aus.

Er hörte einen entsetzlichen Schrei. Die sonnenhelle Glut tauchte den Klingenarm in eine Temperatur von mehreren tausend Grad. Roog wollte ihn verdampfen sehen – aber es passierte nicht.

Statt dessen verbrannte ein Rückschlag von Hitze sein Gesicht und seine Netzhäute. Einen Moment lockerte sich der Lianengriff. Er nutzte die Gelegenheit, aufzuspringen und sich zur Seite zu werfen. Obwohl er nichts sehen konnte, kroch er irgendwohin, egal welche Richtung, kam auf die Knie, auf die Beine. Dann rannte er. Roog hörte das Brüllen immer noch. Was jedes andere Geschöpf in einen Haufen Schlacke verwandelt hätte, fügte diesem hier nur Schmerzen zu.

Ihm wurden die Beine weggerissen. Er stürzte und prallte mit dem Gesicht auf den Boden. Sein Strahler fiel weg, er hatte keine Waffe mehr. Roog fuhr herum. Er konnte mit einemmal wieder sehen. Als er sich aufrichtete, stand Felsenheimer vor ihm, und er wußte, daß er nicht mehr imstande war zu fliehen.

Roog stand ein letztes Mal auf. *Wo ist der Strahler? Vorbei.*

Der Klingenarm war intakt. Er zuckte, und er schlängelte sich. Eine Berührung, dann wäre es das Ende. Mit diesem Werkzeug waren die Blues und Cuul Basten Cencenza geschlachtet worden.

„Du bist Felsenheimer", keuchte er.

„Ja, Roog."

„Und du durchtrennst zuerst die Sehnen. Damit ich nicht mehr laufen oder schlagen kann."

Der Fremde grinste. „So ist es." Seine Stimme klang ein bißchen kindlich, doch seine Züge offenbarten eine Wildheit, die eher in einen Dschungel paßte als nach Terrania. Ein Mensch hätte die Strahlschüsse nicht überstanden, ein Roboter auch nicht. Nur diese Arme. Roog war überzeugt davon, daß die Arme Felsenheimer gerettet hatten.

Die Liane fixierte seine Knie. Der Arm mit den Klingen hob sich.

Roog sah von hinten etwas kommen, einen dunklen Schemen, mit irrsinniger Geschwindigkeit. Er kippte instinktiv nach hinten weg.

Gib mir Nahrung. Wehre dich. Oh, so ist es gut. Du kämpfst, Roog, du bist besser als die anderen. Du verdoppelst meine Gier, und du vervielfachst meinen Genuß.

Felsenheimer empfand eine solche Erregung, daß die brennenden Büsche ihm nichts anhaben konnten. Er wußte, daß er nicht sterben würde, also starb er nicht. Ohne seinen Ghyrd war er zum Sterben vielleicht gar nicht fähig. Erst wenn er nicht mehr denken konnte, wenn die innere Qual ihn aufgezehrt hatte, dann würden sich die Arme gegen ihn wenden. Dann würden sie ihn zerstören. Aber bis dahin schützten sie ihn, weil sie ihn brauchten. Nur vor den Raumschiffen mußte er Angst haben, nicht jedoch vor einem einzelnen Mann, und mochte er noch so kämpfen. Felsenheimer hätte auch einen Ertruser besiegt, er hätte einen Kampfroboter mit bloßen Händen vernichtet; so, wie er den Gleiter aufgerissen hatte. Er gehörte nicht in diese Welt. Er war ein Fremdkörper ohne Orientierung und ohne wirkliche Ziele. Lediglich die Gier erfüllte ihn bis in den hintersten Winkel seines Gehirns, bis in die Zehenspitzen.

Das Opfer sprang und schoß und kroch. Aber am Ende bekam er Roog doch zu fassen. Felsenheimer empfand ein ungeheures Triumphgefühl, als er den geschundenen Mann vor sich hatte, wehrlos und noch immer voller Kampfmoral. An diesen Anblick wollte er später denken. Wenn er Muskulatur und Skelett voneinander getrennt hatte, wenn die wirkliche Qual begann.

Nur eines verstand er nicht: Welchen Vorteil hatte Roog davon, daß er sich nach hinten fallen ließ?

Kellind hörte es, bevor sie etwas sehen konnte. Es klang wie eine Explosion. Zuerst suchte sie den Himmel und die umliegenden Häuser ab, doch sie entdeckte nichts. Hatte das Geräusch mit Roog zu tun? Am Haus von Göltig Pestorada blieb alles still. Die verdächtige kleine Frauengestalt, eben noch deutlich zu erkennen, hatte sich in Luft aufgelöst. Mit dem Fahrzeugorter nahm sie die Umgebung unter die Lupe. Kellind entdeckte zwei Dutzend Gleiter auf dem Schirm – bloß nicht den von Roog. Und das wiederum war nur dann möglich, wenn er sämtliche Energiequellen ausgeschaltet hatte.

„Sholter, bitte kommen", sagte sie nervös. „Sholter! Hörst du mich? Etwas ist nicht in Ordnung!"

Keine Antwort. Er hatte den Gleiter vielleicht verlassen. Fee Kellind wußte nicht, was sie tun sollte. Ruhig abwarten, bis sie gebraucht wurde? Solange es keine Anhaltspunkte gab, konnte jede Aktion die falsche sein.

Von einer Agentin des TLD wurde erwartet, daß sie die Nerven behielt und zielgerichtet agierte, keinesfalls überhastet. Kellind nahm einen Thermostrahler und stieg aus dem Gleiter. Sie horchte, aber sie konnte nichts feststellen, was verdächtig schien. Dann hörte sie ein zweites Geräusch. Es klang wie das Scheppern von Glas, nur sehr viel lauter. Kurz darauf überschlugen sich die Ereignisse. Sie rannte aus der Deckung auf die Straße. Von hier erkannte sie Roogs Gleiter mit bloßem Auge – er war ohne Verdeck.

Der fliegende Schemen am Himmel war ein Schleudersitz. Sie versuchte, die Fakten kühl zur Kenntnis zu nehmen, so als beobachtete sie ein Holo-Video. Von Nervenschwäche konnte keine Rede sein. Gia de Moleon und ihre Psychologen sollten sich getäuscht haben; bedingt verwendungsfähig, die Klausel traf auf alles mögliche zu, gewiß aber nicht auf Fee Kellind. Ihr Herz klopfte bis zum Hals.

Während der Sitz am Fallschirm zu Boden sank, löste sich ein Schuß. Eine Buschgruppe entflammte. Als Ausgangspunkt erkannte sie Roog. Sie begriff nicht, was er damit bezweckte. Kurz darauf stürzte sein Sessel exakt in jenes Feuer, das er selbst entfacht hatte. Im Schutz einer Schirmfeldkugel kam Roog zum Vorschein. Kellind wollte zu ihm laufen, aber die Distanz betrug einige hundert Meter. Roog kam nicht weit. Eine kleine schwarze Gestalt sprang aus dem Feuer. Und dann passierte etwas, das Kellind nicht verstehen konnte: Er und die Gestalt verschmolzen miteinander. Obwohl Roog erneut mit seinem Strahler schoß, tanzte die Gestalt um ihn herum.

„Mein Gott ...", flüsterte sie.

Der Schutzschirm erlosch plötzlich.

Kellind fuhr auf dem Absatz herum. Sie sprang in den Gleiter und ließ das Fahrzeug mit höchsten Beschleunigungswerten in die Luft schießen, um den Block herum, direkt auf das Feuer und die Buschinsel zu. Sie hielt eine Flughöhe von drei Metern. Da vorn. Kellind sah zuerst den kleinen Fremden und seine seltsamen Arme. Dahinter stand Roog. Ihre Geschwindigkeit war so hoch, daß sie die Lage nicht hundertprozentig einschätzen konnte. Aber sie begriff instinktiv, daß Roog irgendwie verloren hatte, in einem nicht nachvollziehbaren Kampf.

Statt normaler Arme besaß der Fremde tödliche Werkzeuge. Wie das möglich war? Kellind wußte es nicht. Keine Zeit, sich Gedanken zu machen. Ihre Geschwindigkeit betrug 300 Kilometer pro Stunde. Kellind ging auf eineinhalb Meter Höhe. Sie hielt direkt auf den Fremden zu.

Roog! Runter, Roog! Siehst du es denn nicht?

Diese Arme ... Kellind begriff nicht, was das für Gebilde waren. Und dann war sie heran.

Roog! Sie bildete sich ein, ihn im letzten Augenblick nach hinten wegkippen zu sehen.

Kellind hörte, wie sie mindestens einen Schädel mit dem Gleiter wegrasierte. Über die Frontscheibe spritzte es rot. Das Geräusch war ekelhaft, wie man sich einen platzenden Wassereimer vorstellte. Ihr wurde schlecht. Sie zwang den Gleiter in eine enge Kurve und schaltete auf höchste Bremsbeschleunigung. Zumindest hatte sie das tun wollen; etwas stimmte plötzlich nicht mehr, irgend etwas mit der Steuerung.

Drei oder vier g Belastung schlugen durch. Der Gleiter verwandelte sich in eine Zentrifuge. Kellind wurde heftig in den Sitz gepreßt, sie war nicht mehr imstande, ein Glied zu regen. Gut, daß Roog sie jetzt nicht sehen konnte. Die arme kleine blonde Fee, hilflos wegen dem bißchen Beschleunigung. Wahrscheinlich hätte er gelacht. Vorausgesetzt, das Arschloch war noch am Leben.

Der Gleiter zog eine lange Kurve, peitschte durch die brennenden Büsche, dann über die Stelle zurück, wo sie eben ein Lebewesen getötet hatte – die Gestalt in Schwarz oder Roog. *Nicht dran denken.*

Zu ihren Füßen bewegte sich etwas. Die Bodenmatte rutschte hin und her. An ihrem linken Stiefel zuckte es einmal, zweimal. Da! Kellind riß die Augen auf, sie hätte beinahe geschrien. Es war ein schreckliches Gefühl, wie der Schnitt mit einem Skalpell, den man anfangs nicht richtig spürte. Kellind starrte ihre Füße an. Sie riß den linken Stiefel unter einem Schmerzensschrei nach oben, Schwerkraft oder nicht. In ihren Stiefel lief Blut. Sie hatte eine tiefe Schnittwunde.

Kellind setzte den linken Stiefel wieder zu Boden, diesmal weiter zur Seite. Und mit dem rechten Arm erreichte sie die Steuerung.

„Fee, Kleine, das gibt's doch nicht ..."

Sie drückte den Steuerhebel in Mittelstellung, dann nach unten. Der Gleiter raste steil aufwärts in den Himmel.

Kellind starrte auf den Boden. Ein sich windendes, glitzerndes Ding mit scharfen Kanten steckte im Plastik, zuckte wie ein Wurm, reckte sich in alle Richtungen. Was zwischen die Klingenauswüchse geriet, wurde in weißes Granulat verwandelt. Der Wurm produzierte dumpfe Laute. Sie ekelte sich davor, und sie hatte grausame Angst. Ein paar Zentimeter. Soviel trennte ihren linken Fuß davon, abgesägt zu werden. Kellind fühlte sich an die toten Blues erinnert, an Priit Dükak und die anderen. Und sie dachte an die Beschreibung, die Huynen Lüüts Augenzeuge gegeben hatte: Mit einemmal war sie sicher, daß sie Felsenheimer vor sich sah oder zumindest einen Teil von ihm. Der Kopf, der am Gleiterrumpf zerplatzt war, dabei handelte es sich vielleicht um Felsenheimers Schädel.

Mit der rationalen Erkenntnis, daß sie sich in Todesgefahr befand, kehrte die Überlegung zurück. Kellind wußte nicht, wie der Wurm in ihren Gleiter kam. Sie nahm an, daß sich das Ding bei der Kollision *festgehalten* hatte.

„So, du verdammtes Vieh ..."

Kellind aktivierte die Selbstvernichtungsanlage. Dann drückte sie auf den Sensor für den Schleudersitz.

Jetzt!

Bevor der Wurm ihren linken Fuß zerteilen konnte, wurde sie ins Freie geschleudert. Mit einemmal war der Andruck weg. Kellind wirbelte herum, von den Gurten im Sitz gehalten. Abwechselnd sah sie den Erdboden und das Feuer in den Büschen, dann den Gleiter, der weiter gen Himmel schoß. Und kurz darauf ereignete sich eine Explosion. Sie hoffte, daß der Wurm damit vernichtet war.

Roog kriegte kaum die Augen auf, da rauschte schon der Gleiter über ihn weg. Felsenheimers Kopf fehlte plötzlich. Roog wurde mit Blut und einer widerlichen, klebrigen Substanz vollgespritzt. Der Arm mit den Klingen fehlte ebenfalls, so blieb nur die Liane an seinen Füßen kleben. Langsam wie in Zeitlupe kippte Felsenheimers Rumpf nach vorn. Roog sah den Körper kommen. Tot oder nicht, mit aller Kraft riß er die Beine hoch, befreite sich aus dem Griff des Lianenarms, schnellte sich nach hinten. Er fiel auf ein Stück Wiese und blieb liegen. Seine Brust hob und senkte sich.

Es brauchte ein paar Sekunden, bis er wieder Luft bekam. Kellind hatte ihn gerettet. Das Sensibelchen erwies sich als gelehrig.

Hinter sich hörte er ein Geräusch.

Roog lag augenblicklich still. *Felsenheimer!* Dann warf er sich zur Seite, einmal, zweimal, bis er sich wieder die Zeit zum Horchen nahm. Die Geräusche waren immer noch da, aber sie kamen aus derselben

Richtung wie eben. Er wälzte sich auf den Bauch und kam auf die Knie. Felsenheimers Leiche zuckte noch, ohne Kopf und mit vielen Litern Blutverlust. Die verlängerten Zehen des Tomopaten öffneten und schlossen sich, sie schienen beweglich wie Hände zu sein. Roog hatte so etwas niemals vorher gesehen.

Und dann begriff er, was wirklich vorging: Es war Felsenheimers Arm. Die Liane bohrte sich zur Hälfte in den Rumpf des Tomopaten und fraß den Körper. Roog nahm an, daß es sich um eine Art Todeskampf handelte. Sie entwickelte Kräfte, wie sie zur Ermordung von einem Dutzend Menschen reichten.

Behutsam rückte Roog ab. Er hütete sich, dem zuckenden Etwas nahe zu kommen.

Im selben Augenblick knackte hinter ihm ein Ast. Er fuhr herum.

Da stand ein baumlanger Kerl, zwei Meter zehn, dreimal so kräftig wie er selbst. Das Narbengesicht trug einen verstörten Ausdruck. Der Fremde schaute zwischen Roog und dem zuckenden Bündel, das sich am Boden wand, immer wieder hin und her.

Anzunehmen, daß er es mit Zilko zu tun bekam; Zilko war derjenige, auf dessen Konto der kleine Jomie ging. Es war seine Pflicht, den Riesen festzunehmen. Allein schon, damit er Schelm nicht warnen konnte. Gelangte ein einziges Wort an die falsche Adresse, Schelm würde nicht zögern, die Kraftwerke in die Luft zu jagen. Verstohlen schob sich Roog in Richtung Thermostrahler. Irgendwo hier ... irgendwo im Gras. Er wußte genau, daß er jemanden wie Zilko unbewaffnet nicht besiegen konnte.

Die Lippen des Riesen zitterten, ohne daß aus dem Mund ein Ton kam.

Durch den Leib des Mannes lief ein Ruck. Roog sah sich von einem mörderischen Blick fixiert. Zilko setzte sich einfach in Bewegung, direkt in seine Richtung, und Roog hatte gerade noch Zeit, sich zur Seite fallen zu lassen.

Es ging sehr schnell. Durch den Kampf mit Felsenheimer besaß er keine Kräfte mehr. Zwei, drei Schritte, und Zilko hatte ihn.

Von der Seite kam ein dunkler Schemen gehuscht, es war schon wieder der Gleiter. Fee! Was soll das? Hatte sie die Kontrolle verloren?

„He ...!“ Zilko sah den Gleiter kommen. „Was zum ...“

Den Schrecken nutzte Roog, sich ein letztes Mal loszureißen. Das schlingernde Fahrzeug zog eine enge Kurve und verfehlte sie um Haaresbreite. Kellind riß das Steuer hoch und steuerte nach oben, dabei verlor er den Gleiter aus den Augen. Am Boden lag die Waffe. Da unten, der Strahler, gerade zwei Meter entfernt! Roog versuchte, mit einem Hechtsprung heranzukommen, doch Zilko erwischte seine Füße und wirbelte ihn in der Luft herum. Roog versuchte es noch einmal, aber es war vorbei. Er konnte nicht mehr. Zilko machte sich zur entscheidenden Aktion bereit.

Der Koloß legte alle Gewalt in den letzten Schlag – und übersah, daß sein Fuß in Felsenheimers Reichweite geraten war.

Roog wartete. Doch es kam nichts.

Zilkos Narbengesicht zeigte einen Ausdruck ungeheurer Verwunderung. Eine Sekunde später wurde der Riese bleich, und er versuchte, sich mit dem Fuß aus einer unsichtbaren Umklammerung zu reißen.

Roog wich zurück. Felsenheimers Leiche zuckte noch, besser gesagt: Der Arm verströmte im Todeskampf seine letzte Kraft. Blitzartig verschwand der komplette Fuß des Riesen. So kräftig der Kerl aussah, sowenig vermochte er sich zu wehren. Er brach zusammen und stürzte auf Felsenheimers Torso. Zilko fing an zu brüllen, brüllte ein paar Sekunden, dann quietschte er nur noch und verstummte. Fünfzehn oder zwanzig Liter Blut spritzten. Ein Schwarm Piranhas auf dem Trockenen. Und ein blutendes Tier. Zilko wurde regelrecht frikassiert. Es war die letzte Tat des Lianenarms. Zilko war natürlich lange tot und spürte nichts mehr. Ganz allmählich erstarben die Zuckungen. Ohne Felsenheimer schien der Arm nicht lebensfähig zu sein, nicht mehr als ein paar Minuten. Der Spuk hörte langsam auf. Zwei zerfleischte Leichen und ein Haufen fremdartiges Gewebe blieben zurück, was für eine Schweinerei.

Ein fürchterlicher Knall von oben betäubte sein Hörvermögen. Roog schaute in den Himmel.

Kellinds Gleiter! Er wollte es nicht glauben.

Die Maschine war explodiert. „Fee ...", flüsterte er. „Fee, bitte ..." Für eine Sekunde dachte er, sein Herzschlag hätte ausgesetzt, dann sah er zwischen herabregnenden Trümmern einen Fallschirm. Roog verspürte eine ungeheure Erleichterung. Die Tatsache, daß ein Schleudersitz Richtung Boden unterwegs war, wertete er als Beweis, daß sie überlebt hatte. Roog atmete durch. Kleine Fee. Er sehnte sich danach, sie zu sehen, sie im Arm zu halten.

Und dann erschrak er noch einmal: Am Rand der brennenden Buschgruppe stand eine kleine Gestalt. Es schien sich um dieselbe zu handeln, die er kurz vor Felsenheimers Eintreffen beobachtet hatte. Roog kniff die Augen zusammen, damit er sie gegen das Feuer besser erkannte. Es war diese Frau, tatsächlich. Er bewegte sich mühsam nach vorn, suchte ein paar Sekunden, dann hob er den Strahler vom Boden auf und richtete ihn auf die Gestalt.

„Bist du Beck?" fragte er laut.

Keine Antwort.

Und noch einmal: „He! Du! Bist du Beck?"

Die Gestalt nickte.

„Dann komm da weg. Es ist vorbei. Und keine falsche Bewegung. Stell dich da vorne hin, wo ich dich sehen kann."

Die kleine Frau mit den kurzen braunen Haaren bewegte sich mit ungelenken Schritten. Seltsam, den Anblick zerstückelter Leiber mußte sie eigentlich kennen. Sie hatte wohl nicht geahnt, daß es einmal Felsenheimer und Zilko passierte. Roog dirigierte sie zwischen das Feuer und die Leichen. Er sah, daß sie unter Schock stand. Beck stellte im Moment die einzige Überlebende dar; die einzige, die ihnen den Weg zu Schelm weisen konnte. Das machte sie zu einer wertvollen Gefangenen.

Aus den Augenwinkeln sah er den Fallschirm sinken. Der Sitz prallte auf den Boden. Er wollte Beck nicht aus den Augen lassen, trotzdem schaute er zu Kellind. Sie war in Ordnung, das stellte er mit Erleichterung fest. Nur ihr linker Stiefel war dunkelrot verschmiert.

Kellind löste die Gurte und kam auf Roog zugehumpelt.

„Hallo, Sholter."

Sie stützte sich auf seine Schulter, und einen Moment lang sahen sie sich an, in einer Mischung aus Müdigkeit, Schmerzen und Verbundenheit. Er wollte den Augenblick niemals enden lassen. Trotzdem dauerte es nur eine Sekunde.

Als er wieder zu der kleinen Frau sah, stand ihr Werkzeuggurt offen. Roog bemerkte es sofort. Er hatte sie immer noch im Visier. Beck hatte beide Hände vor den Mund geschlagen und starrte mit großen Augen auf das Debakel. In der Entfernung ging eine Sirene los. Die Polizei war längst alarmiert, Roog rechnete jede Sekunde mit Einsatzgleitern. Und die waren auch dringend nötig, weil Kellind und er medizinische Versorgung brauchten.

Roog sah Beck an. Mit einemmal verstand er, was sie da machte.

Nein!

Im selben Moment krümmte er den Finger. Der Thermostrahler blitzte auf, ein sonnenheißer Blitz verbrannte ihre Gestalt und tötete sie auf der Stelle. Ein Bündel aus Rumpf und Gliedern sackte haltlos zu Boden.

Kellind ließ sofort seinen Arm los. Roog warf den Strahler weg. Nun war es endgültig vorbei.

„Sholter ... Nein, ich glaube es nicht. Ich ..." Kellind schlug die Hände vor den Mund, ebenso wie Beck vor ein paar Sekunden. „Nein, das kann nicht sein. Du hast sie erschossen, Roog. Du hast sie umgebracht."

Der Blick in ihr Gesicht machte ihn wahnsinnig. „Hör zu, Fee ..."

„Du hast sie umgebracht."

„Du sollst mir zuhören! Verdammt! Halt dein Maul!"

Kellind war still. Er nahm ihre Hand und zog sie mit sich, obwohl sie sich mit dem kaputten Fuß wehrte. Wahrscheinlich hätte sie gern gewartet, so lange, bis irgendwer ihr sagte, wie es weiterging. Die Polizisten oder Gia de Moleon, völlig egal. Sensibelchen konnten nicht aus ihrer Haut. Und ganz besonders nicht dieses hier. Er war ungerecht, er wußte es, aber er konnte nicht anders, weil er kurz davor stand durchzudrehen.

Sie humpelten beide. Er wußte, daß sie einen erschreckenden Anblick boten. Roog ging vor dem Leichnam der kleinen Frau in die Knie. Becks verkohlter Körper stank widerlich. Ihre Haltung war im Tod dieselbe wie vorher, die Hände vor den Mund geschlagen. Er packte die Hände und bog sie auseinander. Zusammengeklebte Hautfetzen rissen mit einem häßlichen Geräusch. Ein kleiner Gegenstand fiel auf die Brust der Frau, rutschte von da ins Gras.

„Was war das, Sholter?"

Er fand das Ding zwischen den Halmen und hob es auf. Es sah aus wie eine kleine Batterie. „Ein Funkgerät, Fee. Sie hatte ein Funkgerät. Ich mußte sie erschießen. Sie hat versucht, Schelm zu benachrichtigen."

11. Kapitel

Empress!

Zwei Gleiter der LFT-Polizei fielen aus dem Himmel, dann kamen aus der anderen Richtung noch mal drei. Jeder transportierte vier LFT-Polizisten und eine Handvoll Roboter. Sie waren umzingelt und in Fesselfelder gehüllt, bevor sie ein Wort sprechen konnten. Bewegungsunfähig warteten sie ab, bis ein Roboter kam und sie auf Waffen untersuchte.

Ein dunkelhäutiger großer Polizist baute sich anschließend vor ihnen auf. Das Fesselfeld wurde so weit gelockert, daß sie sprechen konnten.

„Was war hier los?“ fragte der Dunkelhäutige finster.

„Ich bin Agent Sholter Roog. Terranischer Liga-Dienst. Kennziffer 766554-A. Neben mir steht Agentin Kellind. Bitte prüf unsere Legitimation. Der ID-Chip steckt in meiner Brusttasche.“

Der Dunkelhäutige zögerte. „Ich werde ...“

„Du wirst am Tod von vielen tausend Menschen schuld sein, wenn du dich nicht sehr beeilst.“

Aus dem Hintergrund kam plötzlich ein zweiter Mann, diesmal ein sehr kleiner, und Roog erkannte das Gesicht sofort. Es war Polizist Toldur. Er hatte am Guzmangrund mit ihm zu tun gehabt. „He, dich kenn' ich doch ... Du bist Roog! Vom TLD, bedingt beurlaubt, stimmt's? Das Ekel!“

Der finstere Dunkelhäutige sah erst Toldur, dann Roog an, und dann holte er den Chip heraus. Es dauerte keine zehn Sekunden, bis das Fesselfeld erlosch.

„Wie ist dein Name?“ fragte Roog den Dunkelhäutigen.

„Ich heiße Merster.“

„Okay, Merster. Die ganze Umgebung wird unter Quarantäne gestellt. Keine Journalisten! Das mit den vielen tausend Menschen ist kein Scherz. Es ist von lebenswichtiger Bedeutung, daß wir diese Sache ein paar Tage totschweigen. Um Gottes willen keine Nachricht nach draußen! Ist das klar?“

„Noch nicht. Ich kann hier keinen Anlaß für eine Quarantäne erkennen. Ich kann überhaupt nicht erkennen, was hinter diesem ... diesem Massaker steckt.“

„Ich begründe meine Anordnungen später.“

Polizist Toldur warf böse ein: „Der Kerl ist beurlaubt. Ich würde ihm nicht trauen.“

Merster dachte einen Moment nach, dann schüttelte er den Kopf. „Seinen Ausweis hat er noch, der Tower führt ihn als Agenten. Interna des Liga-Dienstes gehen mich nichts an. Also Quarantäne. Und absolute Nachrichtensperre.“ Er schickte den wütenden Toldur weg und kümmerte sich darum, daß die Befehle ausgeführt wurden.

Roog atmete erleichtert durch. Schelm durfte nicht mitbekommen, daß es in Felsenheimers Wohnviertel ein Gefecht gegeben hatte. Bis zum Ablauf des Ultimatums waren sieben Stunden übrig. Jeder Fehler konnte zur Katastrophe führen. Er nahm Merster beiseite und schilderte in groben Zügen, was geschehen war. Roog erteilte strikte Order, sich Felsenheimers Leichnam und seiner Kleidung nicht zu nähern. Keiner wußte, ob der Arm wirklich gestorben war oder nicht. Die Analyse war ein Fall für Exo-Mediziner und für robotische Sonden.

Er und Kellind begaben sich in einen Medogleiter. Seine Netzhäute und Prellungen wurden versorgt, während ein biologischer Klebstoff ihre Wunde am linken Fuß heilte.

„Wir müssen es Gia melden“, sagte er nach einer Weile.

„Ja“, stimmte sie tonlos zu. „Das übernehme ich.“

Roog lachte. „Besser, als wenn sie mein Gesicht zu sehen kriegt.“ Er öffnete die Augen und blinzelte ein paarmal, bis sich der ölige Film über den Netzhäuten in Tränenflüssigkeit löste. „Ich geh' raus und seh' mir an, was noch übrig ist.“

Er ließ sich frische Kleidung und ein paar Konzentratwürfel geben. Mit Hilfe von Spezialisten nahm er den Leichenhaufen unter die Lupe. Sie stießen auf fremdartiges Gewebe, das sich keiner bekannten exobiologischen Gruppe zuordnen ließ, außerdem auf die zerlegten Muskelfasern und Organe des Riesen Zilko. Eine Gefahr drohte von den Leichen nicht mehr. Felsenheimers Weste erwies sich als eine Art Zwangsjacke, ein cremefarbenes Kleidungsstück mit ausgeklügeltem Verschlußmechanismus, das aus starken Bändern bestand. Eine Zwangsjacke. *Niemand trägt so was ohne Grund.* Roog begriff nicht, welchen Nutzen eine solche Jacke Felsenheimer gebracht hatte. Der schwarze Mantel erwies sich als etwas aufschlußreicher. Das Kleidungsstück war mit technischen Geräten vollgestopft. Sogar ein zusammensteckbarer Strahler fand sich; Felsenheimer hätte ihn also, statt mit bloßen Händen zu kämpfen, auch erschießen können. Persönliche Gegenstände enthielt der Mantel nicht. Es gab keine Details, die in Richtung Schelm wiesen.

Roog begab sich in den Medogleiter zurück. Kellind reparierte mit Klebstoff ihren linken Stiefel. „Und?“ fragte er. „Was ist jetzt?“

„Ich habe mit Gia gesprochen.“

„Hat sie was von Dunkelhaft gesagt? Oder von Exekution?“

„Gia meint, der entscheidende Schlag an der Luna Road könnte jeden

Augenblick bevorstehen. Mit uns beiden befaßt sie sich, wenn alles vorbei ist."

„Ich würde sagen, keine Reaktion ist eine gute Reaktion." Roog atmete auf und schaute Kellind prüfend an. „Kannst du wieder laufen, Fee?"

„Ich denke." Sie stand auf und humpelte ein paar Schritte. „Zehn Minuten, dann sind die Schmerzen vorbei. Die Schnitte reichten nicht sehr tief."

Die Polizei errichtete einen Zaun aus Energie, damit niemand das Areal betreten konnte. Aufgeschreckte Nachbarn wurden mit dem Hinweis beruhigt, die Lage sei unter Kontrolle. Es habe sich lediglich ein Unfall ereignet. Roog, Kellind und die Polizisten sammelten sich rings um das Haus, in dem Felsenheimer gewohnt hatte. Mit ihren Ortergeräten tasteten sie Türen und Fenster ab, dann die Wände und das Dach. Es schien keine Alarmanlage zu geben. Mikrosonden oder kleine Detonatoren ließen sich nicht feststellen. Roog und Kellind ließen Schutzanzüge bringen – für den Fall, daß man die eine oder andere kleine Gemeinheit übersehen hatte.

Roog kannte sich mit Einbrüchen aus. Es dauerte keine fünf Minuten.

Kellind suchte mit Spezialgeräten nach einer Vorrichtung, die ihnen gefährlich werden konnte. „Nichts, Sholter ...", behauptete sie. „Sieht ganz so aus, als hätte er hier im Haus bloß gewohnt, sonst gar nichts."

Die Einrichtung unterschied sich nicht von einer normalen Wohnung; nur daß sämtliche persönlichen Gegenstände fehlten. Das Innere bestand aus drei Zimmern. Kellind kümmerte sich um Bad und Wohnzimmer, Roog nahm Schlafzimmer und Küche unter die Lupe. Im Frischhaltefach fanden sich ausschließlich Fertigmenüs, darüber hinaus zwei Portionen der Speise Caéatan. Getrunken hatte Felsenheimer offenbar nichts als Wasser. Das Schlafzimmer enthielt ein Bett mit stark zerwühlter Decke, ein Trivideogerät und einen leeren Schrank. So etwas wie Wechselgarderobe hatte Felsenheimer offensichtlich nicht benötigt; der Mantel und die Zwangsjacke waren anscheinend Unikate.

Neben dem Schrank lag etwas auf dem Boden. Roog bückte sich und hob den Gegenstand auf. Es handelte sich um ein Pappschiffchen, ein Werbematerial. Er steckte das Ding in die Tasche, dann traf er sich im Flur mit Kellind. „Hast du was?" fragte er.

„Nichts. Und du, Sholter?"

„Ich weiß nicht." Er zog das Schiffchen aus der Tasche und zeigte es ihr. „Das ist alles. Werbung, bestimmt aus der Rohrpost. Das Teil lag neben dem Schrank im Schlafzimmer."

Es handelte sich um einen Holo-Folder, den man in der Mitte aufklappen konnte. Das Ding war an mehreren Stellen zerknickt, als hätte es längere Zeit in einer Tasche gesteckt. Von außen war der Folder mit einem Phantasiemotiv bedruckt. Kellind untersuchte das Schiffchen mit einem Sensor. „Keine Gefahr, Sholter. Du kannst es öffnen."

Er klappte die Hälften auseinander. Eine Holographie kam zum Vorschein, eine atemberaubende Terranerin. Ihre rote Kleidung betonte die Oberweite, den Po, die ganze Figur. Das Modell hatte Kellinds Format. Sie war eine echte Traumfrau. Mit dem Wort „Empress!" auf den Lippen kehrte sie in den Folder zurück, dann klappte Roog das Schiffchen wieder zusammen. Er pfiff anerkennend. „Freund Felsenheimer hatte Geschmack. Ich meine, solange er noch lebte."

„Gib es mir."

Roog reichte ihr den Folder.

Kellind wiederholte den Vorgang einige Male, dabei schaute sie die Frau und ihre Bekleidung sehr genau an. „Das ist keine Postwurfsendung. Man kriegt solche Dinger vor allem in den kleinen Modehäusern. Als Werbegeschenke. Manche Leute finden so was lustig."

„Du kennst dich doch aus, Fee. Was bedeutet das: Empress?"

„Ich habe keine Ahnung."

„Es ist also nicht der Name einer Kleiderkollektion? Oder eines Modehauses?"

„Doch, wahrscheinlich schon, Sholter. Aber so wenig bekannt, daß ich nie davon gehört habe. Und eine Adresse steht ja leider nicht dabei."

„Wenn wir ausfindig machen könnten, wo der Folder her ist ..."

„Dann?"

„Es war der einzige persönliche Gegenstand, den Felsenheimer besaß. Also muß der Folder was zu bedeuten haben. Finden wir heraus, wo das Ding herstammt, dann sehen wir vielleicht auch bei Felsenheimer klarer."

Sie sah ihn mitleidig an. „Selbst wenn. Wir haben noch sieben Stunden, in der Zeit ist nicht viel zu machen. Felsenheimer ist tot. Was wir brauchen, ist eine Spur zu Schelm. Nicht Datenmaterial über eine Leiche."

„Für eine echte Agentin mußt du noch 'ne Menge lernen, Fee."

Sie fauchte wütend zurück: „Agentin werde ich nie. Weil Gia uns nämlich spätestens morgen beide rauswirft. Und das ist bestimmt nicht meine Schuld, sondern deine, Sholter Roog!"

Er hob beschwichtigend die Hände. „Schon gut, Fee. Ich sag' ja nur, wir dürfen nicht aufgeben. Mein Gefühl sagt mir, wir sind nahe dran." Sie würde schon noch dahinterkommen, daß er nur ihr Bestes wollte. „Wir haben jetzt zwei Möglichkeiten. Nummer eins, wir geben auf. Nummer zwei, wir versuchen es über den Folder. Nummer zwei ist mir wesentlich sympathischer. – Was ist also?"

„Ich bin dabei", sagte sie nach einer Weile. „Auch wenn Gia das nicht gefallen wird."

„Vorschläge?“

„Zuerst fragen wir in den Modehäusern nach, ob jemand den Folder kennt“, überlegte sie laut. „Vielleicht gibt es auch eine Firma namens Empress. NATHAN müßte das wissen, wenn es so ist.“

„Sehr gut. Ich konnte das Modezeug nie leiden, das wird also dein Job, Fee.“

„Und du?“

„Ich nehme an, es gibt nur eine begrenzte Zahl von Firmen, die Holo-Folder herstellen. Anzunehmen, daß die über ihre Produkte Buch führen.“

Sie verließen das Haus. Roog kümmerte sich um den Tatort; er gab Anweisung, die Leichenteile von Felsenheimer, Zilko und Beck einzusammeln. Die sterblichen Überreste, das Haus und die Umgebung mußten sorgfältig unter die Lupe genommen werden.

Kellind suchte über eine Funkverbindung sämtliche Details, die sie zum Thema Empress bekommen konnte. Die Aktion endete im totalen Mißerfolg. Es gab keine Datenbank im Solsystem, die Info-Material zum Thema Empress enthielt. „Es nützt nichts“, meinte sie ärgerlich zu Roog, „ich muß die Geschäfte abklappern. Gib mir mal den Folder.“ Kellind besorgte einen Protokoll-Rob. Vor den Sensoren der Maschine öffnete und schloß sie den Folder einige Male. Eine holographische Kopie entstand, die sie jederzeit abspielen konnte.

„Das wär’s, Roog. Da hast du.“ Sie warf ihm den Folder zu. Er fing das Ding und steckte es in die Tasche.

Sie trennten sich. Er flog auf dem schnellsten Weg zurück in den Tower. Vom Büro aus holte er Daten über die Herstellung solcher Werbemittel ein. Im ganzen Solsystem existierten lediglich zwei Firmen, die für private Zwecke Holo-Folder produzierten. Roog nahm zu beiden Verbindung auf und kündigte sein Erscheinen an. Firma Nummer eins verfügte über eine Produktionsstätte in Melbourne, auf der anderen Seite des Planeten, auf dem australischen Kontinent. Roog entschied sich für eine Transmitter-Verbindung, um nicht unnötig Zeit zu verlieren. Sein TLD-Chip öffnete sämtliche Türen. Eine halbe Stunde später wußte er, daß die Firma niemals einen Holo-Folder mit einer Werbebotschaft namens „Empress“ angefertigt hatte. Adresse Nummer zwei war schwerer aufzuspüren. Über einen Zwischenhändler und mehrere Transmittersprünge gelangte er nach Shanghai. Monos hatte die Stadt damals vernichten lassen; nach dem Ende der Dunklen Jahrhunderte hatten die Terraner sie hundert Kilometer weiter wieder aufgebaut. Die Firma hatte Konkurs angemeldet, die Geschäftsführer hatten eine Erholungsreise durch die Milchstraße angetreten. Roog verschaffte sich mit Hilfe der lokalen Polizei Zugang zu den Datenspeichern. Leider erfolglos, es gab keine Hinweise auf Empress. Damit stand er wieder am Anfang.

Von Shanghai aus nahm er Kontakt mit Kellind auf. „Hallo, Fee“, sagte er über Funk. „Erfolg gehabt?“

„Weiß ich nicht“, lautete die Antwort. „Ich habe ein Geschäft gefunden, in dem sich jemand an Empress erinnert. Es heißt, ein Vertreter habe ein paar Folder abgegeben. Aber keine Adresse, keinen Termin. Empress soll tatsächlich eine Modekollektion sein. Nur weiß keiner, wer sie produziert. Jedenfalls ist sie noch nicht auf dem Markt. Die Folder sollten wohl so etwas wie ein Testballon sein.“

„Scheiße.“

Auf dem winzigen Bildschirm lächelte Kellind dünn. „Darf ich daraus schließen, du hast auch nicht viel mehr?“

„Könnte man so sagen. Aber ich geb’ noch nicht auf. Wir haben Zeit.“

„Ja“, erwiderte sie sarkastisch. „Jede Menge.“

Roog unterbrach die Verbindung. Wenn er im Solsystem keine entsprechende Firma fand, mußte er den Kreis weiter ziehen. Kein Mensch stellte solche Dinger in Eigenarbeit her, wenn es Produzenten gab, die dasselbe zehnmal schneller und zu kleinem Preis erledigten. Er nahm Kontakt zu NATHAN auf. Im Umkreis von hundert Lichtjahren gab es sieben einschlägig tätige Fabriken. Er schaute die Preislisten durch und stellte fest, daß sechs davon teurer produzierten als die Fabriken auf der Erde. Ihr Betrieb lohnte ausschließlich durch den Standortvorteil, weil sie keine Transportkosten zu tragen hatten.

Eine Fabrik jedoch, im 27 Lichtjahre entfernten Wegasystem, produzierte seit Jahren zu Dumpingpreisen. Roog sprang von Shanghai zurück nach Terrania. Mit dem Raumschiff dauerte die Reise ins Wegasystem sechs Stunden hin, sechs Stunden zurück. Das war ihm zu lang. Zeit zum Vertrödeln besaß er nicht. Statt dessen nutzte er seine TLD-Priorität und orderte eine Passage per Ferntransmitter. Der Zeitplan der einzigen Strecke, die in Frage kam, wurde für seine Zwecke umgeworfen. Es dauerte nicht länger als eine Viertelstunde. Transmitter zerlegten seinen Körper und schickten ihn durch den Hyperraum. Roog kam auf dem Planeten Ferrol heraus, der Nummer acht im System. Ferrol gehörte zur Liga Freier Terraner. Sein LFT-Ausweis galt genauso wie auf der Erde. Es dauerte eine weitere halbe Stunde, dann stand er in der fraglichen Fabrik. Und diesmal hatte er Glück: Der Empress-Folder wurde identifiziert, weil seine Produktion nicht länger als zwei Monate zurücklag. Man offenbarte ihm, die Fabrik habe vom Empress-Folder nicht mehr als „ein paar Kisten voll“ hergestellt und diese ins Solsystem geschickt.

Roog kehrte mit der präzisen Adresse im Gepäck nach Terra zurück. Wieder per Transmitter, wieder über 27 Lichtjahre, und auch diesmal dauerte es nicht länger als eine Viertelstunde. Als er die Erde erreichte, waren bis zum Ultimatum noch zweieinhalb Stunden übrig. Sein Schädel dröhnte wie eine Glocke. Transmitter konnten dem menschlichen Körper heftig zusetzen, je weiter der Transport, desto schlimmer der Schmerz.

Er traf sich im Tower mit Kellind. „Du siehst nicht sehr gut aus", meinte sie pseudobesorgt.

Roog grinste tapfer. „Mach dir keine Sorgen, Fee. Mir geht's gut. Hast du was rausgefunden?"

„Nein. Und ich war überall. Buchstäblich."

„Ich hab' die Adresse. Auftraggeber und Empfänger der Folder ist eine Firma namens U.N.T.T.-Mode. Firmensitz hier in Terrania, gar nicht weit vom ehemaligen HQ-Hanse."

Kellind kniff die Augen zusammen und öffnete den Mund. „Warte mal, Sholter. U.N.T.T.-Mode, das sagt mir was."

„Eins von deinen Geschäften?" vermutete er.

„Nein ... Nein, ganz falsch. Ich hab's gleich." Sie fuhr sich mit den Händen durch die blonden Haare, und dabei verwischte sie den Mittelscheitel so sehr, daß von der Frisur praktisch nichts mehr übrigblieb. „U.N.T.T.-Mode. Weißt du noch, daß wir am Guzmangrund das technische Kaufhaus hatten?"

„Klar."

„Diese Spielzeugkamera hatte nicht nur aufgezeichnet, daß Jomie aus dem Fenster fiel, sondern auch ein bißchen was vom Gleiterverkehr. 48 Fahrzeuge waren es. Eins gehörte zum U.N.T.T.-Modehaus."

„Bist du dagewesen?"

Kellind brauchte ein paar Sekunden, bis sie die Details parat hatte. „Ich war da, ja. U.N.T.T., nahe am inneren Ring der Stadt. Sie haben mich auf dem Dach empfangen. Bei den Parkplätzen, wo ihre Gleiter standen. Ich glaube, da war eine Frau namens Millie, die führte die Geschäfte. Und der Pilot, der sich allerdings an nichts erinnern konnte. Von dem kleinen Jomie und dem Sturz aus dem Fenster hatte er nichts gesehen."

„Kam der Gleiter vor oder nach dem Mord vorbei?"

„Ich glaube, es war danach."

„Schade um deine Karriere", bedauerte Roog. „Vielleicht hätte aus dir was werden können, Fee. Gutes Gedächtnis."

„Arschloch."

Er zuckte mit den Achseln. „Es war völlig ernst gemeint. Paß auf, wenn das hier vorbei ist, hab' ich dir das eine oder andere zu sagen. Ich bin vielleicht nicht ganz der freundliche Typ, aber schaden will ich dir auch nicht mehr. Ich hab' meine Meinung geändert, okay?"

„Wie du schon sagtest, das besprechen wir besser hinterher."

Roog schaute sie forschend an. Aber Kellind ließ nicht erkennen, wie sie es meinte.

„Es ist jetzt 14.10 Uhr Ortszeit. Wir haben eineinhalb Stunden, Fee. Dann läuft das Ultimatum von Schelm ab. Wie steht's auf dem Mond?"

„De Moleon organisiert noch. Sie wollen exakt um 15.52 Uhr losschlagen."

„Na, wenn das so ist ... Sehen wir uns dieses Modehaus an!"

Kellind fühlte sich in ihrer Haut unwohl. Auf der einen Seite war es ihre Pflicht, Gia de Moleon in Kenntnis zu setzen. Andererseits – wenn die Chefin des TLD ein weiteres Mal hören mußte, ihre stillgelegten Agenten ermittelten in der Sache Schelm, würde sie nicht erfreut sein. Wahrscheinlich alles andere als das. „Was willst du ihr auch sagen?" fragte Roog sarkastisch. „Wir sind's wieder, Kellind und Roog? Wir haben da noch mal rumgefragt und ein paar Leute umgebracht? Nein, Fee. De Moleon will nicht gestört werden. Besser, wir fallen gar nicht auf." Seine Art ging ihr auf die Nerven. Niemand durfte sie behandeln wie ein Kind oder wie einen Dummkopf. Bloß, dieser Mistkerl Roog tat es immer wieder. Kellind nahm an, daß er den Einsatz bei U.N.T.T.-Mode als letzte Chance betrachtete. Er wollte sich reinwaschen, arbeiten für eine neue Chance. Roog hatte nicht das Wohl der Bürger im Auge, wie es hätte sein sollen, sondern nur sein eigenes.

Dieses Modehaus hatte mit den Guardians zu tun. Je eher sie wußten, wie die Verbindung aussah, desto größer die Chance, parallel zur Luna Road einen entscheidenden Schlag zu landen. Und desto eher bestand die Aussicht, vorangegangene Pannen vergessen zu machen.

Kellind und Roog trafen ihre Vorbereitungen.

Der Plan lautete so: Roog würde sich verkleiden und als Mitarbeiter der Steuerbehörde auftreten. Auf diese Weise, hofften sie, erhielt er Zutritt in die Räumlichkeiten von U.N.T.T.-Mode. Von da war alles einfach. Roog setzte unbemerkt Mikrokameras aus – und Kellind empfing vor dem Haus die Bilder. Wenn er wieder draußen war, konnten sie gemeinsam entscheiden, ob es nötig wurde einzugreifen. Soweit der theoretische Teil.

Roog verschwand in den Tiefen des Towers, um seine Ausrüstung zusammenzustellen. Derweil holte sie sämtliche Auskünfte über U.N.T.T.-Mode ein, die sie bekommen konnte. Das Unternehmen existierte seit vier Monaten. Geschäftliche Tätigkeit, wenn überhaupt, fand nur in beschränktem Umfang statt. Sie kannte sich mit dem typischen Profil einer Scheinfirma aus. U.N.T.T. war gut getarnt, sehr gut sogar; bot dem kritischen Betrachter allerdings einige Verdachtsmomente.

Für ihre Zwecke war das günstig. Es schien durchaus plausibel, daß die Steuerbehörde der LFT auf U.N.T.T. aufmerksam wurde.

Kellind nahm Kontakt zu den Lageretagen des Towers auf.
„Ich habe einen besonderen Wunsch", legte sie dem Experten dar, der ihr helfen sollte. „Die Finanzbehörde von Terrania schickt ihre Mitarbeiter in der Regel in robotischer Begleitung los. Ist das korrekt?"
„Ist es", lautete die knappe Antwort.
„Haben wir eine solche Maschine vorrätig?"
„Nun ..." Der Mann zögerte eine Weile. Er schaute in einer Liste nach, dann sagte er: „Sieht so aus. Wir haben so ein Ding da. Inklusive Programmeinheit."
„Programmeinheit? Was bedeutet das?"
„Eine Programmeinheit ist ein Spezialgerät, das bei der Programmierung der Maschine hilft."
„Perfekt. Ich möchte beides hier oben haben. Und zwar so schnell wie möglich."
Es dauerte keine fünf Minuten. Kellind nahm eine doppelt kopfgroße, silbergraue Maschine in Empfang, die sich als sogenannter *Sekretär* eines Finanzfahnders erwies. Und das kleine schwebende Ding, das aussah wie ein Protokollant, war die Programmeinheit.
Der Sekretär agierte auf dem finanziellen Sektor, dafür war er ausgelegt. Auf diesem Gebiet erfüllte er alle Aufgaben. Roog würde über die Runden kommen, indem er ab und zu schlaue Bemerkungen machte und sich ansonsten auf den Sekretär verließ. Kellind löschte aus der ursprünglichen Programmierung einige Bereiche, die für den Einsatz bei U.N.T.T. nicht benötigt wurden. Die entstandenen Lücken füllte sie mit Hilfe der Programmeinheit auf: Sie wählte die Verhaltensbibliothek eines Kampfroboters. Von diesem Augenblick an konnte sich der Sekretär wie eine Mordmaschine verhalten, nur eben eine ohne Waffen.
Sie schickte die Programmeinheit nach unten zurück. Den Sekretär behielt sie im Büro.
Kellind stellte eine Visiphonverbindung zur Finanzbehörde her, wies sich als TLD-Agentin aus und gab Anweisung, einen „Fahnder Colon Winter" und einen „Verdacht gegen U.N.T.T." in die Auftragsliste aufzunehmen. Das nur für den Fall, daß jemand im Modehaus auf die Idee kam, bei der Behörde rückzufragen.
Sie war gerade fertig, als ein dunkelhaariger, höckernasiger Mann von einsneunzig Größe den Raum betrat. Der Kerl trug eine helle weite Jacke mit ausgebeulten Taschen, eine pludrige Hose mit Längsstreifen und eine ziemlich unmoderne Kappe mit einem protzigen, häßlichen LFT-Abzeichen; ausgesprochen patriotisch. Seine Schuhe hatte der Mann in der Hand, er lief barfuß.
„Roog?"
„Exakt. Auf den ersten Blick ziemlich verändert, stimmt's?"
„Das kann man sagen."

„Haare gefärbt und eine neue Nase. Kleinigkeiten wirken Wunder." Er lächelte zufrieden, dann deutete er auf die Kugel, die neben dem Schreibtisch schwebte. „Was ist das, Fee?"

„Ein Sekretär-Rob. Die Leute von der Finanzbehörde brauchen so etwas, wenn sie Kunden besuchen. Ich habe mir erlaubt, in die Programmierung einige Kampfroboter-Bibliotheken einzubasteln. Du mußt den Sekretär zu U.N.T.T. mitnehmen. Das Ding wird dir problematische Fragen ersparen."

Roog setzte sich in seinen Sessel und legte die Schuhe auf die Schreibtischplatte. „Was starrst du so, Fee?"

„Ich versuche herauszubekommen, was du so lange in den unteren Etagen getrieben hast."

Er grinste. „Vorbereitungen getroffen, logisch." Er griff in seine Jackentaschen und förderte eine Handvoll winziger Kügelchen zutage. „IDEVOL 76. Schon mal gehört? Auch genannt Ides Rache."

„Gehört schon, gerüchteweise. Aber was ist es?"

„Eine Mikrowaffe", erklärte er, „mit der man gegnerische High-Tech lahmlegt. Ides Rache besteht aus autarken Einheiten. – Siehst du, die kleinen Furzteile hier! Jedes einzelne ist flugfähig, praktisch nicht zu orten. Die Dinger tasten sich zu wichtigen Aggregaten oder Geräten vor, dringen ein – und, puff, zerstören das Zeug. Was es auch immer ist, ob eine Syntronik oder ein High-Tech-Funkgerät."

Kellind schüttelte mehr als skeptisch den Kopf. „So was gibt es gar nicht."

„Doch", lautete die lakonische Antwort. „Seit kurzem."

„Und wieso gehört es dann nicht zur Standardausrüstung?"

„Weil's ganz neu ist, sagte ich doch. In der Experimentalabteilung sitzt ein rothaariger Mensch namens Vlonker Ide, in Etage 66. Der hat das Zeug gebaut. Angeblich als Rache, weil ein Arkonide ihm mal die Frau ausgespannt hat. Ide hoffte wohl, er könnte mit dem Zeug zur Strafe das arkonidische Kristallimperium vernichten."

„Hör auf, Sholter, das ist doch gelogen."

Er grinste. „Wahrscheinlich. Aber so geht nun mal die Geschichte. Jedes dieser Kügelchen kostet übrigens 15.000 Galax."

„Bitte?"

„Tja. Leider."

„Und wie kommst du dann dran, Roog?"

„Ich war im Trainingscenter, ganz unten im Tower. Die haben gerade die erste Lieferung hereingekriegt."

„Ah ja. Sholter Roog stellt sich also hin, bestellt 100 Einheiten Ides Rache und bekommt sie ausgehändigt."

„So war's nicht ganz. Eigentlich wissen sie gar nicht, daß ich das Zeug habe." Roog zog ein zerknirschtes Gesicht.

„Du hast es gestohlen, Sholter?"
„Geklaut", verbesserte er.
„Ich an deiner Stelle würde mir ein paar Sorgen machen."
„Ach was. Morgen stehen wir zwei in de Moleons Büro. Dann läßt sie uns die Hosen runter. Ein bißchen mehr oder weniger, das macht nichts mehr aus."
Kellind rechnete im Kopf. „Hundert Einheiten kosten 1,5 Millionen Galax, Sholter. Eineinhalb Millionen!"

Er kratzte die Kugeln auf dem Tisch zusammen, dann entfernte er den Absatz seines rechten Schuhs und öffnete die versteckten Kammern. In die Hohlräume füllte er Ides Rache, sämtliche hundert Einheiten. Zur selben Zeit kam eine Rohrpost an. Er würdigte Kellind keines Blickes, obwohl sie hinreißend aussah, und nahm statt dessen die Kapsel in Empfang. Es waren die bestellten Mikrokameras, flugfähige Exemplare mit winzigen Hypersendern. Sechs davon paßten in die Absätze des linken Schuhs. Er versiegelte beide Absätze mit großer Sorgfalt, zog die Schuhe an und lief ein paar Schritte.
Kellind nahm aus dem Schrank in der Ecke einen tragbaren Orter. Mit dem Gerät in der Hand umkreiste sie ihn. „Nichts zu sehen", stellte sie nach einer Weile fest. „Die Mikrokameras, die Einheiten IDEVOL 76 ... Nein, ich finde nichts. – Hast du dein übliches Einsatzset dabei, Sholter?"
„Was es an Spielereien so gibt."
„Ich würde sagen, perfekt getarnt."
„Okay, Fee", sagte er. „Dann nichts wie los."
Draußen regnete es wieder mal. NATHAN produzierte einen Jahrhundertsommer, allerdings im negativen Sinn. Über den Dächern der Stadt stiegen Wasserdampf und Dunst auf, weil die Temperatur in den letzten Stunden um einige Celsius-Grade gefallen war. Der pulsierende Verkehr ließ sich nicht beirren. Millionen Gleiter verstopften die Straßen; und dann fand TTC immer noch einen Weg, die Knäuel aufzulösen. Es war 15.10 Uhr. Bis zum Ablauf des Ultimatums blieben fünfzig Minuten, 42 bis zum Angriff in der Luna Road. Wenn Gia de Moleon das Einsatzzeichen gab, wollte er das Modehaus bereits verlassen haben.
„Sollten wir nicht lieber ein paar Gleiter mehr mitnehmen?" fragte Kellind nervös.
„Wozu?"
„Zur Sicherheit, Sholter!" Sie balancierte auf ihren Knien den Sekretär. „Mir wäre erheblich wohler."
„Unsinn. Ein Gleiter oder fünf oder sechs, das macht nicht den Unterschied. Je weniger wir sind, desto weniger Aufsehen. Wenn

irgendwas passiert, läßt du bitte sofort drei Space-Jets und eine Staffel TARA-V-UHS kommen. Das dauert keine zwei Minuten."

„Na gut. Klar und verstanden."

Roog war froh, daß sie nicht wieder mit der Rangordnung kam. Seit de Moleon nicht mehr als große Mama hinter ihr stand, hatte sie kein einziges Mal erwähnt, daß er eigentlich für jeden Gang zum Klo ihre Zustimmung brauchte. „Den Rest entscheidest du, wie eben die Lage ist. Aber denk dran, Fee ...", er fixierte sie, bis sie seinem Blick nicht mehr ausweichen konnte, „... wenn irgendwas schiefgeht, heißt das, wir haben wirklich einen Stützpunkt der Guardians. Das sind keine Idioten. Überleg dir genau, was du tust."

Vor ihnen tauchte ein riesenhafter Gebäudekomplex auf, in früheren Zeiten Imperium-Alpha genannt, später HQ-Hanse. Das Imperium war längst zerbrochen, damals in der Larenkrise, und die Kosmische Hanse hatte man nach Perry Rhodans Abschied aufgelöst. Heutzutage residierte im inneren Ring die terranische Regierung. Drangvolle Enge überall, Wohnhäuser oder Erholungsparks suchte man vergeblich, dafür war jeder Quadratmeter am Herzen der Liga viel zu kostbar. Sie umrundeten die Innenstadt zu einem Viertel. TTC dirigierte sie in einen schmalen Weg namens „Straße nach Andromeda", drei Kilometer vom inneren Ring entfernt. Der große Trubel blieb zurück. Leuchtreklamen und Hologramme fielen weniger gewaltig, weniger aufdringlich aus. Von den Gebäuden ragte keines über die Höhe von hundert Metern hinaus, manche lagen deutlich unter fünfzig Metern. Roog ließ seinen Blick über Schilder und Reklamen wandern. Ein siebzig Meter hoher Bau in der Mitte der Straße trug mehrere Namenszüge, darunter den von U.N.T.T.-Mode. Gegenüber befand sich das Lagergebäude einer Spielzeugfirma. Der Turm auf der rechten Seite beherbergte Ausweichbüros der terranischen Regierung, die im ehemaligen HQ-Hanse keinen Platz fanden. Die Straßenfassade machte einen antiquierten Eindruck. Erdfarbene Wandtöne dominierten. Er nahm an, daß zwei Drittel der Gebäude aus der Zeit vor den Dunklen Jahrhunderten stammten.

„Lande am Straßenrand, Fee."

„Mmh."

Kellind löste ihren Gleiter aus dem Verkehrsverbund von TTC. Sie wählte einen Parkplatz auf der Straßenseite gegenüber. Er schaute sie an, warf ihr einen langen Blick zu, und als sie es merkte, wurde sie noch unruhiger. „Was denn, Roog?"

„Nichts. Gar nichts." Hoffentlich machte Kellind keine Schwierigkeiten. Die Kleine war ehrgeizig. Roog nahm ihr den Sekretär ab und verließ den Gleiter. Er schaute zurück. Ihm wurde mulmig, und er wußte nicht, wieso. Von hier konnte man nicht hinter die Scheibe sehen. Daß sich unter der Kanzel eine Person verbarg, ließ sich von außen nicht erkennen.

In der Straße nach Andromeda herrschte spärlicher Fußgängerverkehr. Er begab sich vor die Pforte des Hauses und trat ein. Am Zugang zum Antigravschacht waren die Firmen verzeichnet. U.N.T.T. belegte die Stockwerke 4 bis 6. Die restlichen Etagen gehörten einer Exportfirma und einem Kleinsthersteller von syntronischen Bauelementen. Einige Meter weiter existierte ein Treppenschacht, doch er nahm an, daß die Treppe so gut wie nie benutzt wurde. Treppen eigneten sich für Fitneßfanatiker und Phobiker, manchmal waren sie auch im Notfall gut. Er stieg in den Schacht und ließ sich bis ins 4. Stockwerk tragen. Der Zugang, den er erwartet hatte, erwies sich als verschlossen. Dafür klappte es in Stockwerk Nummer 5. Roog trat in eine kleine Empfangshalle. Eine verschlossene Tür trug die Namen *Undergass, Nika, Testev* und *Tiemann,* zusammen U.N.T.T.

Er blieb eine Weile reglos stehen.

In seiner Mundhöhle befand sich ein TLD-Standard-Funkgerät. Das Ding funktionierte ohne Lautbildung. Es kam darauf an, den Mund und die Lippen andeutungsweise zu bewegen wie beim Sprechen. Ein Druck mit der Zunge reichte aus, dann aktivierte sich das Funkgerät. Roog besaß eine Menge Übung. Der eingebaute Mikrosyntron übersetzte die angedeutete Lautbildung in verständliche Sprache.

„Fee, kannst du mich hören?“ fragte er.

Ein kleiner Empfänger nahe an seinem Innenohr antwortete: „Klar und deutlich.“

„Also gut, ich gehe jetzt rein.“

„Viel Glück.“

„Wird schon schiefgehen.“

Er stellte sich vor die Tür und berührte den einzigen Sensor. Einige Zeit geschah gar nichts. Kurz bevor er es ein zweites Mal versuchen wollte, stabilisierte sich auf der Oberfläche der Tür ein Hologramm. Das Bild eines rothaarigen, abstoßend häßlichen Terraners erschien.

„Was willst du?“ fragte der andere unhöflich.

„Mein Name ist Colon Winter“, antwortete Roog kalt. „Ich komme von der Steuerbehörde.“

Allein die Erwähnung des Wortes „Steuerbehörde“ ließ den Rotschopf zusammenzucken. Roog sah ihn schlucken, die Brauen zogen sich zusammen, dann besann sich der Kerl auf seinen unhöflichen Charakter und versetzte: „Komm in zwei Tagen wieder. Wir haben zu tun.“

„Das werde ich nicht.“

„Wir haben keine Anmeldung vorliegen.“

„Natürlich nicht. Unsere Behörde hat ermittelt, daß U.N.T.T.-Mode möglicherweise als Scheinfirma betrieben wird.“

„Bitte was?“
„Du hörst ganz richtig.“
„Wir sind keine Scheinfirma, Colon. Colon, so war doch der Name?“
Roog ging auf den plötzlich vertraulichen Tonfall nicht ein. „Der Status wird sich erweisen. Ich verlange augenblicklich Einsicht in die Buchführung des Unternehmens, und zwar in Anwesenheit von ...“, er schaute auf einen Zettel, den er aus der Jackentasche kramte, „... in Anwesenheit der Geschäftsführerin Millie Dakic.“
Der Widerling auf der anderen Seite wurde unsicher. „Ich weiß wirklich nicht, wie solche dummen Gerüchte zustande kommen. Bitte sieh doch ein, daß der Augenblick nicht geeignet ist. Wir werden uns übermorgen mit großer Freude um dich kümmern. Dann beantworten wir sämtliche Fragen.“
Roog alias Colon Winter blieb unerbittlich. „Ich werde euch keine Gelegenheit zur Verdunkelung einräumen. *Jetzt,* bedeutet das. Oder ich besorge innerhalb einer Stunde eine Durchsuchungserlaubnis. Dann komme ich mit Polizei wieder.“
Der Kerl dachte eine Weile nach. „Also schön. Ich werde Millie benachrichtigen.“
„Ich nehme an, du sprichst von Millie Dakic.“
„Ja. Bitte warte einen Augenblick.“
Roog rechnete nicht ernsthaft damit, Hinweise auf eine Existenz als Scheinfirma vorzufinden. Gehörte U.N.T.T. wirklich zu Schelms Stützpunkten, dann hatte man sich vorbereitet. Dann konnte die Finanzbehörde prüfen, bis sie schwarz wurde. Vermutlich war es so, daß Roog bei irgend etwas *störte.* Ihm fiel das ablaufende Ultimatum ein. Das mulmige Gefühl von eben kehrte zurück.
Kurz darauf wurde das Holo an der Tür wieder hell. Diesmal zeigte sich eine füllige Frau mit Mondgesicht, schrägen Augen und dicken Backen. Sie machte alles andere als einen begeisterten Eindruck.
„Ich bin Millie. Wie ist dein Name?“
„Colon Winter.“
„Also gut, Colon. Du kannst hereinkommen. Beeil dich.“
Die Tür glitt beiseite. Mit dem silbergrauen Sekretär an seiner Seite trat er über die Schwelle.
Roog erstarrte plötzlich. Soeben empfing er ein Warnsignal, ein Kribbeln an der linken Hand. Als er durch die Tür schritt, passierte er eine unsichtbare Schranke. Eine Fülle von Scannern tastete seinen Körper und seine Kleidung ab.
Er tat, als studiere er seine Fingernägel mit großer Hingabe – während er so langsam wie möglich die heiligen Hallen der Modefirma betrat. Die veränderliche Nagelzeichnung präsentierte Meßdaten aus der unmittelbaren Umgebung. Das zugehörige Ortergerät war in die

Nägel integriert. *Scheiße.* Roog fühlte sein Herz klopfen, mit einemmal bis zum Hals hinauf. Die Fülle der Meßergebnisse ließ sich auf einen Blick gar nicht interpretieren. Ihm wurde klar, daß er in ein Wespennest gestochen hatte. U.N.T.T., dahinter steckte ein sorgfältig ausgebauter Stützpunkt. Die Waffensysteme, die sich allein an der Pforte konzentrierten, besaßen eine erstaunliche Feuerkraft. Roog war sich darüber im klaren, daß er in unmittelbarer Lebensgefahr agierte. Es brauchte nur irgend jemand nervös zu werden.

Er nahm an, daß ein gut Teil der Orterfelder sich auf den schwebenden Sekretär konzentrierte. Kellind hatte richtig entschieden, indem sie ihn vollständig sauber in den Einsatz schickte.

Roog passierte eine Glastür. Er betrat den Korridor, der sich anschloß. Die Scannerimpulse kamen hier weniger dicht. Doch er tat keinen Schritt, ohne beobachtet zu werden.

Mit dem rechten Fuß schrammte er über den Bodenbelag, dann schüttelte er den Fuß unauffällig. Soeben hatte er die erste Kamera freigesetzt. Kellind bekam jetzt die Bilder auf den Schirm.

„Fee?" formulierte er lautlos und ohne Lippenbewegung.

„Ja, Sholter", hörte er sie, allerdings sehr viel weiter entfernt als eben. „Ich habe schwachen Empfang. Du befindest dich im Wirkbereich einer Abschirmung."

„Hör zu! Das hier ist ein Volltreffer. Ich wiederhole: Volltreffer! In dieser Etage steckt dieselbe Feuerkraft wie in einem Kampfjäger. Bitte maximale Vorsicht."

„Ich achte auf dich und auf die Kameras. Kellind Ende."

Rechts und links zweigten Türen ab, von denen keine offenstand. Am Ende des Korridors erwartete ihn der Rotschopf. In natura sah er noch häßlicher aus, fand Roog. Daneben stand plötzlich die füllige Dame namens Millie, ebenfalls nicht die Attraktivste. Er hatte sie nicht kommen sehen. Millie hinterließ durchaus Eindruck, sie war eine stämmige Person, lange Haare mit feinen Locken, ein bißchen größer als Kellind. Dazu gehörten bunte Kleidung und billiger Schmuck. Etwas an der Frau störte ihn. Roog wußte nicht genau, was es war, vielleicht die Augen, vielleicht der Mund, aber er spürte, daß man Millie nicht trauen konnte. Je näher er kam, desto mehr verdichtete sich der Eindruck. Sie war nicht die Frau, mit der man bei Vollmond Fesselspiele trieb.

„Colon Winter", grüßte sie, teils abfällig, teils mit einer Portion Nervosität. Mißtrauische Blicke trafen den silbergrauen Sekretär. „Komm mit. Wir wollen es kurz machen."

Der Rotschopf stieß ihn in die Seite. Ungeduldig zeigte er die Richtung an, in die es gehen sollte. Roog konnte ihn nicht leiden, der Kerl stank nach Verwesung. Wahrscheinlich quälte er Tiere oder Kinder, oder er sah sich Talk-Shows im Trivideo an. Eine zutiefst unangenehme Persönlichkeit.

Millie und der Rotschopf führten ihn zur hintersten Zimmerfront der Etage. Sämtliche Türen waren versiegelt, mit einem durchsichtigen Material, das nach Glassit aussah. Nur eine einzige nicht. „Hier geht's rein, Winter. Nun komm schon."

Vor dieser Tür setzte er seine zweite Kamera aus.

Roog trat mit gespannten Sinnen in den Raum dahinter. In der Mitte stand ein Glastisch mit einem syntronischen Terminal. Ringsherum gruppierten sich ein halbes Dutzend Stühle. Mit dem Sekretär an seiner Seite steuerte er den Platz am Terminal an; wie es einem Prüfer der Finanzbehörde zustand. Millie und der Rotschopf schlossen hinter sich die Tür. Die Wände waren gelb, ockergelb. Eine Seite diente als Hintergrundfläche für einen Holoprojektor. Zwei andere Wände wiesen jeweils drei Fenster auf, und zwar an Stellen, wo sich keine Fenster hätten befinden dürfen. Roog hatte den Bauplan des Gebäudes einigermaßen im Kopf; das gelb gestrichene Zimmer besaß keine Außenwände. Die Fenster zeigten auf eine fremde, nächtliche Landschaft hinaus. Roog erblickte eine Phalanx von Gebäuden, im Hintergrund von einer Mondlandschaft eingeschlossen. Menschenströme bewegten sich durch eine breite Straße, Leuchtreklamen sprangen den Betrachter an.

Roog begriff, daß er in die Luna Road schaute.

Ins Herz von Luna City.

Entweder hatte ein Transmittertransport stattgefunden, beim Übertreten der Schwelle, oder die Fenster waren in Wirklichkeit Kunstlicht-Holoramen. Er schaute so genau hin, wie es ihm seine Rolle als Inspekteur gestattete. Nein ... Kein Transmitterdurchgang. Die Illusion einer Mondstadt beruhte auf teuren Holographien.

„Was ist nun, Winter?"

„Schaltet eure Datenbänke frei", sagte er.

„Willst du das nicht selbst übernehmen?"

„Nein. Ich lasse euch von meinem Sekretär überwachen."

Millie setzte sich links, der Rotschopf rechts neben ihn. Roog hängte seine Jacke über die Stuhllehne, die Kappe behielt er auf dem Kopf.

Während Millie die entsprechenden Daten aufrief, schaute er auf seine Fingernägel. Die Fenster zum Mond besaßen eine schwache energetische Ausstrahlung. Daneben, von den gelben Wänden verborgen, befanden sich fest installierte Waffensysteme in den Wänden. Es handelte sich um Paralysestrahler und kleine Thermogeschütze.

Roog starrte auf das Terminal, doch in Wahrheit ging sein Blick ins Leere. Er versuchte, sich jedes Detail aus Nicolos Gmoketts Aussage ins Gedächtnis zu rufen: *„Schelm will im Hauptquartier mit mir sprechen. Der Flug dauert eine Weile. Am Ende nehmen sie das Dunkelfeld um* *meine Augen weg, ich stehe in einem Büro mit gelben Wänden. Sie sagen, das ist unser gelbes Zimmer. Das Zentrum der Finsternis ...*" Die Besprechung zwischen Schelm und Gmokett hatte im Hauptquartier stattgefunden! Nicht in irgendeinem Stützpunkt. „*Ich meine, das Büro ist auf dem Mond. Jedenfalls ist der Himmel dunkel, keine Atmosphäre. Das Haus liegt in einer Straße mit Bürogebäuden. Da sind Ströme von Gleitern. Aber auch Menschen, Leuchtreklamen ...*"

Gmokett hatte Bilder aus der Luna Road geschildert. Und zwar ohne zu bemerken, daß er auf eine kostspielige Wandgestaltung hereinfiel.

„Da ist es. He! Colon Winter!"

Millie hatte die Daten. Die Konten von U.N.T.T.-Mode lagen offen vor ihm. Roog befahl dem Sekretär, Kopien herzustellen und eigenständig nach Querverbindungen zu forschen.

Sein Herz klopfte bis zum Hals. Mit einer Zungenbewegung schaltete er das Funkgerät in seinem Kehlkopf auf Senden. „Fee, hörst du mich?" fragte er, unhörbar und unsichtbar für die zwei neben ihm.

Keine Antwort.

Der Empfänger in seinem Ohr produzierte ein rauschendes Geräusch, durchsetzt von Stimmfetzen und hin und wieder einer Silbe. Er hoffte, daß Kellind seine Botschaft verstand.

„Hör mir gut zu, Fee. Ich befinde mich in Schelms Hauptquartier. Die Luna Road ist eine blinde Spur! Ich wiederhole: U.N.T.T. ist mit dem Hauptquartier des Schelms identisch. Bestätigen bitte!"

Er wartete ein paar Sekunden ab, hörte aber keinen Ton mehr.

„Colon Winter! Sind diese ganzen Recherchen wirklich nötig?"

Roog schreckte auf, er schaute den Bildschirm an und erkannte Datenmaterial zum Thema „Lebensmittelversorgung in den U.N.T.T.-Büros". „Natürlich", sagte er kalt. „Wir ermitteln wegen scheinhafter Führung eines Geschäftes. Ob in diesen Räumen Lebensmittel konsumiert werden oder nicht, ist ein wertvoller Hinweis."

Er ließ den Sekretär weiterhin Daten überspielen. Dabei versuchte er, sich über die nächsten Schritte klarzuwerden. Gia de Moleon lauerte an der falschen Stelle. Was immer die Experten in der Luna Road gefunden hatten – es war nicht Schelm, sondern irgend etwas anderes.

In achtzehn Minuten lief das Ultimatum ab. Dann erging an sechs Reaktoren im Stadtgebiet Terrania der Zündimpuls. Es sei denn, de Moleon lieferte zuvor CCCB-9999.

Roog hielt es für möglich, daß Schelm zunächst nur eines der Kraftwerke sprengte. Dann konnte er mit dem Druckmittel der restlichen Minen ein zweites Ultimatum stellen. Ob es zweitausend oder dreißigtausend Tote wurden, machte keinen Unterschied. Ein Haufen Leichen war ein Haufen Leichen. Er mußte handeln. Und dazu hatte er noch siebzehn Minuten Zeit. Roog nahm seine Kappe vom Kopf, die mit dem patriotischen LFT-Abzeichen, und zog das Interesse seiner Aufpasser nach oben. Zugleich scharrte er unauffällig mit dem linken Fuß. Kamera drei ging in Betrieb.

Er dachte ernsthaft darüber nach, ob er Millie und den Rotschopf töten sollte. Brachte er das gelbe Zimmer unter Kontrolle, konnte er vielleicht die Spur zum Schelm finden. Die Zündung war möglicherweise zu verhindern – vorausgesetzt, Schelm befand sich im Gebäude, und vorausgesetzt, der Sender wurde von ihm betätigt und nicht von einem zweiten Stützpunkt irgendwo in der Stadt.

Am Ende entschied er sich gegen den Angriff. Den Ausschlag gaben seine Nagelorter, es waren einfach zu viele Strahler in den Wänden. In einem SERUN-Kampfanzug vielleicht, aber so? Er hatte keine Chance gegen Heckenschützen.

„Das wäre jetzt alles?“

„Ja“, sagte Roog alias Colon Winter dumpf. „Das war's.“

„Du hast dich überzeugt, daß alles mit rechten Dingen zugeht?“

„So ist es. Aber ich bin nicht befugt, hier ein abschließendes Urteil zu fällen. Wir werten die Daten in der Behörde aus. Abschließend erhaltet ihr Bescheid. Ich denke, ihr braucht euch keine Sorgen zu machen.“

„Natürlich nicht“, gab Millie zurück.

Roog konnte ihr arrogantes, fettes Gesicht nicht leiden.

Er scharrte mit dem rechten Fuß über den Boden, dann klopfte er einige Male. In diesem Augenblick wurde die erste Ladung IDEVOL 76 freigesetzt. Man konnte die Kugeln nicht sehen, speziell auf dem Teppich nicht, dafür waren sie zu klein. Ides Rache verteilte sich über sämtliche erreichbaren Räumlichkeiten von U.N.T.T.-Mode, in einem automatischen Prozeß. Die hundert Einheiten fühlten sich von High-Tech und von syntronischen Schaltanlagen magisch angezogen. Er mußte sehen, daß er fortkam.

Fünfzehn Minuten.

Roog zog die Jacke an, setzte sich die Kappe auf den Kopf, dann winkte er den Sekretär an seine Seite. Mit jedem Schritt streute er weiteres IDEVOL aus.

„Geleite den Herrn hinaus, Curt!“ befahl Millie dem Rotschopf. „Sorge dafür, daß er sicher den Ausgang findet.“

„Klar.“

Roog blieb schön hinter ihm, er hatte es eilig. Etwas rumorte plötzlich, bevor sie noch den Ausgang erreichten. *Scheiße.* Roog beschleunigte seine Schritte. Ides Rache arbeitete eine Spur zu hastig.

Links in der Wand befand sich eine Selbstschußanlage. Er vernahm ein lautes Klicken. Ihm rutschte das Herz in die Hose, aber er hatte keine Wahl, er mußte den Punkt passieren, wollte er endlich raus.

Der Rotschopf stockte. Er hatte das Geräusch ebenfalls gehört. „Was war das?“ fragte er.

Roog antwortete: „Ich hab’ nichts gesehen.“

„Es war ja auch nichts zum Sehen, sondern ein Geräusch.“

„Ah.“

Curt war nicht der Hellste. Aber das konnte ihm nur recht sein. Das nächste Geräusch, kurz vor Erreichen der Eingangszone, und diesmal erschütterte eine heftige Explosion die fünfte Etage des Gebäudes. „Gataserpisse!“ fluchte Curt. „Wir haben da irgendeinen Schaden.“ Er faßte Roog an der Schulter, bugsierte ihn unsanft Richtung Portal. „Du mußt dich leider beeilen. Probleme sind nichts für hohen Besuch.“

„Was ist denn? He! Heee!“

Roog warf einen Blick auf seine Fingernägel. Er stolperte mehr, als daß er ging, immer Richtung Ausgang, die letzten zwanzig Meter. Curt riß ihm die Glastür auf. Roog wurde geschubst und fiel zu Boden. Die Glastür knallte hinter ihm zu, jetzt hatte er nur noch die Außentür vor sich. Und im selben Moment, als er aufspringen und nach draußen verschwinden wollte, betäubte ein heftiger Krach in unmittelbarer Nähe sein Gehör. Er blickte zur Decke hoch. Das Verkleidungsmaterial war geborsten, eine halb zersplitterte Apparatur wand sich ins Freie. Roog nahm an, daß es sich um den Scanner handelte.

Damit entfiel die Ortungsgefahr. Er suchte augenblicklich Funkkontakt zu Kellind, aber ohne Erfolg. Ides Rache störte die Frequenzen. Und im selben Moment rumorte es in der Wand. Plastikhülsen platzten zur Seite weg, darunter kamen flimmernde Mündungen zum Vorschein. Die Thermokanonen schoben bewegliche Läufe nach vorn. Roog sah sich von einer Feuerkraft bedroht, die eine halbe Staffel TARA-V-UHS weggeblasen hätte.

Er hob langsam die Hände.

„Okay. Nur keine Panik. Ich ergebe mich.“

Vor seinen Augen wurde es sonnenhell.

12. Kapitel
Spieltrieb

In der Kammer war es warm. Dort herrschten die gewohnten 25 Grad, dort hatte er seinen Waschroboter, der ihm über seelische Krisen hinweghalf. Die eigentliche Arbeit taten seine Leute. Wenn man Felsenheimer, Zilko und Beck abrechnete, waren es noch dreizehn. Elf besetzten den großen Kontrollraum in der Mitte des Stockwerks. Curt und Millie mühten sich mit einem Besucher ab und standen nicht zur Verfügung.

Eine Blöße gab sich keiner im Kontrollraum. Speziell jetzt nicht, da die Sendung „Perry Rhodan – die frühen Jahre“ anlief. Vielleicht wußten sie, daß er sie beobachtete.

Schelm hatte vier Leute auf die Sendung angesetzt. Ihr Syntron besaß eine spezielle Programmierung, eigens für diesen Fall angefertigt. Dessen Aufgabe war es, die verborgene Botschaft aus der Sendung herauszufiltern. Der Rest observierte die verminten Kraftwerke. Ergab sich ein Hinweis auf verbotene Aktivität, wollte Schelm das entsprechende Kraftwerk sprengen.

Er hatte auf dem zweiten Kontroll-Monitor TNR laufen. Rhodan mit dem Robotregenten, Rhodan im verborgenen Imperium der Blues, Terra gegen die Posbi-Gefahr. Daß sich zwischen die Bilder brisante Informationen mischten, merkte keiner, abgesehen vom eingeweihten Kreis. CCCB-9999 kam in mikroskopisch kleinen Splittern herein. Die ultimate Formel, mit der sich NATHAN beliebig und ohne äußere Kontrolle manipulieren ließ – die Formel der Mächtigen. Bis zum Ende der Sendung sollte der Kode komplett sein. Schelm besaß dann die Möglichkeit, sich im Solsystem beliebig Operationsbasen zu schaffen. NATHANS Hilfe ermöglichte so gut wie alles. Er spielte mit dem Gedanken, sich Räume im HQ-Hanse zu mieten; Einrichtungen der Regierung würden in den Besitz der Galactic Guardians übergehen; der bargeldlose Zahlungsverkehr wartete nur auf Manipulation. Schelm sah Milliardengewinne innerhalb weniger Wochen. Die Regierung der Liga Freier Terraner würde keine andere Wahl haben. Man würde daneben stehen, sehenden Auges, tatenlos. Ein Kode wie CCCB-9999 ließ sich nicht einfach ändern. Nicht, ohne NATHAN abzuschalten und komplett zu reprogrammieren. Bis sie es schafften, sich *dazu* durchzuringen, vergingen höchstwahrscheinlich Monate.

Vom Direktorium der Guardians hatte er Kenntnis über den Kode. Und die wiederum hatten es vom Geheimdienst des Kristallimperiums.

Fähige Leute, dachte er, aber nicht fähig genug, sich die begehrte Ware zu verschaffen.

Und er, der Schelm, hatte seinen Sitz im Zentrum der Macht erobert. Darauf arbeitete er seit mehr als zwanzig Jahren hin; seit er sich nach dem tragischen Tod seiner Eltern unter die schützenden Hände der Guardians begeben hatte.

Er schaute auf die Monitoren. Alles lief.

Zu seinen Füßen nahm er eine Vibration wahr. Anfangs ganz sacht, gleich wurde es mehr; und in diesem Moment begriff er, daß etwas nicht stimmte. Was es war, vermochte er nicht zu sagen.

Dann explodierte etwas. Schelm erblickte eine Stichflamme, mitten im Kontrollraum.

Nein ... nein!

Ein Angriff des Liga-Dienstes? Dazu hatten sie nicht den Schneid, und Mutanten besaß Terra lange nicht mehr. Also was? Schelm checkte sämtliche Außensensoren. Sie wurden definitiv weder belagert noch angegriffen. Die Sendung über TNR lief immer noch. Wäre es eine Aktion des TLD gewesen oder der Liga-Polizei, man hätte zumindest die Übermittlung gestoppt. Einen Moment spielte er mit dem Gedanken, Felsenheimer könnte sich gegen ihn gewandt haben. Der Tomopat war der einzige, dem er genügend Mut zutraute, speziell dann, wenn er unter dem Einfluß seiner Arme stand. Er hätte seinen hungrigen Freund besser nach Hause geschickt. Dorthin, wo er ihn aufgelesen hatte, in die tödlichen Dschungel von Tomot. Nun war es vielleicht zu spät.

Eine zweite Explosion legte wichtige Schaltkreise lahm. Schelm begab sich in die Position eines neutralen Beobachters, agierte besonnen und schnell. Die Ursache ließ sich nicht ermitteln, auch nicht über das geheime syntronische Netz. Im Kontrollraum versuchten seine Leute, Ruhe zu bewahren. Noch funktionierte die Aufzeichnung.

Er hatte am Rand der Stadt ein kleines Haus gemietet, in dem zusätzlich ein Synrecorder lief. Egal was mit U.N.T.T. passierte, an den Kode kam er selbst bei Vernichtung des Gebäudes noch heran. Und das Funkgerät für die Reaktoren, den kleinen Todesbringer, trug er immer bei sich. Er saß weiterhin an den Hebeln der Macht.

Die Transmitter gaben ihren Dienst auf, nur ein paar Sekunden später. Und das, fand der Schelm, war eine Nachricht von der weniger beruhigenden Sorte. Wollte er U.N.T.T. verlassen, blieb allein der konventionelle Weg über die Tür. Falls er nicht die allerletzte Möglichkeit wählte.

„Zeit für den Abgang des Tages", murmelte er. „Vorhang. Klappe fällt elegant, Abspann. Kleine Sendepause, liebe Zuschauer. Schon geht's weiter."

Schelm ließ seine Leute arbeiten. Er verließ die Kammer, aktivierte seine Tarnkappe, trat ins gelbe Zimmer und von dort auf den Gang hinaus. Man brauchte nur zu horchen, dann merkte man schon, welches Chaos in den Etagen herrschte. Was er geschaffen hatte, fiel innerhalb weniger Minuten auseinander, detonierte, löste sich in Fragmente auf. Schelm nahm es mit einer Kälte zur Kenntnis, die ihn selbst erstaunte. Die Tatsache an sich berührte ihn wenig. Mitarbeiter und Material ließen sich ersetzen. Vielmehr störte ihn die bloße Tatsache. Seine Pläne hatten aufzugehen, die Details hatten genauso einzutreffen wie vorhergesagt.

Eilig bog er um die Ecke des Korridors. Der Ausgang war noch dreißig Meter entfernt. Plötzlich stockte er. Schelm erkannte vor sich drei Personen.

Zwei waren tot – und die dritte Person drehte sich soeben um.

Kellind sah Roog mit einer gewissen Unruhe im Haus verschwinden. Sie hatte keine Probleme, sich eine Welt ohne ihn vorzustellen; dennoch hoffte sie, daß alles gutging. Sich verflüchtigen konnte er später noch, wenn sie nichts damit zu tun hatte.

Was er durch sein Kehlkopfmikro von sich gab, klang seltsam verwaschen, mit hörbarer Mühe artikuliert, doch man verstand jedes Wort. Mit der Kamera war es noch leichter. Über eine permanent zerhackte, auf diverse Frequenzen verteilte Funkverbindung empfing sie erste Bilder. Per Fernsteuerung befahl sie Kamera 1, Roog zu folgen. Wenn sie ihn im Auge hatte, war ihr wohler.

Kellind zerlegte ihren Monitor in sechs Abschnitte, für jede Kamera einen. Weil sich holographische Darstellungen schlecht überblicken ließen, wählte sie eine flächige Darstellung.

Roog berichtete von Geschützen in den Wänden. Mit den Kameras 2 und 3 war die Behauptung nicht zu bestätigen, aber auch nicht zu widerlegen. Anders als Roog verfügte sie nicht über Ortung, sondern lediglich über sichtbare Bilder. Die Kameras bewegten sich nach einem syntronisch gesteuerten Muster durch jede Räumlichkeit, die erreichbar war. Auf Sensationen stieß sie nicht. Am interessantesten schien ihr ein Aufenthaltsraum, in dem eine aufgerissene, halbleere Schachtel mit Caéatan stand. Durch das Fenster blickte man auf das HQ-Hanse. In einer Ecke stand ein Karton, in dem sich Empress-Folder befanden. Mit anderen Worte, Felsenheimer hatte sich hier aufgehalten. Die Spur führte an den richtigen Ort.

Roog wurde von einer dicken Frau und einem rothaarigen Mann in Empfang genommen. Die Frau hatte etwas Billiges, das in Kellind instinktiv Abscheu weckte. Sie und der rothaarige Mann berührten sich immer dann, wenn der vermeintliche Inspekteur gerade wegsah, mit den

Fingerspitzen. Wahrscheinlich hatten sie etwas miteinander. Roog war ein unsensibler Klotz, er merkte nichts.

Als die drei hinter einer Tür verschwanden, war der Empfang von Kamera 1 plötzlich weg.

„Sholter", sagte sie über Funk. Sie versuchte, ihre Stimme eindringlich klingen zu lassen, obwohl das für die Verbindung nicht von Bedeutung war. „Sholter, kannst du mich hören?" Sie erhielt keine Antwort mehr. Kellind wurde wieder nervös. Roog und die zwei blieben endlos fort.

Kellind verfolgte den Weg von Kamera 3 durch ein verflochtenes Netz von Belüftungsschächten. Sie blickte in einen weiten Raum. Es handelte sich um Etage 4, unterhalb der Büros. Sie nahm an, daß sie das Warenlager von U.N.T.T.-Mode vor sich hatte. Für eine florierende Modefirma machte das Lager einen beunruhigenden Eindruck: Es war nämlich vollständig leer.

Auf ihre Weisung kehrte die Kamera zurück, diesmal nach oben, eine Etage höher. Etage 6 enthielt eine auf den ersten Blick nicht überschaubare Menge von Geräten. Die Kamera registrierte Waffen, Magazine, miniaturisierte Kraftwerke. Gleiter waren dabei, Schutzanzüge, Rohmaterial für Bomben. Die Black Box aus Reaktor 13, die Rakete vom Guzmangrund, das alles stammte aus dem Fundus von U.N.T.T.

Plötzlich schlug der Funkempfänger an. Kellind horchte sehr genau, weil es sich um Roogs Sprechfrequenz handelte. Sie bekam nicht mehr als eine verrauschte Melange herein. Die Geräusche hörten sich an wie: „Fee, verstehst du mich?"

„Ich höre dich sehr schlecht, Sholter!" antwortete sie mit extrem deutlicher Akzentuierung. „Botschaft bitte wiederholen. Wiederholen, Sholter!" Sie hatte wenig Hoffnung, daß die Bitte ankam.

Ein zweites Mal reagierte der Empfänger, diesmal besaß die rauschende Silbenmischung die doppelte Länge. Kellind verstand kein Wort. „Verdammt!" Wütend schlug sie auf die Instrumentenkonsole. Sie ließ vom Syntron eine Hochrechnung durchführen. Mit einer Wahrscheinlichkeit von 55 Prozent hatte sie folgende Nachricht empfangen: *Ich befinde mich in Schelms Hauptquartier. Die Luna Road ist eine blinde Spur. U.N.T.T. ist mit dem Hauptquartier des Schelms identisch.*

Kellinds Herz fing plötzlich zu klopfen an. „Meine Güte", murmelte sie, „das kann nicht wahr sein."

Sie wußte im ersten Augenblick nicht, wie sie reagieren sollte. Alles mögliche hatte sie erwartet, aber nicht das. Wenn U.N.T.T. das Hauptquartier war, was geschah dann in der Luna Road? Bis zum Ende des Ultimatums blieben fünfzehn Minuten. Eine davon verlor sie, indem sie sinnloses Zeug bedachte. Kellind versuchte, die Panik niederzukämpfen. U.N.T.T. als Hauptquartier – hieß das nicht, Schelm saß direkt vor ihrer Nase? In ihrem Leben hatte sie nie eine wichtige Entscheidung gefällt. Wenn sie jetzt versuchte, de Moleon auf dem Mond zu erreichen, sechs oder sieben Minuten vor Beginn eines Sturmangriffs, bedeutete es für ihre Karriere das sichere Aus. Andererseits, wenn Schelm das Funksignal gab, bedeutete es das Ende für dreißigtausend Stadtbewohner.

Kellind hatte keine Wahl.

Es gab einen bestimmten Katastrophenkode, den jeder Syntron des Liga-Dienstes bereithielt. Zur Verwendung waren ausschließlich Einsatzagenten oder hohe Beamte der Regierung befugt. Mißbrauch wurde mit den höchsten Strafen belegt, die das terranische Rechtssystem vorsah.

Von ihrem Gleiter aus gab sie *Planetaren Alarm.*

Per TLD-Order wurden sämtliche offiziellen Stellen in Bereitschaft versetzt. Sie wartete nicht, bis sie vom Regierungssitz der Ersten Terranerin kontaktiert wurde, sondern setzte sich mit dem Tower in Verbindung. In de Moleons Abwesenheit wurde der Liga-Dienst von einem Mann namens Pegasus Eutik geführt. Sie kannte sein Gesicht, hatte aber nie mit ihm gesprochen.

„Hier Fee Kellind", sagte sie gezwungen ruhig. Sie wußte, daß sie bleich war und daß ihre Lippen zitterten, aber sie konnte nichts dagegen tun. „Agentenanwärterin auf Widerruf. Ich bin die Partnerin von Sholter Roog. Ich habe den Planetaren Alarm ausgelöst."

Das breite Gesicht am anderen Ende der Leitung zeigte einen ungläubigen, schockierten Ausdruck. „*Anwärterin* Kellind. Ist das ein Scherz? Du weißt, was dann geschieht?"

„Ich bin mir dessen bewußt. Hör zu, Pegasus, ich habe es sehr eilig. Gia de Moleon ist noch auf dem Mond?"

„Woher weißt du das?"

„Weil ich diejenige bin, die mit Sholter Roog den Fall Schelm bearbeitet hat."

„Ah." Eutiks Gesichtsausdruck änderte sich plötzlich. „Ich erinnere mich wieder an deinen Namen", sagte er tonlos. „Du und Roog, ihr seid von dem Fall abgezogen."

„Richtig. Daran haben wir uns nicht gehalten."

Es sprach für Eutik, daß er nicht versuchte zu debattieren. Er nahm die Auskunft einfach hin.

„Roog befindet sich soeben in den Büros einer Firma namens U.N.T.T.-Mode", fuhr sie fort. „Ich habe eine verstümmelte Funkbotschaft erhalten. Mit einer Wahrscheinlichkeit von 55 Prozent hat Roog versucht, mir folgendes mitzuteilen: Schelms Versteck befindet sich nicht in der Luna Road. In Wahrheit operiert er aus den Büros von U.N.T.T."

Pegasus Eutik war kein Dummkopf. Der Mann schluckte heftig. „Das bedeutet ... Oh, verdammt! – Was, wenn Roog sich täuscht? Oder wenn die Nachricht verstümmelt war?"

„Sie war verstümmelt."

„Du hast den Syntron drangesetzt?"

Kellind sagte: „Natürlich. Und wir haben fünf Minuten für Maßnahmen übrig."

Dreißig Sekunden überlegte er. Das war nicht sehr viel in Anbetracht der verfahrenen Lage. „Anwärterin Kellind, der Angriff auf die Luna Road läuft seit zwei Minuten. Ich habe vielleicht nicht die Möglichkeit, de Moleon in diesem Moment zu erreichen. Aus diesem Grund handeln wir eigenmächtig. Du bist als einzige mit der Lage vertraut. Wie hieß noch dieses Büro?"

„U.N.T.T.", antwortete sie.

„Gut. Ich übertrage dir hiermit eine befristete TLD-Generalvollmacht. Du wirst die Maßnahmen einleiten, die dir geeignet erscheinen. Deine Identifikation wird innerhalb einer Minute an sämtliche offiziellen Stellen von Terra überspielt. Dein Gleiter soll ein Peilsignal senden. Ich bin in zehn Minuten bei dir."

„Dann ist alles vorbei."

„Ja. Anzunehmen."

Eutiks Gesicht verschwand vom Bildschirm. Kellind verfügte über eine Minute, sich geeignete Maßnahmen zu überlegen. Eine Minute, sechzig Sekunden, das war gar nichts. Die Vollmacht lastete auf ihr wie eine Tonne Eisen. Sie war Anwärterin. Keine erfahrene Agentin, schon gar keine Führungspersönlichkeit. Und sie befand sich an dem Punkt, den sie immer hatte erreichen wollen, in einer Lage, in der es auf sie und auf ihre Nerven ankam. Jahrelang hatte sie davon geträumt, wirklich bedeutend zu sein, so daß Millionen Augen sich auf sie richteten, auf Fee Kellind, und daß am Ende alle sagten: „Fee, gut gemacht."

Sie versuchte ein weiteres Mal, mit Roog Kontakt aufzunehmen. Es nützte nichts. Er war von der Bildfläche verschwunden.

Kellind erinnerte sich an das, was er gesagt hatte. Geschah irgend etwas, mit dem sie nicht rechneten, sollte sie drei Space-Jets alarmieren. Darüber lachte sie. Mit Space-Jets war es nicht getan. Speziell jetzt nicht nach dem Planetaren Alarm und mit der Vollmacht. Sie versuchte sich in den Kopf zu hämmern, daß sie über das gesamte Instrumentarium verfügte. Was sie auch wollte, was immer sie für nötig hielt, es würde geschehen. Sie brauchte es nur zu sagen, von diesem Gleiter aus.

Kellind schaltete auf die Notfrequenz des TLD. Sie nahm Kontakt zum Raumhafen auf.

Ban Pinusta befand sich in der Zentrale der ZARAGON, als der Planetare Alarm hereinkam. Sein Schiff stand auf dem Raumhafen von Terrania. Es gehörte zur PAPERMOON-Klasse und durchmaß 800 Meter. Damit war es eines der sechzig mächtigsten Raumschiffe, über die die Liga Freier Terraner verfügte. Und es handelte sich um die einzig erreichbare PAPERMOON-Einheit im Sonnensystem.

Pinusta gab Alarm an die Besatzung. Er wußte nicht, was vorgefallen war. Die Orter der ZARAGON lieferten keine Anzeichen eines Überfalls oder einer Katastrophe.

Raumschiffe dieser Größenklasse gehörten ins All, an der Oberfläche eines Planeten büßten sie den Großteil ihrer Stärke ein. Daß sie irgend etwas mit dem Alarm zu tun bekämen, konnte er sich nicht vorstellen. Dennoch verfolgte er mit Argusaugen seine Besatzung. Er registrierte, wer mit welcher Geschwindigkeit seinen Posten einnahm. Unter Pinustas Kommando tat niemand gerne Dienst. Die meisten Leute mochten es nicht, wenn sie auf ihre Funktion reduziert wurden, wenn die kleinste Schwäche reichte, sie in Frage zu stellen. Sein Führungsstil brachte jedoch maximale Effizienz mit sich. Es gab nicht sehr viele Schiffe in der Liga-Flotte, die sich schneller einsatzklar gemeldet hätten als die ZARAGON.

„Kommandant!" wurde er aus dem Funkstand gerufen. „Botschaft über Visiphonkanal."

„Durchstellen."

Das Funkbild einer unbekannten Frau erschien. Sie identifizierte sich als Fee Kellind – und sie verfügte über eine Generalvollmacht des TLD. Er musterte die Frau sehr genau. Sie wirkte oberflächlich, maximal durchschnittlich intelligent und ausgesprochen eitel. Ob er einer solchen Person eine Vollmacht anvertraut hätte, bezweifelte der Kommandant. Er wußte jedoch, daß der erste Eindruck nicht alles war. Leute mit verborgenen Qualitäten sollte es ja geben. Auch wenn es dem Kommandanten niemals passiert war, daß er einen Menschen von Format nicht sofort erkannte.

Pinusta ließ ihre Identität prüfen. Dann erst nahm er ihre Weisungen entgegen.

Was er da von Kellind hörte, schien ihm ausgeprochen seltsam. Dennoch verlor er keine Sekunde. Es war nicht seine Aufgabe, Spekulationen anzustellen. Die Identifikation stimmte, auf alles andere nahm er keine Rücksicht.

Ban Pinusta versetzte die ZARAGON in Alarmzustand, führte mit der Zentralebesatzung einen Notstart durch, brachte das Schiff auf zwei Kilometer Höhe. Über die Stadt zogen heftige Druckwellen hinweg. Allein die Sturmschäden würden sich auf Millionen Galax beziffern. Ihr Zielgebiet befand sich drei Kilometer vom Rand des HQ-Hanse entfernt. Pinusta brachte das Schiff auf Geschwindigkeit. Über den Koordinaten, die Agentin Kellind angegeben hatte, fiel die ZARAGON nieder auf die Stadt. Eine PAPERMOON-Einheit wirkte massiv wie ein Gebirge. Seit hundert Jahren hatte kein Kugelraumer die inneren Bezirke von Terrania überquert. Er hätte nicht wissen mögen, wie viele ungewarnte Bürger einen Herzanfall erlitten; wie viele Bäume entwurzelt wurden, wie viele Gleiter in der Sturmwelle kollidierten. Über der „Straße nach Andromeda" kam die ZARAGON zum Stillstand. Die untere Kuppelrundung hielt zu den obersten Häuserdächern einen Abstand von nicht mehr als dreißig Metern.

„Zielgebiet erreicht", meldete er knapp.

„Sehr gut", sagte Fee Kellind. Sie war bleich. „Ich sehe euch. Wir benötigen ab sofort Störfunk auf sämtlichen Frequenzen, Hyper- und Normalfunk verwenden. Und jetzt das Wichtigste: Aktiviert euren Paratronschirm. Ich will, daß aus diesem Sektor nicht das geringste Funksignal nach außen dringt."

„Den Paratron?" Pinusta hoffte im ersten Augenblick, daß er falsch verstanden hatte.

„Richtig. Sämtliche Strukturlücken werden geschlossen. Keine Funkfenster, nichts. Absoluter Verschlußzustand. Mit ist völlig egal, ob wir mit dem Flottenkommando Kontakt haben."

„Du bist dir über die Konsequenzen im klaren?"

„Ich verfüge über eine naturwissenschaftliche Ausbildung."

„Fee Kellind, wir sind hier am inneren Ring. Alles ist voller Menschen!"

Sie schluckte heftig. „Tu es jetzt!"

Ban Pinusta ließ die Anweisung ausführen. Er zuckte nicht mit der Wimper, als die Gegend im Radius von einem Kilometer sich in eine strahlend grüne Sphäre aus Energie hüllte. Der fünfdimensionale Anteil des Schirms durchdrang den Erdboden und die Häuserwände, ließ lediglich das sichtbare Licht und ein paar Schallfrequenzen passieren. Durchdringen konnte diese Barriere niemand mehr. Er hoffte nur, daß nicht ein lebendiges Wesen dem Paratron im Weg gestanden hatte. Im günstigen Fall wurde eine solche Person beiseite geschleudert, und zwar in dem Augenblick, da der Schirm entstand. Im schlechten Fall hieß die Konsequenz *Tod.* Aber dieses Risiko trug Fee Kellind.

Gia de Moleon ließ sich das Gebäude als Aufschnittmodell zeigen. Die rechte Hälfte, in der die QueTro-Gesellschaft ihre Büros unterhielt, leuchtete in gelber Farbe. Was sie an Räumlichkeiten, Korridoren und Schächten sah, entsprach nicht unbedingt den wahren Gegebenheiten. Die Experten hielten bauliche Veränderungen für denkbar. Von diesen

Veränderungen konnte es abhängen, ob die Aktion erfolgreich endete. De Moleon hatte ihren Sturmtrupp zahlenmäßig auf 300 Agenten erweitert, gegenüber den hundert Personen des ursprünglichen Plans. Sie besaß so die Möglichkeit, an kritischen Punkten vier- oder fünffache Mannschaftsstärken einzusetzen.

„Ausschnitt erweitern!“ befahl sie. „Ich will die gesamte Umgebung sehen.“

Das QueTro-Gebäude rückte in die Mitte eines holographischen Modells. Insgesamt acht Gebäude umgaben den im Original 130 Meter hohen Turm. Fünf lagen auf derselben Straßenseite, drei befanden sich gegenüber.

„Die Standorte der Agenten, bitte.“

Als grüne Punkte wurden die Personen abgebildet, daneben in Rot erschienen weitere hundert TARA-V-UHS. De Moleon hoffte, daß der Feuerschutz der Kampfroboter menschliche Opfer vermeiden half. In den Farben Blau, Gelb und Weiß ließ sie die flugfähigen Paletten zeigen, jede davon mit einem Thermo- oder einem Paralyse-Geschütz bestückt; dazu die zehn Paratronkonverter zur Unterbrechung des Funkverkehrs; zuletzt die Standorte der Medoroboter und Ärzte. Außerhalb der Gefahrenzone warteten mehrere Kontingente Polizei. Wenn es losging, was passierte dann mit den Touristen und der zivilen Bevölkerung? Es würde Aufgabe der Polizisten sein, sie in Sicherheit zu bringen.

„Wie lange noch?“

„15.30 Uhr“, murmelte der Leiter der Dependance. „Noch 22 Minuten.“

Die besondere Schwierigkeit des Unternehmens bestand darin, daß niemand die Vorbereitungen sehen durfte. Schelm hatte sich ausreichend deutlich geäußert. Allein der Verdacht, daß die LFT ihn täuschte, würde die Explosion der Kraftwerke nach sich ziehen. De Moleon besaß keine andere Wahl. Das Risiko eingehen – und hoffen! – war alles, was sie tun konnte. In diesem Moment begann auf der Erde, im Großraum Terrania, der Nachrichtensender TNR sein Programm „Perry Rhodan – die frühen Jahre. Aufstieg und Fall des Solaren Imperiums“. Das Programm ließ sich auf dem Mond störungsfrei empfangen. Die verfälschte Version des Kodes CCCB-9999 war der Sendung beigefügt. De Moleon hoffte, daß Schelm und seine Leute so gebannt wie möglich an den Empfängern hingen. Auf den ersten Blick ließ sich die Falsch-Version von einem echten Kode nicht unterscheiden. Für die Guardians drüben im QueTro-Gebäude sah es aus, als stünden die Zeichen auf Erfolg.

Minuten verstrichen in atemloser Spannung. Ein Monitor zeigte Rhodan mit Raumanzug; als Bezwinger der Meister der Insel; im Kampf gegen die Zweitkonditionierten; mit dem Schwarm; als abgesetzter Großadministrator in der Larenkrise. De Moleon besaß genügend Erfahrung, um die Nerven zu behalten. 15.50 Uhr. Zwei Minuten. Die Sendung auf TNR näherte sich ihrem Ende. Per Monitor verfolgte sie die Flucht der Erde in den Mahlstrom der Sterne.

15:51. Dreißig Sekunden. Zwanzig, zehn.

15:50.

„Jetzt!"

Das QueTro-Gebäude explodierte in einer Kaskade aus Licht. Überlappende Paratrons hüllten die Umgebung in geisterhaftes grünes Leuchten, rings um die Einsatzzone brach unter Touristen und Mondbewohnern Panik aus. Polizisten der Bereitschaft traten auf den Plan und verhinderten das Schlimmste. Ein Schauer aus Paralyse-Strahlen durchdrang das Zielgebäude, die komplette rechte Hälfte des Turms. Wenn sie Glück hatten, lagen Schelm und seine Leute in diesem Augenblick am Boden, in ihren Sesseln, gelähmt für zwei Stunden oder mehr. Mit Lenkraketen wurden fünfzig Projektile in den Bau geschossen. Jedes enthielt zweihundert Einheiten IDEVOL 76, insgesamt zehntausend. Ob sich der experimentelle Erfolg von Ides Rache in die Praxis übertragen ließ, schien fraglich. Aber wenn, dann dauerte es zwei Minuten, und die wichtigsten technischen Geräte des Feindes waren lahmgelegt.

„De Moleon an Erde! – Meldung!"

„Tower an de Moleon. Sämtliche Kraftwerke im Bereich Terrania intakt. Keine Explosionen, keine Opfer!"

Es sah aus, als sei Teil 1 nach Plan gelaufen. Kein Funksignal verließ das QueTro-Gebäude. Trotzdem hatte sie ein ungutes Gefühl.

„Sturmangriff einleiten!" ordnete sie an.

Der Befehl erging an sämtliche Agenten. 300 Frauen und Männer aktivierten die Schutzschirme ihrer SERUNS. Aus den umliegenden Häusern brachen sie hervor und nahmen Kurs auf das Zielgebäude. Die flugfähigen Strahlkanonen gaben Feuerschutz. De Moleon sah sie der Reihe nach durch Eingänge und Fenster verschwinden. Hinzu kamen die TARA-V-UH-Roboter.

Eine Explosion ereignete sich; eine Hälfte der dritten Etage fehlte plötzlich. De Moleon erhielt Meldung, man sei auf Widerstand gestoßen. Eine schwerbewaffnete Gruppe von Menschen oder menschenähnlichen Wesen stellte sich dem Sturmangriff entgegen. Ihre Agenten handelten, wie es besprochen war. Zu Anfang gingen die TARAS ins Feuer, brachen den ersten Widerstand, dann folgten die TLD-Agenten.

„Tower an de Moleon."

Sie hörte nicht.

„Tower an de Moleon. Pegasus Eutik spricht."

Verdammt!

„Tower an de Moleon. Eiliger Ruf."

Sie aktivierte zornig die Verbindung. „Was zum Teufel soll das, Pegasus? Wir stehen im Gefecht!"

Der Mann sagte: „Das ist mir bekannt. Ich habe Nachricht von Sholter Roog. Roog befindet sich in diesem Augenblick in Terrania, in den Büros einer Firma namens U.N.T.T.-Mode. Roog behauptet in einem verstümmelten Funkspruch, U.N.T.T. sei die wahre Operationsbasis von Schelm. QueTro ist laut Roog eine falsche Spur."

De Moleon biß die Zähne zusammen. Sie wußte nicht, was Roog in diesem Büro verloren hatte. Damit konnte sie sich später befassen. Entscheidend war die Frage: Hatte Roog recht oder nicht? Wenn es so war, dann stand eine fürchterliche Katastrophe bevor. Dann war für dreißigtausend Menschen alles vorbei. Sie besaß in dem Fall keine Möglichkeit mehr, Schelm an der Sprengung der Kraftwerke zu hindern. De Moleon entschloß sich, den schlimmsten aller Fälle zu ignorieren. Es hörte sich grausam und kalt an, auch für sie selbst. Aber Hilfe brauchten die, die man retten konnte; nicht die, die schon verloren waren. *Roog. Du verdammter Querkopf.* Ihre Aufmerksamkeit hatte QueTro zu gelten.

„Pegasus, ich habe zu tun. Du wirst die Sache mit U.N.T.T. in eigener Regie regeln. De Moleon Ende." Ihr Stellvertreter wollte noch etwas hinzufügen, doch es schien ihr bedeutungslos. Sie unterbrach die Verbindung.

240 Agenten befanden sich im Inneren. Sechzig sicherten das Gebäude von außen ab, schwerelos, als breit gefächerte Wolke aus strahlenden Punkten. Die Trennung der Gebäudehälften wurde als vollzogen gemeldet. Vom nahen Raumhafen senkten sich drei Kampfschiffe der Liga-Flotte herab. Fluchtversuche, ob per Gleiter oder per Fluchtrakete, besaßen keine Aussicht.

Alles lief glatt. Zu glatt.

Gia de Moleon nahm die komplette Besetzung des QueTro-Gebäudes zur Kenntnis.

Neben ihr im Leitstand hockte der Leiter der Dependance Erdmond. Sie sah ihn mit einem Agenten reden – und dann wurde er plötzlich bleich. Seine Schultern fielen nach vorn. Er schüttelte den Kopf und holte tief Luft, bevor er sich an de Moleon wandte:

„Eine Meldung, Gia. Gerade hereingekommen."

Ihre Hände fühlten sich eisig kalt an. Sie wußte schon, was der Mann sagen wollte.

„Der Sturmangriff wurde ohne Opfer auf unserer Seite abgeschlossen. 69 Personen wurden paralysiert oder festgenommen. Sieben Gegner kamen um. Das QueTro-Gebäude beherbergte einen kompletten Stützpunkt des Kristallimperiums. Das da drinnen, Gia, das waren Arkoniden. Verdammte Arkoniden, sonst gar nichts." Vor ihrem inneren

Auge rollten Bilder ab, übermittelt nach der Explosion von Reaktor No. 13 Terrania/West. Leichen in allen Stadien der Verbrennung. Menschen in verzweifelter Ausschau nach Ärzten und Medorobs. *Müssen viel zu lange warten. Manche sterben dran.* Und nun? Sie und der Liga-Dienst befanden sich in der Lage eines Boxers, der soeben mit einem brillanten Schlag einen K.o. gelandet hatte. Nur nicht beim Gegner, sondern beim Kampfrichter.

De Moleon murmelte:

„Roog ..."

Zwei Thermokanonen lösten im Wechsel kurze Schüsse aus. Keine der sonnenhellen Bahnen traf, beide fuhren kurz neben ihm in die Wände. Es wurde höllisch heiß. Die Geschütze waren fehlgesteuert, Ides Rache hatte vermutlich den Leitsyntron erwischt. Solange die Tür zum Antigravschacht geschlossen war, ebenso die Glastür zum Korridor, brauchten sie aber auch gar nicht zu treffen. Er würde schon an der Hitze sterben. Der Vorraum war wie ein Käfig, ein Backofen für menschliches Grillgemüse. Roog konnte sich nicht bewegen. Jeder Schritt zur Seite brachte ihn in Lebensgefahr. Außerhalb der Feuerkegel schwebte der Sekretär. Waffenlos nützte ihm die Maschine nichts, selbst dann nicht, wenn er den Modus „Kampfroboter" aktivierte.

Draußen im Korridor sah er den rothaarigen Stinker stehen. Alles bebte, Boden und Wände, überall explodierten verborgene Anlagen. Wahrscheinlich konnte sich der Rotschopf schon vor Schrecken nicht bewegen.

Roog riß sich die Kappe vom Kopf, dann das LFT-Abzeichen, mit fliegenden Fingern. Die Jacke folgte, er zog das Futteral nach außen und entfernte aus den Nähen getarnte Gegenstände. In Windeseile setzte er sie zu einem fingerlangen Rohr zusammen.

Die Jacke warf er weg, sie ging unter einem Treffer in Flammen auf. Er kriegte keine Luft mehr. Wenn er es doch versuchte, verbrannte er sich die Lungen. *Ein paar Sekunden.* Mit geschlossenen Augen arretierte er das LFT-Abzeichen am hinteren Ende des Rohrs. Perfekt. Er hatte einen kleinen Thermostrahler, Abstrahlvorrichtung und Magazin, geeignet für fünfzig Schüsse oder für zehn Sekunden Dauerfeuer.

Roog riß die Augen auf, zielte auf die Glasscheibe. Er feuerte hintereinander drei Salven ab. Beim vierten Schuß sprang die Scheibe in Stücke. Durch die Temperatur herrschte im Inneren des Käfigs erhöhter Luftdruck. Die Splitter wurden nach außen geschleudert.

Im selben Moment hörten die Kanonen auf zu funktionieren. Mit einem Satz hechtete er nach draußen auf den Korridor.

„Sekretär!" schrie er. „Bei mir bleiben!"

Roog kugelte über den Boden. Scherben schlitzten ihm die Haut auf, eine glühende Stelle fügte ihm Brandmale an der Schulter zu.

Zwanzig Meter weiter stand im Korridor immer noch Curt. Der Kerl war blöd wie eine Küchenmaschine. Daß er es nicht mit einem Finanzinspekteur, sondern mit jemand anders zu tun hatte, schien er nicht zu merken. Roog kam auf die Beine, er nutzte seinen Schwung, für die zwanzig Meter brauchte er keine fünf Sekunden. Ganz zum Schluß brachte Curt so etwas wie eine Abwehrbewegung zustande. Aber es nützte nichts mehr. Roog traf ihn mit der vollen Wucht, er brachte einen Tiefschlag in die Hoden an, setzte im Fallen einen Hieb auf die Kinnspitze hinterher.

Bevor der Stinker erfaßte, was geschah, lag er hilflos am Boden. Roog war schon über ihm.

„Also: Wo finde ich Schelm?"

Dem Rotschopf traten fast die Augen aus den Höhlen.

„Was ...?"

„Du hast ganz richtig verstanden!" fuhr er Curt an. „Schelm! Wo ist er?"

Keine Antwort. Roog schlug mit beiden Fäusten auf die Schultern, direkt von vorn, in Höhe der Schultereckgelenke. Der Schlag kugelte beide Schultern aus. Ein brüllender Schrei, ein vergebliches Aufbäumen, und Curt fing heftig zu zappeln an. Roog faßte mit beiden Händen seinen Kehlkopf. Er übte Druck aus. Im selben Moment lag der Rotschopf völlig still. Seine Augen tränten, die Lippen zitterten heftig, aber er hörte auf, sich zu wehren.

„Zum letzten Mal, Curt: Wo ist Schelm?"

Der Stinker wollte schon Antwort geben – da sprang die Tür gegenüber auf. In der Schwelle stand Millie. Die dicke Frau hielt einen Strahler in der Hand. Sie stieß einen trompetenhaften Laut aus. „Laß los!" brüllte sie. „Laß Curt los!"

Millie stürmte vor, den Strahler gehoben. Plötzlich blieb sie stehen und zielte auf ihn – während sein eigener Strahler in der Tasche steckte. Roog hatte immer noch Curts Hals in den Händen. Mit ganzer Kraft riß er den Rotschopf in die Höhe. Es mußte ein widerlicher Schmerz sein. Der Stinker half sogar noch mit. Roog brachte den Körper zwischen sich und Millie. Als sie schoß, traf die Thermoenergie statt Roog den Rotschopf.

Der Kerl war auf der Stelle tot. Roog ließ ihn fallen, die verkohlte Leiche war kochend heiß.

Millie stand mit riesengroßen Augen da. In dem Moment besaß er keine Deckung mehr. Roog verstand nicht, warum sie nicht schoß. Er langte in die Tasche, suchte mit fliegenden Fingern den Stab, griff im ersten Augenblick daneben. Der Strahler in Millies Händen zitterte. Sie starrte nur die Leiche an, als hätte sie niemals vorher einen Menschen umgebracht. Unwahrscheinlich, dachte er, während er endlich seine Waffe fand.

Plötzlich schluckte sie. Millie fixierte Roog mit einem mörderischen Blick. Er hatte keine Wahl. *Abdrücken, Roog.* Aus dem Stab löste sich ein Blitz, fuhr in die Brust der fetten Frau, verbrannte ihre Lungenpartie und das Herz zu Asche. Millies Körper klappte zusammen. Es polterte nicht einmal, sondern sie fiel wie ein nasser Sack.

„Scheiße."

Roog schaute zornig auf die beiden Leichen. Er steckte seinen Thermostab in die Tasche und hob statt dessen Millies Waffe auf. Ob sie da unten zu Recht lagen oder nicht, darüber machte er sich keine Gedanken. Ärgerlich war nur, daß er jetzt keinen mehr hatte, den er nach Schelm befragen konnte.

Für einen Augenblick schien es still zu werden. Die Reihe der Explosionen stockte. Ides Rache hatte das meiste, was offen zugänglich war, erwischt und lahmgelegt. Er nutzte die Gelegenheit, noch mal einen Funkkontakt zu versuchen. Alle Frequenzen waren gestört.

Roog wunderte sich, daß keine Guardians nach draußen kamen. Irgendwo mußten sie sitzen, irgendwo hier. Andererseits, was sollten sie auf dem Korridor? Wahrscheinlich waren sie alle in der Schaltzentrale, wenn so etwas existierte.

Um die Biegung trat eine Gestalt. Sie schien sich in Eile zu befinden. Roog hob den Kopf. Er konnte die Person anfangs nicht deutlich erkennen; sie ähnelte einem Schatten, zumindest auf den ersten Blick. Als der Schatten ihn gewahrte, stockte der Schritt. Roog dachte an Nicolos Gmokett zurück, an das Verhör im Tower: *Schelm war bloß ein Schatten ... Irgend so ein optischer Effekt ... Zwei Meter groß und breite Schultern, ein Hüne, ein Schattenmann!* Roog erblickte vor sich genau das, was Gmokett beschrieben hatte.

Ein Schattenmann, zwei Meter groß. Die Gestalt besaß unscharfe Ränder, und die Glieder schienen zu zerfließen, wenn man genauer hinsah. Er hob Millies Strahler und zielte auf sein Gegenüber. „Stehenbleiben, Schelm!" ordnete er mit deutlicher Stimme an. „Ich erkläre dich im Namen des Terranischen Liga-Dienstes für verhaftet. Keine Bewegung. Ich mache von der Waffe Gebrauch."

Roog bildete sich ein, daß er ein Lachen hörte.

Der Schatten fuhr herum.

Im selben Augenblick löste Roog Millies Waffe aus. Wenn er einen Strahler in der Hand hielt, kannte er keine Nerven. Diesmal war es nicht anders als sonst, nur die Bedeutung war eine andere. Diesmal galt der Schuß nicht einem leichten Opfer, so wie Millie oder Curt, sondern einem Massenmörder. Ein gleißend heller Thermostrahl löste sich und traf den Kopf des Schelms.

Roog erwartete, den Schatten fallen zu sehen. Statt dessen setzte der einfach seine Bewegung fort – und war um die Ecke herum.

„Stehenbleiben!“ brüllte er.

Der Schatten dachte nicht daran. Das Geräusch eiliger Schritte erklang. Roog überwand den ersten Schrecken, dann explodierte er förmlich. Er sprang über die Leichen hinweg und erreichte mit wenigen Sätzen die Biegung des Korridors. So kam er gerade recht, den Schatten weit hinten durch eine Tür verschwinden zu sehen. Es war die zum gelben Zimmer, wo er eben noch die Daten geprüft hatte.

Roog erinnerte sich: Das gelbe Zimmer besaß nur eine Tür. Schelm steckte in der Falle. Wo er den Schattenmann finden konnte, wußte er nun.

Sobald der andere seine Lage realisierte, mußte man mit Verzweiflungstaten rechnen. Roog setzte voraus, daß die Kraftwerke bis zum jetzigen Zeitpunkt nicht explodiert waren. Angenommen, der Guardian trug den Sender bei sich – was passierte dann? Vielleicht drückte er den Knopf, sobald er sich in die Enge getrieben sah. Vielleicht gelang es aber auch, ihn vorher zu hindern. Alles hing von der Persönlichkeit seines Gegners ab. Roog nahm sich vor, Schelm bei der nächsten Gelegenheit über den Haufen zu brennen. Er brauchte ein einziges Mal freie Schußbahn.

Vorausgesetzt, ihm passierte nicht noch mal ein Fehler wie gerade eben.Wenn es denn ein Fehlschuß war ...

Roog näherte sich vorsichtig der Tür. Die silbergraue Kugel des Sekretärs blieb an seiner Seite, die ganze Zeit. Er mußte aufpassen, daß er beim Eintreten nicht in einen Hinterhalt lief.

Wenige Meter vor dem Ziel platzte alles. An der linken Korridorseite flogen die Türen auf. Elf Personen kamen zum Vorschein. Sie waren ebenso überrascht wie er, eine Sekunde lang tat sich überhaupt nichts. Als erster reagierte Roog; er warf sich herum, spurtete los, während er hinter sich aufgeregte Stimmen hörte.

„Störmanöver fliegen!“ brüllte er.

Das war das Stichwort. Störmanöver – ein Begriff aus der Kampfroboter-Bibliothek.

Der Sekretär wich von seiner Seite, stieg in die Höhe, führte unvermittelt sinnlose Manöver aus. Eine Strahlbahn flimmerte durch den Gang. In die Decke fraß sich eine brennende Spur, Plastik spritzte in einem Tropfenregen, während Roog mit einem gewaltigen Satz um die Ecke hechtete. Er hatte wenig Vorsprung. Die anderen waren elf, er besaß nur Millies Strahler und den Stab in seiner Tasche. Ob er hinter einer Tür verschwand oder nicht, war völlig egal. Sie konnten ihn ebenso festnageln, wie er es mit Schelm gern gemacht hätte. Roog sah, daß er nicht fliehen durfte. Er mußte sie besiegen, egal ob es sich um elf oder hundert Gegner handelte.

Neben den Leichen, neben Millie und Curt, gähnte in der Wand ein Loch. Die Verschalung war abgeplatzt. Dahinter glitzerte etwas, eine der vielen Thermokanonen. Roog erkannte seine Chance. Er riß mit bloßen Händen den Rest Verkleidung ab. Die Kanone gehörte zu einer Batterie mit Thermo-, Desintegrator- und Paralysewaffen. An einer Ecke hing die Kanone fest. Mit dem Stab durchtrennte er das Material, es gab ein knallendes Geräusch, schon polterte die Kanone aus ihrer Halterung zu Boden. Das Ding wog wenigstens vierzig Kilogramm. Trotzdem schaffte er es, sie hinter den beiden Leichen in Stellung zu bringen.

Wo er eben die Verbindung abgerissen hatte, befanden sich manuelle Kontrollen. Für ihn ein Glück, für die Guardians das Ende eines schlechten Tages. Roog legte sich flach auf den Boden, hinter Millie und Curt. Die elf erreichten die Biegung. Nicht alle zugleich, sondern mit ein paar Metern Abstand, so daß die ersten schon die Waffen hoben, während die letzten gerade ankamen.

Er mußte alle zugleich erwischen. Sonst ging es ewig im Korridor hin und her. *... neun, zehn, elf ... Vollzählig!* Roog justierte die Kanone auf breite Streuung. Er hörte keine Schritte mehr. Mit einem Knopfdruck löste er die Kanone aus. Ein fächerartiger Strahl fraß sich durch die sterblichen Überreste vor seiner Nase. Curt verglühte sofort, Millie brauchte einen Wimpernschlag länger, weil sie die größere Masse besaß. Dann waren die Guardians an der Reihe.

Roog verwandelte sie in glimmende Häuflein, der heiße Luftzug blies ihre Körper auseinander.

Die Zahl seiner Opfer im U.N.T.T.-Modehaus wuchs auf dreizehn Personen. In der Personalakte machte sich so etwas schlecht. Wenn er es irgendwie schaffte, heil aus der Sache herauszukommen, hatte er die Kritik schon im Ohr: Kein „Hände hoch, ich schieße!“, kein „Ihr seid alle festgenommen!“

Roog stopfte Millies Strahler in die Tasche. Mit Mühe wuchtete er sich die Strahlkanone auf die Schultern. Das Ding wog viel, trotzdem schleppte er es um die Biegung, durch den halben Korridor bis vor die Tür zum gelben Zimmer. Roog konnte sich denken, daß der Kerl auf der Lauer lag. Vor der Tür brachte er die Kanone in Stellung. Die Tür sollte platzen, die Energie den Raum in Trümmer legen. Käme Schelm dabei ums Leben – Roog hätte nichts einzuwenden.

Per Knopfdruck löste er die Kanone aus. Eine volle Breitseite zerstörte die Tür. Roog ließ den Auslöser nicht los, sondern trat mit vorgehaltener Kanone ins Zimmer. Eine Flut von Thermoenergie vernichtete Tisch, Stühle und technische Anlagen. Die ockergelbe Farbe des Zimmers verbrannte zu rußigem Grau, die Kunstlicht-Holoramen implodierten und verschmolzen mit der Wand. Er ließ das Ding fallen, warf sich zu Boden, zog im Fallen Millies Strahler. Der Boden war glühend heiß.

Roog kam ächzend wieder auf die Beine. Keine Spur vom Schattenmann. Keine Leiche und kein Hinterhalt.

Er konnte es drehen und wenden, wie er wollte, der Kerl war verschwunden. Möglich, daß er die Zeit genutzt hatte und über den Korridor verschwunden war. Aber Roog wollte das nicht glauben. Er schaute angestrengt auf die Fingernägel seiner linken Hand. Mit Hilfe der Mikroorter suchte er ein optisch verzerrendes Feld, wie es Schelm offensichtlich einsetzte. Fündig wurde er nicht. In erreichbarer Nähe lief kein einziger Deflektor. Die Möglichkeit, daß sich der Schattenmann unsichtbar versteckte, ließ sich damit ausschließen. Zuletzt untersuchte er Decke, Boden und Wände. Er stieß auf einen getarnten Zugang in der Wand links von der Tür. Dahinter ortete er einen Hohlraum. Es mußte ein verborgenes Zimmer geben, das sich an dieses anschloß.

Roog nahm an, daß Schelm auf diesem Weg verschwunden war. Er untersuchte die Wand. Die entsprechende Stelle machte einen so verkohlten Eindruck, daß er die Suche nach dem Verschlußmechanismus aufgab. „Scheiße.“ Die Ritzen der Geheimtür waren mit der Wand verschmolzen. Für ihn nicht mehr oder nicht weniger als eine Katastrophe, weil jede Sekunde Verzögerung den Kraftwerken steigende Gefahr brachte.

Roog wuchtete noch einmal die Kanone hoch. Wenn es mit Feingefühl nicht fruchtete, dann eben mit Gewalt.

Er löste die Kanone aus. Nichts passierte.

Wütend versuchte er es ein zweites Mal, aber an der Mündung rührte sich nichts. *Exitus.* Das Ding war hinüber. Ausgerechnet jetzt, da er es am nötigsten brauchte.

Schelm hörte es an der geheimen Tür rumoren. Jemand war auf seiner Spur. Er nahm an, daß es sich um den großen Blonden handelte, den Mörder von Millie und Curt.

Dieses Gesicht ... Sholter Roog, der TLD-Agent? Derselbe, überlegte er ärgerlich, den Felsenheimer hätte liquidieren sollen! Roog war noch da – vom Tomopaten dagegen fehlte jede Spur. Es war eigentlich nicht denkbar, aber alles deutete darauf hin, daß Roog Felsenheimer umgebracht hatte, nicht umgekehrt.

Schelm nahm sich Zeit, eine Strategie festzulegen. Er konnte natürlich die Reaktoren sprengen. Vielleicht nur einen oder zwei, vielleicht alle zugleich. Allein, welchen Nutzen brachte das? CCCB-9999 wurde soeben über den Sender geschickt. Er besaß in jedem Fall die Möglichkeit, sich in Besitz einer Aufzeichnung zu setzen. Es schien ihm klüger zu sein, wenn er auf die Sprengung verzichtete und statt dessen sein Pulver für einen späteren Zeitpunkt sparte.

Und nun? Er konnte sich dem Kampf mit Roog stellen. Aber das kostete Zeit und brachte wenig ein. Zeit stellte einen wichtigen Faktor dar. Statt dessen beschloß er, das U.N.T.T.-Gebäude zu verlassen. Sobald er draußen war, wollte er ein Lebenszeichen an den TLD senden; nicht daß sie etwa glaubten, sie könnten ungestraft die Kraftwerke säubern.

Schelm begab sich in seine Kammer zurück, öffnete den geheimen Gang und floh. Erst als er sich in Sicherheit befand, schaute er aus dem Fenster – und erlebte eine fürchterliche Überraschung. Über der Straße nach Andromeda stand ein 800 Meter durchmessender Kugelraumer. *PAPERMOON-Klasse, so gut wie unbesiegbar.* Das schlimmste war jedoch, daß der Raumer einen Paratronschirm aktiviert hatte. Mit anderen Worten: Der kleine Schelm konnte nicht mehr entkommen. Durch den Paratron gab es keine geheimen Gänge. Damit kippten alle seine Pläne. Es war eigentlich unmöglich. Und doch mußte er anerkennen, daß er auf der ganzen Linie verloren hatte. Mit hoher Wahrscheinlichkeit konnte er seinen Sender vergessen; er glaubte nicht, daß man drüben so dumm war, Funklücken offenzuhalten. Trotzdem, Schelm nahm den kleinen Kasten in die Hand und drückte einige Male hintereinander den Auslöser. Wenn alles funktionierte, flogen in diesem Augenblick sechs Hypertrop-Kraftwerke in die Luft. Er besaß keine Möglichkeit mehr, den Vollzug zu prüfen. Dafür waren die Reaktoren zu weit entfernt.

Für alle Fälle, falls er doch noch in Freiheit gelangte, steckte er den Sender wieder ein. Was blieb zu tun? Er konnte das Nebelfeld ausschalten, einfach nach draußen gehen, sich unter die Leute mischen. Aber sie würden keinen entkommen lassen, der sich im Inneren des Paratrons befand. Einer ernsthaften Prüfung konnte er nicht standhalten. Dafür fürchtete er zu sehr die Dunkelheit und die Kälte. Ins U.N.T.T.-Gebäude konnte er ebenfalls nicht zurück.

Er nahm an, daß sein Verfolger namens Roog den geheimen Gang mittlerweile entdeckt hatte. Roog schien das mit dem Paratron nicht zu wissen. Sonst hätte er auf Unterstützung gewartet und sich nicht selbst in Gefahr begeben.

Der kleine Schelm schwor, daß er niemals wieder in einer Kammer ohne Klinke leben würde. Ein Gefängnis wäre so eine Kammer. Am Leben bleiben bedeutete ihm nicht sehr viel; Angst hatte er nur davor, durch die unendlichen Linien zu sterben. Durch das Rot und das Blau in seinen Träumen. Daß sie sich irgendwann berührten und das Universum explodierte. Aber das konnte nur passieren, wenn er schlief.

Schelm dachte an die allererste Zeit zurück, als er seinen Eltern entflohen war. Damals war er durch die Hinterwäldlerstadt gewandert, und die Leute hatten ihn angestarrt, peinlich berührt oder voller Mitleid. Daß er Vaters Sohn war, wie hätten sie das auch wissen sollen. – Diese Frau, die ihm helfen wollte. Die er tötete und in deren Haus er lebte, bis das Raumschiff kam. Erinnerungen. Glückliche Tage.

Alles, was ihm jetzt noch blieb, war ein bißchen Freude. Und ein bißchen Lust am Schmerz. Schelm drehte sich um und betrachtete die wunderbaren Dinge, die da vor ihm lagen.

Gern hätte er sich zwei Stunden hingehockt und einfach nur gespielt. *Wo ist bloß die Zeit geblieben?* Er hockte sich auf den Boden und fing zu basteln an. Basteln konnte er gut.

„Roog. Roogroogroog. Rooooog ...wo bleibst du denn?"

Die ZARAGON senkte sich als gigantischer Schatten über den inneren Ring. Kellind beobachtete es vom Gleiter aus. Über dem Gebäude, in dem U.N.T.T.-Mode residierte, wurde es dunkel. Die Straße nach Andromeda erschien als Ausschnitt einer Spielzeugstadt. Sie mittendrin: Wie gern hätte sie sich bedeutungslos gefühlt, wie eine Bauernfigur, die ein riesengroßer Spieler über ein Schachbrett führte. Aber so war es nicht. Für alles, was geschah, trug sie die Verantwortung.

Der Kugelraumer der PAPERMOON-Klasse aktivierte seinen Paratron. Ein intensiver grüner Schleier spannte sich über die Umgebung. Von diesem Moment an, so hoffte sie, drang nicht der Schimmer eines Funksignals nach draußen. Innerhalb des Schirmradius brach Chaos aus. Im Umkreis von mehr als einem Kilometer mündeten ein Dutzend Straßen, darunter eine Schlagader des Innenstadtverkehrs. Hunderte, vielleicht Tausende von Gleitern steckten fest. Allein die Tatsache, daß es sich um ein terranisches Schiff handelte, verhinderte eine Panik. Das Verhalten der ZARAGON sah nicht nach einem Unfall aus, sondern nach Planung. Sie beauftragte Ban Pinusta, den Kommandanten des Raumers, innerhalb des Schirmradius durch Landetruppen Ruhe herstellen zu lassen. Zwei Dutzend Space-Jets schwärmten aus, dazu 100-Meter-Beiboote vom Typ Korvette. Per Lautsprecherdurchsage wurden die Eingeschlossenen über ihre Lage informiert.

Gern hätte sie Pegasus Eutik bei sich gehabt. De Moleons Stellvertreter blieb jedoch außen vor, weil er den Paratron nicht passieren konnte. Sie durfte sich nicht hängenlassen. Sie mußte ihn draußen warten lassen, bis die Lage bereinigt war.

Kellind wies den Kommandanten der ZARAGON an, einen Sturmtrupp zusammenzustellen. U.N.T.T.-Mode residierte in den Etagen 4 bis 6. Sie plante mit hundert TARA-V-UH-Einheiten und fünfzig Leuten in SERUN-Anzügen. Es dauerte drei Minuten, dann sammelten sich vor der Straße die ersten Kampfroboter. Aus der Kugelrundung des

Schlachtschiffs schwebten Männer und Frauen, allesamt in Kampfausrüstung. Jemand brachte einen SERUN für Kellind mit. Sie ließ immer noch Störfunk auf allen Frequenzen senden. Untereinander würde es keine Verbindung geben. Es war daher nötig, präzise Absprachen zu treffen. Die Gruppenführer von der ZARAGON verteilten in Eigenregie ihre Leute. Kellinds Rolle beschränkte sich darauf, die grundlegenden Daten zu liefern; den Bauplan des Gebäudes, dazu die Informationen, die sie über die Kameras erbeutet hatte. Der Eingang zu den U.N.T.T.-Büros war durch schwere Waffen gesichert. Kellind hoffte, daß IDEVOL 76 einen Teil der Systeme bereits vernichtet hatte. Was sich an Fallen und Wandgeschützen sonst noch fand, vermochte sie nicht vorherzusagen.

Um zwei Minuten vor 16 Uhr Ortszeit begann der Sturm auf das Gebäude. Sie trafen auf keinen Widerstand.

Roog schleuderte die Strahlkanone gegen die Wand; exakt an der Stelle, wo die Tür sich befand. Wenn er gehofft hatte, die mechanische Wucht werde den Riegel knacken, sah er sich getäuscht. Er nahm Millies Strahler aus der Tasche. Skeptisch schaute er auf die Wand, dann auf die Handwaffe. Keine Chance. Wenn er sich jetzt an Schweißarbeiten machte, konnte Schelm in der Zwischenzeit Mittagsschlaf halten und trotzdem noch verschwinden.

„Sekretär", rief er statt dessen. „Her zu mir."

Die silbergraue Kugel meldete: „Einsatzklar."

Roog tippte auf die verborgene Tür und erklärte: „Du wirst dich an die gegenüberliegende Wand begeben. Dann beschleunigst du mit den höchsten Werten, die dir möglich sind. Im Augenblick des Aufpralls zündest du deinen Reaktor. Ziel der Aktion ist, an dieser Stelle die Wand zu durchlöchern. Es sollte möglichst viel von der Explosionswucht in den angrenzenden Raum ausstrahlen."

„Ich habe verstanden", antwortete der Sekretär. „Ich gebe jedoch zu bedenken, daß eventuell anwesende Personen im Raum dahinter geschädigt werden könnten."

„Das ist durchaus in meinem Sinn. – Warte, ich will vorher noch raus hier." Roog verschwand nach draußen auf den Gang, brachte sich ein paar Meter weiter in Sicherheit. Im stillen bedankte er sich bei Kellind. Das mit dem Sekretär war ihre Idee gewesen.

„Jetzt!" rief er.

Eine dumpfe Explosion ereignete sich keine zwei Sekunden später. Durch die Türöffnung schoß eine Stichflamme auf den Gang. Roog kämpfte sich durch den Qualm. Die Wand mit der Geheimtür lag in Trümmern, dazwischen mischten sich die Reste des Sekretärs mit

Brocken aus Plastik und Stahl. Vorsichtig stieg er durch die Scherben, Millies Waffe im Anschlag. Jeden Augenblick erwartete er, auf Schelm oder auf seine Leiche zu treffen.

Das Zimmer dahinter war klein, zwanzig Quadratmeter. An der Decke brannte noch eine von ursprünglich sechs Lampen. Das Licht war von der grellen Sorte. In der linken hinteren Ecke lag ein umgekippter Sessel: die einzige Spur von Einrichtung, die es gab. Roog schaute sich das Möbelstück an. Er entdeckte keinen Hinweis. Statt dessen stieß er auf Fugen in der rückwärtigen Wand, an dieser Stelle befand sich eine weitere Tür. Trotz der Explosion machte sie einen unversehrten Eindruck. Eine Klinke gab es nicht. Probeweise übte er mit dem Fuß ein bißchen Druck aus, doch die Tür war von innen abgeschlossen. Roog brauchte nur das Schloß zu zerstören. Er trat nach hinten, richtete Millies Strahler auf den Bereich, wo er den Riegel vermutete, drückte bei mäßiger Bündelung einige Male ab. Etwas brach mit einem leisen, knackenden Geräusch.

Er steckte den Strahler weg und holte sich den Sessel. Das Ding stand auf vier Rollen und war nicht beschädigt. Roog holte Schwung, schob den Sessel kräftig in Richtung Tür und sprang beiseite.

Die Tür flog auf. Der Sessel blieb auf der Schwelle stecken. Ansonsten passierte nichts. Schelm rechnete wohl nicht damit, daß es jemandem gelingen könnte, ihn bis hierher zu verfolgen.

„Okay“, sagte er laut. „Du hebst jetzt die Hände und kommst friedlich da raus, dann schieße ich nicht.“

Keine Antwort.

Roog starrte nervös auf die Öffnung. Ihm lief die Zeit davon. Er schlich in die Mitte des Zimmers zurück, schaute auf ein grell erleuchtetes Zimmer mit ebenfalls weißen Wänden. Das einzige Stück Möblierung, das er sah, war ein kurzes Bett. Keine Spur vom Schattenmann. Was nun? Frontalangriff schien ihm das beste zu sein, genauer gesagt, die einzige Lösung, wenn er nicht auf Weihnachten warten wollte. Er faßte Millies Waffe schußbereit, nahm zwei Schritte Anlauf und hechtete über die Schwelle. Mit voller Wucht krachte er auf das Bett. Er stieß sich an der Wand ab, fuhr herum, überblickte sein Umfeld im Fallen. Der Raum war leer.

„Schon wieder nichts! Scheißdreck!“

Roog rappelte sich hoch und checkte seine Fingernagelorter. Es gab keine Hinweise auf eine versteckte Person. Es war sehr warm, um die 25 Grad, schätzte er. Eine abgeteilte Ecke enthielt eine Toilette und eine Hygienekabine. Auffällig schien ihm die perfekte Sauberkeit. Die Matratze des Bettes besaß keinen Eigengeruch, sie wirkte völlig unberührt. Ein Mann oder ein Wesen von der Körpergröße des Schelms konnte sie nicht benutzen, weil sie viel zu kurz war. An der linken Wand stand eine Reinigungsmaschine, eine von der Sorte für bettlägerige Patienten, wie man sie nebenbei zur Massage oder für die Körperpflege einsetzte. Ein gläserner Kühlschrank enthielt Nahrungsmittel für Monate, eine Mikroküche daneben diente ihrer Zubereitung. An der rechten Wand standen ein Stuhl und zwei Trivideo-Geräte. Eines spielte ohne Ton die Sendung eines Nachrichtenkanals ab, das andere zeigte ein stationäres Bild; der bunt getünchte Bungalow deutete darauf hin, daß es sich um ein Kraftwerk handelte. Welche Nummer, das ließ sich nicht erkennen. *Unversehrt.* Hieß das, der Schattenmann hatte den Zündimpuls noch nicht gesendet?

Roog verstand den Nutzen des Zimmers nicht. Der Schattenmann verfügte über drei ganze Etagen, wenn er wollte. So gesehen machte das enge Loch keinen nachvollziehbaren Sinn. Mit seinen Nagelortern nahm er die Wände unter die Lupe. Roog suchte nach einer weiteren versteckten Tür, allerdings ohne fündig zu werden. Die Decke bestand aus massivem Plastik-Verbund, darüber lag etwa ein halber Meter Dämmaterial. Mit dem Boden war es dasselbe, keine Fugen, keine Hohlräume.

Trotzdem, etwas störte ihn noch ... Er ließ zwei-, dreimal den Blick durch das Zimmer wandern, dann fiel ihm auf, daß es das Bett war.

Wenn man das Zimmer durchquerte, stand das Gestell im Weg. Das Bett samt Matratze war auffällig leicht, beides zusammen wog höchstens zehn Kilogramm. Er hätte es niemals in die Mitte gestellt, sondern in die freie Ecke hinten rechts. In der bewußten Ecke lag dafür eine Matte aus Kunststoff, bedruckt mit einem kitschigen Merchandising-Motiv. Es handelte sich um das Abbild eines schleimigen Monsters mit Reißzähnen, wahrscheinlich aus einer schlechten Trivid-Oper für Kinder. Darunter stand „Grüße vom Sternenbiest“, und er nahm an, daß das der Titel der Oper war. Roog wollte die Matte mit dem Fuß wegschieben. Aber sie war festgeklebt. In der Faserstruktur bemerkte er vier niedergedrückte Stellen. Er verglich sie mit den Füßen des Bettgestells – und stellte fest, daß das Bett bis vor kurzem noch auf der Matte gestanden hatte. An der Wand befanden sich einige Regler, für Licht und Temperatur. Sie eigneten sich zur Bedienung durch eine Person, die genau an dieser Stelle im Bett lag.

Schelm hatte das Bett verschoben. Roog schätzte, daß der Vorgang auf keinen Fall länger als ein paar Tage zurücklag. Es konnten aber auch nur ein paar Minuten sein.

Er bückte sich, faßte zwei Enden der Matte und rüttelte. Was ihm mit den Füßen nicht gelungen war, schaffte er jetzt: Die Matte bewegte sich. Allerdings nicht zur Seite, sondern nach oben. Sie entpuppte sich als oberes Ende einer primitiven Falltür, die gegen Ortung gesichert war.

Darunter kam ein matt erleuchteter Schacht zum Vorschein. Roog besaß keine Lampe. Er kniff die Augen zusammen und schaute angestrengt. Es schien sich um eine Art Kriechkeller zu handeln, nicht mehr als etwa einszwanzig tief. Unter dem Zimmerboden des Gebäudes führte der Keller in Richtung Außenwand; mit hoher Wahrscheinlichkeit der Fluchtweg des Schelms. Behutsam ließ er sich nach unten gleiten. Roog zog die Klappe wieder. Er hielt den Strahler schußbereit. Wenn er Pech hatte, lauerte irgendwo der Schattenmann. Es dauerte ein paar Sekunden, dann gewöhnten seine Augen sich an die Lichtverhältnisse. Der Kriechkeller ließ sich als Gang beschreiben, als Verbindungslinie zwischen dem Zimmer und einem flackernden Licht in zwanzig Metern Entfernung.

Roog näherte sich der Lichtquelle. Er stieß auf einen vertikalen Schacht von zwei mal zwei Metern Durchmesser. Das flackernde Licht kam von oben. In Etage 6 loderte ein Feuer, beißender Qualm stieg ihm in die Nase. Anzunehmen, daß Ides Rache das eine oder andere Gerät zerstört hatte und daß daraus ein Brand entstanden war.

Roog hielt prüfend eine Hand in den Schacht. Er stellte kein Antigravfeld fest. Wenn man den Schacht benutzen wollte, dann ausschließlich mit den Leitersprossen in der Wand. Schelm hatte also klettern müssen.

Nach oben kam nicht in Frage, dort loderte das Feuer. Demnach hatte sich der Schattenmann abwärts gewandt. Vorsichtig steckte er den Strahler in eine Tasche seiner Pluderhose, so daß er nicht herausfiel, prüfte die oberste Sprosse der Leiter, dann schwang er sich seitwärts in den Schacht. Roog kletterte zügig nach unten. Die Vorstellung, sein Gegner könnte sich in der Nähe befinden und auf der Lauer liegen, sorgte für ein mulmiges Gefühl. Irgendwo mußte er ja geblieben sein. Und er mußte über ein konkretes Ziel verfügen, das er nur über diesen Schacht erreichen konnte. Sonst hätte er nicht die Mühe auf sich genommen, sondern hätte sich Roog zum Kampf gestellt. In Höhe von Stockwerk 4 gähnte ein Loch in der Wand. Ein Kriechkeller von derselben Sorte wie eben schloß sich an. Er verließ den Schacht, folgte dem Gang zum Ende, hob eine Bodenklappe und steckte den Kopf in einen vollständig dunklen Raum. Roog sah in der Finsternis nichts, auch nicht seine Nagelorter. Notgedrungen zog er den Strahler und schloß die Augen. Ein ungezielter Schuß schlug in die Wand. Als er die Augen öffnete, glühte die Stelle noch, und er suchte im roten Licht einen vollständig leeren Raum nach Spuren ab.

„Dreck."

Roog hastete zurück zum Schacht, zur Leiter, setzte seinen Weg nach unten fort. Er kriegte weniger Luft, weil das Feuer im 6. Stock Sauerstoff zog. Die Etagen 3, 2 und 1 besaßen keine Ausstiege. Statt dessen führte der Schacht weiter abwärts. Das Gebäude zählte zum ältesten Kern der Stadt. Anzunehmen, daß der Schacht aus den Dunklen Jahrhunderten stammte, als die Erde besetzt gewesen war. In den Dunklen Jahrhunderten wäre die Menschheit um ein Haar vernichtet worden. Bis Perry Rhodan kam und Rettung brachte. Aus dieser Zeit mußte es noch viele Schächte geben, Fluchttunnel so wie diesen, geheime Kammern, was man so brauchte im Untergrund.

Geheimnisvolles Terrania. Roog lachte. Dreißig Meter unterhalb des Erdbodens endete die Kletterpartie. Der Schacht ging in einen horizontalen Gang von zwei Metern Höhe über. Das wenige Licht stammte nicht aus Lampen, sondern aus Glasfaserpipelines zur Oberfläche. Roog folgte dem Gang. Sein Orientierungssinn sagte ihm, daß er exakt in diesem Augenblick die Straße unterquerte. Der Gang führte bis auf die andere Straßenseite, ins Gebäude gegenüber. Schelm versuchte die Flucht durch die Hintertür. Sein Vorsprung war praktisch nicht mehr aufzuholen. Was übrigblieb, war eine irreale Hoffnung, der andere möge gestürzt sein oder sich verlaufen haben. Roog beschleunigte seine Schritte, zum Schluß rannte er. Der Gang endete wiederum in einem Schacht. Diesmal funktionierte die Beleuchtung um Klassen besser, so daß er bis zum Schachtende blicken konnte. Niemand zu sehen, er kletterte einfach los. Ganz am Ende stieß er auf den einzigen Ausstieg. Durch eine Wandluke gelangte er in einen grell erleuchteten Raum.

Er benötigte ein paar Sekunden, bis er durch die Lichterflut Details erkannte. Es handelte sich um eine Lagerhalle voller Spielzeug. Von der Decke strahlten sechs Scheinwerfer, leuchtkräftige Spots, bis zum Anschlag hochgefahren.

Sein Mißtrauen erwachte. Keine Seele an der Arbeit. Wozu das helle Licht?

Bis in fünf Meter Höhe stapelten sich Puppen, technische Spielgeräte, Baukästen der verschiedensten Sorte, kleine Gleiter, Spielcomputer. Der Schlager der Saison waren nachgebildete Haluter von eineinhalb Metern Größe. Roog erinnerte sich, die Dinger schon mal gesehen zu haben, doch er wußte nicht mehr, wo. Mit vier Armen und säulendicken Beinen, der schwarzen Haut und den zahnbewehrten Kuppelschädeln sahen sie wahrhaftig echt aus. Nur zu klein waren sie, wahrscheinlich nicht sehr stabil. Mindestens hundert von den Dingern standen herum.

Lautlos tat er einen Schritt nach vorn. Nichts passierte. Das Luk gehörte zur Belüftungsanlage. Er klappte es von außen zu.

Mißtrauisch suchte er den Raum ab, mit Hilfe seiner Nagelorter. Hunderte von Energiequellen waren nicht mehr auseinanderzuhalten. Jedes Spielzeug besaß eine eigene Stromquelle. Einige Dutzend befanden sich in *aktiviertem* Zustand. Roog wußte nicht viel über

Lagerhaltung; daß ein Händler seinen Bestand nicht mit aktiven Batterien lagerte, konnte er sich jedoch denken.

Und im selben Moment hörte er ein Geräusch, ganz sacht, wie Vogelschwingen. Etwas schwirrte durch den Raum. Roog fuhr herum. Viel zu spät, er sah nur noch den Schatten kommen. Ein Spielzeuggleiter von dreißig Zentimetern Länge knallte ihm mit voller Wucht gegen die Knie. Das Mistding platzte auf und krachte ins nächste Regal. Ihm schossen Tränen in die Augen. Heulend ging er zu Boden. Er hatte links kein Gefühl mehr im Bein.

Und im selben Augenblick fing einer der Haluter an, sich zu bewegen.

Roog versuchte, auf die Beine zu kommen, doch es klappte nicht. Mit den Schmerzen im Knie konnte er höchstens kriechen. Gebrochen war nichts. Alles, was er hatte, war eine Prellung. Er spürte, wie es langsam besser wurde. Hätte er nur ein paar Minuten Zeit gehabt ... Neben dem Spielzeughaluter, der sich regte, erwachte ein zweiter zum Pseudoleben. Die zwei rissen die Rachen auf, drohten mit den Fäusten. Und dann waren es plötzlich zehn, zwanzig, immer mehr.

„He, he, Jungs", murmelte er. „Was soll das denn werden?"

Die Haluter bildeten eine geschlossene Phalanx. Roog begriff, daß sie ferngesteuert wurden. Vermutlich der Schattenmann, dachte er im ersten Augenblick. Die ganze Zeit hatte er achtgegeben, daß er ja nicht Schelm in die Falle lief, und nun passierte es doch.

Roog brauchte nur nachzudenken. Hirn einschalten. Ein Angriff – hieß das nicht, Schelm befand sich in der Nähe? Und daß er ihn noch erreichen konnte? Zumindest wenn es ihm gelang, dem Angriff der Spielzeugpuppen auszuweichen. Noch einmal versuchte er, auf die Beine zu kommen. Es hatte keinen Sinn. Die Schmerzen legten einen Nervenknoten lahm. Der Angriff, wenn es denn einer war, schien mit einemmal gar nicht mehr so lächerlich. Roog krabbelte die paar Meter zurück zur Lüftungsklappe. Im Gang konnte er zwei, drei Minuten schinden, bis das Knie wieder in Ordnung war. Mit einer Höhe von einem Meter war die Öffnung klein genug, ihn durchzulassen – aber keine der Haluterpuppen. Es sei denn, die Puppen konnten kriechen.

Roog zog am Rahmen. Er rüttelte heftig, schlug mit der Faust dagegen. Geheime Türen besaßen die Eigenart, sich nur dann zu öffnen, wenn man den gewissen Kniff kannte. Mit dem Schließen der Klappe hatte er ein böses Eigentor fabriziert.

Die Haluter bewegten sich so, daß ein Halbkreis entstand. Roog krabbelte zur Seite, auf eine der Lücken zu. Der unbekannte Lenker führte rasch eine Figur von hinten heran.

Ein Witz. Geheimagent von Spielzeugfiguren zerlegt.

Roog löste Millies Strahler aus, die Salve aus Energie verwandelte Haluter Nummer eins in ein brennendes Wrack. Die nachrückenden

Figuren schoben von hinten weiter. Roog sah seine letzte Minute gekommen. „Okay!“ schrie er laut, als die ersten nur mehr fünf Meter entfernt waren. „Okay, ich will verhandeln! Ich geb’s ja zu! Du hast gewonnen, Schelm!“ Im Surren der Spielzeughaluter klang seine Stimme dünn. Wer immer seine Worte hörte, es gab keine Reaktion.

Der Schattenmann mußte ihn sehen können. Sonst hätte er seine Figuren nicht so konsequent gesteuert, daß Roog kein Schlupfloch fand. Als Aussichtspunkt kam nur eine erhöhte Position in Frage. Aber welche? Roog gab Salven auf die Regale ab. Blindlings und ohne Erfolg, naturgemäß. Auf diese Weise machte es keinen Sinn. Er produzierte nichts als Spielzeugmüll. Eine kleine Orgel fing an zu spielen, quäkende laute Töne in Moll, dazwischen Dissonanzen. Roog haßte die kleinen Krachmacher. Ein Holoprojektor warf geisterhafte Figuren an die Wände, bis ein zweiter Projektor mit stroboskopischen Blitzen einsetzte, drei oder vier pro Sekunde.

Der Raum füllte sich mit Qualm. „Kannst du mich noch sehen, Schelm?“ murmelte er. Er kniff die Augen zu schmalen Schlitzen zusammen und blinzelte ins Licht. *Sechs Scheinwerfer. Nicht gerade viel.* „Siehst du mich? Siehst du mich noch ...?“

Seine Finger zitterten. Roog stellte seine Waffe auf Streufeuer, weil er nicht mehr präzise treffen konnte. Er zielte ins Licht, an der Decke über ihm, fünf Meter Höhe. Mit einem Schuß ließ er den Spot platzen. Plastikmaterial splitterte und verteilte sich über den Lagerraum. Dann der zweite Strahler, ein paar Meter weiter in der Ecke. *Ja!* Die beiden nächsten erwischte er nicht beim ersten Mal; er brauchte mehrere schnelle Schüsse. Und dann war nur noch ein einziger Scheinwerfer übrig.

Roog hörte ein Geräusch, es war ein zorniger Aufschrei. Er horchte angestrengt, doch das Geräusch wiederholte sich nicht.

Zehn Sekunden. Die Haluter würden ihn einfach erdrücken, auch wenn es sich nur um Spielzeug handelte. Roog visierte eine der Puppen an. Er zielte auf die Beine, schoß das linke weg, sah die schwarze Gestalt stocken, stolpern, zu Boden fallen. In diesem Augenblick zerstörte er die letzte Deckenleuchte. Es wurde dunkel. Nur das Stroboskoplicht des kaputten Holoprojektors blieb, viel zuwenig, um sich nach der Lichterflut vorher zu orientieren.

Der gestürzte Haluter kam den anderen ins Gehege. Schelm hatte nicht mehr die Möglichkeit, fernsteuertechnisch zu reagieren. Eine zweite Puppe fiel, dann eine dritte. Roog hörte es mehr, als daß er etwas gesehen hätte. Im Blitzen des Projektors versuchte er, auf die Beine zu kommen. Diesmal klappte es besser. Das linke Bein war immer noch taub, doch er brachte es fertig, allein mit dem rechten seinen Körper hochzuwuchten. Roog sah das Knäuel der gefallenen Haluter. Bevor sich der Kreis der übrigen schließen konnte, stürzte er sich in die Mitte. Zappelnde mechanische Arme trafen ihn. Er steckte heftige Schläge ein, einen davon an der Schläfe. Aber er wurde nicht zerrieben, sondern erreichte eine fast schon ruhige Stelle – mitten im Pulk.

Es wurde stiller. Irgendwann neutralisierten sich die Kräfte gegenseitig. Manche Puppen bewegten sich noch, bis sie ebenfalls den Zustand der Starre erreichten. Ganz allmählich kehrte vollständige Ruhe ein. Der Angriff der Spielzeugpuppen schien vorüber. Es kamen keine Steuerimpulse nach.

Sein klopfendes Herz beruhigte sich. Roog hörte auf, nach Luft zu schnappen. Er schloß kurz die Augen, damit er das Stroboskoplicht nicht sehen mußte, und horchte statt dessen in die Halle. Im ersten Augenblick war er nicht völlig sicher, doch je mehr er sich an die Stille gewöhnte, desto stärker nahm er eine bestimmte Sorte Geräusche wahr. Roog drehte den Kopf nach links, nach rechts, dann lokalisierte er die Richtung, aus der die Geräusche kamen. Er war sicher, daß es sich um ein menschliches Wimmern handelte.

Schelm war rasch auf den Kontrollraum gestoßen. Aus der Regie konnte er seine Soldaten perfekt zu Felde führen. Natürlich war der Kontrollraum nicht für kleine Kriege gedacht. Früher mußte dies jedoch ein Kaufhaus gewesen sein, kein Warenlager, und in Kaufhäusern war es von Vorteil, wenn die Dinge sich bewegten. Bewegung machte Umsatz.

Der kleine Schelm brachte seine Spielzeugtruppe in Stellung. Allerdings – es gab ein Problem, das er auf Anhieb nicht lösen konnte. Sobald er den Kontrollraum betrat, ging automatisch das Licht an. Schelm konnte das Licht nicht ausbekommen, obwohl er fürchtete, daß es ihn verriet.

Er lokalisierte eine Sensorschaltung, die beim Übertreten der Schwelle ansprach. Der Sensor befand sich im Türrahmen. Folglich trat er nach draußen, wartete, bis das Licht aus war, dann sprang er über den Sensor hinweg. Schelm hatte niemals Sport getrieben. Der Sprung fiel ihm sehr schwer. Er hätte sich beinahe verletzt, als er über den Boden kugelte.

Schluß!

Es war soweit. Da kam Roog.

Schelm lenkte den Spielzeugschweber. Statt des Schädels traf er nur die Beine, aber auch das war in Ordnung. Bevor Roog sich erholen konnte, setzte er seine Armee in Gang. Alles klappte wunderbar, bis zu dem Augenblick, der alles kippen ließ. Roog schoß mit seinem Strahler. Wozu? Und plötzlich war das Licht aus. Über die Monitoren drang stroboskopisches Blitzen in die Regie. Im ersten Moment merkte der Schelm gar nicht, was geschah, dann hatte er kein Gefühl mehr in den Fingern, seine Beine wurden taub. Schelm sah wieder die Linien in der Unendlichkeit, die einander nicht berühren durften. Und das, obwohl er gar nicht schlief. Er brach zusammen und wälzte sich auf dem Boden, sein Speichel schäumte. Es gab nichts, was er dagegen tun konnte.

So ist das, kleiner Schelm. Du bist ein bißchen epileptisch. Du darfst nicht mit Lichtern spielen, hörst du? Das ist schlecht für dich.

Zu spät, Mama. Ich bin gar nicht schuld.

Daß er im Kontrollraum das Licht ausgeschaltet hatte, erwies sich nun als Fehler.

Endlich Licht, Licht! Gib mir Licht, Mama.

Wenn du nicht brav bist, sperre ich dich ins Bad. Da ist es dunkel.

Wurde es jemals wieder hell, das schwor sich der Schelm, so hell wie in seiner Kammer, dann würde er Roog und die ganze Welt vernichten. Er mußte nur Licht haben. Dieses Blitzen brachte ihn um.

Roog wartete ab, bis er wieder Gefühl im linken Bein besaß. Das Knie strahlte brutale Schmerzen aus. Er versuchte, nicht daran zu denken, den Schmerz als normalen Zustand zu akzeptieren. Solange er sich keine Gedanken machte, ob ein Knorpel beschädigt oder ein Knochen gesplittert war, klappte es. Das Knie funktionierte, darauf kam es an. Die Haluterpuppen gaben einen guten Untergrund zum Klettern. Behutsam stützte er sich auf Kuppelköpfen aus Plastik ab, nutzte Spielzeugschultern als Stufen, erreichte das Ende der Gruppe.

Es fiel ihm schwer, sich im Stroboskoplicht zu orientieren. Dahinten – die Wimmerlaute.

Er folgte seinem Gehör, vorbei an Regalen und rauchenden Spielzeugtrümmern. Nachdem er die Augen praktisch nicht mehr gebrauchen konnte, war es gut, sich auf die Ohren zu verlassen. An der gegenüberliegenden Wand stand eine Tür offen. Roog richtete Millies Strahler auf die Schwelle. Er duckte sich, rückte mit maximaler Vorsicht näher. Eindeutig, das Gewimmer kam aus diesem Raum. Von draußen erkannte man einige Monitoren und zwei Stühle. Es schien sich um ein Büro zu handeln.

Auf dem Boden lag ein humanoider Körper. Die Gestalt war zwei Meter groß. *Schattenmann! Hab' ich dich.* Über die Monitoren wurde das Stroboskoplicht von draußen in den Raum übertragen, es blitzte viermal pro Sekunde.

Der Körper zuckte und wand sich wie unter elektrischen Schlägen. Roog begriff, daß ihm keine Gefahr drohte. Er richtete seinen Strahler auf die Gestalt, aber er drückte nicht ab. Noch nicht. Statt dessen überschritt er die Schwelle. Im selben Moment flackerte das Licht auf, es schien sich um einen automatischen Kontakt zu handeln. Nicht eine Sekunde ließ er Schelm aus den Augen.

Das Zucken hörte plötzlich auf. Das Gewimmer stockte. Roog sagte laut: „Schelm, ich erkläre dich hiermit für verhaftet."

Die Schattengestalt fuhr herum. Er nahm an, daß sie ihm das Gesicht zuwandte. Was, wenn sich unter dem optischen Feld eine Waffe verbarg? Roog konnte es nicht ausschließen.

„Du hast drei Sekunden Zeit, das Schattenfeld auszuschalten", drohte er tonlos. „Danach schieße ich ohne weitere Warnung."

Die drei Sekunden verstrichen. Ein stöhnendes Geräusch: „Nnnh ..."

„Los!"

Durch die Gestalt des Schattenmanns lief ein sichtbarer Ruck. Und dann lösten sich die Schleier, so wie Nebel unter einem plötzlichen Windstoß. Roog dachte erst, er bekäme ein weiteres Trugbild zu sehen. Er wollte es nicht glauben, traute seiner eigenen Wahrnehmung nicht. *Nein. Das kann nicht sein.* Zwischen den Stühlen lag der Körper eines häßlichen Kindes. Das Kind war blond wie der kleine Jomie, doch die Haare wuchsen spärlich, mit deutlichen Geheimratsecken. Trotz der kindlichen Züge durchfurchten Hunderte von Falten das Gesicht. Das Kind hatte Schaum vor dem Mund, sein Gesicht war über und über mit Speichel bekleckert. Eine Waffe war nicht zu sehen. Alles sprach für einen epileptischen Anfall.

Er hätte fast die Waffe sinken lassen. „Bist du Schelm?" fragte er fassungslos.

Das Kind keuchte ein bißchen, es rang um Atem, dann antwortete es mit der dunklen Stimme eines erwachsenen Mannes: „So ist es ... Kleiner Schelm. Und wer bist du?"

„Sholter Roog. Terranischer Liga-Dienst."

„Ah ... Ich dachte es mir. Roog ... Jetzt ist also Sendeschluß."

Der Ausdruck „Sendeschluß" irritierte ihn, aber nur im ersten Moment. Der Kleine meinte wahrscheinlich, daß er jetzt verloren hatte.

„Sendeschluß ... Könnte man so sagen, Schelm."

Roog begriff plötzlich, wieso er beim ersten Treffen den Kopf des Schattenmannes verfehlt hatte; weil das optische Feld einen sehr viel größeren Körper suggerierte, als es in Wahrheit der Fall war. Das winzige Bett ließ sich ebenfalls leicht erklären. Schelm brauchte kein größeres. Ein Massenmörder mit der Größe eines Kindes. Schelm war menschlicher Herkunft, das bewies die Anordnung von Augen, Ohren, Nase und Mund. Die Augenfarbe stimmte mit dem menschlichen Durchschnitt überein, ein Blau mit Spuren von Grün und Grau. Tiefe

Furchen spannten sich von den Mundwinkeln zur Nase, die Stirn wirkte regelrecht zerklüftet. Roog erinnerte sich an eine seltene Krankheit, deren Name ihm nicht einfiel; einen genetischen Defekt, der Kinder im frühesten Alter in Greise verwandelte. Es mangelte dem Gesicht an Ausdruck. Doch die Faltentiefe ließ auf ein biologisches Alter von mindestens achtzig Jahren schließen.

Wie ein solches Individuum zu den Guardians kam, insbesondere in eine führende Position, vermochte sich Roog nicht zu erklären. Der Körper war nicht alles, was zählte, ganz gewiß nicht. Was, wenn der ehemalige Schattenmann über einen hervorragenden Intellekt verfügte? Wenn er das optische Verzerrerfeld nur benutzte, um seine Gestalt zu verschleiern? Je länger Roog nachdachte, desto plausibler schien ihm die Version.

Ein herausragender Geist paarte sich nicht immer mit Moral. Schelm stellte dafür ein lebendiges Beispiel dar.

„Okay", sagte Sholter Roog. „Ich will sehen, was du in der rechten Hand hältst."

Schelm grinste plötzlich breit. Sein Gesicht verwandelte sich in eine dämonische Fratze. Er öffnete die geschlossene Faust für einen Augenblick, zeigte einen winzigen grauen Kasten, dann schloß er sie wieder.

„Das ist ein Sender. Ein Hyperfunk-Signalgeber."

Roog wurde eiskalt. Er spürte, wie die Hand, mit der er seinen Strahler auf den Kleinen gerichtet hielt, zu zittern anfing.

„Was für ein Sender?" fragte er.

„Damit sprenge ich die Kraftwerke. Ich muß nur einmal die Faust ganz zumachen. Vielleicht mache ich das wirklich."

„Welchen Vorteil hättest du davon?"

„Wer weiß? Ein bißchen Spaß zum Sendeschluß?"

Roog fixierte den Kleinen. Zu Anfang hatte er Mitleid verspürt, Betroffenheit. Aber jetzt nicht mehr. Das verdammte Grinsen machte ihn fertig. „Du wirst diesen Kasten jetzt ganz langsam auf den Boden legen, Schelm. Dann werde ich nicht schießen, und du kommst mit dem Leben davon."

Der Kleine kicherte. Er schien sich königlich zu amüsieren, wie er da am Boden hockte, mit dem ganzen Sabber im Gesicht – und dem Kasten in der Faust.

„Du bist doch einer von den Guten, Roog. Du darfst nicht einfach schießen. Das wäre Mord. Juristisch gesprochen, meine ich."

„Ich könnte auch wieder das Licht ausmachen. Dann lasse ich dich liegen, bis dich jemand findet."

Das Grinsen kippte um. Roog erkannte blanken Haß. Er war auf der richtigen Spur.

Schelm sagte: „Ich würde das an deiner Stelle nicht machen. Ich kriege Muskelkrämpfe, wenn das Licht aus ist. Ein Krampf in der Faust. Das gibt tausendmal den Sendeimpuls."

Roog tat einen Schritt nach vorn.

Schelm zuckte zusammen und riß die Faust hoch.

„Komm nicht näher. Ich löse den Detonator aus."

Roog blieb stehen. „Wie denkst du dir das? Wollen wir hier stehenbleiben bis zum Jüngsten Gericht?"

„Nein. Ich sage dir, was wir tun. Du wirfst einfach deine Waffe weg, hier auf den Boden, und dann warten wir auf deine Leute. Die sind nämlich schon draußen, Roog, bestimmt tauchen sie bald hier auf. Ich bin ganz sicher. Sie werden sehen, daß ich den Detonator habe. Ich werde freien Abzug fordern, und sie werden mich gehen lassen. Wie findest du das?"

„Scheiße."

„Na ja. Das dachte ich mir." Schelm kicherte. „Vielleicht sehen wir uns sogar noch mal wieder, Roog, irgendwann und irgendwo. Heißt es nicht, man trifft sich immer zweimal? Vielleicht bringe ich dich dann sogar um. – Und jetzt", führte der Kleine genüßlich aus, „wirfst du deine Waffe weg. Du weißt genau, was sonst passiert."

Roog fragte stur: „Was denn?"

„Ich nehme an, unsere Hochrechnungen sind identisch. Ich gehe von dreißigtausend Opfern aus."

„Hast du überlegt, was danach kommt? Ich kann dir stundenlang weh tun."

„Runter mit dem Strahler, Roog."

„Ich behalte meine Waffe."

„Dann ..."

„Warte!" fügte Roog rasch hinzu. „Wir können einen anderen Handel machen. Du legst den Detonator weg, ich den Strahler. Beide gleichzeitig. Ich will bloß sicher sein. Nicht daß du plötzlich wieder Krämpfe kriegst."

„Halt dein Maul", versetzte der Kleine finster.

„Anschließend hast du freien Abzug. Ich gebe dir zehn Minuten Vorsprung."

Schelm lachte. „Warum sollte ich handeln, Roog?"

„Weil du anders keine Chance hast."

Noch einmal erklang das Lachen, gefolgt von der Teufelsfratze. „Ich hatte eine schwere Kindheit", meinte Schelm mit ätzendem Sarkasmus. „Eine Chance hab' ich sowieso nicht. Also, Roog: Ich verspreche dir, wenn du den Strahler zuerst wegwirfst, werfe ich den Sender weg."

„Hältst du mich für blöd?"

Dreißigtausend. Ich nehme an, unsere Hochrechnungen sind iden-

tisch, sagt der Schelm. Roog preßte die Lippen zusammen. In ihm steckte nicht viel von einem Märtyrer, das wußte er. Prügeln konnte er, sich in einem Gefecht behaupten. Aber sein Leben wegwerfen, weil ein Psychopath ein Versprechen gab? Er mußte an Fee Kellind denken, was hätte sie getan? Die kindische Fee. Wahrscheinlich hätte sie sich darauf eingelassen, ganz bestimmt sogar.

Roog fluchte böse. Ein paar Sekunden kämpfte er mit sich, beobachtet von dem kleinen Ungeheuer.

Und dann ließ er den Strahler fallen. Genau wie Schelm verlangte.

„Sehr gut", lobte der Kleine. „Schieb das Ding mit dem Fuß zu mir."

Roog trat wütend gegen den Strahler. Die Waffe prallte mit Wucht gegen Schelms Hüfte, doch das machte dem Kleinen wenig aus.

„Das ist deine allerletzte Chance, Schelm. Enttäusche mich nicht, wenn du leben willst. Wirf jetzt den Sender weg."

Roog steckte beide Hände in die Hosentaschen. In hilfloser Pose wartete er ab. Mühevoll richtete sich der Kleine auf. Er war nicht mal einsvierzig groß, das wurde nun deutlich, und der epileptische Anfall hatte ihm sichtbar zugesetzt. Schelm ließ das Kästchen fallen, kaum daß er auf beiden Beinen stand. Statt dessen nahm er Millies Strahler in die Hand. Roog registrierte, daß der Sender unter einen Schrank rutschte; er war nicht mehr ohne größere Probleme zu erreichen. Roog atmete erleichtert auf. Und das trotz seiner nicht beneidenswerten Lage.

„Bist du wirklich so naiv, Roog? Das Ding ist sowieso wertlos."

„Wertlos?"

Statt einer Antwort seufzte der Kleine. „Deine Menschen werden wohl am Leben bleiben, schätze ich. Aber für dich ... für dich ist Sendeschluß. Das war's dann, Roog, zum Schluß die falsche Besetzung für die Rolle. Knallcharge statt Heldenpart. Abspann. Jetzt!"

Schelm richtete die Waffe auf ihn. Roog spannte seine Muskeln. In seiner Hosentasche umfaßte er den Thermostab: jene kleine Waffe, mit der er sich aus dem Glaskäfig befreit hatte. Schelm beging den Fehler, sich allein auf Millies Strahler zu konzentrieren. Daß es eine zweite Waffe geben könnte, daran dachte er nicht. In die Augen des Kleinen trat ein seltsam ruhiger Ausdruck. Roog fühlte sich an einen Schlafwandler erinnert, der über eine Dachkante balancierte.

Tu's nicht, Roog.

Er starrte auf den kleinen Körper. Schelm würde schießen.

Tu's nicht. Roog! Roog!

Und dann drückte er ab. Ein sonnenheller dünner Strahl fuhr durch die Hosentasche und mündete in der Stirn des Kleinen. Das Loch war so breit und so scharf begrenzt wie eine Münze. Schelm ließ die Waffe sinken, viel zu klobig für die Kinderhand, schien noch etwas bemerken zu wollen, dann sackte er zusammen. Die Glieder spreizten sich in alle Richtungen. Seine Gestalt nahm im Tod eine unnatürliche Haltung an, so als sei er aus großer Höhe zu Boden gestürzt. Wie der kleine Körper dalag, fühlte sich Roog an den kleinen Jomie erinnert. Alles endete, wie es begonnen hatte.

13. Kapitel
Geschenke

Roog träumte von Menschen in SERUNS, die ihn packten und nach oben schleppten, von einer riesenhaften Kugel über Terrania, von einem Kreislaufzusammenbruch und einem Medo-Gleiter. Durch seinen Traum bewegte sich eine hinreißende Blondine. *Es ist gutgegangen, mein Kleiner. – Kleiner? Nenn mich nicht so. Ich hab' gerade einen Kleinen umgebracht. – Da lacht sie. Hatten wir nicht eine Menge Spaß?* Er wußte nicht, wie die Blondine hieß, aber er hatte den Sex seines Lebens. Mit ihr war es anders als sonst. Kein technisches Kopulieren, sondern ein wunderschöner Akt, bei dem er seinen klaren Kopf und seine Überlegenheit verlor. Mit einem Ständer wachte er auf. Er lag in einem Bett. Und die Sache mit dem Sex war wirklich nur geträumt, im Gegensatz zum Rest der Geschichte.

„Wo bin ich?" fragte er ins Leere.

„Im TLD-Tower", sprach eine freundliche, wenngleich mechanische Stimme. „Stockwerk 29. Hospital/Erholungszone."

„Wie lange hab' ich geschlafen?"

„74 Stunden."

„Tageszeit?"

„Es ist acht Uhr morgens."

Roog gähnte und reckte sich. Er trug eine Art Schlafanzug. Ihm fiel auf, daß seine Augen nicht mehr brannten. Die Hüfte schmerzte noch, aber nicht zu sehr; der Rest seiner Blessuren schien sich in Wohlgefallen aufgelöst zu haben. In seinem Mund war ein bitterer Geschmack. Er hatte großen Hunger.

„Wie lautet die Diagnose für meinen Fall?" fragte er den Zimmer-Syntron.

„Agent Sholter Roog. Planmäßig regeneriert nach Erschöpfungszustand. Gesundheitliche Beeinträchtigung zu vernachlässigen. Handlungsfähig. Du kannst aufstehen und das Hospital verlassen."

Er schlug die Decke beiseite und stand auf. Roog fühlte sich, als schwebe er auf einem Polster aus Luft. Im Bad kehrten die Lebensgeister zurück, Kreislauf und Hirn nahmen ganz allmählich den Betrieb auf. Beim Frühstück ließ sich Roog die Nachrichten der vergangenen drei Tage vorlegen. Von einer Reaktorkatastrophe konnte keine Rede sein. Er hatte demnach das Kapitel Schelm mit Erfolg abgeschlossen, wenn auch mit Blutvergießen und einer Höllenmenge Glück. Besser das, überlegte er, als dreißigtausend Opfer.

„Hast du dein Frühstück beendet, Sholter?"

„Mmh."

„In diesem Fall läßt Gia de Moleon ausrichten, sie möchte dich unverzüglich in ihrem Büro sehen."

Roog streifte ärgerlich die Kleidung über, die im Schrank bereitlag. Er hätte sich lieber um Kellind gekümmert. Solange er nicht wußte, wie es ihr ging, hatte er den Kopf nicht frei. Aber es war besser, die Natter nicht warten zu lassen. So oft wie in der letzten Woche hatte er Stockwerk 98 ein Jahr lang nicht betreten. De Moleon erwartete ihn bereits. Sie trug konservative dunkle Kleidung, ihr Gesicht zeigte unter einer Maske von Freundlichkeit die gewohnte Kälte.

Roog ließ sich in den Besuchersessel fallen. „Du wolltest mich sprechen."

„Hallo, Sholter. Ich hoffe, es geht dir gut."

„Besser. Danke."

De Moleon förderte einen Haufen Folien zutage. Dazu aktivierte sie das Terminal, schaute einige Dateien durch, während Roog im Sessel hockte und die Wartezeit nasebohrend überbrückte. Er wußte genau, daß sie ihn sah; er wußte, daß sie das flegelhafte Gehabe verachtete. Trotzdem konnte er nicht dagegen an. „Wir haben versucht", begann sie schließlich, „die Ereignisse im U.N.T.T.-Gebäude zu rekonstruieren. Dabei sind wir auf einige dubiose Todesfälle gestoßen, Sholter."

„Ah?"

„Insgesamt mindestens vierzehn Personen. Plus drei an Felsenheimers Wohnung."

„Ich dachte, ich wäre hier, um mir eine Belobigung abzuholen."

„Das ist falsch. Dein Einsatz gegen Schelm erfolgte ohne Auftrag und ohne Rückendeckung. Insgesamt ein ellenlanges Sündenregister. Das bringen zehn Agenten in zehn Jahren nicht zusammen. Wenn man vom Resultat absieht, hast du dir jeden Fehler geleistet, der möglich ist."

„Und wie *war* das Resultat?"

Er versuchte ein entwaffnendes Grinsen. Doch die Chefin des TLD hatte nicht die Absicht, sich besänftigen zu lassen.

De Moleon antwortete: „Gerade ausreichend, um dich vor einer Haft zu bewahren. Ich mache dir ein Angebot, Sholter. Du wurdest beim psychologischen Test als potentiell gewaltbereit eingestuft. Ich rate dir, auf eine Berufung zu verzichten. Ansonsten rollen wir die Ereignisse im U.N.T.T.-Gebäude in exakten Details auf. Ich weiß nicht genau, was dabei herauskäme. Aber sollte der geringste Anhaltspunkt auf einen Mord dabeisein, Sholter, dann ..."

„Ich bin kein Mörder", schnarrte er automatisch dazwischen.

„Das will ich auch gar nicht behaupten. *Noch nicht.* Verstehen wir uns?"
„Ich weiß nicht." Roog fühlte sich ausgesprochen unwohl. Er kniff die Augen zusammen und starrte seine Chefin an.

Die alte Dame lächelte milde. Nur ihre Augen blieben kalt. „Sieh es einmal so: Ein Agent des Liga-Dienstes arbeitet nicht im rechtsfreien Raum. Er hat gewisse Regeln zu beachten. Er darf nicht töten, es sei denn in absoluter Notwehr, nach Ausschöpfung sämtlicher Möglichkeiten. Wurden sämtliche Möglichkeiten ausgeschöpft? Bislang habe ich per Befehl verhindert, daß ein Teil des Datenmaterials ausgewertet wird, über das wir verfügen. Ich will keine Diskussion in den Medien, Roog. Ich will, daß Gras über die Sache wächst. Ein öffentliches Liga-Gericht soll nicht über einen meiner Agenten Recht sprechen. Das bringt den TLD in Verruf. Wir haben in der Öffentlichkeit keinen guten Stand."

„Also was verlangst du, Gia?" fragte er mißtrauisch. „Soll das ein Kuhhandel werden?"

„Verzichte auf die Berufung, das psychologische Urteil bleibt bestehen. Schlafende Hunde weckt man nicht. Nimm deinen Abschied. Wir machen einfach die Aktendeckel zu, im guten wie im bösen. Und dann, verdammt noch mal, laß dich hier nie wieder blicken."

Er antwortete: „Soviel Dank hatte ich gar nicht erwartet, Gia."

„Mir sind die Hände gebunden. Ein strahlender Held wäre mir lieber."

„Was wurde mit den dreißigtausend Leuten? Ist einer gestorben?"

„Nein."

„Und der Kode. Du weißt schon, CCCB-9999. Von dem die Sicherheit des ganzen Solsystems abhing."

„Hör auf damit!"

„Ich hab' recht."

„Ja!"

Gia de Moleon holte tief Luft. Sie wirkte ärgerlich und hilflos; was immerhin so etwas wie eine menschliche Regung darstellte. „Ich weiß das alles. Aber du kannst nicht bei uns bleiben. Es gibt Leute, die gewöhnen sich ans Töten. Sie wollen nicht mehr aufhören. Du bist so ein Fall, Sholter. Mein Ratschlag lautet: Nimm keine Waffe mehr in die Hand. Geh in die Landwirtschaft und züchte Schweine. Oder Tauben. Ich hörte, Tauben sind gut fürs Nervenkostüm."

Roog senkte den Kopf. Er starrte eine Weile auf den Boden, voller Bitterkeit, zutiefst getroffen. „Was ist mit Fee?" fragte er leise.

„Sitzt vermutlich in ihrem Büro."

Er dachte an das Finale mit Schelm. Hätte er wirklich schießen müssen? Schwer vorstellbar, daß ein trainierter TLD-Agent einer körperlich unterlegenen Person einen Kopfschuß verpassen mußte. Oder die Sache mit Curt, Millie und den anderen elf. Hätte er sie schonen können, auf irgendeine Weise? Roog hatte es gar nicht gewollt. Da lag das Übel. Er hatte zuviel an Jomie und an Reaktor 13 gedacht und an das kleine Mädchen, das nach der Explosion in seinen Armen gestorben war.

„Also gut“, sagte er nach einer Weile. „Ich verlasse den Liga-Dienst. Hoffentlich bist du jetzt zufrieden.“

De Moleon atmete auf. „Ja. Deine psychische Veränderung wird übrigens als Folge dienstlicher Unbill gewertet. Du erhältst die volle Versorgungsleistung.“

„Na dann.“

Er stand auf und verließ grußlos das Büro. Draußen mußte er durchatmen, damit er nicht gegen Türen trat oder brüllte. Vorbei. Nachtleben Terrania bis Lebensende. Er konnte sich auf eine Veranda setzen, in der Südsee oder auf dem amerikanischen Kontinent oder auf einem fernen Kolonialplaneten. Oder Tauben züchten, vielleicht war der Vorschlag nicht der schlechteste. Abwarten, bis die Tage endeten, schlafen, wenn es ging, aufwachen und wieder warten. Von jetzt an existierte nichts mehr, was seinem Dasein einen Sinn verlieh. Es sei denn, er konnte das Vakuum mit etwas Neuem füllen.

Roog ließ sich durch den Schacht nach oben treiben. Stockwerk für Stockwerk zog vorbei. Der Anblick beschäftigter Menschenmassen stimmte ihn wehmütig. Sie hatten alle Eile, sie hasteten vorüber und hoben kaum die Blicke, wenn sie ihn kommen sahen. Ihm wurde bewußt, daß er zum letzten Mal den Schacht benutzte.

Wie wär's mit 'ner Ehrenrunde? Roog lachte, aber niemand hörte hin.

Stockwerk 6, ein Dutzend Korridore voller Büros: er zählte seine Nummer ab und trat ein, ohne zu klopfen. Am Schreibtisch saß Fee Kellind. Als er sie sah, fing sein Herz zu klopfen an. Ihre Augen waren wunderschön. Sie besaßen einen Glanz, der ihm vorher niemals aufgefallen war, einen Ausdruck von Stärke. Kellind hatte wieder diese kleinen roten Zöpfe, zwei davon an jeder Seite, der Rest der Haare fiel locker auf die Schultern. Wenn sie lächelte, konnte man ihre Zähne sehen; das einzige, was nicht ganz perfekt war. Sie lächelte trotzdem. Es sah nicht mehr so schüchtern aus wie früher.

Roog fiel auf, daß auf dem Tisch eine Vase mit einem Strauß Sommerblumen stand. In einer Ecke auf dem Boden lag ein Karton. Darin befanden sich seine persönlichen Sachen. Es war nicht sehr viel. Kellind hatte also gewußt, daß er kommen würde und daß er dann nicht mehr zum Personal zählte.

„Hallo, Fee!“

„Hallo, Sholter!“ Sie schaute ihn freundlich an. „Du hast lange geschlafen ... Ich bin froh, dich gesund wiederzusehen. Die Sache stand auf Messers Schneide.“

„Was ist passiert?“

„Ich habe ein PAPERMOON-Schiff kommen lassen. Damit haben wir U.N.T.T.-Mode ausgehoben. Unsere Spürroboter hatten dich bald gefunden. Du lagst in dem Haus auf der anderen Straßenseite. Nicht schwer verletzt, bloß ein Schwächeanfall.“

Er fühlte sich seltsam, als er näher trat. Roog strich mit den Fingern über die Schreibtischplatte, eine scheinbar zufällige Berührung. „Was hast du mit meinen Sachen gemacht?“ fragte er.

Sie deutete auf den Karton. „Ausgeräumt. Gia sagte so etwas.“

„Ich bin raus.“

„Ich weiß.“

Er fragte: „Und was ist mit dir, Fee?“

„Sie haben meine psychologische Einstufung korrigiert. Jetzt heißt es: ‚im Extremfall hinreichend belastbar‘. Das war genug für eine Übernahme in den aktiven Dienst. Ich bin jetzt Agentin Kellind.“ Ihre Stimme klang ein bißchen heiser, so, wie er es mochte. „Für mich ist das ein wertvolles Geschenk, Sholter. Etwas, das mich stolz und zufrieden macht.“

„Herzlichen Glückwunsch.“

„Danke.“

„Und sie haben dir meinen Schreibtisch gegeben.“

„Ja.“

Er druckste eine Weile herum. Am liebsten wäre er nun verschwunden, hätte sich in Luft aufgelöst, aber er hatte keine andere Wahl. Wenn es jetzt nicht passierte, dann wahrscheinlich niemals. „Hör zu, Fee. Da gibt’s noch was, das ich dir sagen muß. Na ja ... Ich weiß nicht. Als wir zusammen im Bett waren, da war das nicht ganz dasselbe wie sonst. Es war ... Nun, es war eben anders. Ich habe ziemlich viel nachgedacht. Ich will nicht mehr froh sein, wenn ein Tag vorbei ist. Ich will mich auf meine Tage freuen. Und der einzige Mensch, auf den ich mich freuen kann, das bist du, Fee.“

Sie schaute ihn ausdruckslos an. Das machte es nicht einfacher.

„Fee, ich weiß jetzt, daß ich dich liebe. Ich habe einen Fehler gemacht. Ich habe dich falsch behandelt, und es tut mir leid.“

„Was jetzt, Sholter?“ fragte sie.

„Ich liebe dich. Das sagte ich schon. Ich bin raus aus dem TLD, jetzt muß ich was anderes anfangen. Vielleicht ... Ich meine, wie wäre es, wenn du einfach mitkommst? Ohne dich schaff’ ich es nicht.“

Kellind schwieg. Er litt unter ihrem ausdruckslosen Blick.

„Was ist?“ fragte er.

Sie hob nur die Augenbrauen.

„Brauchst du Bedenkzeit, Fee? Oder was?“

„Nein. Keine Bedenkzeit. Ich bin jetzt Agentin Kellind, darauf habe ich lange warten müssen. Ich gehe überhaupt nirgendwo hin.“ Sie schüttelte den Kopf. „Beim Gedanken, daß ich mich morgens in meinem Bett umdrehe und da liegst du, Sholter, wird mir übel. Ich weiß nicht, wo du deine Gefühle vergraben hast. Ich will es auch gar nicht wissen. Du besitzt nicht einen Funken Selbstkritik, und du haßt dich selbst doch so sehr. Jemand muß dir sehr weh getan haben. Ich glaube, Sholter, du bist ein Fall ohne Hoffnung. – Erinnerst du dich noch an unser romantisches Dinner in Vrickis Örtchen?"

Roog hatte ein eiskaltes Gefühl in der Brust.

„Natürlich", antwortete er tonlos.

„Siehst du, ich auch. Jetzt, da ich endlich Gelegenheit habe, dich richtig tief fallen zu lassen, Sholter, da werde ich doch nicht drauf verzichten."

Kellind lächelte liebenswürdig. Und dann fing sie zu lachen an.

Roog drehte sich um, zog die Tür zu und verließ das Büro. Es war der leiseste Abgang, den er sich vorstellen konnte. Wahrscheinlich auch der schwächste. Eine halbe Stunde stand er reglos im Korridor. Tief im Innersten hoffte er, sie möge noch einmal herauskommen, irgendwas sagen in der Art wie: „Sholter, es tut mir leid. Wir sind quitt. Fangen wir noch mal von vorne an?" Aber da kam nichts. Die Tür war zu, und sie blieb es. Zurückgehen kam nicht in Frage, er glaubte nicht, daß er eine Diskussion durchstehen konnte.

Jemand fragte: „He, Roog! Was machst du da?"

Er gab keine Antwort, er sah nicht mal das Gesicht.

Statt dessen setzte er sich in Bewegung, sprang in den Schacht, trieb die restlichen Stockwerke schwerelos nach oben. Einen Moment lang hoffte er, die Antischwerkraft möge aussetzen. Er wollte fünf oder sechs Kilometer tief fallen, unten schon ohne Besinnung sein. Schmerzlos sterben, damit die Schmerzen im Kopf aufhörten.

Mit einem Dienstgleiter verließ er den Tower.

„Wohin darf ich dich bringen?" fragte der Autopilot.

„Geradeaus."

„Das ist keine hinreichend präzise Angabe."

„Fliege mich in Richtung Innenstadt. Geringe Höhe, geringe Geschwindigkeit."

Der Autopilot schluckte das, obwohl auch der Ausdruck „gering" nicht unbedingt präzise war. Draußen herrschte mildes Spätsommerwetter. Der Himmel schimmerte blau, und Roog öffnete die Fenster. Gemächlich trieb der Gleiter über die unbebauten Felder hinweg, die den Tower umgaben. Der Duft von Gräsern wehte herein. Die Atmosphäre schien von Sporen und Pollen erfüllt; so als wolle NATHAN mit einem wunderschönen Tag alles wettmachen, was er den Sommer über versäumt hatte. Roog ließ sich nahe an den inneren Ring fliegen. Sternenboulevard, Pflichtstation für Touristen aus der ganzen

Galaxis. Von dort schickte er den Gleiter heim. Er besaß keinen Anspruch mehr auf ein Dienstfahrzeug.

Roog suchte sich ein Café und hockte zwischen zirpenden Blues still im Sonnenschein. Er fühlte sich so verletzt, wie es niemals vorher der Fall gewesen war. Aber tief in seinem Inneren existierte ein unberührbarer Flecken, den hatte auch Fee Kellind nicht erwischt. Er wußte, daß er es überstehen konnte. Vielleicht würde es eine Weile dauern. Viele andere würden büßen müssen, was sie angerichtet hatte; aber ganz am Ende, da stand ein stärkerer Sholter Roog als jemals vorher.

Er zahlte seinen Verzehr und verließ das Café. Ein Taxi brachte ihn nach Hause. Es war das erste Mal seit vielen Tagen, daß er seine Wohnung sah. Der Syntron hatte sieben Anrufe für ihn gespeichert, außerdem lag ein Paket auf dem Tisch. Es sah aus wie ein Geschenk. Er nahm an, daß das Paket von Ammanda stammte, seiner Kollegin aus dem Büro am Guzmangrund. Zuerst hörte er die Anrufe ab. Dann widmete er sich der Sendung, die er per Rohrpost erhalten hatte. Er öffnete ein Fenster, ließ frische Luft herein und setzte sich in die Sonne, das Paket auf dem Schoß. Roog erinnerte sich nicht, daß er Geburtstag gehabt hätte. Aber er empfand die Tatsache als tröstlich, daß es jemanden gab, der an ihn dachte. Und wenn es eine Schlaftablette wie Ammanda war.

Mit einem Lächeln musterte er das kitschige himmelblaue Packpapier. Fast zu schön, um es aufzureißen.

ENDE

ABENTEUER ZUKUNFT
Perry Rhodan
Die größte Science-Fiction-Serie der Welt
Jede Woche erscheint ein neuer spannender Roman. Erhältlich im Bahnhofsbuchhandel und am Kiosk.
PERRY RHODAN im Internet: http://www.ilk.de/PerryRhodan
PERRY RHODAN-Infoline: 0190-190 136, 12 Pfg./6 Sek. DeTeMedien